JULES VERNE

CINQ SEMAINES EN BALLON

UNE VILLE FLOTTANTE

Illustrations de l'édition originale Hetzel
Dessins de MM. Riou et De Montaut
Gravés par Pannemaker et Hildibrand

Les Intégrales Jules Verne

— VOYAGES EXTRAORDINAIRES —

COLLECTION HETZEL

VOYAGES EXTRAORDINAIRES
Ouvrage couronné par l'Académie française.

JULES VERNE

CINQ SEMAINES EN BALLON

VOYAGE DE DÉCOUVERTES EN AFRIQUE

PAR TROIS ANGLAIS

ILLUSTRATIONS PAR MM. RIOU ET DE MONTAUT

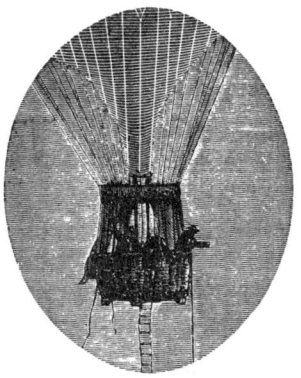

COLLECTION HETZEL

LES TEXTES DE LA PRÉSENTE ÉDITION
SONT CONFORMES A CEUX DE
L'ÉDITION ORIGINALE HETZEL

© *Hachette, 1978*

Tous droits de traduction, de reproduction
et d'adaptation réservés pour tous pays.

I

LA FIN D'UN DISCOURS TRÈS APPLAUDI. – PRÉSENTATION DU DOCTEUR SAMUEL FERGUSSON. – « EXCELSIOR ». – PORTRAIT EN PIED DU DOCTEUR. – UN FATALISTE CONVAINCU. – DINER AU « TRAVELLER'S CLUB ». – NOMBREUX TOASTS DE CIRCONSTANCE.

Il y avait une grande affluence d'auditeurs, le 14 janvier 1862, à la séance de la Société royale géographique de Londres, Waterloo place, 3. Le président, Sir Francis M..., faisait à ses honorables collègues une importante communication dans un discours fréquemment interrompu par les applaudissements.

Ce rare morceau d'éloquence se terminait enfin par quelques phrases ronflantes dans lesquelles le patriotisme se déversait à pleines périodes :

« L'Angleterre a toujours marché à la tête des nations (car, on l'a remarqué, les nations marchent universellement à la tête les unes des autres), par l'intrépidité de ses voyageurs dans la voie des découvertes géographiques. (*Assentiments nombreux*.). Le docteur Samuel Fergusson, l'un de ses glorieux enfants, ne faillira pas à son origine. (*De toutes parts :* Non ! non !) Cette tentative, si elle réussit (*elle réussira !*) reliera, en les complétant, les notions éparses de la cartologie africaine (*véhémente approbation*), et si elle échoue (*jamais ! jamais !*), elle restera du moins comme l'une des plus audacieuses conceptions du génie humain ! (*Trépignements frénétiques.*)

— Hourra ! hourra ! fit l'assemblée électrisée par ces émouvantes paroles.

— « Hourra pour l'intrépide Fergusson ! » s'écria l'un des membres les plus expansifs de l'auditoire.

Des cris enthousiastes retentirent. Le nom de Fergusson éclata dans toutes les bouches, et nous sommes fondés à croire qu'il gagna singulièrement à passer par des gosiers anglais. La salle des séances en fut ébranlée.

Ils étaient là pourtant, nombreux, vieillis, fatigués, ces intrépides voyageurs que leur tempérament mobile promena dans les cinq parties du monde ! Tous, plus ou moins, physiquement ou moralement, ils avaient échappé aux naufrages, aux incendies, aux tomahawks de l'Indien, aux casse-tête du sauvage, au poteau du supplice, aux estomacs de la Polynésie ! Mais rien ne put comprimer les battements de leurs cœurs pendant le discours de Sir Francis M..., et, de mémoire humaine, ce fut là certainement le plus beau succès oratoire de la Société royale géographique de Londres.

Mais, en Angleterre, l'enthousiasme ne s'en tient pas seulement aux paroles. Il bat monnaie plus rapidement encore que le balancier de « the Royal Mint[1] ». Une indemnité d'encouragement fut votée, séance tenante, en

---

1. La Monnaie à Londres.

faveur du docteur Fergusson, et s'éleva au chiffre de deux mille cinq cents livres[1]. L'importance de la somme se proportionnait à l'importance de l'entreprise.

L'un des membres de la Société interpella le président sur la question de savoir si le docteur Fergusson ne serait pas officiellement présenté.

« Le docteur se tient à la disposition de l'assemblée, répondit Sir Francis M...

– Qu'il entre ! s'écria-t-on, qu'il entre ! Il est bon de voir par ses propres yeux un homme d'une audace aussi extraordinaire !

– Peut-être cette incroyable proposition, dit un vieux commodore apoplectique, n'a-t-elle eu d'autre but que de nous mystifier !

– Et si le docteur Fergusson n'existait pas ! cria une voix malicieuse.

– Il faudrait l'inventer, répondit un membre plaisant de cette grave Société.

– Faites entrer le docteur Fergusson », dit simplement Sir Francis M...

Et le docteur entra au milieu d'un tonnerre d'applaudissements, pas le moins du monde ému d'ailleurs.

C'était un homme d'une quarantaine d'années, de taille et de constitution ordinaires ; son tempérament sanguin se trahissait par une coloration forcée du visage ; il avait une figure froide, aux traits réguliers, avec un nez fort, le nez en proue de vaisseau de l'homme prédestiné aux découvertes ; ses yeux fort doux, plus intelligents que hardis, donnaient un grand charme à sa physionomie ; ses bras étaient longs, et ses pieds se posaient à terre avec l'aplomb du grand marcheur.

La gravité calme respirait dans toute la personne du docteur, et l'idée ne venait pas à l'esprit qu'il pût être l'instrument de la plus innocente mystification.

Aussi, les hourras et les applaudissements ne cessèrent qu'au moment où le docteur Fergusson réclama le silence par un geste aimable. Il se dirigea vers le fauteuil préparé

---

[1]. Soixante-deux mille cinq cents francs.

pour sa présentation ; puis, debout, fixe, le regard énergique, il leva vers le ciel l'index de la main droite, ouvrit la bouche et prononça ce seul mot :

« Excelsior ! »

Non ! jamais interpellation inattendue de MM. Bright et Cobden, jamais demande de fonds extraordinaires de Lord Palmerston pour cuirasser les rochers de l'Angleterre, n'obtinrent un pareil succès. Le discours de Sir Francis M... était dépassé, et de haut. Le docteur se montrait à la fois sublime, grand, sobre et mesuré ; il avait dit le mot de la situation :

« Excelsior ! »

Le vieux commodore, complètement rallié à cet homme étrange, réclama l'insertion « intégrale » du discours Fergusson dans *the Proceedings of the Royal Geographical Society of London*[1].

Qu'était donc ce docteur, et à quelle entreprise allait-il se dévouer ?

Le père du jeune Fergusson, un brave capitaine de la marine anglaise, avait associé son fils, dès son plus jeune âge, aux dangers et aux aventures de sa profession. Ce digne enfant, qui paraît n'avoir jamais connu la crainte, annonça promptement un esprit vif, une intelligence de chercheur, une propension remarquable vers les travaux scientifiques ; il montrait, en outre, une adresse peu commune à se tirer d'affaire ; il ne fut jamais embarrassé de rien, pas même de se servir de sa première fourchette, à quoi les enfants réussissent si peu en général.

Bientôt son imagination s'enflamma à la lecture des entreprises hardies, des explorations maritimes ; il suivit avec passion les découvertes qui signalèrent la première partie du XIXe siècle ; il rêva la gloire des Mungo-Park, des Bruce, des Caillié, des Levaillant, et même un peu, je crois, celle de Selkirk, le Robinson Crusoé, qui ne lui paraissait pas inférieure. Que d'heures bien occupées il passa avec lui dans son île de Juan Fernandez ! Il approuva souvent les idées du matelot abandonné ; parfois, il discuta ses plans et ses projets ; il eût fait autrement, mieux peut-être, tout aussi

---

1. *Bulletins de la Société royale géographique de Londres.*

bien, à coup sûr ! Mais, chose certaine, il n'eût jamais fui cette bienheureuse île, où il était heureux comme un roi sans sujets... ; non, quand il se fût agi de devenir premier lord de l'amirauté !

Je vous laisse à penser si ces tendances se développèrent pendant sa jeunesse aventureuse jetée aux quatre coins du monde. Son père, en homme instruit, ne manquait pas d'ailleurs de consolider cette vive intelligence par des études sérieuses en hydrographie, en physique et en mécanique, avec une légère teinture de botanique, de médecine et d'astronomie.

A la mort du digne capitaine, Samuel Fergusson, âgé de vingt-deux ans, avait déjà fait son tour du monde ; il s'enrôla dans le corps des ingénieurs bengalais, et se distingua en plusieurs affaires ; mais cette existence de soldat ne lui convenait pas ; se souciant peu de commander, il n'aimait pas à obéir. Il donna sa démission, et, moitié chassant, moitié herborisant, il remonta vers le nord de la péninsule indienne et la traversa de Calcutta à Surate. Une simple promenade d'amateur.

De Surate, nous le voyons passer en Australie, et prendre part en 1845 à l'expédition du capitaine Sturt, chargé de découvrir cette mer Caspienne que l'on suppose exister au centre de la Nouvelle-Hollande.

Samuel Fergusson revient en Angleterre vers 1850, et, plus que jamais possédé du démon des découvertes, il accompagna jusqu'en 1853 le capitaine Mac Clure dans l'expédition qui contourna le continent américain du détroit de Behring au cap Farewel.

En dépit des fatigues de tous genres, et sous tous les climats, la constitution de Fergusson résistait merveilleusement ; il vivait à son aise au milieu des plus complètes privations ; c'était le type du parfait voyageur, dont l'estomac se resserre ou se dilate à volonté, dont les jambes s'allongent ou se raccourcissent suivant la couche improvisée, qui s'endort à toute heure du jour et se réveille à toute heure de la nuit.

Rien de moins étonnant, dès lors, que de retrouver notre infatigable voyageur visitant de 1855 à 1857 tout l'ouest du

Tibet en compagnie des frères Schlagintweit, et rapportant de cette exploration de curieuses observations d'ethnographie.

Pendant ces divers voyages, Samuel Fergusson fut le correspondant le plus actif et le plus intéressant du *Daily Telegraph*, ce journal à un penny, dont le tirage monte jusqu'à cent quarante mille exemplaires par jour, et suffit à peine à plusieurs millions de lecteurs. Aussi le connaissait-on bien, ce docteur, quoiqu'il ne fût membre d'aucune institution savante, ni des Sociétés royales géographiques de Londres, de Paris, de Berlin, de Vienne ou de Saint-Pétersbourg, ni du Club des Voyageurs, ni même de *Royal Polytechnic Institution*, où trônait son ami le statisticien Kokburn.

Ce savant lui proposa même un jour de résoudre le problème suivant, dans le but de lui être agréable : Étant donné le nombre de milles parcourus par le docteur autour du monde, combien sa tête en a-t-elle fait de plus que ses pieds, par suite de la différence des rayons ? Ou bien, étant connu ce nombre de milles parcourus par les pieds et par la tête du docteur, calculer sa taille exacte à une ligne près ?

Mais Fergusson se tenait toujours éloigné des corps savants, étant de l'église militante et non bavardante ; il trouvait le temps mieux employé à chercher qu'à discuter, à découvrir qu'à discourir.

On raconte qu'un Anglais vint un jour à Genève avec l'intention de visiter le lac ; on le fit monter dans l'une de ces vieilles voitures où l'on s'asseyait de côté comme dans les omnibus : or il advint que, par hasard, notre Anglais fut placé de manière à présenter le dos au lac ; la voiture accomplit paisiblement son voyage circulaire, sans qu'il songeât à se retourner une seule fois, et il revint à Londres, enchanté du lac de Genève.

Le docteur Fergusson s'était retourné, lui, et plus d'une fois pendant ses voyages, et si bien retourné qu'il avait beaucoup vu. En cela, d'ailleurs, il obéissait à sa nature, et nous avons de bonnes raisons de croire qu'il était un peu fataliste, mais d'un fatalisme très orthodoxe, comptant sur lui, et même sur la Providence ; il se disait poussé plutôt qu'attiré dans ses voyages, et parcourait le monde, semblable à une locomotive, qui ne se dirige pas, mais que la route dirige.

« Je ne poursuis pas mon chemin, disait-il souvent, c'est mon chemin qui me poursuit. »

On ne s'étonnera donc pas du sang-froid avec lequel il accueillit les applaudissements de la Société royale ; il était au-dessus de ces misères, n'ayant pas d'orgueil et encore moins de vanité ; il trouvait toute simple la proposition qu'il avait adressée au président Sir Francis M... et ne s'aperçut même pas de l'effet immense qu'elle produisit.

Après la séance, le docteur fut conduit au *Traveller's club*, dans Pall Mall ; un superbe festin s'y trouvait dressé à son intention ; la dimension des pièces servies fut en rapport avec l'importance du personnage, et l'esturgeon qui figura dans ce splendide repas n'avait pas trois pouces de moins en longueur que Samuel Fergusson lui-même.

Des toasts nombreux furent portés avec les vins de France aux célèbres voyageurs qui s'étaient illustrés sur la terre d'Afrique. On but à leur santé ou à leur mémoire, et par ordre alphabétique, ce qui est très anglais : à Abbadie, Adams, Adamson, Anderson, Arnaud, Baikie, Baldwin, Barth, Batouda, Beke, Beltrame, du Berba, Bimbachi, Bolognesi, Bolwik, Bolzoni, Bonnemain, Brisson, Browne, Bruce, Brun-Rollet, Burchell, Burckhardt, Burton, Caillaud, Caillié, Campbell, Chapman, Clapperton, Clot-Bey, Colomieu, Courval, Cumming, Cuny, Debono, Decken, Denham, Desavanchers, Dicksen, Dickson, Dochard, Duchaillu, Duncan, Durand, Duroulé, Duveyrier, Erhardt, d'Escayrac de Lauture, Ferret, Fresnel, Galinier, Galton, Geoffroy, Golberry, Hahn, Halm, Harnier, Hecquart, Heuglin, Hornemann, Houghton, Imbert, Kaufmann, Knoblecher, Krapf, Kummer, Lafargue, Laing, Lajaille, Lambert, Lamiral, Lamprière, John Lander, Richard Lander, Lefebvre, Lejean, Levaillant, Livingstone, Maccarthie, Maggiar, Maizan, Malzac, Moffat, Mollien, Monteiro, Morrisson, Mungo-Park, Neimans, Overwev, Panet, Partarrieau, Pascal, Pearse, Peddie, Peney, Petherick, Poncet, Prax, Raffenel, Rath, Rebmann, Richardson, Riley, Ritchie, Rochet d'Héricourt, Rongawi, Roscher, Ruppel, Saugnier, Speke, Steidner, Thibaud, Thompson, Thornton, Toole, Tousny, Trotter, Tuckey, Tyrwitt, Vaudey, Veyssière, Vincent, Vinco, Vogel, Wahlberg, Warington, Washington, Werne, Wild, et enfin au docteur Samuel Fergusson qui, par son incroyable tentative, devait relier les travaux de ces voyageurs et compléter la série des découvertes africaines.

II

UN ARTICLE DU « DAILY TELEGRAPH ». - GUERRE DE JOURNAUX SAVANTS. - M. PETERMANN SOUTIENT SON AMI LE DOCTEUR FERGUSSON. - RÉPONSE DU SAVANT KONER. - PARIS ENGAGÉS. - DIVERSES PROPOSITIONS FAITES AU DOCTEUR.

Le lendemain, dans son numéro du 15 janvier, le *Daily Telegraph* publiait un article ainsi conçu :

« L'Afrique va livrer enfin le secret de ses vastes solitudes ; un Œdipe moderne nous donnera le mot de cette énigme que les savants de soixante siècles n'ont pu déchiffrer. Autrefois, rechercher les sources du Nil, *fontes Nili quærere*, était regardé comme une tentative insensée, une irréalisable chimère.

« Le docteur Barth, en suivant jusqu'au Soudan la route tracée par Denham et Clapperton ; le docteur Livingstone, en multipliant ses intrépides investigations depuis le cap de Bonne-Espérance jusqu'au bassin du Zambezi ; les capitaines Burton et Speke, par la découverte des Grands Lacs intérieurs, ont ouvert trois chemins à la civilisation moderne ; leur point d'intersection, où nul voyageur n'a encore pu parvenir, est le cœur même de l'Afrique. C'est là que doivent tendre tous les efforts.

« Or, les travaux de ces hardis pionniers de la science vont être renoués par l'audacieuse tentative du docteur Samuel Fergusson, dont nos lecteurs ont souvent apprécié les belles explorations.

« Cet intrépide découvreur (*discoverer*) se propose de traverser en ballon toute l'Afrique de l'est à l'ouest. Si nous sommes bien informés, le point de départ de ce surprenant voyage serait l'île de Zanzibar sur la côte orientale. Quant au point d'arrivée, à la Providence seule il est réservé de le connaître.

« La proposition de cette exploration scientifique a été faite hier officiellement à la Société royale de géographie ; une somme de deux mille cinq cents livres est votée pour subvenir aux frais de l'entreprise.

« Nous tiendrons nos lecteurs au courant de cette tentative, qui est sans précédents dans les fastes géographiques. »

Comme on le pense, cet article eut un énorme retentissement ; il souleva d'abord les tempêtes de l'incrédulité ; le docteur Fergusson passa pour un être purement chimérique, de l'invention de M. Barnum, qui, après avoir travaillé aux États-Unis, s'apprêtait à « faire » les îles Britanniques.

Une réponse plaisante parut à Genève dans le numéro de février des *Bulletins de la Société géographique* ; elle raillait spirituellement la Société royale de Londres, le Traveller's club et l'esturgeon phénoménal.

Mais M. Petermann, dans ses *Mittheilungen*, publiés à Gotha, réduisit au silence le plus absolu le journal de Genève. M. Pertermann connaissait personnellement le docteur Fergusson, et se rendait garant de l'intrépidité de son audacieux ami.

Bientôt d'ailleurs le doute ne fut plus possible ; les préparatifs du voyage se faisaient à Londres ; les fabriques de Lyon avaient reçu une commande importante de taffetas pour la construction de l'aérostat ; enfin le gouvernement britannique mettait à la disposition du docteur le transport *Le Resolute*, capitaine Pennet.

Aussitôt mille encouragements se firent jour, mille félicitations éclatèrent. Les détails de l'entreprise parurent tout au long dans les Bulletins de la Société géographique de Paris ; un article remarquable fut imprimé dans les *Nouvelles Annales des voyages, de la géographie, de l'histoire et de l'archéologie* de M. V.-A. Malte-Brun ; un travail minutieux publié dans *Zeitschrift für Allgemeine Erdkunde*, par le docteur W. Koner, démontra victorieusement la possibilité du voyage, ses chances de succès, la nature des obstacles, les immenses avantages du mode de locomotion par la voie aérienne ; il blâma seulement le point de départ ; il indiquait plutôt Masuah, petit port de l'Abyssinie, d'où James Bruce, en 1768, s'était élancé à la recherche des sources du Nil. D'ailleurs il admirait sans réserve cet esprit énergique du docteur Fergusson, et ce cœur couvert d'un triple airain qui concevait et tentait un pareil voyage.

Le *North American Review* ne vit pas sans déplaisir une telle gloire réservée à l'Angleterre ; il tourna la proposition du docteur en plaisanterie, et l'engagea à pousser jusqu'en Amérique, pendant qu'il serait en si bon chemin.

Bref, sans compter les journaux du monde entier, il n'y eut pas de recueil scientifique, depuis le *Journal des Missions évangéliques* jusqu'à la *Revue algérienne et coloniale,* depuis les *Annales de la Propagation de la foi* jusqu'au *Church Missionnary Intelligencer,* qui ne relatât le fait sous toutes ses formes.

Des paris considérables s'établirent à Londres et dans l'Angleterre, 1° sur l'existence réelle ou supposée du docteur Fergusson ; 2° sur le voyage lui-même, qui ne serait pas tenté suivant les uns, qui serait entrepris suivant les autres ; 3° sur la question de savoir s'il réussirait ou s'il ne réussirait pas ; 4° sur les probabilités ou les improbabilités du retour du docteur Fergusson. On engagea des sommes énormes au livre des paris, comme s'il se fût agi des courses d'Epsom.

Ainsi donc, croyants, incrédules, ignorants et savants, tous eurent les yeux fixés sur le docteur ; il devint le lion du jour sans se douter qu'il portât une crinière. Il donna volontiers des renseignements précis sur son expédition. Il fut aisément abordable et l'homme le plus naturel du monde. Plus d'un aventurier hardi se présenta, qui voulait partager la gloire et les dangers de sa tentative ; mais il refusa sans donner de raisons de son refus.

De nombreux inventeurs de mécanismes applicables à la direction des ballons vinrent lui proposer leur système. Il n'en voulut accepter aucun. A qui lui demanda s'il avait découvert quelque chose à cet égard, il refusa constamment

Dick Kennedy.

de s'expliquer, et s'occupa plus activement que jamais des préparatifs de son voyage.

III

L'AMI DU DOCTEUR. - D'OÙ DATAIT LEUR AMITIÉ. - DICK KENNEDY À LONDRES. - PROPOSITION INATTENDUE, MAIS POINT RASSURANTE. - PROVERBE PEU CONSOLANT. - QUELQUES MOTS DU MARTYROLOGE AFRICAIN. - AVANTAGES D'UN AÉROSTAT. - LE SECRET DU DOCTEUR FERGUSSON.

Le docteur Fergusson avait un ami. Non pas un autre lui-même, un *alter ego* ; l'amitié ne saurait exister entre deux êtres parfaitement identiques.

Mais s'ils possédaient des qualités, des aptitudes, un tempérament distincts, Dick Kennedy et Samuel Fergusson vivaient d'un seul et même cœur, et cela ne les gênait pas trop. Au contraire.

Ce Dick Kennedy était un Écossais dans toute l'acception du mot, ouvert, résolu, entêté. Il habitait la petite ville de Leith, près d'Édimbourg, une véritable banlieue de la « Vieille Enfumée[1] ». C'était quelquefois un pêcheur, mais partout et toujours un chasseur déterminé : rien de moins étonnant de la part d'un enfant de la Calédonie, quelque peu coureur des montagnes des Highlands. On le citait comme un merveilleux tireur à la carabine ; non seulement il tranchait des balles sur une lame de couteau, mais il les coupait en deux moitiés si égales, qu'en les pesant ensuite on ne pouvait y trouver de différence appréciable.

La physionomie de Kennedy rappelait beaucoup celle de Halbert Glendinning, telle que l'a peinte Walter Scott dans *Le Monastère* ; sa taille dépassait six pieds anglais[2] ; plein de

1. Sobriquet d'Édimbourg, *Auld Reekie*.
2. Environ cinq pieds huit pouces.

grâce et d'aisance, il paraissait doué d'une force herculéenne ; une figure fortement hâlée par le soleil, des yeux vifs et noirs, une hardiesse naturelle très décidée, enfin quelque chose de bon et de solide dans toute sa personne prévenait en faveur de l'Écossais.

La connaissance des deux amis se fit dans l'Inde, à l'époque où tous deux appartenaient au même régiment ; pendant que Dick chassait au tigre et à l'éléphant, Samuel chassait à la plante et à l'insecte ; chacun pouvait se dire adroit dans sa partie, et plus d'une plante rare devint la proie du docteur, qui valut à conquérir autant qu'une paire de défenses en ivoire.

Ces deux jeunes gens n'eurent jamais l'occasion de se sauver la vie, ni de se rendre un service quelconque. De là une amitié inaltérable. La destinée les éloigna parfois, mais la sympathie les réunit toujours.

Depuis leur rentrée en Angleterre, ils furent souvent séparés par les lointaines expéditions du docteur ; mais, de retour, celui-ci ne manqua jamais d'aller, non pas demander, mais donner quelques semaines de lui-même à son ami l'Écossais.

Dick causait du passé, Samuel préparait l'avenir : l'un regardait en avant, l'autre en arrière. De là un esprit inquiet, celui de Fergusson, une placidité parfaite, celle de Kennedy.

Après son voyage au Tibet, le docteur resta près de deux ans sans parler d'explorations nouvelles ; Dick supposa que ses instincts de voyage, ses appétits d'aventures se calmaient. Il en fut ravi. Cela, pensait-il, devait finir mal un jour ou l'autre ; quelque habitude que l'on ait des hommes, on ne voyage pas impunément au milieu des anthropophages et des bêtes féroces ; Kennedy engageait donc Samuel à enrayer, ayant assez fait d'ailleurs pour la science, et trop pour la gratitude humaine.

A cela, le docteur se contentait de ne rien répondre ; il demeurait pensif, puis il se livrait à de secrets calculs, passant ses nuits dans des travaux de chiffres, expérimentant même des engins singuliers dont personne ne pouvait se rendre compte. On sentait qu'une grande pensée fermentait dans son cerveau.

« Qu'a-t-il pu ruminer ainsi ? » se demanda Kennedy, quand son ami l'eut quitté pour retourner à Londres, au mois de janvier.

Il l'apprit un matin par l'article du *Daily Telegraph*.

« Miséricorde ! s'écria-t-il. Le fou ! l'insensé ! traverser l'Afrique en ballon ! Il ne manquait plus que cela ! Voilà donc ce qu'il méditait depuis deux ans ! »

A la place de tous ces points d'exclamation, mettez des coups de poing solidement appliqués sur la tête, et vous aurez une idée de l'exercice auquel se livrait le brave Dick en parlant ainsi.

Lorsque sa femme de confiance, la vieille Elspeth, voulut insinuer que ce pourrait bien être une mystification :

« Allons donc ! répondit-il, est-ce que je ne reconnais pas mon homme ? Est-ce que ce n'est pas de lui ? Voyager à travers les airs ! Le voilà jaloux des aigles maintenant ! Non, certes, cela ne sera pas ! je saurais bien l'empêcher ! Eh ! si on le laissait faire, il partirait un beau jour pour la lune ! »

Le soir même, Kennedy, moitié inquiet, moitié exaspéré, prenait le chemin de fer à General Railway station, et le lendemain il arrivait à Londres.

Trois quarts d'heure après un cab le déposait à la petite maison du docteur, Soho square, Greek street ; il en franchit le perron, et s'annonça en frappant à la porte cinq coups solidement appuyés.

Fergusson lui ouvrit en personne.

« Dick ? fit-il sans trop d'étonnement.

— Dick lui-même, riposta Kennedy.

— Comment, mon cher Dick, toi à Londres, pendant les chasses d'hiver ?

— Moi, à Londres.

— Et qu'y viens-tu faire ?

— Empêcher une folie sans nom !

— Une folie ? dit le docteur.

— Est-ce vrai ce que raconte ce journal, répondit Kennedy en tendant le numéro du *Daily Telegraph*.

— Ah ! c'est de cela que tu parles ? Ces journaux sont bien indiscrets ! Mais assois-toi donc, mon cher Dick.

– Je ne m'assoirai pas. Tu as parfaitement l'intention d'entreprendre ce voyage ?

– Parfaitement ; mes préparatifs vont bon train, et je...

– Où sont-ils que je les mette en pièces, tes préparatifs ? Où sont-ils que j'en fasse des morceaux. »

Le digne Écossais se mettait très sérieusement en colère.

« Du calme, mon cher Dick, reprit le docteur. Je conçois ton irritation. Tu m'en veux de ce que je ne t'ai pas encore appris mes nouveaux projets.

– Il appelle cela de nouveaux projets !

– J'ai été fort occupé, reprit Samuel sans admettre l'interruption, j'ai eu fort à faire ! Mais sois tranquille, je ne serais pas parti sans t'écrire...

– Eh ! je me moque bien...

– Parce que j'ai l'intention de t'emmener avec moi. »

L'Écossais fit un bond qu'un chamois n'eût pas désavoué.

« Ah çà ! dit-il, tu veux donc que l'on nous renferme tous les deux à l'hôpital de Betlehem[1] !

– J'ai positivement compté sur toi, mon cher Dick, et je t'ai choisi à l'exclusion de bien d'autres. »

Kennedy demeurait en pleine stupéfaction.

« Quand tu m'auras écouté pendant dix minutes, répondit tranquillement le docteur, tu me remercieras.

– Tu parles sérieusement ?

– Très sérieusement.

– Et si je refuse de t'accompagner ?

– Tu ne refuseras pas.

– Mais enfin, si je refuse ?

– Je partirai seul.

– Asseyons-nous, dit le chasseur, et parlons sans passion. Du moment que tu ne plaisantes pas, cela vaut la peine que l'on discute.

– Discutons en déjeunant, si tu n'y vois pas d'obstacle, mon cher Dick. »

Les deux amis se placèrent l'un en face de l'autre devant une petite table, entre une pile de sandwiches et une théière énorme.

« Mon cher Samuel, dit le chasseur, ton projet est

---

1. Hôpital de fous à Londres.

insensé ! il est impossible ! il ne ressemble à rien de sérieux ni de praticable !

– C'est ce que nous verrons bien après l'avoir essayé.

– Mais ce que précisément il ne faut pas faire, c'est d'essayer.

– Pourquoi cela, s'il te plaît ?

– Et les dangers, et les obstacles de toute nature !

– Les obstacles, répondit sérieusement Fergusson, sont inventés pour être vaincus ; quant aux dangers, qui peut se flatter de les fuir ? Tout est danger dans la vie ; il peut être très dangereux de s'asseoir devant sa table ou de mettre son chapeau sur sa tête ; il faut d'ailleurs considérer ce qui doit arriver comme arrivé déjà, et ne voir que le présent dans l'avenir, car l'avenir n'est qu'un présent un peu plus éloigné.

– Que cela ! fit Kennedy en levant les épaules. Tu es toujours fataliste !

– Toujours, mais dans le bon sens du mot. Ne nous préoccupons donc pas de ce que le sort nous réserve et n'oublions jamais notre bon proverbe d'Angleterre :

« L'homme né pour être pendu ne sera jamais noyé ! »

Il n'y avait rien à répondre, ce qui n'empêcha pas Kennedy de reprendre une série d'arguments faciles à imaginer, mais trop longs à rapporter ici.

« Mais enfin, dit-il après une heure de discussion, si tu veux absolument traverser l'Afrique, si cela est nécessaire à ton bonheur, pourquoi ne pas prendre les routes ordinaires ?

– Pourquoi ? répondit le docteur en s'animant ; parce que jusqu'ici toutes les tentatives ont échoué ! Parce que depuis Mungo-Park assassiné sur le Niger jusqu'à Vogel disparu dans le Wadaï, depuis Oudney mort à Murmur, Clapperton mort à Sackatou, jusqu'au Français Maizan coupé en morceaux, depuis le major Laing tué par les Touareg jusqu'à Roscher de Hambourg massacré au commencement de 1860, de nombreuses victimes ont été inscrites au martyrologe africain ! Parce que lutter contre les éléments, contre la faim, la soif, la fièvre, contre les animaux féroces et contre des peuplades plus féroces encore, est impossible ! Parce que ce qui ne peut être fait d'une façon doit être entrepris d'une autre ! Enfin parce que, là où l'on ne peut passer au milieu, il faut passer à côté ou passer dessus !

— S'il ne s'agissait pas de passer dessus ! répliqua Kennedy ; mais passer par-dessus !

— Eh bien, reprit le docteur avec le plus grand sang-froid du monde, qu'ai-je à redouter ? Tu admettras bien que j'ai pris mes précautions de manière à ne pas craindre une chute de mon ballon ; si donc il vient à me faire défaut, je me retrouverai sur terre dans les conditions normales des explorateurs ; mais mon ballon ne me manquera pas, il n'y faut pas compter.

— Il faut y compter, au contraire.

— Non pas, mon cher Dick. J'entends bien ne pas m'en séparer avant mon arrivée à la côte occidentale d'Afrique. Avec lui, tout est possible ; sans lui, je retombe dans les dangers et les obstacles naturels d'une pareille expédition ; avec lui, ni la chaleur, ni les torrents, ni les tempêtes, ni le simoun, ni les climats insalubres, ni les animaux sauvages, ni les hommes ne sont à craindre ! Si j'ai trop chaud, je monte ; si j'ai froid, je descends ; une montagne, je la dépasse ; un précipice, je le franchis ; un fleuve, je le traverse, un orage, je le domine ; un torrent, je le rase comme un oiseau ! Je marche sans fatigue, je m'arrête sans avoir besoin de repos ! Je plane sur les cités nouvelles ! Je vole avec la rapidité de l'ouragan, tantôt au plus haut des airs, tantôt à cent pieds du sol, et la carte africaine se déroule sous mes yeux dans le grand atlas du monde ! »

Le brave Kennedy commençait à se sentir ému, et cependant le spectacle évoqué devant ses yeux lui donnait le vertige. Il contemplait Samuel avec admiration, mais avec crainte aussi ; il se sentait déjà balancé dans l'espace.

« Voyons, fit-il, voyons un peu, mon cher Samuel, tu as donc trouvé le moyen de diriger les ballons ?

— Pas le moins du monde. C'est une utopie.

— Mais alors tu iras...

— Où voudra la Providence ; mais cependant de l'est à l'ouest.

— Pourquoi cela ?

— Parce que je compte me servir des vents alizés, dont la direction est constante.

— Oh ! vraiment ! fit Kennedy en réfléchissant : les vents alizés... certainement... on peut à la rigueur... il y a quelque chose...

— S'il y a quelque chose ! non, mon brave ami, il y a tout. Le gouvernement anglais a mis un transport à ma disposition ; il a été convenu également que trois ou quatre navires iraient croiser sur la côte occidentale vers l'époque présumée de mon arrivée. Dans trois mois au plus, je serai à Zanzibar, où j'opérerai le gonflement de mon ballon, et de là nous nous élancerons...

— Nous ! fit Dick.

— Aurais-tu encore l'apparence d'une objection à me faire ? Parle, ami Kennedy.

— Une objection ! j'en aurais mille ; mais, entre autres, dis-moi : si tu comptes voir le pays, si tu comptes monter et descendre à ta volonté, tu ne le pourras faire sans perdre ton gaz ; il n'y a pas eu jusqu'ici d'autres moyens de procéder, et c'est ce qui a toujours empêché les longues pérégrinations dans l'atmosphère.

— Mon cher Dick, je ne te dirai qu'une seule chose : je ne perdrai pas un atome de gaz, pas une molécule.

— Et tu descendras à volonté ?

— Je descendrai à volonté.

— Et comment feras-tu ?

— Ceci est mon secret, ami Dick. Aie confiance, et que ma devise soit la tienne : « Excelsior ! »

— Va pour « Excelsior ! » répondit le chasseur, qui ne savait pas un mot de latin.

Mais il était bien décidé à s'opposer, par tous les moyens possibles, au départ de son ami. Il fit donc mine d'être de son avis et se contenta d'observer. Quant à Samuel, il alla surveiller ses apprêts.

IV

EXPLORATIONS AFRICAINES. – BARTH, RICHARDSON, OVERWEG, WERNE, BRUN-ROLLET, PENEY, ANDREA DEBONO, MIANI, GUILLAUME LEJEAN, BRUCE, KRAPF ET REBMANN, MAIZAN, ROSCHER, BURTON ET SPEKE.

La ligne aérienne que le docteur Fergusson comptait suivre n'avait pas été choisie au hasard ; son point de départ fut sérieusement étudié, et ce ne fut pas sans raison qu'il résolut de s'élever de l'île de Zanzibar. Cette île, située près de la côte orientale d'Afrique, se trouve par 6° de latitude australe, c'est-à-dire à quatre cent trente milles géographiques au-dessous de l'équateur[1].

De cette île venait de partir la dernière expédition envoyée par les Grands Lacs à la découverte des sources du Nil.

Mais il est bon d'indiquer quelles explorations le docteur Fergusson espérait rattacher entre elles. Il y en a deux principales : celle du docteur Barth en 1849, celle des lieutenants Burton et Speke en 1858.

Le docteur Barth est un Hambourgeois qui obtint pour son compatriote Overweg et pour lui la permission de se joindre à l'expédition de l'Anglais Richardson ; celui-ci était chargé d'une mission dans le Soudan.

Ce vaste pays est situé entre 15° et 10° de latitude nord, c'est-à-dire que, pour y parvenir, il faut s'avancer de plus de quinze cent milles[2] dans l'intérieur de l'Afrique.

Jusque-là, cette contrée n'était connue que par le voyage de Denham, de Clapperton et d'Oudney, de 1822 à 1824. Richardson, Barth et Overweg, jaloux de pousser plus loin leurs investigations, arrivent à Tunis et à Tripoli, comme leurs devanciers, et parviennent à Mourzouk, capitale du Fezzan.

Ils abandonnent alors la ligne perpendiculaire et font un crochet dans l'ouest vers Ghât, guidés, non sans difficultés, par les Touareg. Après mille scènes de pillage, de vexations,

---

1. Cent soixante-douze lieues.
2. Six cent vingt-cinq lieues.

d'attaques à main armée, leur caravane arrive en octobre dans la vaste oasis de l'Asben. Le docteur Barth se détache de ses compagnons, fait une excursion à la ville d'Aghadès, et rejoint l'expédition, qui se remet en marche le 12 décembre. Elle arrive dans la province du Damerghou ; là, les trois voyageurs se séparent, et Barth prend la route de Kano, où il parvient à force de patience et en payant des tributs considérables.

Malgré une fièvre intense, il quitte cette ville le 7 mars, suivi d'un seul domestique. Le principal but de son voyage est de reconnaître le lac Tchad, dont il est encore séparé par trois cent cinquante milles. Il s'avance donc vers l'est et atteint la ville de Zouricolo, dans le Bornou, qui est le noyau du grand empire central de l'Afrique. Là il apprend la mort de Richardson, tué par la fatigue et les privations. Il arrive à Kouka, capitale du Bornou, sur les bords du lac. Enfin, au bout de trois semaines, le 14 avril, douze mois et demi après avoir quitté Tripoli, il atteint la ville de Ngornou.

Nous le retrouverons partant le 29 mars 1851, avec Overweg, pour visiter le royaume d'Adamaoua, au sud du lac ; il parvient jusqu'à la ville d'Yola, un peu au-dessous du 9e degré de latitude nord. C'est la limite extrême atteinte au sud par ce hardi voyageur.

Il revient au mois d'août à Kouka, de là parcourt successivement le Mandara, le Barghimi, le Kanem, et atteint comme limite extrême dans l'est la ville de Masena, située par 17° 20' de longitude ouest [1].

Le 25 novembre 1852, après la mort d'Overweg, son dernier compagnon, il s'enfonce dans l'ouest, visite Sockoto, traverse le Niger, et arrive enfin à Tembouctou, où il doit languir huit longs mois, au milieu des vexations du cheik, des mauvais traitements et de la misère. Mais la présence d'un chrétien dans la ville ne peut être plus longtemps tolérée ; les Foullannes menacent de l'assiéger. Le docteur la quitte donc le 17 mars 1854, se réfugie sur la frontière, où il demeure trente-trois jours dans le dénuement le plus com-

---

[1]. Il s'agit du méridien anglais, qui passe par l'observatoire de Greenwich.

plet, revient à Kano en novembre, rentre à Kouka, d'où il reprend la route de Denham, après quatre mois d'attente ; il revoit Tripoli vers la fin d'août 1855, et rentre à Londres le 6 septembre, seul de ses compagnons.

Voilà ce que fut ce hardi voyage de Barth.

Le docteur Fergusson nota soigneusement qu'il s'était arrêté à 4° de latitude nord et à 17° de longitude ouest.

Voyons maintenant ce que firent les lieutenants Burton et Speke dans l'Afrique orientale.

Les diverses expéditions qui remontèrent le Nil ne purent jamais parvenir aux sources mystérieuses de ce fleuve. D'après la relation du médecin allemand Ferdinand Werne, l'expédition tentée en 1840, sous les auspices de Mehemet-Ali, s'arrêta à Gondokoro, entre les 4e et 5e parallèles nord.

En 1855, Brun-Rollet, un Savoisien, nommé consul de Sardaigne dans le Soudan oriental, en remplacement de Vaudey, mort à la peine, partit de Karthoum, et sous le nom de marchand Yacoub, trafiquant de gomme et d'ivoire, il parvint à Belenia, au-delà du 4e degré, et retourna malade à Karthoum, où il mourut en 1857.

Ni le docteur Peney, chef du service médical égyptien, qui sur un petit steamer atteignit un degré au-dessous de Gondokoro, et revint mourir d'épuisement à Karthoum – ni le Vénitien Miani, qui, contournant les cataractes situées au-dessous de Gondokoro, atteignit le 2e parallèle –, ni le négociant maltais Andrea Debono, qui poussa plus loin encore son excursion sur le Nil – ne purent franchir l'infranchissable limite.

En 1859, M. Guillaume Lejean, chargé d'une mission par le gouvernement français, se rendit à Karthoum par la mer Rouge, s'embarqua sur le Nil avec vingt et un hommes d'équipage et vingt soldats ; mais il ne put dépasser Gondokoro, et courut les plus grands dangers au milieu des Nègres en pleine révolte. L'expédition dirigée par M. d'Escayrac de Lauture tenta également d'arriver aux fameuses sources.

Mais ce terme fatal arrêta toujours les voyageurs ; les envoyés de Néron avaient atteint autrefois le 9e degré de latitude ; on ne gagna donc en dix-huit siècles que 5 ou

6 degrés, soit de trois cents à trois cent soixante milles géographiques.

Plusieurs voyageurs tentèrent de parvenir aux sources du Nil, en prenant un point de départ sur la côte orientale de l'Afrique.

De 1768 à 1772, l'Écossais Bruce partit de Masuah, port de l'Abyssinie, parcourut le Tigré, visita les ruines d'Axum, vit les sources du Nil où elles n'étaient pas, et n'obtint aucun résultat sérieux.

En 1844, le docteur Krapf, missionnaire anglican, fondait un établissement à Monbaz sur la côte de Zanguebar, et découvrait, en compagnie du révérend Rebmann, deux montagnes à trois cents milles de la côte ; ce sont les monts Kilimandjaro et Kenia, que MM. de Heuglin et Thornton viennent de gravir en partie.

En 1845, le Français Maizan débarquait seul à Bagamayo, en face de Zanzibar, et parvenait à Deje-la-Mhora, où le chef le faisait périr dans de cruels supplices.

En 1859, au mois d'août, le jeune voyageur Roscher, de Hambourg, parti avec une caravane de marchands arabes, atteignait le lac Nyassa, où il fut assassiné pendant son sommeil.

Enfin, en 1857, les lieutenants Burton et Speke, tous deux officiers à l'armée du Bengale, furent envoyés par la Société de Géographie de Londres pour explorer les Grands Lacs africains ; le 17 juin ils quittèrent Zanzibar et s'enfoncèrent directement dans l'ouest.

Après quatre mois de souffrances inouïes, leurs bagages pillés, leurs porteurs assommés, ils arrivèrent à Kazeh, centre de réunion des trafiquants et des caravanes ; ils étaient en pleine terre de la Lune ; là ils recueillirent des documents précieux sur les mœurs, le gouvernement, la religion, la faune et la flore du pays ; puis ils se dirigèrent vers le premier des Grands Lacs, le Tanganayika, situé entre 3° et 8° de latitude australe ; ils y parvinrent le 14 février 1858, et visitèrent les diverses peuplades des rives, pour la plupart cannibales.

Ils repartirent le 26 mai, et rentrèrent à Kazeh le 20 juin. Là, Burton épuisé resta plusieurs mois malade ; pendant ce temps, Speke fit au nord une pointe de plus de trois cents milles, jusqu'au lac Oukéréoué, qu'il aperçut le 3 août ; mais il n'en put voir que l'ouverture par 2° 30' de latitude.

Il était de retour à Kazeh le 25 août, et reprenait avec Burton le chemin de Zanzibar, qu'ils revirent au mois de mars l'année suivante. Ces deux hardis explorateurs revinrent alors en Angleterre, et la Société de Géographie de Paris leur décerna son prix annuel.

Le docteur Fergusson remarqua avec soin qu'ils n'avaient franchi ni le 2e degré de latitude australe, ni le 29e degré de longitude est.

Il s'agissait donc de réunir les explorations de Burton et Speke à celles du docteur Barth ; c'était s'engager à franchir une étendue de pays de plus de douze degrés.

V

RÊVES DE KENNEDY. – ARTICLES ET PRONOMS AU PLURIEL. – INSINUATIONS DE DICK. – PROMENADE SUR LA CARTE D'AFRIQUE. – CE QUI RESTE ENTRE LES DEUX POINTES DU COMPAS. – EXPÉDITIONS ACTUELLES. – SPEKE ET GRANT. – KRAPF, DE DECKEN, DE HEUGLIN.

Le docteur Fergusson pressait activement les préparatifs de son départ ; il dirigeait lui-même la construction de son aérostat, suivant certaines modifications sur lesquelles il gardait un silence absolu.

Depuis longtemps déjà, il s'était appliqué à l'étude de la langue arabe et de divers idiomes mandingues ; grâce à ses dispositions de polyglotte, il fit de rapides progrès.

En attendant, son ami le chasseur ne le quittait pas d'une semelle ; il craignait sans doute que le docteur ne prît son vol sans rien dire ; il lui tenait encore à ce sujet les discours les plus persuasifs, qui ne persuadaient pas Samuel Fergusson, et s'échappait en supplications pathétiques, dont celui-ci se montrait peu touché. Dick le sentait glisser entre ses doigts.

Le pauvre Écossais était réellement à plaindre ; il ne considérait plus la voûte azurée sans de sombres terreurs ; il éprouvait, en dormant, des balancements vertigineux, et chaque nuit il se sentait choir d'incommensurables hauteurs.

Nous devons ajouter que, pendant ces terribles cauchemars, il tomba de son lit une fois ou deux. Son premier soin fut de montrer à Fergusson une forte contusion qu'il se fit à la tête.

« Et pourtant, ajouta-t-il avec bonhomie, trois pieds de hauteur ! pas plus ! et une bosse pareille ! Juge donc ! »

Cette insinuation, pleine de mélancolie, n'émut pas le docteur.

« Nous ne tomberons pas, fit-il.
— Mais enfin, si nous tombons ?
— Nous ne tomberons pas. »

Ce fut net, et Kennedy n'eut rien à répondre.

Ce qui exaspérait particulièrement Dick, c'est que le docteur semblait faire une abnégation parfaite de sa personnalité, à lui Kennedy ; il le considérait comme irrévocablement destiné à devenir son compagnon aérien. Cela n'était plus l'objet d'un doute. Samuel faisait un intolérable abus du pronom pluriel de la première personne.

« Nous » avançons..., « nous » serons prêts le..., « nous » partirons le...

Et de l'adjectif possessif au singulier :

« Notre » ballon..., « notre » nacelle..., « notre » exploration...

Et du pluriel donc !

« Nos » préparatifs..., « nos » découvertes..., « nos » ascensions...

Dick en frissonnait, quoique décidé à ne point partir ; mais il ne voulait pas trop contrarier son ami. Avouons même que, sans s'en rendre bien compte, il avait fait venir tout doucement d'Édimbourg quelques vêtements assortis et ses meilleurs fusils de chasse.

Un jour, après avoir reconnu qu'avec un bonheur insolent, on pouvait avoir une chance sur mille de réussir, il feignit de se rendre aux désirs du docteur ; mais, pour reculer le voyage, il entama la série des échappatoires les plus variées. Il se rejeta sur l'utilité de l'expédition et sur son opportunité... Cette découverte des sources du Nil était-elle vraiment nécessaire ?... Aurait-on réellement travaillé pour le bonheur de l'humanité ?... Quand, au bout du compte, les peuplades de l'Afrique seraient civilisées, en seraient-elles plus heureuses ?... Était-on certain, d'ailleurs, que la civilisation ne fût pas plutôt là qu'en Europe ? - Peut-être. - Et d'abord ne pouvait-on attendre encore ?... La traversée de l'Afrique serait certainement faite un jour, et d'une façon moins hasardeuse... Dans un mois, dans six mois, avant un an, quelque explorateur arriverait sans doute...

Ces insinuations produisaient un effet tout contraire à leur but, et le docteur frémissait d'impatience.

« Veux-tu donc, malheureux Dick, veux-tu donc, faux ami, que cette gloire profite à un autre ? Faut-il donc mentir à mon passé ? reculer devant des obstacles qui ne sont pas sérieux ? reconnaître par de lâches hésitations ce qu'ont fait pour moi, et le gouvernement anglais, et la Société Royale de Londres ?

– Mais..., reprit Kennedy, qui avait une grande habitude de cette conjonction.

– Mais, fit le docteur, ne sais-tu pas que mon voyage doit concourir au succès des entreprises actuelles ? Ignores-tu que de nouveaux explorateurs s'avancent vers le centre de l'Afrique ?

– Cependant...

– Écoute-moi bien, Dick, et jette les yeux sur cette carte. » Dick les jeta avec résignation.

« Remonte le cours du Nil, dit Fergusson.

– Je le remonte, répondit docilement l'Écossais.

– Arrive à Gondokoro.

– J'y suis. »

Et Kennedy songeait combien était facile un pareil voyage... sur la carte.

« Prends une des pointes de ce compas, reprit le docteur, et appuie-la sur cette ville que les plus hardis ont à peine dépassée.

– J'appuie.

— Et maintenant cherche sur la côte l'île de Zanzibar, par 6° de latitude sud.

— Je la tiens.

— Suis maintenant ce parallèle et arrive à Kazeh.

— C'est fait.

— Remonte par le 33ᵉ degré de longitude jusqu'à l'ouverture du lac Oukéréoué, à l'endroit où s'arrêta le lieutenant Speke.

— M'y voici ! Un peu plus, je tombais dans le lac.

— Eh bien ! sais-tu ce qu'on a le droit de supposer d'après les renseignements donnés par les peuplades riveraines ?

— Je ne m'en doute pas.

— C'est que ce lac, dont l'extrémité inférieure est par 2° 30' de latitude, doit s'étendre également de deux degrés et demi au-dessus de l'équateur.

— Vraiment !

— Or, de cette extrémité septentrionale s'échappe un cours d'eau qui doit nécessairement rejoindre le Nil, si ce n'est le Nil lui-même.

— Voilà qui est curieux.

— Or, appuie la seconde pointe de ton compas sur cette extrémité du lac Oukéréoué.

— C'est fait, ami Fergusson.

— Combien comptes-tu de degrés entre les deux pointes ?

— A peine deux.

— Et sais-tu ce que cela fait, Dick ?

— Pas le moins du monde.

— Cela fait à peine cent vingt milles[1], c'est-à-dire rien.

— Presque rien, Samuel.

— Or, sais-tu ce qui se passe en ce moment ?

— Non, sur ma vie !

— Eh bien ! le voici. La Société de Géographie a regardé comme très importante l'exploration de ce lac entrevu par Speke. Sous ses auspices, le lieutenant, aujourd'hui capitaine Speke, s'est associé le capitaine Grant de l'armée des Indes ; ils se sont mis à la tête d'une expédition nombreuse et largement subventionnée ; ils ont mission de remonter le lac

---

1. Cinquante lieues.

Dick consultant la carte.

et de revenir jusqu'à Gondokoro ; ils ont reçu un subside de plus de cinq mille livres, et le gouverneur du Cap a mis des soldats hottentots à leur disposition ; ils sont partis de Zanzibar à la fin d'octobre 1860. Pendant ce temps, l'Anglais John Petherick, consul de Sa Majesté à Karthoum, a reçu du Foreign-office sept cents livres environ ; il doit équiper un bateau à vapeur à Karthoum, le charger de provisions suffisantes, et se rendre à Gondokoro ; là il attendra la caravane du capitaine Speke et sera en mesure de la ravitailler.

— Bien imaginé, dit Kennedy.

— Tu vois bien que cela presse, si nous voulons participer à ces travaux d'exploration. Et ce n'est pas tout ; pendant que l'on marche d'un pas sûr à la découverte des sources du Nil, d'autres voyageurs vont hardiment au cœur de l'Afrique.

— A pied, fit Kennedy.

— A pied, répondit le docteur sans relever l'insinuation. Le docteur Krapf se propose de pousser dans l'ouest par le Djob, rivière située sous l'équateur. Le baron de Decken a quitté Monbaz, a reconnu les montagnes de Kenia et de Kilimandjaro, et s'enfonce vers le centre.

— A pied toujours ?

— Toujours à pied, ou à dos de mulet.

— C'est exactement la même chose pour moi, répliqua Kennedy.

— Enfin, reprit le docteur, M. de Heuglin, vice-consul d'Autriche à Karthoum, vient d'organiser une expédition très importante, dont le premier but est de rechercher le voyageur Vogel qui, en 1853, fut envoyé dans le Soudan pour s'associer aux travaux du docteur Barth. En 1856, il quitta le Bornou, et résolut d'explorer ce pays inconnu qui s'étend entre le lac Tchad et le Darfour. Or, depuis ce temps, il n'a pas reparu. Des lettres arrivées en juin 1860 à Alexandrie rapportent qu'il fut assassiné par les ordres du roi du Wadaï ; mais d'autres lettres, adressées par le docteur Hartmann au père du voyageur, disent, d'après les récits d'un fellatah du Bornou, que Vogel serait seulement retenu prisonnier à Wara ; tout espoir n'est donc pas perdu. Un comité s'est formé sous la présidence du duc régent de Saxe-Cobourg-Gotha ; mon ami Petermann en est le secrétaire ; une souscription nationale a fait les frais de l'expédition, à laquelle se sont joints de nombreux savants ; M. de Heuglin est parti de Masuah dans le mois de juin, et en même temps qu'il recherche les traces de Vogel, il doit explorer tout le pays compris entre le Nil et le Tchad, c'est-à-dire relier les opérations du capitaine Speke à celles du docteur Barth. Et alors l'Afrique aura été traversée de l'est à l'ouest[1].

– Eh bien ! reprit l'Écossais, puisque tout cela s'emmanche si bien, qu'allons-nous faire là-bas ? »

Le docteur Fergusson ne répondit pas, et se contenta de hausser les épaules.

VI

UN DOMESTIQUE IMPOSSIBLE. – IL APERÇOIT LES SATELLITES DE JUPITER. – DICK ET JOE AUX PRISES. – LE DOUTE ET LA CROYANCE. – LE PESAGE. – JOE-WELLINGTON. – IL REÇOIT UNE DEMI-COURONNE.

Le docteur Fergusson avait un domestique ; il répondait avec empressement au nom de Joe ; une excellente nature ; ayant voué à son maître une confiance absolue et un dévouement sans bornes ; devançant même ses ordres, toujours interprétés d'une façon intelligente ; un Caleb pas grognon et d'une éternelle bonne humeur ; on l'eût fait exprès qu'on n'eût pas mieux réussi. Fergusson s'en rapportait entièrement à lui pour les détails de son existence, et il avait raison. Rare et honnête Joe ! un domestique qui commande votre dîner, et dont le goût est le vôtre, qui fait

---

1. Depuis le départ du docteur Fergusson, on a appris que M. de Heuglin, à la suite de certaines discussions, a pris une route différente de celle assignée à son expédition, dont le commandement a été remis à M. Munzinger.

votre malle et n'oublie ni les bas ni les chemises, qui possède vos clefs et vos secrets, et n'en abuse pas !

Mais aussi quel homme était le docteur pour ce digne Joe ! avec quel respect et quelle confiance il accueillait ses décisions. Quand Fergusson avait parlé, fou qui eût voulu répondre. Tout ce qu'il pensait était juste ; tout ce qu'il disait, sensé ; tout ce qu'il commandait, faisable ; tout ce qu'il entreprenait, possible ; tout ce qu'il achevait, admirable. Vous auriez coupé Joe en morceaux, ce qui vous eût répugné sans doute, qu'il n'aurait pas changé d'avis à l'égard de son maître.

Aussi, quand le docteur conçut ce projet de traverser l'Afrique par les airs, ce fut pour Joe chose faite ; il n'existait plus d'obstacles ; dès l'instant que le docteur Fergusson avait résolu de partir, il était arrivé - avec son fidèle serviteur, car ce brave garçon, sans en avoir jamais parlé, savait bien qu'il serait du voyage.

Il devait d'ailleurs y rendre les plus grands services par son intelligence et sa merveilleuse agilité. S'il eût fallu nommer un professeur de gymnastique pour les singes du Zoological Garden, qui sont bien dégourdis cependant, Joe aurait certainement obtenu cette place. Sauter, grimper, voler, exécuter mille tours impossibles, il s'en faisait un jeu.

Si Fergusson était la tête et Kennedy le bras, Joe devait être la main. Il avait déjà accompagné son maître pendant plusieurs voyages, et possédait quelque teinture de science appropriée à sa façon ; mais il se distinguait surtout par une philosophie douce, un optimisme charmant ; il trouvait tout facile, logique, naturel, et par conséquent il ignorait le besoin de se plaindre ou de maugréer.

Entre autres qualités, il possédait une puissance et une étendue de visions étonnantes ; il partageait avec Moestlin, le professeur de Képler, la rare faculté de distinguer sans lunettes les satellites de Jupiter et de compter dans le groupe des Pléiades quatorze étoiles, dont les dernières sont de neuvième grandeur. Il ne s'en montrait pas plus fier pour cela ; au contraire : il vous saluait de très loin, et, à l'occasion, il savait joliment se servir de ses yeux.

Avec cette confiance que Joe témoignait au docteur, il ne

faut donc pas s'étonner des incessantes discussions qui s'élevaient entre Kennedy et le digne serviteur, toute déférence gardée d'ailleurs.

L'un doutait, l'autre croyait ; l'un était la prudence clairvoyante, l'autre la confiance aveugle ; le docteur se trouvait entre le doute et la croyance ! je dois dire qu'il ne se préoccupait ni de l'une ni de l'autre.

« Eh bien ! monsieur Kennedy ? disait Joe.

– Eh bien ! mon garçon ?

– Voilà le moment qui approche. Il paraît que nous nous embarquons pour la lune.

– Tu veux dire la terre de la Lune, ce qui n'est pas tout à fait aussi loin ; mais sois tranquille, c'est aussi dangereux.

– Dangereux ! avec un homme comme le docteur Fergusson !

– Je ne voudrais pas t'enlever tes illusions, mon cher Joe ; mais ce qu'il entreprend là est tout bonnement le fait d'un insensé : il ne partira pas.

– Il ne partira pas ! Vous n'avez donc pas vu son ballon à l'atelier de MM. Mittchell, dans le Borough[1].

– Je me garderais bien de l'aller voir.

– Vous perdez là un beau spectacle, monsieur ! Quelle belle chose ! quelle jolie coupe ! quelle charmante nacelle ! Comme nous serons à notre aise là-dedans !

– Tu comptes donc sérieusement accompagner ton maître ?

– Moi, répliqua Joe avec conviction, mais je l'accompagnerai où il voudra ! Il ne manquerait plus que cela ! le laisser aller seul, quand nous avons couru le monde ensemble ! Et qui le soutiendrait donc quand il serait fatigué ? qui lui tendrait une main vigoureuse pour sauter un précipice ? qui le soignerait s'il tombait malade ? Non, monsieur Dick, Joe sera toujours à son poste auprès du docteur, que dis-je, autour du docteur Fergusson.

– Brave garçon !

– D'ailleurs, vous venez avec nous, reprit Joe.

– Sans doute ! fit Kennedy ; c'est-à-dire je vous accom-

---

1. Faubourg méridional de Londres.

pagne pour empêcher jusqu'au dernier moment Samuel de commettre une pareille folie ! Je le suivrai même jusqu'à Zanzibar, afin que là encore la main d'un ami l'arrête dans son projet insensé.

— Vous n'arrêterez rien du tout, monsieur Kennedy, sauf votre respect. Mon maître n'est point un cerveau brûlé ; il médite longuement ce qu'il veut entreprendre, et quand sa résolution est prise, le diable serait bien qui l'en ferait démordre.

— C'est ce que nous verrons !

— Ne vous flattez pas de cet espoir. D'ailleurs, l'important est que vous veniez. Pour un chasseur comme vous, l'Afrique est un pays merveilleux. Ainsi, de toute façon, vous ne regretterez point votre voyage.

— Non, certes, je ne le regretterai pas, surtout si cet entêté se rend enfin à l'évidence.

— A propos, dit Joe, vous savez que c'est aujourd'hui le pesage.

— Comment, le pesage ?

— Sans doute, mon maître, vous et moi, nous allons tous trois nous peser.

— Comme des jockeys !

— Comme des jockeys. Seulement, rassurez-vous, on ne vous fera pas maigrir si vous êtes trop lourd. On vous prendra comme vous serez.

— Je ne me laisserai certainement pas peser, dit l'Écossais avec fermeté.

— Mais, Monsieur, il paraît que c'est nécessaire pour sa machine.

— Eh bien ! sa machine s'en passera.

— Par exemple ! et si, faute de calculs exacts, nous n'allions pas pouvoir monter !

— Eh parbleu ! je ne demande que cela !

— Voyons, monsieur Kennedy, mon maître va venir à l'instant nous chercher.

— Je n'irai pas.

— Vous ne voudrez pas lui faire cette peine.

— Je la lui ferai.

— Bon ! fit Joe en riant, vous parlez ainsi parce qu'il n'est

Portrait de Joe.

pas là ; mais quand il vous dira face à face : « Dick (sauf
« votre respect), Dick, j'ai besoin de connaître exactement
« ton poids », vous irez, je vous en réponds.

— Je n'irai pas. »

En ce moment le docteur rentra dans son cabinet de
travail où se tenait cette conversation ; il regarda Kennedy,
qui ne se sentit pas trop à son aise.

« Dick, dit le docteur, viens avec Joe ; j'ai besoin de
savoir ce que vous pesez tous les deux.

— Mais...

— Tu pourras garder ton chapeau sur la tête. Viens. »

Et Kennedy y alla.

Ils se rendirent tous les trois à l'atelier de MM. Mittchell,
où l'une de ces balances dites romaines avait été préparée. Il
fallait effectivement que le docteur connût le poids de ses
compagnons pour établir l'équilibre de son aérostat. Il fit
donc monter Dick sur la plate-forme de la balance ;
celui-ci, sans faire de résistance, disait à mi-voix :

« C'est bon ! c'est bon ! cela n'engage à rien.

— Cent cinquante-trois livres, dit le docteur, en inscrivant
le nombre sur son carnet.

— Suis-je trop lourd ?

— Mais non, monsieur Kennedy, répliqua Joe ; d'ailleurs,
je suis léger, cela fera compensation. »

Et ce disant, Joe prit avec enthousiasme la place du
chasseur ; il faillit même renverser la balance dans son
emportement ; il se posa dans l'attitude du Wellington qui
singe Achille à l'entrée d'Hyde-Park, et fut magnifique,
même sans bouclier.

« Cent vingt livres, inscrivit le docteur.

— Eh ! eh ! » fit Joe avec un sourire de satisfaction. Pourquoi souriait-il ? Il n'eût jamais pu le dire.

« A mon tour », dit Fergusson, et il inscrivit cent trente-
cinq livres pour son propre compte.

« A nous trois, dit-il, nous ne pesons pas plus de quatre
cents livres.

— Mais, mon maître, reprit Joe, si cela était nécessaire
pour votre expérience, je pourrais bien me faire maigrir
d'une vingtaine de livres en ne mangeant pas.

— C'est inutile mon garçon, répondit le docteur ; tu peux manger à ton aise, et voilà une demi-couronne pour te lester à ta fantaisie. »

VII

DÉTAILS GÉOMÉTRIQUES. - CALCUL DE LA CAPACITÉ DU BALLON. - L'AÉROSTAT DOUBLE. - L'ENVELOPPE. - LA NACELLE. - L'APPAREIL MYSTÉRIEUX. - LES VIVRES. - L'ADDITION FINALE.

Le docteur Fergusson s'était préoccupé depuis longtemps des détails de son expédition. On comprend que le ballon, ce merveilleux véhicule destiné à le transporter par air, fût l'objet de sa constante sollicitude.

Tout d'abord, et pour ne pas donner de trop grandes dimensions à l'aérostat, il résolut de le gonfler avec du gaz hydrogène, qui est quatorze fois et demie plus léger que l'air. La production de ce gaz est facile, et c'est celui qui a donné les meilleurs résultats dans les expériences aérostatiques.

Le docteur, d'après des calculs très exacts, trouva que, pour les objets indispensables à son voyage et pour son appareil, il devait emporter un poids de quatre mille livres ; il fallut donc rechercher quelle serait la force ascensionnelle capable d'enlever ce poids, et, par conséquent, quelle en serait la capacité.

Un poids de quatre mille livres est représenté par un déplacement d'air de quarante-quatre mille huit cent quarante-sept pieds cubes[1], ce qui revient à dire que quarante-quatre mille huit cent quarante-sept pieds cubes d'air pèsent quatre mille livres environ.

En donnant au ballon cette capacité de quarante-quatre mille huit cent quarante-sept pieds cubes et en le remplissant, au lieu d'air, de gaz hydrogène, qui, quatorze fois et

1. 1 661 mètres cubes.

demie plus léger, ne pèse que deux cent soixante-seize livres, il reste une rupture d'équilibre, soit une différence de trois mille sept cent vingt-quatre livres. C'est cette différence entre le poids du gaz contenu dans le ballon et le poids de l'air environnant qui constitue la force ascensionnelle de l'aérostat.

Toutefois, si l'on introduisait dans le ballon les quarante-quatre mille huit cent quarante pieds cubes de gaz dont nous parlons, il serait entièrement rempli ; or cela ne doit pas être, car à mesure que le ballon monte dans les couches moins denses de l'air, le gaz qu'il renferme tend à se dilater et ne tarderait pas à crever l'enveloppe. On ne remplit donc généralement les ballons qu'aux deux tiers.

Mais le docteur, par suite de certain projet connu de lui seul, résolut de ne remplir son aérostat qu'à moitié, et puisqu'il lui fallait emporter quarante-quatre mille huit cent quarante-sept pieds cubes d'hydrogène, de donner à son ballon une capacité à peu près double.

Il le disposa suivant cette forme allongée que l'on sait être préférable ; le diamètre horizontal fut de cinquante pieds et le diamètre vertical de soixante-quinze[1] ; il obtint ainsi un sphéroïde dont la capacité s'élevait en chiffres ronds à quatre-vingt-dix mille pieds cubes.

Si le docteur Fergusson avait pu employer deux ballons, ses chances de réussite se seraient accrues ; en effet, au cas où l'un vient à se rompre dans l'air, on peut en jetant du lest se soutenir au moyen de l'autre. Mais la manœuvre de deux aérostats devient fort difficile, lorsqu'il s'agit de leur conserver une force d'ascension égale.

Après avoir longuement réfléchi, Fergusson, par une disposition ingénieuse, réunit les avantages de deux ballons sans en avoir les inconvénients ; il en construisit deux d'inégale grandeur et les renferma l'un dans l'autre. Son ballon extérieur, auquel il conserva les dimensions que nous avons données plus haut, en contint un plus petit, de même

---

[1]. Cette dimension n'a rien d'extraordinaire : en 1784, à Lyon, M. Montgolfier construisit un aérostat dont la capacité était de 340 000 pieds cubes, ou 20 000 mètres cubes, et il pouvait enlever un poids de 20 tonnes, soit 20 000 kilogrammes.

Le Résolute.

forme, qui n'eut que quarante-cinq pieds de diamètre horizontal et soixante-huit pieds de diamètre vertical. La capacité de ce ballon intérieur n'était donc que de soixante-sept mille pieds cubes ; il devait nager dans le fluide qui l'entourait ; une soupape s'ouvrait d'un ballon à l'autre et permettait au besoin de les faire communiquer entre eux.

Cette disposition présentait cet avantage que, s'il fallait donner issue au gaz pour descendre, on laisserait échapper d'abord celui du grand ballon ; dût-on même le vider entièrement, le petit resterait intact ; on pouvait alors se débarrasser de l'enveloppe extérieure, comme d'un poids incommode, et le second aérostat, demeuré seul, n'offrait pas au vent la prise que donnent les ballons à demi dégonflés.

De plus, dans le cas d'un accident, d'une déchirure arrivée au ballon extérieur, l'autre avait l'avantage d'être préservé.

Les deux aérostats furent construits avec un taffetas croisé de Lyon enduit de gutta-percha. Cette substance gommo-résineuse jouit d'une imperméabilité absolue ; elle est entièrement inattaquable aux acides et aux gaz. Le taffetas fut juxtaposé en double au pôle supérieur du globe, où se fait presque tout l'effort.

Cette enveloppe pouvait retenir le fluide pendant un temps illimité. Elle pesait une demi-livre par neuf pieds carrés. Or, la surface du ballon extérieur étant d'environ onze mille six cents pieds carrés, son enveloppe pesa six cent cinquante livres. L'enveloppe du second ballon ayant neuf mille deux cents pieds carrés de surface ne pesait que cinq cent dix livres : soit donc, en tout, onze cent soixante livres.

Le filet destiné à supporter la nacelle fut fait en corde de chanvre d'une très grande solidité ; les deux soupapes devinrent l'objet de soins minutieux, comme l'eût été le gouvernail d'un navire.

La nacelle, de forme circulaire et d'un diamètre de quinze pieds, était construite en osier, renforcée par une légère armature de fer, et revêtue à la partie inférieure de ressorts élastiques destinés à amortir les chocs. Son poids et celui du filet ne dépassaient pas deux cent quatre-vingts livres.

Le docteur fit construire, en outre, quatre caisses de tôle de deux lignes d'épaisseur ; elles étaient réunies entre elles par des tuyaux munis de robinets ; il y joignit un serpentin de deux pouces de diamètre environ qui se terminait par deux branches droites d'inégale longueur, mais dont la plus grande mesurait vingt-cinq pieds de haut, et la plus courte quinze pieds seulement.

Les caisses de tôle s'emboîtaient dans la nacelle de façon à occuper le moins d'espace possible ; le serpentin, qui ne devait s'ajuster que plus tard, fut emballé séparément, ainsi qu'une très forte pile électrique de Bunsen. Cet appareil avait été si ingénieusement combiné qu'il ne pesait pas plus de sept cents livres, en y comprenant même vingt-cinq gallons d'eau contenus dans une caisse spéciale.

Les instruments destinés au voyage consistèrent en deux baromètres, deux thermomètres, deux boussoles, un sextant, deux chronomètres, un horizon artificiel et un altazimuth pour relever les objets lointains et inaccessibles. L'Observatoire de Greenwich s'était mis à la disposition du docteur. Celui-ci d'ailleurs ne se proposait pas de faire des expériences de physique ; il voulait seulement reconnaître sa direction, et déterminer la position des principales rivières, montagnes et villes.

Il se munit de trois ancres en fer bien éprouvées, ainsi que d'une échelle de soie légère et résistante, longue d'une cinquantaine de pieds.

Il calcula également le poids exact de ses vivres ; ils consistèrent en thé, en café, en biscuits, en viande salée et en pemmican, préparation qui, sous un mince volume, renferme beaucoup d'éléments nutritifs. Indépendamment d'une suffisante réserve d'eau-de-vie, il disposa deux caisses à eau qui contenaient chacune vingt-deux gallons[1].

La consommation de ces divers aliments devait peu à peu diminuer le poids enlevé par l'aérostat. Car il faut savoir que l'équilibre d'un ballon dans l'atmosphère est d'une

---

1. Cent litres à peu près. Le gallon, qui contient 8 pintes, vaut 4 litres 453.

extrême sensibilité. La perte d'un poids presque insignifiant suffit pour produire un déplacement très appréciable.

Le docteur n'oublia ni une tente qui devait recouvrir une partie de la nacelle, ni les couvertures qui composaient toute la literie de voyage, ni les fusils du chasseur, ni ses provisions de poudre et de balles.

Voici le résumé de ses différents calculs :

Fergusson	135 livres
Kennedy	153 livres
Joe	120 livres
Poids du premier ballon	650 livres
Poids du second ballon	510 livres
Nacelle et filet	280 livres
Ancres, instruments, Fusils, couvertures, Tente, ustensiles divers,	190 livres
Viande, pemmican, Biscuits, thé, Café, eau-de-vie,	386 livres
Eau	400 livres
Appareil	700 livres
Poids de l'hydrogène	276 livres
Lest	200 livres
Total	4 000 livres

Tel était le décompte des quatre mille livres que le docteur Fergusson se proposait d'enlever ; il n'emportait que deux cents livres de lest, « pour les cas imprévus seulement », disait-il, car il comptait bien n'en pas user, grâce à son appareil.

VIII

IMPORTANCE DE JOE. - LE COMMANDANT DU « RESOLUTE ». - L'ARSENAL DE KENNEDY. - AMÉNAGEMENTS. - LE DINER D'ADIEU. - LE DÉPART DU 21 FÉVRIER. - SÉANCES SCIENTIFIQUES DU DOCTEUR. - DUVEYRIER, LIVINGSTONE. - DÉTAILS DU VOYAGE AÉRIEN. - KENNEDY RÉDUIT AU SILENCE.

Vers le 10 février, les préparatifs touchaient à leur fin, les aérostats renfermés l'un dans l'autre étaient entièrement terminés ; ils avaient subi une forte pression d'air refoulé dans leurs flancs ; cette épreuve donnait bonne opinion de leur solidité, et témoignait des soins apportés à leur construction.

Joe ne se sentait pas de joie ; il allait incessamment de Greek street aux ateliers de MM. Mitchell, toujours affairé, mais toujours épanoui, donnant volontiers des détails sur l'affaire aux gens qui ne lui en demandaient point, fier entre toutes choses d'accompagner son maître. Je crois même qu'à montrer l'aérostat, à développer les idées et les plans du docteur, à laisser apercevoir celui-ci par une fenêtre entrouverte, ou à son passage dans les rues, le digne garçon gagna quelques demi-couronnes ; il ne faut pas lui en vouloir ; il avait bien le droit de spéculer un peu sur l'admiration et la curiosité de ses contemporains.

Le 16 février, le *Resolute* vint jeter l'ancre devant Greenwich. C'était un navire à hélice du port de huit cents tonneaux, bon marcheur, et qui fut chargé de ravitailler la dernière expédition de Sir James Ross aux régions polaires. Le commandant Pennet passait pour un aimable homme, il s'intéressait particulièrement au voyage du docteur, qu'il appréciait de longue date. Ce Pennet faisait plutôt un savant qu'un soldat, cela n'empêchait pas son bâtiment de porter quatre caronades, qui n'avaient jamais fait de mal à personne, et servaient seulement à produire les bruits les plus pacifiques du monde.

La cale du *Resolute* fut aménagée de manière à loger l'aérostat ; il y fut transporté avec les plus grandes précautions dans la journée du 18 février ; on l'emmagasina au fond du navire, de manière à prévenir tout accident ; la nacelle et ses accessoires, les ancres, les cordes, les vivres, les caisses à eau que l'on devait remplir à l'arrivée, tout fut arrimé sous les yeux de Fergusson.

On embarqua dix tonneaux d'acide sulfurique et dix tonneaux de vieille ferraille pour la production du gaz hydrogène. Cette quantité était plus que suffisante, mais il fallait parer aux pertes possibles. L'appareil destiné à développer le gaz, et composé d'une trentaine de barils, fut mis à fond de cale.

Ces divers préparatifs se terminèrent le 18 février au soir. Deux cabines confortablement disposées attendaient le docteur Fergusson et son ami Kennedy. Ce dernier, tout en jurant qu'il ne partirait pas, se rendit à bord avec un véritable arsenal de chasse, deux excellents fusils à deux coups, se chargeant par la culasse, et une carabine à toute épreuve de la fabrique de Purdey Moore et Dickson d'Édimbourg ; avec une pareille arme, le chasseur n'était pas embarrassé de loger à deux mille pas de distance une balle dans l'œil d'un chamois ; il y joignit deux revolvers Colt à six coups pour les besoins imprévus ; sa poudrière, son sac à cartouches, son plomb et ses balles, en quantité suffisante, ne dépassaient pas les limites de poids assignées par le docteur.

Les trois voyageurs s'installèrent à bord dans la journée du 19 février ; ils furent reçus avec une grande distinction par le capitaine et ses officiers, le docteur toujours assez froid, uniquement préoccupé de son expédition, Dick ému sans trop vouloir le paraître, Joe bondissant, éclatant en propos burlesques ; il devint promptement le loustic du poste des maîtres, où un cadre lui avait été réservé.

Le 20, un grand dîner d'adieu fut donné au docteur Fergusson et à Kennedy par la Société Royale de Géographie. Le commandant Pennet et ses officiers assistaient à ce repas, qui fut très animé et très fourni en libations flatteuses ; les santés y furent portées en assez grand nombre pour assurer à tous les convives une existence de centenaires. Sir

Joe causant avec les matelots.

Francis M... présidait avec une émotion contenue, mais pleine de dignité.

A sa grande confusion, Dick Kennedy eut une large part dans les félicitations bachiques. Après avoir bu « à l'intrépide Fergusson, la gloire de l'Angleterre », on dut boire « au non moins courageux Kennedy, son audacieux compagnon ».

Dick rougit beaucoup, ce qui passa pour de la modestie : les applaudissements redoublèrent. Dick rougit encore davantage.

Un message de la reine arriva au dessert ; elle présentait ses compliments aux deux voyageurs et faisait des vœux pour la réussite de l'entreprise.

Ce qui nécessita de nouveaux toasts « à Sa Très Gracieuse Majesté ».

A minuit, après des adieux émouvants et de chaleureuses poignées de main, les convives se séparèrent.

Les embarcations du *Resolute* attendaient au pont de Westminster ; le commandant y prit place en compagnie de ses passagers et de ses officiers, et le courant rapide de la Tamise les porta vers Greenwich.

A une heure, chacun dormait à bord.

Le lendemain, 21 février, à trois heures du matin, les fourneaux ronflaient ; à cinq heures, on levait l'ancre, et sous l'impulsion de son hélice, le *Resolute* fila vers l'embouchure de la Tamise.

Nous n'avons pas besoin de dire que les conversations du bord roulèrent uniquement sur l'expédition du docteur Fergusson. A le voir comme à l'entendre, il inspirait une telle confiance que bientôt, sauf l'Écossais, personne ne mit en question le succès de son entreprise.

Pendant les longues heures inoccupées du voyage, le docteur faisait un véritable cours de géographie dans le carré des officiers. Ces jeunes gens se passionnaient pour les découvertes faites depuis quarante ans en Afrique ; il leur raconta les explorations de Barth, de Burton, de Speke, de Grant, il leur dépeignit cette mystérieuse contrée livrée de toutes parts aux investigations de la science. Dans le nord, le jeune Duveyrier explorait le Sahara et ramenait à Paris les chefs Touareg. Sous l'inspiration du gouvernement français, deux expéditions se préparaient, qui, descendant du nord et venant à l'ouest, se croiseraient à Tembouctou. Au sud, l'infatigable Livingstone s'avançait toujours vers l'équateur, et depuis mars 1862, il remontait, en compagnie de Mackensie, la rivière Rovoonia. Le XIXe siècle ne se passerait certainement pas sans que l'Afrique n'eût révélé les secrets enfouis dans son sein depuis six mille ans.

L'intérêt des auditeurs de Fergusson fut excité surtout quand il leur fit connaître en détail les préparatifs de son voyage ; ils voulurent vérifier ses calculs ; ils discutèrent, et le docteur entra franchement dans la discussion.

En général, on s'étonnait de la quantité relativement restreinte de vivres qu'il emportait avec lui. Un jour, l'un des officiers interrogea le docteur à cet égard.

« Cela vous surprend, répondit Fergusson.

– Sans doute.

– Mais quelle durée supposez-vous donc qu'aura mon voyage ? Des mois entiers ? C'est une grande erreur ; s'il se prolongeait, nous serions perdus, nous n'arriverions pas. Sachez donc qu'il n'y a pas plus de trois mille cinq cents, mettez quatre mille milles[1] de Zanzibar à la côte du Sénégal. Or, à deux cent quarante milles[2] par douze heures, ce qui n'approche pas de la vitesse de nos chemins de fer, en voyageant jour et nuit, il suffirait de sept jours pour traverser l'Afrique.

– Mais alors vous ne pourriez rien voir, ni faire de relèvements géographiques, ni reconnaître le pays.

– Aussi, répondit le docteur, si je suis maître de mon ballon, si je monte ou descends à ma volonté, je m'arrêterai quand bon me semblera, surtout lorsque des courants trop violents menaceront de m'entraîner.

– Et vous en rencontrerez, dit le commandant Pennet ; il y a des ouragans qui font plus de deux cent quarante milles à l'heure.

– Vous le voyez, répliqua le docteur, avec une telle

---

1. Environ 1 400 lieues.
2. Cent lieues. Le docteur compte toujours par milles géographiques de 60 au degré.

rapidité, on traverserait l'Afrique en douze heures ; on se lèverait à Zanzibar pour aller se coucher à Saint-Louis.

– Mais, reprit un officier, est-ce qu'un ballon pourrait être entraîné par une vitesse pareille ?

– Cela s'est vu, répondit Fergusson.

– Et le ballon a résisté ?

– Parfaitement. C'était à l'époque du couronnement de Napoléon en 1804. L'aéronaute Garnerin lança de Paris, à onze heures du soir, un ballon qui portait l'inscription suivante tracée en lettres d'or : « Paris, 25 frimaire an XIII, couronnement de l'empereur Napoléon par S.S. Pie VII. » Le lendemain matin, à cinq heures, les habitants de Rome voyaient le même ballon planer au-dessus du Vatican, parcourir la campagne romaine, et aller s'abattre dans le lac de Bracciano. Ainsi, messieurs, un ballon peut résister à de pareilles vitesses.

– Un ballon, oui ; mais un homme, se hasarda à dire Kennedy.

– Mais un homme aussi ! Car un ballon est toujours immobile par rapport à l'air qui l'environne ; ce n'est pas lui qui marche, c'est la masse de l'air elle-même ; aussi, allumez une bougie dans votre nacelle, et la flamme ne vacillera pas. Un aéronaute montant le ballon de Garnerin n'aurait aucunement souffert de cette vitesse. D'ailleurs, je ne tiens pas à expérimenter une semblable rapidité, et si je puis m'accrocher pendant la nuit à quelque arbre ou quelque accident de terrain, je ne m'en ferai pas faute. Nous emportons d'ailleurs pour deux mois de vivres, et rien n'empêchera notre adroit chasseur de nous fournir du gibier en abondance quand nous prendrons terre.

– Ah ! monsieur Kennedy ! vous allez faire là des coups de maître, dit un jeune midshipman en regardant l'Écossais avec des yeux d'envie.

– Sans compter, reprit un autre, que votre plaisir sera doublé d'une grande gloire.

– Messieurs, répondit le chasseur... je suis fort sensible... à vos compliments... mais il ne m'appartient pas de les recevoir...

– Hein ! fit-on de tous côtés, vous ne partirez pas ?

— Je ne partirai pas.
— Vous n'accompagnerez pas le docteur Fergusson ?
— Non seulement je ne l'accompagnerai pas, mais je ne suis ici que pour l'arrêter au dernier moment. »

Tous les regards se dirigèrent vers le docteur.

« Ne l'écoutez pas, répondit-il avec son air calme. C'est une chose qu'il ne faut pas discuter avec lui ; au fond, il sait parfaitement qu'il partira.

— Par saint Patrick ! s'écria Kennedy, j'atteste...

— N'atteste rien, ami Dick ; tu es jaugé, tu es pesé, toi, ta poudre, tes fusils et tes balles ; ainsi n'en parlons plus. »

Et de fait, depuis ce jour jusqu'à l'arrivée à Zanzibar, Dick n'ouvrit plus la bouche ; il ne parla pas plus de cela que d'autre chose. Il se tut.

IX

ON DOUBLE LE CAP. - LE GAILLARD D'AVANT. - COURS DE COSMOGRAPHIE PAR LE PROFESSEUR JOE. - DE LA DIRECTION DES BALLONS. - DE LA RECHERCHE DES COURANTS ATMOSPHÉRIQUES. — Εὔρηκα.

Le *Resolute* filait rapidement vers le cap de Bonne-Espérance ; le temps se maintenait au beau, quoique la mer devînt plus forte.

Le 30 mars, vingt-sept jours après le départ de Londres, la montagne de la Table se profila sur l'horizon ; la ville du Cap, située au pied d'un amphithéâtre de collines, apparut au bout des lunettes marines, et bientôt le *Resolute* jeta l'ancre dans le port. Mais le commandant n'y relâchait que pour prendre du charbon ; ce fut l'affaire d'un jour ; le lendemain, le navire donnait dans le sud pour doubler la pointe méridionale de l'Afrique et entrer dans le canal de Mozambique.

Joe n'en était pas à son premier voyage sur mer ; il n'avait pas tardé à se trouver chez lui à bord. Chacun l'aimait pour sa franchise et sa bonne humeur. Une grande part de la célébrité de son maître rejaillissait sur lui. On l'écoutait comme un oracle, et il ne se trompait pas plus qu'un autre.

Or, tandis que le docteur poursuivait le cours de ses descriptions dans le carré des officiers, Joe trônait sur le gaillard d'avant, et faisait de l'histoire à sa manière, procédé suivi d'ailleurs par les plus grands historiens de tous les temps.

Il était naturellement question du voyage aérien. Joe avait eu de la peine à faire accepter l'entreprise par des esprits récalcitrants ; mais aussi, la chose une fois acceptée, l'imagination des matelots, stimulée par le récit de Joe, ne connut plus rien d'impossible.

L'éblouissant conteur persuadait à son auditoire qu'après ce voyage-là on en ferait bien d'autres. Ce n'était que le commencement d'une longue série d'entreprises surhumaines.

« Voyez-vous, mes amis, quand on a goûté de ce genre de locomotion, on ne peut plus s'en passer ; aussi, à notre prochaine expédition, au lieu d'aller de côté, nous irons droit devant nous, en montant toujours.

– Bon ! dans la lune alors, dit un auditeur émerveillé.

– Dans la lune ! riposta Joe ; non, ma foi, c'est trop commun ! tout le monde y va dans la lune. D'ailleurs, il n'y a pas d'eau, et on est obligé d'en emporter des provisions énormes, et même de l'atmosphère en fioles, pour peu qu'on tienne à respirer.

– Bon ! si on y trouve du gin ? dit un matelot fort amateur de cette boisson.

– Pas davantage, mon brave. Non ! point de lune ; mais nous nous promènerons dans ces jolies étoiles, dans ces charmantes planètes dont mon maître m'a parlé si souvent. Ainsi, nous commencerons par visiter Saturne...

– Celui qui a un anneau ? demanda le quartier-maître.

– Oui ! un anneau de mariage. Seulement on ne sait pas ce que sa femme est devenue !

– Comment ! vous iriez si haut que cela ! fit un mousse stupéfait. C'est donc le diable, votre maître.

– Le diable ! il est trop bon pour cela !

– Mais après Saturne ? demanda l'un des plus impatients de l'auditoire.

– Après Saturne ? Eh bien, nous rendrons visite à Jupiter ; un drôle de pays, allez, où les journées ne sont que de neuf heures et demie, ce qui est commode pour les paresseux, et où les années, par exemple, durent douze ans, ce qui est avantageux pour les gens qui n'ont plus que six mois à vivre. Ça prolonge un peu leur existence !

– Douze ans ? reprit le mousse.

– Oui, mon petit ; ainsi, dans cette contrée-là, tu téterais encore ta maman, et le vieux là-bas, qui court sur sa cinquantaine, serait un bambin de quatre ans et demi.

– Voilà qui n'est pas croyable ! s'écria le gaillard d'avant d'une seule voix.

– Pure vérité, fit Joe avec assurance. Mais que voulez-vous ? quand on persiste à végéter dans ce monde-ci, on n'apprend rien, on reste ignorant comme un marsouin. Venez un peu dans Jupiter et vous verrez ! Par exemple, il faut de la tenue là-haut, car il a des satellites qui ne sont pas commodes ! »

Et l'on riait, mais on le croyait à demi ; et il leur parlait de Neptune où les marins sont joliment reçus, et de Mars où les militaires prennent le haut du pavé, ce qui finit par devenir assommant. Quant à Mercure, vilain monde, rien que des voleurs et des marchands, et se ressemblant tellement les uns aux autres qu'il est difficile de les distinguer. Et enfin il leur faisait de Vénus un tableau vraiment enchanteur.

« Et quand nous reviendrons de cette expédition-là, dit l'aimable conteur, on nous décorera de la croix du Sud, qui brille là-haut à la boutonnière du bon Dieu.

– Et vous l'aurez bien gagnée ! » dirent les matelots.

Ainsi se passaient en joyeux propos les longues soirées du gaillard d'avant. Et pendant ce temps, les conversations instructives du docteur allaient leur train.

Un jour, on s'entretenait de la direction des ballons, et Fergusson fut sollicité de donner son avis à cet égard.

« Je ne crois pas, dit-il, que l'on puisse parvenir à diriger les ballons. Je connais tous les systèmes essayés ou proposés ; pas un n'a réussi, pas un n'est praticable. Vous comprenez bien que j'ai dû me préoccuper de cette question qui devait avoir un si grand intérêt pour moi ; mais je n'ai pu la résoudre avec les moyens fournis par les connaissances actuelles de la mécanique. Il faudrait découvrir un moteur d'une puissance extraordinaire, et d'une légèreté impossible ! Et encore, on ne pourra résister à des courants de quelque importance ! Jusqu'ici, d'ailleurs, on s'est plutôt occupé de diriger la nacelle que le ballon. C'est une faute.

— Il y a cependant, répliqua-t-on, de grands rapports entre un aérostat et un navire, que l'on dirige à volonté.

— Mais non, répondit le docteur Fergusson, il y en a peu ou point. L'air est infiniment moins dense que l'eau, dans laquelle le navire n'est submergé qu'à moitié, tandis que l'aérostat plonge tout entier dans l'atmosphère, et reste immobile par rapport au fluide environnant.

— Vous pensez alors que la science aérostatique a dit son dernier mot ?

— Non pas ! non pas ! Il faut chercher autre chose, et, si l'on ne peut diriger un ballon, le maintenir au moins dans les courants atmosphériques favorables. A mesure que l'on s'élève, ceux-ci deviennent beaucoup plus uniformes, et sont constants dans leur direction ; ils ne sont plus troublés par les vallées et les montagnes qui sillonnent la surface du globe, et là, vous le savez, est la principale cause des changements du vent et de l'inégalité de son souffle. Or, une fois ces zones déterminées, le ballon n'aura qu'à se placer dans les courants qui lui conviendront.

— Mais alors, reprit le commandant Pennet, pour les atteindre, il faudra constamment monter ou descendre. Là est la vraie difficulté, mon cher docteur.

— Et pourquoi, mon cher commandant ?

— Entendons-nous : ce ne sera une difficulté et un obstacle que pour les voyages de long cours, et non pas pour les simples promenades aériennes.

— Et la raison, s'il vous plaît ?

— Parce que vous ne montez qu'à la condition de jeter du lest, vous ne descendez qu'à la condition de perdre du gaz, et à ce manège-là, vos provisions de gaz et de lest seront vite épuisées.

— Mon cher Pennet, là est toute la question. Là est la seule difficulté que la science doive tendre à vaincre. Il ne s'agit pas de diriger les ballons ; il s'agit de les mouvoir de haut en bas, sans dépenser ce gaz qui est sa force, son sang, son âme, si l'on peut s'exprimer ainsi.

— Vous avez raison, mon cher docteur, mais cette difficulté n'est pas encore résolue, ce moyen n'est pas encore trouvé.

— Je vous demande pardon, il est trouvé.

— Par qui ?

— Par moi !

— Par vous ?

— Vous comprenez bien que, sans cela, je n'aurai pas risqué cette traversée de l'Afrique en ballon. Au bout de vingt-quatre heures, j'aurais été à sec de gaz !

— Mais vous n'avez pas parlé de cela en Angleterre ?

— Non. Je ne tenais pas à me faire discuter en public. Cela me paraissait inutile. J'ai fait en secret des expériences préparatoires, et j'ai été satisfait ; je n'avais donc pas besoin d'en apprendre davantage.

— Eh bien ! mon cher Fergusson, peut-on vous demander votre secret ?

— Le voici, messieurs, et mon moyen est bien simple. »

L'attention de l'auditoire fut portée au plus haut point, et le docteur prit tranquillement la parole en ces termes :

X

ESSAIS ANTÉRIEURS. - LES CINQ CAISSES DU DOCTEUR. - LE CHALUMEAU À GAZ. - LE CALORIFÈRE. - MANIÈRE DE MANŒUVRER. - SUCCÈS CERTAIN.

« On a tenté souvent, messieurs, de s'élever ou de descendre à volonté, sans perdre le gaz ou le lest d'un ballon. Un aéronaute français, M. Meunier, voulait atteindre ce but en comprimant de l'air dans une capacité intérieure. Un belge, M. le docteur van Hecke, au moyen d'ailes et de palettes, déployait une force verticale qui eût été insuffisante dans la plupart des cas. Les résultats pratiques obtenus par ces divers moyens ont été insignifiants.

« J'ai donc résolu d'aborder la question plus franchement. Et d'abord je supprime complètement le lest, si ce n'est pour les cas de force majeure, tels que la rupture de mon appareil, ou l'obligation de m'élever instantanément pour éviter un obstacle imprévu.

« Mes moyens d'ascension et de descente consistent uniquement à dilater ou à contracter par des températures diverses le gaz renfermé dans l'intérieur de l'aérostat. Et voici comment j'obtiens ce résultat.

« Vous avez vu embarquer avec la nacelle plusieurs caisses dont l'usage vous est inconnu. Ces caisses sont au nombre de cinq.

« La première renferme environ vingt-cinq gallons d'eau, à laquelle j'ajoute quelques gouttes d'acide sulfurique pour augmenter sa conductibilité, et je la décompose au moyen d'une forte pile de Bunsen. L'eau, comme vous le savez, se compose de deux volumes en gaz hydrogène et d'un volume en gaz oxygène.

« Ce dernier, sous l'action de la pile, se rend par son pôle positif dans une seconde caisse. Une troisième, placée au-dessus de celle-ci, et d'une capacité double, reçoit l'hydrogène qui arrive par le pôle négatif.

« Des robinets, dont l'un a une ouverture double de l'autre, font communiquer ces deux caisses avec une quatrième, qui s'appelle caisse de mélange. Là, en effet, se mélangent ces deux gaz provenant de la décomposition de l'eau. La capacité de cette caisse de mélange est environ de quarante et un pieds cubes[1].

« A la partie supérieure de cette caisse est un tube en platine, muni d'un robinet.

« Vous l'avez déjà compris, messieurs : l'appareil que je vous décris est tout bonnement un chalumeau à gaz oxygène et hydrogène, dont la chaleur dépasse celle des feux de forge.

« Ceci établi, je passe à la seconde partie de l'appareil.

« De la partie inférieure de mon ballon, qui est hermétiquement clos, sortent deux tubes séparés par un petit intervalle. L'un prend naissance au milieu des couches supérieures du gaz hydrogène, l'autre au milieu des couches inférieures.

« Ces deux tuyaux sont munis de distance en distance de fortes articulations en caoutchouc, qui leur permettent de se prêter aux oscillations de l'aérostat.

« Ils descendent tous deux jusqu'à la nacelle, et se perdent dans une caisse de fer de forme cylindrique, qui s'appelle caisse de chaleur. Elle est fermée à ses deux extrémités par deux forts disques de même métal.

« Le tuyau parti de la région inférieure du ballon se rend dans cette boîte cylindrique par le disque du bas ; il y pénètre, et affecte alors la forme d'un serpentin hélicoïdal dont les anneaux superposés occupent presque toute la hauteur de la caisse. Avant d'en sortir, le serpentin se rend dans un petit cône, dont la base concave, en forme de calotte sphérique, est dirigée en bas.

« C'est par le sommet de ce cône que sort le second tuyau, et il se rend, comme je vous l'ai dit, dans les couches supérieures du ballon.

« La calotte sphérique du petit cône est en platine, afin de ne pas fondre sous l'action du chalumeau. Car celui-ci est placé sur le fond de la caisse en fer, au milieu du serpentin

---

[1]. Un mètre 50 centimètres cubes.

hélicoïdal, et l'extrémité de sa flamme viendra légèrement lécher cette calotte.

« Vous savez, messieurs, ce que c'est qu'un calorifère destiné à chauffer les appartements. Vous savez comment il agit. L'air de l'appartement est forcé de passer par les tuyaux, et il est restitué avec une température plus élevée. Or, ce que je viens de vous décrire là n'est, à vrai dire, qu'un calorifère.

« En effet, que se passera-t-il ? Une fois le chalumeau allumé, l'hydrogène du serpentin et du cône concave s'échauffe, et monte rapidement par le tuyau qui le mène aux régions supérieures de l'aérostat. Le vide se fait en dessous, et il attire le gaz des régions inférieures qui se chauffe à son tour, et est continuellement remplacé ; il s'établit ainsi dans les tuyaux et le serpentin un courant extrêmement rapide de gaz, sortant du ballon, y retournant et se surchauffant sans cesse.

« Or, les gaz augmentent de 1/480 de leur volume par degré de chaleur. Si donc je force la température de dix-huit degrés[1], l'hydrogène de l'aérostat se dilatera de 18/480, ou de seize cent quatorze pieds cubes[2], il déplacera donc seize cent soixante-quatorze pieds cubes d'air de plus, ce qui augmentera sa force ascensionnelle de cent soixante livres. Cela revient donc à jeter ce même poids de lest. Si j'augmente la température de cent quatre-vingts degrés[3], le gaz se dilatera de 180/480 : il déplacera seize mille sept cent quarante pieds cubes de plus, et sa force ascensionnelle s'accroîtra de seize cents livres.

« Vous le comprenez, messieurs, je puis donc facilement obtenir des ruptures d'équilibre considérables. Le volume de l'aérostat a été calculé de telle façon, qu'étant à demi gonflé, il déplace un poids d'air exactement égal à celui de l'enveloppe du gaz hydrogène et de la nacelle chargée de voyageurs et de tous ses accessoires. A ce point de gonfle-

1. 10° centigrades. Les gaz augmentent de 1/267 de leur volume par 1° *centigrade.*
2. Soixante-deux mètres cubes environ.
3. 100° centigrades.

ment, il est exactement en équilibre dans l'air, il ne monte ni ne descend.

« Pour opérer l'ascension, je porte le gaz à une température supérieure à la température ambiante au moyen de mon chalumeau ; par cet excès de chaleur, il obtient une tension plus forte, et gonfle davantage le ballon, qui monte d'autant plus que je dilate l'hydrogène.

« La descente se fait naturellement en modérant la chaleur du chalumeau, et en laissant la température se refroidir. L'ascension sera donc généralement beaucoup plus rapide que la descente. Mais c'est là une heureuse circonstance ; je n'ai jamais d'intérêt à descendre rapidement, et c'est au contraire par une marche ascensionnelle très prompte que j'évite les obstacles. Les dangers sont en bas et non en haut.

« D'ailleurs, comme je vous l'ai dit, j'ai une certaine quantité de lest qui me permettra de m'élever plus vite encore, si cela devient nécessaire. Ma soupape, située au pôle supérieur du ballon, n'est plus une soupape de sûreté. Le ballon garde toujours sa même charge d'hydrogène ; les variations de température que je produis dans ce milieu de gaz clos pourvoient seules à tous ses mouvements de montée et de descente.

« Maintenant, messieurs, comme détail pratique, j'ajouterai ceci.

« La combustion de l'hydrogène et de l'oxygène à la pointe du chalumeau produit uniquement de la vapeur d'eau. J'ai donc muni la partie inférieure de la caisse cylindrique en fer d'un tube de dégagement avec soupape fonctionnant à moins de deux atmosphères de pression ; par conséquent, dès qu'elle a atteint cette tension, la vapeur s'échappe d'elle-même.

« Voici maintenant des chiffres très exacts.

« Vingt-cinq gallons d'eau décomposée en ses éléments constitutifs donnent deux cents livres d'oxygène et vingt-cinq livres d'hydrogène. Cela représente, à la tension atmosphérique, dix-huit cent quatre-vingt-dix pieds cubes[1] du premier, et trois mille sept cent quatre-vingts pieds

---

1. Soixante-dix mètres cubes d'oxygène.

cubes[1] du second, en tout cinq mille six cent soixante-dix pieds cubes du mélange[2].

« Or, le robinet de mon chalumeau, ouvert en plein, dépense vingt-sept pieds cubes[3] à l'heure avec une flamme au moins six fois plus forte que celle des grandes lanternes d'éclairage. En moyenne donc, et pour me maintenir à une hauteur peu considérable, je ne brûlerai pas plus de neuf pieds cubes à l'heure[4] ; mes vingt-cinq gallons d'eau me représentent donc six cent trente heures de navigation aérienne, ou un peu plus de vingt-six jours.

« Or, comme je puis descendre à volonté, et renouveler ma provision d'eau sur la route, mon voyage peut avoir une durée indéfinie.

« Voilà mon secret, messieurs, il est simple, et, comme les choses simples, il ne peut manquer de réussir. La dilatation et la contraction du gaz de l'aérostat, tel est mon moyen, qui n'exige ni ailes embarrassantes, ni moteur mécanique. Un calorifère pour produire mes changements de température, un chalumeau pour le chauffer, cela n'est ni incommode, ni lourd. Je crois donc avoir réuni toutes les conditions sérieuses de succès. »

Le docteur Fergusson termina ainsi son discours, et fut applaudi de bon cœur. Il n'y avait pas une objection à lui faire ; tout était prévu et résolu.

« Cependant, dit le commandant, cela peut être dangereux.

— Qu'importe, répondit simplement le docteur, si cela est praticable ?

---

1. Cent quarante mètres cubes d'hydrogène.
2. Deux cent dix mètres cubes.
3. Un mètre cube.
4 Un tiers de mètre cube.

XI

ARRIVÉE À ZANZIBAR. – LE CONSUL ANGLAIS. – MAUVAISES DISPOSITIONS DES HABITANTS. – L'ÎLE KOUMBENI. – LES FAISEURS DE PLUIE. – GONFLEMENT DU BALLON. – DÉPART DU 18 AVRIL. – DERNIER ADIEU. – LE « VICTORIA ».

Un vent constamment favorable avait hâté la marche du *Resolute* vers le lieu de sa destination. La navigation du canal de Mozambique fut particulièrement paisible. La traversée maritime faisait bien augurer de la traversée aérienne. Chacun aspirait au moment de l'arrivée, et voulait mettre la dernière main aux préparatifs du docteur Fergusson.

Enfin le bâtiment vint en vue de la ville de Zanzibar, située sur l'île du même nom, et le 15 avril, à onze heures du matin, il laissa tomber l'ancre dans le port.

L'île de Zanzibar appartient à l'iman de Mascate, allié de la France et de l'Angleterre, et c'est à coup sûr sa plus belle colonie. Le port reçoit un grand nombre de navires des contrées avoisinantes.

L'île n'est séparée de la côte africaine que par un canal dont la plus grande largeur n'excède pas trente milles[1].

Elle fait un grand commerce de gomme, d'ivoire, et surtout d'ébène, car Zanzibar est le grand marché d'esclaves. Là vient se concentrer tout ce butin conquis dans les batailles que les chefs de l'intérieur se livrent incessamment. Ce trafic s'étend aussi sur toute la côte orientale, et jusque sous les latitudes du Nil, et M. G. Lejean y a vu faire ouvertement la traite sous pavillon français.

Dès l'arrivée du *Resolute*, le consul anglais de Zanzibar vint à bord se mettre à la disposition du docteur, des projets duquel, depuis un mois, les journaux d'Europe l'avaient tenu au courant. Mais jusque-là, il faisait partie de la nombreuse phalange des incrédules.

« Je doutais, dit-il en tendant la main à Samuel Fergusson, mais maintenant je ne doute plus. »

---

1. Douze lieues et demie.

Il offrit sa propre maison au docteur, à Dick Kennedy, et naturellement au brave Joe.

Par ses soins, le docteur prit connaissance de diverses lettres qu'il avait reçues du capitaine Speke. Le capitaine et ses compagnons avaient eu à souffrir terriblement de la faim et du mauvais temps avant d'atteindre le pays d'Ugogo ; ils ne s'avançaient qu'avec une extrême difficulté et ne pensaient plus pouvoir donner promptement de leurs nouvelles.

« Voilà des périls et des privations que nous saurons éviter », dit le docteur.

Les bagages des trois voyageurs furent transportés à la maison du consul. On se disposait à débarquer le ballon sur la plage de Zanzibar ; il y avait près du mât des signaux un emplacement favorable, auprès d'une énorme construction qui l'eût abrité des vents d'est. Cette grosse tour, semblable à un tonneau dressé sur sa base, et près duquel la tonne d'Heidelberg n'eût été qu'un simple baril, servait de fort, et sur sa plate-forme veillaient des Beloutchis armés de lances, sorte de garnisaires fainéants et braillards.

Mais, lors du débarquement de l'aérostat, le consul fut averti que la population de l'île s'y opposerait par la force. Rien de plus aveugle que les passions fanatisées. La nouvelle de l'arrivée d'un chrétien qui devait s'enlever dans les airs fut reçue avec irritation ; les Nègres, plus émus que les Arabes, virent dans ce projet des intentions hostiles à leur religion ; ils se figuraient qu'on en voulait au soleil et à la lune. Or, ces deux astres sont un objet de vénération pour les peuplades africaines. On résolut donc de s'opposer à cette expédition sacrilège.

Le consul, instruit de ces dispositions, en conféra avec le docteur Fergusson et le commandant Pennet. Celui-ci ne voulait pas reculer devant des menaces ; mais son ami lui fit entendre raison à ce sujet.

« Nous finirons certainement par l'emporter, lui dit-il ; les garnisaires mêmes de l'iman nous prêteraient main-forte au besoin ; mais, mon cher commandant, un accident est vite arrivé ; il suffirait d'un mauvais coup pour causer au ballon un accident irréparable, et le voyage serait compromis sans remise ; il faut donc agir avec de grandes précautions.

Vue de Zanzibar.

– Mais que faire ? Si nous débarquons sur la côte d'Afrique, nous rencontrerons les mêmes difficultés ! Que faire ?

– Rien n'est plus simple, répondit le consul. Voyez ces îles situées au-delà du port ; débarquez votre aérostat dans l'une d'elles, entourez-vous d'une ceinture de matelots, et vous n'aurez aucun risque à courir.

– Parfait, dit le docteur, et nous serons à notre aise pour achever nos préparatifs. »

Le commandant se rendit à ce conseil. Le *Resolute* s'approcha de l'île de Koumbeni. Pendant la matinée du 16 avril, le ballon fut mis en sûreté au milieu d'une clairière, entre les grands bois dont le sol est hérissé.

On dressa deux mâts hauts de quatre-vingts pieds et placés à une pareille distance l'un de l'autre ; un jeu de poulies fixées à leur extrémité permit d'enlever l'aérostat au moyen d'un câble transversal ; il était alors entièrement dégonflé. Le ballon intérieur se trouvait rattaché au sommet du ballon extérieur de manière à être soulevé comme lui.

C'est à l'appendice inférieur de chaque ballon que furent fixés les deux tuyaux d'introduction de l'hydrogène.

La journée du 17 se passa à disposer l'appareil destiné à produire le gaz ; il se composait de trente tonneaux, dans lesquels la décomposition de l'eau se faisait au moyen de ferraille et d'acide sulfurique mis en présence dans une grande quantité d'eau. L'hydrogène se rendait dans une vaste tonne centrale après avoir été lavé à son passage, et de là il passait dans chaque aérostat par les tuyaux d'introduction. De cette façon, chacun d'eux se remplissait d'une quantité de gaz parfaitement déterminée.

Il fallut employer, pour cette opération, dix-huit cent soixante-six gallons[1] d'acide sulfurique, seize mille cinquante livres de fer[2] et neuf cent soixante-six gallons d'eau[3].

Cette opération commença dans la nuit suivante, vers trois heures du matin ; elle dura près de huit heures. Le lendemain, l'aérostat, recouvert de son filet, se balançait

1. Trois mille deux cent cinquante litres.
2. Plus de huit tonnes de fer.
3. Près de quarante et un mille deux cent cinquante litres.

gracieusement au-dessus de la nacelle, retenu par un grand nombre de sacs de terre. L'appareil de dilatation fut monté avec un grand soin, et les tuyaux sortant de l'aérostat furent adaptés à la boîte cylindrique.

Les ancres, les cordes, les instruments, les couvertures de voyage, la tente, les vivres, les armes, durent prendre dans la nacelle la place qui leur était assignée ; la provision d'eau fut faite à Zanzibar. Les deux cents livres de lest furent réparties dans cinquante sacs placés au fond de la nacelle, mais cependant à portée de la main.

Ces préparatifs se terminaient vers cinq heures du soir ; des sentinelles veillaient sans cesse autour de l'île, et les embarcations du *Resolute* sillonnaient le canal.

Les Nègres continuaient à manifester leur colère par des cris, des grimaces et des contorsions. Les sorciers parcouraient les groupes irrités, en soufflant sur toute cette irritation ; quelques fanatiques essayèrent de gagner l'île à la nage, mais on les éloigna facilement.

Alors les sortilèges et les incantations commencèrent ; les faiseurs de pluie, qui prétendent commander aux nuages, appelèrent les ouragans et les « averses de pierre[1] » à leur secours ; pour cela, ils cueillirent des feuilles de tous les arbres différents du pays ; ils les firent bouillir à petit feu, pendant que l'on tuait un mouton en lui enfonçant une longue aiguille dans le cœur. Mais, en dépit de leurs cérémonies, le ciel demeura pur, et ils en furent pour leur mouton et leurs grimaces.

Les Nègres se livrèrent alors à de furieuses orgies, s'enivrant du « tembo », liqueur ardente tirée du cocotier, ou d'une bière extrêmement capiteuse, appelée « togwa ». Leurs chants, sans mélodie appréciable, mais dont le rythme est très juste, se poursuivirent fort avant dans la nuit.

Vers six heures du soir un dernier dîner réunit les voyageurs à la table du commandant et de ses officiers. Kennedy, que personne n'interrogeait plus, murmurait tout bas des paroles insaisissables ; il ne quittait pas des yeux le docteur Fergusson.

---

4. Nom que les Nègres donnent à la grêle.

Ce repas d'ailleurs fut triste. L'approche du moment suprême inspirait à tous de pénibles réflexions. Que réservait la destinée à ces hardis voyageurs ? Se retrouveraient-ils jamais au milieu de leurs amis, assis au foyer domestique ? Si les moyens de transport venaient à manquer, que devenir au sein de peuplades féroces, dans ces contrées inexplorées, au milieu de déserts immenses ?

Ces idées, éparses jusque-là, et auxquelles on s'attachait peu, assiégeaient alors les imaginations surexcitées. Le docteur Fergusson, toujours froid, toujours impassible, causa de choses et d'autres ; mais en vain chercha-t-il à dissiper cette tristesse communicative ; il ne put y parvenir.

Comme on craignait quelques démonstrations contre la personne du docteur et de ses compagnons, ils couchèrent tous les trois à bord du *Resolute*. A six heures du matin, ils quittaient leur cabine et se rendaient à l'île de Koumbeni.

Le ballon se balançait légèrement au souffle du vent de l'est. Les sacs de terre qui le retenaient avaient été remplacés par vingt matelots. Le commandant Pennet et ses officiers assistaient à ce départ solennel.

En ce moment, Kennedy alla droit au docteur, lui prit la main et dit :

« Il est bien décidé, Samuel, que tu pars ?

— Cela est très décidé, mon cher Dick.

— J'ai bien fait tout ce qui dépendait de moi pour empêcher ce voyage ?

— Tout.

— Alors j'ai la conscience tranquille à cet égard, et je t'accompagne.

— J'en étais sûr », répondit le docteur, en laissant voir sur ses traits une rapide émotion.

L'instant des derniers adieux arrivait. Le commandant et ses officiers embrassèrent avec effusion leurs intrépides amis, sans en excepter le digne Joe, fier et joyeux. Chacun des assistants voulut prendre sa part des poignées de main du docteur Fergusson.

A neuf heures, les trois compagnons de route prirent place dans la nacelle : le docteur alluma son chalumeau et poussa la flamme de manière à produire une chaleur rapide.

Le ballon, qui se maintenait à terre en parfait équilibre, commença à se soulever au bout de quelques minutes. Les matelots durent filer un peu des cordes qui le retenaient. La nacelle s'éleva d'une vingtaine de pieds.

« Mes amis, s'écria le docteur debout entre ses deux compagnons et ôtant son chapeau, donnons à notre navire aérien un nom qui lui porte bonheur ! qu'il soit baptisé le *Victoria !* »

Un hourra formidable retentit :

« Vive la reine ! vive l'Angleterre ! »

En ce moment, la force ascensionnelle de l'aérostat s'accroissait prodigieusement. Fergusson, Kennedy et Joe lancèrent un dernier adieu à leurs amis.

« Lâchez tout ! » s'écria le docteur.

Et le *Victoria* s'éleva rapidement dans les airs, tandis que les quatre caronades du *Resolute* tonnaient en son honneur.

XII

TRAVERSÉE DU DÉTROIT. – LE MRIMA. – PROPOS DE DICK ET PROPOSITION DE JOE. – RECETTE POUR LE CAFÉ. – L'UZARAMO. – L'INFORTUNÉ MAIZAN. – LE MONT DUTHUMI. – LES CARTES DU DOCTEUR. – NUIT SUR UN NOPAL.

L'air était pur, le vent modéré ; le *Victoria* monta presque perpendiculairement à une hauteur de 1 500 pieds, qui fut indiquée par une dépression de 2 pouces moins 2 lignes[1] dans la colonne barométrique.

A cette élévation, un courant plus marqué porta le ballon vers le sud-ouest. Quel magnifique spectacle se déroulait aux yeux des voyageurs ! L'île de Zanzibar s'offrait tout entière à la vue et se détachait en couleur plus foncée, comme sur

1. Environ cinq centimètres. La dépression est à peu près d'un centimètre par cent mètres d'élévation.

un vaste planisphère ; les champs prenaient une apparence d'échantillons de diverses couleurs ; de gros bouquets d'arbres indiquaient les bois et les taillis.

Les habitants de l'île apparaissaient comme des insectes. Les hourras et les cris s'éteignaient peu à peu dans l'atmosphère, et les coups de canon du navire vibraient seuls dans la concavité inférieure de l'aérostat.

« Que tout cela est beau ! » s'écria Joe en rompant le silence pour la première fois.

Il n'obtint pas de réponse. Le docteur s'occupait d'observer les variations barométriques et de prendre note des divers détails de son ascension.

Kennedy regardait et n'avait pas assez d'yeux pour tout voir.

Les rayons du soleil venant en aide au chalumeau, la tension du gaz augmenta. Le *Victoria* atteignit une hauteur de 2 500 pieds.

Le *Resolute* apparaissait sous l'aspect d'une simple barque, et la côte africaine apparaissait dans l'ouest par une immense bordure d'écume.

« Vous ne parlez pas ? fit Joe.

— Nous regardons, répondit le docteur en dirigeant sa lunette vers le continent.

— Pour mon compte, il faut que je parle.

— A ton aise ! Joe, parle tant qu'il te plaira. »

Et Joe fit à lui seul une terrible consommation d'onomatopées. Les oh ! les ah ! les hein ! éclataient entre ses lèvres.

Pendant la traversée de la mer, le docteur jugea convenable de se maintenir à cette élévation ; il pouvait observer la côte sur une plus grande étendue ; le thermomètre et le baromètre, suspendus dans l'intérieur de la tente entrouverte, se trouvaient sans cesse à portée de sa vue ; un second baromètre, placé extérieurement, devait servir pendant les quarts de nuit.

Au bout de deux heures, le *Victoria*, poussé avec une vitesse d'un peu plus de huit milles, gagna sensiblement la côte. Le docteur résolut de se rapprocher de terre ; il modéra la flamme du chalumeau, et bientôt le ballon descendit à 300 pieds du sol.

Traversée du détroit.

Il se trouvait au-dessus du Mrima, nom que porte cette portion de la côte orientale de l'Afrique ; d'épaisses bordures de mangliers en protégeaient les bords ; la marée basse laissait apercevoir leurs épaisses racines rongées par la dent de l'océan Indien. Les dunes qui formaient autrefois la ligne côtière s'arrondissaient à l'horizon, et le mont Nguru dressait son pic dans le nord-ouest.

Le *Victoria* passa près d'un village que, sur sa carte, le docteur reconnut être le Kaole. Toute la population rassemblée poussait des hurlements de colère et de crainte ; des flèches furent vainement dirigées contre ce monstre des airs, qui se balançait majestueusement au-dessus de toutes ces fureurs impuissantes.

Le vent portait au sud, mais le docteur ne s'inquiéta pas de cette direction ; elle lui permettait au contraire de suivre la route tracée par les capitaines Burton et Speke.

Kennedy était enfin devenu aussi loquace que Joe ; ils se renvoyaient mutuellement leurs phrases admiratives.

« Fi des diligences ! disait l'un.

— Fi des steamers ! disait l'autre.

— Fi des chemins de fer ! ripostait Kennedy, avec lesquels on traverse les pays sans les voir !

— Parlez-moi d'un ballon ! reprenait Joe ; on ne se sent pas marcher, et la nature prend la peine de se dérouler à vos yeux !

— Quel spectacle ! quelle admiration ! quelle extase ! un rêve dans un hamac !

— Si nous déjeunions ? fit Joe, que le grand air mettait en appétit.

— C'est une idée, mon garçon.

— Oh ! la cuisine ne sera pas longue à faire ! du biscuit et de la viande conservée.

— Et du café à discrétion, ajouta le docteur. Je te permets d'emprunter un peu de chaleur à mon chalumeau ; il en a de reste. Et de cette façon nous n'aurons point à craindre d'incendie.

— Ce serait terrible, reprit Kennedy. C'est comme une poudrière que nous avons au-dessus de nous.

— Pas tout à fait, répondit Fergusson ; mais enfin, si le

gaz s'enflammait, il se consumerait peu à peu, et nous descendrions à terre, ce qui nous désobligerait ; mais soyez sans crainte, notre aérostat est hermétiquement clos.

– Mangeons donc, fit Kennedy.

– Voilà, messieurs, dit Joe, et, tout en vous imitant, je vais confectionner un café dont vous me direz des nouvelles.

– Le fait est, reprit le docteur, que Joe, entre mille vertus, a un talent remarquable pour préparer ce délicieux breuvage ; il le compose d'un mélange de diverses provenances, qu'il n'a jamais voulu me faire connaître.

– Eh bien ! mon maître, puisque nous sommes en plein air, je peux bien vous confier ma recette. C'est tout bonnement un mélange en parties égales de moka, de bourbon et de rio-nunez. »

Quelques instants après, trois tasses fumantes étaient servies et terminaient un déjeuner substantiel assaisonné par la bonne humeur des convives ; puis chacun se remit à son poste d'observation.

Le pays se distinguait par une extrême fertilité. Des sentiers sinueux et étroits s'enfonçaient sous des voûtes de verdure. On passait au-dessus des champs cultivés de tabac, de maïs, d'orge, en pleine maturité ; çà et là de vastes rizières avec leurs tiges droites et leurs fleurs de couleur purpurine. On apercevait des moutons et des chèvres renfermés dans de grandes cages élevées sur pilotis, ce qui les préservait de la dent du léopard. Une végétation luxuriante s'échevelait sur ce sol prodigue. Dans de nombreux villages se reproduisaient des scènes de cris et de stupéfaction à la vue du *Victoria*, et le docteur Fergusson se tenait prudemment hors de la portée des flèches ; les habitants, attroupés autour de leurs huttes contiguës, poursuivaient longtemps les voyageurs de leurs vaines imprécations.

A midi, le docteur, en consultant sa carte, estima qu'il se trouvait au-dessus du pays d'Uzaramo[1]. La campagne se montrait hérissée de cocotiers, de papayers, de cotonniers, au-dessus desquels le *Victoria* paraissait se jouer. Joe trouvait cette végétation toute naturelle, du moment qu'il

---

1. *U, ou,* signifient *contrée* dans la langue du pays.

s'agissait de l'Afrique. Kennedy apercevait des lièvres et des cailles qui ne demandaient pas mieux que de recevoir un coup de fusil ; mais c'eût été de la poudre perdue, attendu l'impossibilité de ramasser le gibier.

Les aéronautes marchaient avec une vitesse de douze milles à l'heure, et se trouvèrent bientôt par 38° 20' de longitude au-dessus du village de Tounda.

« C'est là, dit le docteur, que Burton et Speke furent pris de fièvres violentes et crurent un instant leur expédition compromise. Et cependant ils étaient encore peu éloignés de la côte, mais déjà la fatigue et les privations se faisaient rudement sentir. »

En effet, dans cette contrée règne une malaria perpétuelle ; le docteur n'en put même éviter les atteintes qu'en élevant le ballon au-dessus des miasmes de cette terre humide, dont un soleil ardent pompait les émanations.

Parfois on put apercevoir une caravane se reposant dans un « kraal » en attendant la fraîcheur du soir pour reprendre sa route. Ce sont de vastes emplacements entourés de haies et de jungles, où les trafiquants s'abritent non seulement contre les bêtes fauves, mais aussi contre les tribus pillardes de la contrée. On voyait les indigènes courir, se disperser à la vue du *Victoria*. Kennedy désirait les contempler de plus près ; mais Samuel s'opposa constamment à ce dessein.

« Les chefs sont armés de mousquets, dit-il, et notre ballon serait un point de mire trop facile pour y loger une balle.

— Est-ce qu'un trou de balle amènerait une chute ? demanda Joe.

— Immédiatement, non ; mais bientôt ce trou deviendrait une vaste déchirure par laquelle s'envolerait tout notre gaz.

— Alors tenons-nous à une distance respectueuse de ces mécréants. Que doivent-ils penser à nous voir planer dans les airs ? Je suis sûr qu'ils ont envie de nous adorer.

— Laissons-nous adorer, répondit le docteur, mais de loin. On y gagne toujours. Voyez, le pays change déjà d'aspect ; les villages sont plus rares ; les manguiers ont disparu ; leur végétation s'arrête à cette latitude. Le sol

Vue du pays d'Uzaramo.

devient montueux et fait pressentir de prochaines montagnes.

— En effet, dit Kennedy, il me semble apercevoir quelques hauteurs de ce côté.

— Dans l'ouest..., ce sont les premières chaînes d'Ourizara, le mont Duthumi, sans doute, derrière lequel j'espère nous abriter pour passer la nuit. Je vais donner plus d'activité à la flamme du chalumeau : nous sommes obligés de nous tenir à une hauteur de cinq à six cents pieds.

— C'est tout de même une fameuse idée que vous avez eue là, monsieur, dit Joe ; la manœuvre n'est ni difficile ni fatigante, on tourne un robinet, et tout est dit.

— Nous voici plus à l'aise, fit le chasseur lorsque le ballon se fut élevé ; la réflexion des rayons du soleil sur ce sable rouge devenait insupportable.

— Quels arbres magnifiques ! s'écria Joe ; quoique très naturel, c'est très beau ! Il n'en faudrait pas une douzaine pour faire une forêt.

— Ce sont des baobabs, répondit le docteur Fergusson ; tenez, en voici un dont le tronc peut avoir cent pieds de circonférence. C'est peut-être au pied de ce même arbre que périt le Français Maizan en 1845, car nous sommes au-dessus du village de Deje la Mhora, où il s'aventura seul ; il fut saisi par le chef de cette contrée, attaché au pied d'un baobab, et ce Nègre féroce lui coupa lentement les articulations, pendant que retentissait le chant de guerre ; puis il entama la gorge, s'arrêta pour aiguiser son couteau émoussé, et arracha la tête du malheureux avant qu'elle ne fût coupée ! Ce pauvre Français avait vingt-six ans !

— Et la France n'a pas tiré vengeance d'un pareil crime ? demanda Kennedy.

— La France a réclamé ; le saïd de Zanzibar a tout fait pour s'emparer du meurtrier, mais il n'a pu y réussir.

— Je demande à ne pas m'arrêter en route, dit Joe ; montons, mon maître, montons, si vous m'en croyez.

— D'autant plus volontiers, Joe, que le mont Duthumi se dresse devant nous. Si mes calculs sont exacts, nous l'aurons dépassé avant sept heures du soir.

— Nous ne voyagerons pas la nuit ? demanda le chasseur.

Le ballon accroché à une branche de nopal.

— Non, autant que possible ; avec des précautions et de la vigilance, on le ferait sans danger, mais il ne suffit pas de traverser l'Afrique, il faut la voir.

— Jusqu'ici nous n'avons pas à nous plaindre, mon maître. Le pays le plus cultivé et le plus fertile du monde, au lieu d'un désert ! Croyez donc aux géographes !

— Attendons, Joe, attendons ; nous verrons plus tard. »

Vers six heures et demie du soir, le *Victoria* se trouva en face du mont Duthumi ; il dut, pour le franchir, s'élever à plus de trois mille pieds, et pour cela le docteur n'eut à élever la température que de dix-huit degrés[1]. On peut dire qu'il manœuvrait véritablement son ballon à la main. Kennedy lui indiquait les obstacles à surmonter, et le *Victoria* volait par les airs en rasant la montagne.

A huit heures, il descendait le versant opposé, dont la pente était plus adoucie ; les ancres furent lancées au-dehors de la nacelle, et l'une d'elles, rencontrant les branches d'un nopal énorme, s'y accrocha fortement. Aussitôt Joe se laissa glisser par la corde et l'assujettit avec la plus grande solidité. L'échelle de soie lui fut tendue, et il remonta lestement. L'aérostat demeurait presque immobile, à l'abri des vents de l'est.

Le repas du soir fut préparé ; les voyageurs, excités par leur promenade aérienne, firent une large brèche à leurs provisions.

« Quel chemin avons-nous fait aujourd'hui ? » demanda Kennedy en avalant des morceaux inquiétants.

Le docteur fit son point au moyen d'observations lunaires, et consulta l'excellente carte qui lui servait de guide ; elle appartenait à l'atlas *Der Neuester Entedekungen in Afrika*, publié à Gotha par son savant ami Petermann, et que celui-ci lui avait adressé. Cet atlas devait servir au voyage tout entier du docteur, car il contenait l'itinéraire de Burton et Speke aux Grands Lacs, le Soudan d'après le docteur Barth, le bas Sénégal d'après Guillaume Lejean, et le delta du Niger par le docteur Baikie.

Fergusson s'était également muni d'un ouvrage qui

---

1. 10° centigrades.

réunissait en un seul corps toutes les notions acquises sur le Nil, et intitulé : *The sources of the Nil, being a general surwey of the basin of that river and of its heab stream with the history of the Nilotic discovery by Charles Beke, th. D.*

Il possédait aussi les excellentes cartes publiées dans les *Bulletins de la Société de Géographie de Londres*, et aucun point des contrées découvertes ne devait lui échapper.

En pointant sa carte, il trouva que sa route latitudinale était de deux degrés, ou cent vingt milles dans l'ouest[1].

Kennedy remarqua que la route se dirigeait vers le midi. Mais cette direction satisfaisait le docteur, qui voulait, autant que possible, reconnaître les traces de ses devanciers.

Il fut décidé que la nuit serait divisée en trois quarts, afin que chacun pût à son tour veiller à la sûreté des deux autres. Le docteur dut prendre le quart de neuf heures, Kennedy celui de minuit, et Joe celui de trois heures du matin.

Donc, Kennedy et Joe, enveloppés de leurs couvertures, s'étendirent sous la tente et dormirent paisiblement, tandis que veillait le docteur Fergusson.

XIII

CHANGEMENT DE TEMPS. - FIÈVRE DE KENNEDY. - LA MÉDECINE DU DOCTEUR. - VOYAGE PAR TERRE. - LE BASSIN D'IMENGÉ. - LE MONT RUBEHO. - À SIX MILLE PIEDS. - UNE HALTE DE JOUR.

La nuit fut paisible ; cependant le samedi matin, en se réveillant, Kennedy se plaignit de lassitude et de frissons de fièvre. Le temps changeait ; le ciel couvert de nuages épais semblait s'approvisionner pour un nouveau déluge. Un triste pays que ce Zungomero, où il pleut continuellement, sauf peut-être pendant une quinzaine de jours du mois de janvier.

---

1. Cinquante lieues.

Une pluie violente ne tarda pas à assaillir les voyageurs ; au-dessous d'eux, les chemins coupés par des « nullahs », sortes de torrents momentanés, devenaient impraticables, embarrassés d'ailleurs de buissons épineux et de lianes gigantesques. On saisissait distinctement ces émanations d'hydrogène sulfuré dont parle le capitaine Burton.

« D'après lui, dit le docteur, et il a raison, c'est à croire qu'un cadavre est caché derrière chaque hallier.

— Un vilain pays, répondit Joe, et il me semble que M. Kennedy ne se porte pas trop bien pour y avoir passé la nuit.

— En effet, j'ai une fièvre assez forte, fit le chasseur.

— Cela n'a rien d'étonnant, mon cher Dick, nous nous trouvons dans l'une des régions les plus insalubres de l'Afrique. Mais nous n'y resterons pas longtemps. En route. »

Grâce à une manœuvre adroite de Joe, l'ancre fut décrochée, et, au moyen de l'échelle, Joe regagna la nacelle. Le docteur dilata vivement le gaz, et le *Victoria* reprit son vol, poussé par un vent assez fort.

Quelques huttes apparaissaient à peine au milieu de ce brouillard pestilentiel. Le pays changeait d'aspect. Il arrive fréquemment en Afrique qu'une région malsaine et de peu d'étendue confine à des contrées parfaitement salubres.

Kennedy souffrait visiblement, et la fièvre accablait sa nature vigoureuse.

« Ce n'est pourtant pas le cas d'être malade, fit-il en s'enveloppant de sa couverture et se couchant sous la tente.

— Un peu de patience, mon cher Dick, répondit le docteur Fergusson, et tu seras guéri rapidement.

— Guéri ! ma foi ! Samuel, si tu as dans ta pharmacie de voyage quelque drogue qui me remette sur pied, administre-la-moi sans retard. Je l'avalerai les yeux fermés.

— J'ai mieux que cela, ami Dick, et je vais naturellement te donner un fébrifuge qui ne coûtera rien.

— Et comment feras-tu ?

— C'est fort simple. Je vais tout bonnement monter au-dessus de ces nuages qui nous inondent, et m'éloigner de cette atmosphère pestilentielle. Je te demande dix minutes pour dilater l'hydrogène. »

Les dix minutes n'étaient pas écoulées que les voyageurs avaient dépassé la zone humide.

« Attends un peu, Dick, et tu vas sentir l'influence de l'air pur et du soleil.

– En voilà un remède ! dit Joe. Mais c'est merveilleux !

– Non ! c'est tout naturel.

– Oh ! pour naturel, je n'en doute pas.

– J'envoie Dick en bon air, comme cela se fait tous les jours en Europe, et comme à la Martinique je l'enverrais aux Pitons[1] pour fuir la fièvre jaune.

– Ah ça ! mais c'est un paradis que ce ballon, dit Kennedy déjà plus à l'aise.

– En tout cas, il y mène », répondit sérieusement Joe.

C'était un curieux spectacle que celui des masses de nuages agglomérées en ce moment au-dessous de la nacelle ; elles roulaient les unes sur les autres, et se confondaient dans un éclat magnifique en réfléchissant les rayons du soleil. Le *Victoria* atteignit une hauteur de quatre mille pieds. Le thermomètre indiquait un certain abaissement dans la température. On ne voyait plus la terre. A une cinquantaine de milles dans l'ouest, le mont Rubeho dressait sa tête étincelante ; il formait la limite du pays d'Ugogo par 36° 20' de longitude. Le vent soufflait avec une vitesse de vingt milles à l'heure, mais les voyageurs ne sentaient rien de cette rapidité ; ils n'éprouvaient aucune secousse, n'ayant pas même le sentiment de la locomotion.

Trois heures plus tard, la prédiction du docteur se réalisait. Kennedy ne sentait plus aucun frisson de fièvre, et déjeuna avec appétit.

« Voilà qui enfonce le sulfate de quinine, dit-il avec satisfaction.

– Décidément, fit Joe, c'est ici que je me retirerai pendant mes vieux jours. »

Vers dix heures du matin, l'atmosphère s'éclaircit. Il se fit une trouée dans les nuages ; la terre reparut ; le *Victoria* s'en

---

[1]. Montagne élevée de la Martinique.

rapprocha insensiblement. Le docteur Fergusson cherchait un courant qui le portât plus au nord-est, et il le rencontra à six cent pieds du sol. Le pays devenait accidenté, montueux même. Le district du Zungomero s'effaçait dans l'est avec les derniers cocotiers de cette latitude.

Bientôt les crêtes d'une montagne prirent une saillie plus arrêtée. Quelques pics s'élevaient çà et là. Il fallut veiller à chaque instant aux cônes aigus qui semblaient surgir inopinément.

« Nous sommes au milieu des brisants, dit Kennedy.

– Sois tranquille, Dick, nous ne toucherons pas.

– Jolie manière de voyager, tout de même ! » répliqua Joe.

En effet, le docteur manœuvrait son ballon avec une merveilleuse dextérité.

« S'il nous fallait marcher sur ce terrain détrempé, dit-il, nous nous traînerions dans une boue malsaine. Depuis notre départ de Zanzibar, la moitié de nos bêtes de somme seraient déjà mortes de fatigue. Nous aurions l'air de spectres, et le désespoir nous prendrait au cœur. Nous serions en lutte incessante avec nos guides, nos porteurs, exposés à leur brutalité sans frein. Le jour, une chaleur humide, insupportable, accablante ! La nuit, un froid souvent intolérable, et les piqûres de certaines mouches, dont les mandibules percent la toile la plus épaisse, et qui rendent fou ! Et tout cela sans parler des bêtes et des peuplades féroces !

– Je demande à ne pas en essayer, répliqua simplement Joe.

– Je n'exagère rien, reprit le docteur Fergusson, car, au récit des voyageurs qui ont eu l'audace de s'aventurer dans ces contrées, les larmes vous viendraient aux yeux. »

Vers onze heures, on dépassait le bassin d'Imengé ; les tribus éparses sur ces collines menaçaient vainement le *Victoria* de leurs armes ; il arrivait enfin aux dernières ondulations de terrain qui précèdent le Rubeho ; elles forment la troisième chaîne et la plus élevée des montagnes de l'Usagara.

Les voyageurs se rendaient parfaitement compte de la

Le mont Rubeho.

conformation orographique du pays. Ces trois ramifications, dont le Duthumi forme le premier échelon, sont séparées par de vastes plaines longitudinales ; ces croupes élevées se composent de cônes arrondis, entre lesquels le sol est parsemé de blocs erratiques et de galets. La déclivité la plus roide de ces montagnes fait face à la côte de Zanzibar ; les pentes occidentales ne sont guère que des plateaux inclinés. Les dépressions de terrain sont couvertes d'une terre noire et fertile, où la végétation est vigoureuse. Divers cours d'eau s'infiltrent vers l'est, et vont affluer dans le Kingani, au milieu de bouquets gigantesques de sycomores, de tamarins, de calebassiers et de palmyras.

« Attention ! dit le docteur Fergusson. Nous approchons du Rubeho, dont le nom signifie dans la langue du pays : « Passage des vents ». Nous ferons bien d'en doubler les arêtes aiguës à une certaine hauteur. Si ma carte est exacte, nous allons nous porter à une élévation de plus de cinq mille pieds.

– Est-ce que nous aurons souvent l'occasion d'atteindre ces zones supérieures ?

– Rarement ; l'altitude des montagnes de l'Afrique paraît être médiocre relativement aux sommets de l'Europe et de l'Asie. Mais, en tout cas, notre *Victoria* ne serait pas embarrassé de les franchir. »

En peu de temps, le gaz se dilata sous l'action de la chaleur, et le ballon prit une marche ascensionnelle très marquée. La dilatation de l'hydrogène n'offrait rien de dangereux d'ailleurs, et la vaste capacité de l'aérostat n'était remplie qu'aux trois quarts ; le baromètre, par une dépression de près de huit pouces, indiqua une élévation de six mille pieds.

« Irions-nous longtemps ainsi ? demanda Joe.

– L'atmosphère terrestre a une hauteur de six mille toises, répondit le docteur. Avec un vaste ballon, on irait loin. C'est ce qu'ont fait MM. Brioschi et Gay-Lussac ; mais alors le sang leur sortait par la bouche et par les oreilles. L'air respirable manquait. Il y a quelques années, deux hardis Français, MM. Barral et Bixio, s'aventurèrent aussi dans les hautes régions ; mais leur ballon se déchira...

— Et ils tombèrent ? demanda vivement Kennedy.
— Sans doute ! mais comme doivent tomber des savants, sans se faire aucun mal.
— Eh bien ! messieurs, dit Joe, libre à vous de recommencer leur chute ; mais pour moi, qui ne suis qu'un ignorant, je préfère rester dans un milieu honnête, ni trop haut, ni trop bas. Il ne faut point être ambitieux. »

A six mille pieds, la densité de l'air a déjà diminué sensiblement ; le son s'y transporte avec difficulté, et la voix se fait moins bien entendre. La vue des objets devient confuse. Le regard ne perçoit plus que de grandes masses assez indéterminées ; les hommes, les animaux deviennent absolument invisibles : les routes sont des lacets, et les lacs, des étangs.

Le docteur et ses compagnons se sentaient dans un état anormal ; un courant atmosphérique d'une extrême vélocité les entraînait au-delà des montagnes arides, sur le sommet desquelles de vastes plaques de neige étonnaient le regard ; leur aspect convulsionné démontrait quelque travail neptunien des premiers jours du monde.

Le soleil brillait au zénith, et ses rayons tombaient d'aplomb sur ces cimes désertes. Le docteur prit un dessin exact de ces montagnes, qui sont faites de quatre croupes distinctes, presque en ligne droite, et dont la plus septentrionale est la plus allongée.

Bientôt le *Victoria* descendit le versant opposé du Rubeho, en longeant une côte boisée et parsemée d'arbres d'un vert très sombre ; puis vinrent des crêtes et des ravins, dans une sorte de désert qui précédait le pays d'Ugogo ; plus bas s'étalaient des plaines jaunes, torréfiées, craquelées, jonchées çà et là de plantes salines et de buissons épineux.

Quelques taillis, plus loin devenus forêts, embellirent l'horizon. Le docteur s'approcha du sol, les ancres furent lancées, et l'une d'elles s'accrocha bientôt dans les branches d'un vaste sycomore.

Joe, se glissant rapidement dans l'arbre, assujettit l'ancre avec précaution ; le docteur laissa son chalumeau en activité pour conserver à l'aérostat une certaine force ascensionnelle qui le maintînt en l'air. Le vent s'était presque subitement calmé.

« Maintenant, dit Fergusson, prends deux fusils, ami Dick, l'un pour toi, l'autre pour Joe, et tâchez, à vous deux, de rapporter quelques belles tranches d'antilope. Ce sera pour notre dîner.

– En chasse ! » s'écria Kennedy.

Il escalada la nacelle et descendit. Joe s'était laissé dégringoler de branche en branche et l'attendait en se détirant les membres. Le docteur, allégé du poids de ses deux compagnons, put éteindre entièrement son chalumeau.

« N'allez pas vous envoler, mon maître, s'écria Joe.

– Sois tranquille, mon garçon, je suis solidement retenu. Je vais mettre mes notes en ordre. Bonne chasse et soyez prudents. D'ailleurs, de mon poste, j'observerai le pays, et, à la moindre chose suspecte, je tire un coup de carabine. Ce sera le signal de ralliement.

– Convenu », répondit le chasseur.

XIV

LA FORÊT DE GOMMIERS. - L'ANTILOPE BLEUE. - LE SIGNAL DE RALLIEMENT. - UN ASSAUT INATTENDU. - LE KANYEMÉ. - UNE NUIT EN PLEIN AIR. - LE MABUNGURU. - JIHOUE-LA-MKOA. - PROVISION D'EAU. - ARRIVÉE À KAZEH.

Le pays, aride, desséché, fait d'une terre argileuse qui se fendillait à la chaleur, paraissait désert ; çà et là, quelques traces de caravanes, des ossements blanchis d'hommes et de bêtes, à demi rongés, et confondus dans la même poussière.

Après une demi-heure de marche, Dick et Joe s'enfonçaient dans une forêt de gommiers, l'œil aux aguets et le doigt sur la détente du fusil. On ne savait pas à qui on aurait affaire. Sans être un rifleman, Joe maniait adroitement une arme à feu.

« Cela fait du bien de marcher, monsieur Dick, et cependant ce terrain-là n'est pas trop commode », fit-il en heurtant les fragments de quartz dont il était parsemé.

Kennedy fit signe à son compagnon de se taire et de s'arrêter. Il fallait savoir se passer de chiens, et, quelle que fût l'agilité de Joe, il ne pouvait avoir le nez d'un braque ou d'un lévrier.

Dans le lit d'un torrent où stagnaient encore quelques mares, se désaltérait une troupe d'une dizaine d'antilopes. Ces gracieux animaux, flairant un danger, paraissaient inquiets ; entre chaque lampée, leur jolie tête se redressait avec vivacité, humant de ses narines mobiles l'air au vent des chasseurs.

Kennedy contourna quelques massifs, tandis que Joe demeurait immobile ; il parvint à portée de fusil et fit feu. La troupe disparut en un clin d'œil ; seule, une antilope mâle, frappée au défaut de l'épaule, tombait foudroyée. Kennedy se précipita sur sa proie.

C'était un blawe-bock, un magnifique animal d'un bleu pâle tirant sur le gris, avec le ventre et l'intérieur des jambes d'une blancheur de neige.

« Le beau coup de fusil ! s'écria le chasseur. C'est une espèce très rare d'antilope, et j'espère bien préparer sa peau de manière à la conserver.

– Par exemple ! y pensez-vous, monsieur Dick ?

– Sans doute ! Regarde donc ce splendide pelage.

– Mais le docteur Fergusson n'admettra jamais une pareille surcharge.

– Tu as raison, Joe ! Il est pourtant fâcheux d'abandonner tout entier un si bel animal !

– Tout entier ! non pas, monsieur Dick ; nous allons en tirer tous les avantages nutritifs qu'il possède, et, si vous le permettez, je vais m'en acquitter aussi bien que le syndic de l'honorable corporation des bouchers de Londres.

– A ton aise, mon ami ; tu sais pourtant qu'en ma qualité de chasseur, je ne suis pas plus embarrassé de dépouiller une pièce de gibier que de l'abattre.

– J'en suis sûr, monsieur Dick ; alors ne vous gênez pas pour établir un fourneau sur trois pierres ; vous aurez du bois mort en quantité, et je ne vous demande que quelques minutes pour utiliser vos charbons ardents.

– Ce ne sera pas long », répliqua Kennedy.

Il procéda aussitôt à la construction de son foyer, qui flambait quelques instants plus tard.

Joe avait retiré du corps de l'antilope une douzaine de côtelettes et les morceaux les plus tendres du filet, qui se transformèrent bientôt en grillades savoureuses.

« Voilà qui fera plaisir à l'ami Samuel, dit le chasseur.

– Savez-vous à quoi je pense, monsieur Dick ?

– Mais à ce que tu fais, sans doute, à tes beefsteaks.

– Pas le moins du monde. Je pense à la figure que nous ferions si nous ne retrouvions plus l'aérostat.

– Bon ! quelle idée ! tu veux que le docteur nous abandonne ?

– Non ; mais si son ancre venait à se détacher ?

– Impossible. D'ailleurs Samuel ne serait pas embarrassé de redescendre avec son ballon ; il le manœuvre assez proprement.

– Mais si le vent l'emportait, s'il ne pouvait revenir vers nous ?

– Voyons, Joe, trêve à tes suppositions ; elles n'ont rien de plaisant.

– Ah ! Monsieur, tout ce qui arrive en ce monde est naturel ; or, tout peut arriver, donc il faut tout prévoir... »

En ce moment un coup de fusil retentit dans l'air.

« Hein ! fit Joe.

– Ma carabine ! je reconnais sa détonation.

– Un signal !

– Un danger pour nous !

– Pour lui peut-être, répliqua Joe.

– En route ! »

Les chasseurs avaient rapidement ramassé le produit de leur chasse, et ils reprirent leur chemin en se guidant sur des brisées que Kennedy avait faites. L'épaisseur du fourré les empêchait d'apercevoir le *Victoria*, dont ils ne pouvaient être bien éloignés.

La chasse aux antilopes.

Un second coup de feu se fit entendre.

« Cela presse, fit Joe.

— Bon ! encore une autre détonation.

— Cela m'a l'air d'une défense personnelle.

— Hâtons-nous. »

Et ils coururent à toutes jambes. Arrivés à la lisière du bois, ils virent tout d'abord le *Victoria* à sa place, et le docteur dans la nacelle.

« Qu'y a-t-il donc ? demanda Kennedy.

— Grand Dieu ! s'écria Joe.

— Que vois-tu ?

— Là-bas, une troupe de Nègres qui assiègent le ballon ! »

En effet, à deux milles de là, une trentaine d'individus se pressaient en gesticulant, en hurlant, en gambadant au pied du sycomore. Quelques-uns, grimpés dans l'arbre, s'avançaient jusque sur les branches les plus élevées. Le danger semblait imminent.

« Mon maître est perdu, s'écria Joe.

— Allons, Joe, du sang-froid et du coup d'œil. Nous tenons la vie de quatre de ces moricauds dans nos mains. En avant ! »

Ils avaient franchi un mille avec une extrême rapidité, quand un nouveau coup de fusil partit de la nacelle ; il atteignit un grand diable qui se hissait par la corde de l'ancre. Un corps sans vie tomba de branches en branches, et resta suspendu à une vingtaine de pieds du sol, ses deux bras et ses deux jambes se balançant dans l'air.

« Hein ! fit Joe en s'arrêtant, par où diable se tient-il donc, cet animal-là ?

— Peu importe, répondit Kennedy, courons ! courons !

— Ah ! monsieur Kennedy, s'écria Joe, en éclatant de rire : par sa queue ! c'est par sa queue ! Un singe ! ce ne sont que des singes.

— Ça vaut encore mieux que des hommes », répliqua Kennedy en se précipitant au milieu de la bande hurlante.

C'était une troupe de cynocéphales assez redoutables, féroces et brutaux, horribles à voir avec leurs museaux de chien. Cependant quelques coups de fusil en eurent facilement raison, et cette horde grimaçante s'échappa, laissant plusieurs des siens à terre.

En un instant, Kennedy s'accrochait à l'échelle ; Joe se hissait dans les sycomores et détachait l'ancre ; la nacelle s'abaissait jusqu'à lui, et il y rentrait sans difficulté. Quelques minutes après, le *Victoria* s'élevait dans l'air et se dirigeait vers l'est sous l'impulsion d'un vent modéré.

« En voilà un assaut ! dit Joe.

— Nous t'avions cru assiégé par des indigènes.

— Ce n'étaient que des singes, heureusement ! répondit le docteur.

— De loin, la différence n'est pas grande, mon cher Samuel.

— Ni même de près, répliqua Joe.

— Quoi qu'il en soit, reprit Fergusson, cette attaque de singes pouvait avoir les plus graves conséquences. Si l'ancre avait perdu prise sous leurs secousses réitérées, qui sait où le vent m'eût entraîné !

— Que vous disais-je, monsieur Kennedy ?

— Tu avais raison, Joe ; mais, tout en ayant raison, à ce moment-là tu préparais des beefsteaks d'antilope, dont la vue me mettait déjà en appétit.

— Je le crois bien, répondit le docteur, la chair d'antilope est exquise.

— Vous pouvez en juger, monsieur, la table est servie.

— Sur ma foi, dit le chasseur, ces tranches de venaison ont un fumet sauvage qui n'est point à dédaigner.

— Bon ! je vivrais d'antilope jusqu'à la fin de mes jours, répondit Joe la bouche pleine, surtout avec un verre de grog pour en faciliter la digestion. »

Joe prépara le breuvage en question, qui fut dégusté avec recueillement.

« Jusqu'ici cela va assez bien, dit-il.

— Très bien, riposta Kennedy.

— Voyons, monsieur Dick, regrettez-vous de nous avoir accompagnés ?

— J'aurais voulu voir qu'on m'en eût empêché ! » répondit le chasseur avec un air résolu.

Il était alors quatre heures du soir ; le *Victoria* rencontra un courant plus rapide ; le sol montait insensiblement, et bientôt la colonne barométrique indiqua une hauteur de 1 500 pieds au-dessus du niveau de la mer. Le docteur fut alors obligé de soutenir son aérostat par une dilatation de gaz assez forte, et le chalumeau fonctionnait sans cesse.

Vers sept heures, le *Victoria* planait sur le bassin de Kanyemé ; le docteur reconnut aussitôt ce vaste défrichement de dix milles d'étendue, avec ses villages perdus au milieu des baobabs et des calebassiers. Là est la résidence de l'un des sultans du pays de l'Ugogo, où la civilisation est peut-être moins arriérée, on y vend plus rarement les membres de sa famille ; mais, bêtes et gens, tous vivent ensemble dans des huttes rondes sans charpente, et qui ressemblent à des meules de foin.

Après Kanyemé, le terrain devint aride et rocailleux ; mais, au bout d'une heure, dans une dépression fertile, la végétation reprit toute sa vigueur, à quelque distance du Mdaburu. Le vent tombait avec le jour, et l'atmosphère semblait s'endormir. Le docteur chercha vainement un courant à différentes hauteurs ; en voyant ce calme de la nature, il résolut de passer la nuit dans les airs, et, pour plus de sûreté, il s'éleva de 1 000 pieds environ. Le *Victoria* demeurait immobile. La nuit magnifiquement étoilée se fit en silence.

Dick et Joe s'étendirent sur leur couche paisible, et s'endormirent d'un profond sommeil pendant le quart du docteur ; à minuit, celui-ci fut remplacé par l'Écossais.

« S'il survenait le moindre incident, réveille-moi, lui dit-il ; et surtout ne perds pas le baromètre des yeux. C'est notre boussole, à nous autres ! »

La nuit fut froide, il y eut jusqu'à 27 degrés[1] de différence entre sa température et celle du jour. Avec les ténèbres avait éclaté le concert nocturne des animaux, que la soif et la faim chassent de leurs repaires ; les grenouilles firent retentir leur voix de soprano, doublée du glapissement des chacals, pendant que la basse imposante des lions soutenait les accords de cet orchestre vivant.

---

[1]. 14° centigrades.

Vue de Jihoue-la-Mkoa.

En reprenant son poste le matin, le docteur Fergusson consulta sa boussole, et s'aperçut que la direction du vent avait changé pendant la nuit. Le *Victoria* dérivait dans le nord-est d'une trentaine de milles pendant deux heures environ ; il passait au-dessus de Mabunguru, pays pierreux, parsemé de blocs de syénite d'un beau poli, et tout bosselé de roches en dos d'âne ; des masses coniques, semblables aux rochers de Karnak, hérissaient le sol comme autant de dolmens druidiques ; de nombreux ossements de buffles et d'éléphants blanchissaient çà et là ; il y avait peu d'arbres, sinon dans l'est, des bois profonds, sous lesquels se cachaient quelques villages.

Vers sept heures, une roche ronde, de près de deux mille d'étendue, apparut comme une immense carapace.

« Nous sommes en bon chemin, dit le docteur Fergusson. Voilà Jihoue-la-Mkoa, où nous allons faire halte pendant quelques instants. Je vais renouveler la provision d'eau nécessaire à l'alimentation de mon chalumeau, essayons de nous accrocher quelque part.

– Il y a peu d'arbres, répondit le chasseur.

– Essayons cependant ; Joe, jette les ancres. »

Le ballon, perdant peu à peu de sa force ascensionnelle, s'approcha de terre ; les ancres coururent ; la patte de l'une d'elles s'engagea dans une fissure de rocher, et le *Victoria* demeura immobile.

Il ne faut pas croire que le docteur pût éteindre complètement son chalumeau pendant ses haltes. L'équilibre du ballon avait été calculé au niveau de la mer ; or le pays allait toujours en montant, et se trouvant élevé de 600 à 700 pieds, le ballon aurait eu une tendance à descendre plus bas que le sol lui-même ; il fallait donc le soutenir par une certaine dilatation du gaz. Dans le cas seulement où, en l'absence de tout vent, le docteur eût laissé la nacelle reposer sur terre, l'aérostat, alors délesté d'un poids considérable, se serait maintenu sans le secours du chalumeau.

Les cartes indiquaient de vastes mares sur le versant occidental de Jihoue-la-Mkoa. Joe s'y rendit seul avec un baril, qui pouvait contenir une dizaine de gallons ; il trouva sans peine l'endroit indiqué, non loin d'un petit village désert, fit sa provision d'eau, et revint en moins de trois quarts d'heure ; il n'avait rien vu de particulier, si ce n'est d'immenses trappes à éléphant ; il faillit même choir dans l'une d'elles, où gisait une carcasse à demi rongée.

Il rapporta de son excursion une sorte de nèfles, que des singes mangeaient avidement. Le docteur reconnut le fruit du « mbenbu », arbre très abondant sur la partie occidentale de Jihoue-la-Mkoa. Fergusson attendait Joe avec une certaine impatience, car un séjour même rapide sur cette terre inhospitalière lui inspirait toujours des craintes.

L'eau fut embarquée sans difficulté, car la nacelle descendit presque au niveau du sol ; Joe put arracher l'ancre, et remonta lestement auprès de son maître. Aussitôt celui-ci raviva sa flamme, et le *Victoria* reprit la route des airs.

Il se trouvait alors à une centaine de milles de Kazeh, important établissement de l'intérieur de l'Afrique, où, grâce à un courant de sud-est, les voyageurs pouvaient espérer de parvenir pendant cette journée ; ils marchaient avec une vitesse de 14 milles à l'heure ; la conduite de l'aérostat devint alors assez difficile ; on ne pouvait s'élever trop haut sans dilater beaucoup le gaz ; car le pays se trouvait déjà à une hauteur moyenne de 3 000 pieds. Or, autant que possible, le docteur préférait ne pas forcer sa dilatation ; il suivit donc fort adroitement les sinuosités d'une pente assez roide, et rasa de près les villages de Thembo et de Tura-Wels. Ce dernier fait partie de l'Unyamwezy, magnifique contrée où les arbres atteignent les plus grandes dimensions, entre autres les cactus, qui deviennent gigantesques.

Vers deux heures, par un temps magnifique, sous un soleil de feu qui dévorait le moindre courant d'air, le *Victoria* planait au-dessus de la ville de Kazeh, située à 350 milles de la côte.

« Nous sommes partis de Zanzibar à neuf heures du matin, dit le docteur Fergusson en consultant ses notes, et après deux jours de traversée nous avons parcouru par nos déviations près de 500 milles géographiques[1]. Les capitaines Burton et Speke mirent quatre mois et demi à faire le même chemin ! »

1. Près de deux cents lieues.

XV

KAZEH. - LE MARCHÉ BRUYANT. - APPARITION DU « VICTORIA ». - LES WANGANGA. - LES FILS DE LA LUNE. - PROMENADE DU DOCTEUR. - POPULATION. - LE TEMBÉ ROYAL. - LES FEMMES DU SULTAN. - UNE IVRESSE ROYALE. - JOE ADORÉ. - COMMENT ON DANSE DANS LA LUNE. - REVIREMENT. - DEUX LUNES AU FIRMAMENT. - INSTABILITÉ DES GRANDEURS DIVINES.

Kazeh, point important de l'Afrique centrale, n'est point une ville ; à vrai dire, il n'y a pas de ville à l'intérieur. Kazeh n'est qu'un ensemble de six vastes excavations. Là sont renfermées des cases, des huttes à esclaves, avec de petites cours et de petits jardins, soigneusement cultivés ; oignons, patates, aubergines, citrouilles et champignons d'une saveur parfaite y poussent à ravir.

L'Unyamwezy est la terre de la Lune par excellence, le parc fertile et splendide de l'Afrique ; au centre se trouve le district de l'Unyanembé, une contrée délicieuse, où vivent paresseusement quelques familles d'Omani, qui sont des Arabes d'origine très pure.

Ils ont longtemps fait le commerce à l'intérieur de l'Afrique et dans l'Arabie ; ils ont trafiqué de gommes, d'ivoire, d'indienne, d'esclaves ; leurs caravanes sillonnaient ces régions équatoriales ; elles vont encore chercher à la côte les objets de luxe et de plaisir pour ces marchands enrichis, et ceux-ci, au milieu de femmes et de serviteurs, mènent dans cette contrée charmante l'existence la moins agitée et la plus horizontale, toujours étendus, riant, fumant ou dormant.

Autour de ces excavations, de nombreuses cases d'indigènes, de vastes emplacements pour les marchés, des champs de cannabis et de datura, de beaux arbres et de frais ombrages, voilà Kazeh.

Là est le rendez-vous général des caravanes : celles du Sud avec leurs esclaves et leurs chargements d'ivoire ; celles de l'Ouest, qui exportent le coton et les verroteries aux tribus des Grands Lacs.

Aussi, dans les marchés, règne-t-il une agitation perpétuelle, un brouhaha sans nom, composé du cri des porteurs métis, du son des tambours et des cornets, des hennissements des mules, du braiement des ânes, du chant des femmes, du piaillement des enfants, et des coups de rotin du Jemadar[1], qui bat la mesure dans cette symphonie pastorale.

Là s'étalent sans ordre, et même avec un désordre charmant, les étoffes voyantes, les rassades, les ivoires, les dents de rhinocéros, les dents de requins, le miel, le tabac, le coton ; là se pratiquent les marchés les plus étranges, où chaque objet n'a de valeur que par les désirs qu'il excite.

Tout à coup, cette agitation, ce mouvement, ce bruit tomba subitement. Le *Victoria* venait d'apparaître dans les airs ; il planait majestueusement et descendait peu à peu, sans s'écarter de la verticale. Hommes, femmes, enfants, esclaves, marchands, Arabes et Nègres, tout disparut et se glissa dans les « tembés » et sous les huttes.

« Mon cher Samuel, dit Kennedy, si nous continuons à produire de pareils effets, nous aurons de la peine à établir des relations commerciales avec ces gens-là.

– Il y aurait cependant, dit Joe, une opération commerciale d'une grande simplicité à faire. Ce serait de descendre tranquillement et d'emporter les marchandises les plus précieuses, sans nous préoccuper des marchands. On s'enrichirait.

– Bon ! répliqua le docteur, ces indigènes ont eu peur au premier moment. Mais ils ne tarderont pas à revenir par superstition ou par curiosité.

– Vous croyez, mon maître ?

– Nous verrons bien ; mais il sera prudent de ne point trop les approcher, le *Victoria* n'est pas un ballon blindé et cuirassé ; il n'est donc à l'abri ni d'une balle, ni d'une flèche.

– Comptes-tu donc, mon cher Samuel, entrer en pourparlers avec ces Africains ?

– Si cela se peut, pourquoi pas ? répondit le docteur ; il doit se trouver à Kazeh des marchands arabes plus instruits, moins sauvages. Je me rappelle que MM. Burton et Speke

---

1. Chef de la caravane.

n'eurent qu'à se louer de l'hospitalité des habitants de la ville. Ainsi, nous pouvons tenter l'aventure. »

Le *Victoria*, s'étant insensiblement rapproché de terre, accrocha l'une de ses ancres au sommet d'un arbre près de la place du marché.

Toute la population reparaissait en ce moment hors de ses trous ; les têtes sortaient avec circonspection. Plusieurs « Waganga », reconnaissables à leurs insignes de coquillages coniques, s'avancèrent hardiment ; c'étaient les sorciers de l'endroit. Ils portaient à leur ceinture de petites gourdes noires enduites de graisse, et divers objets de magie, d'une malpropreté d'ailleurs toute doctorale.

Peu à peu, la foule se fit à leurs côtés, les femmes et les enfants les entourèrent, les tambours rivalisèrent de fracas, les mains se choquèrent et furent tendues vers le ciel.

« C'est leur manière de supplier, dit le docteur Fergusson ; si je ne me trompe, nous allons être appelés à jouer un grand rôle.

— Eh bien ! monsieur, jouez-le.

— Toi-même, mon brave Joe, tu vas peut-être devenir un dieu.

— Eh ! monsieur, cela ne m'inquiète guère, et l'encens ne me déplaît pas. »

En ce moment, un des sorciers, un « Myanga », fit un geste, et toute cette clameur s'éteignit dans un profond silence. Il adressa quelques paroles aux voyageurs, mais dans une langue inconnue.

Le docteur Fergusson, n'ayant pas compris, lança à tout hasard quelques mots d'arabe, et il lui fut immédiatement répondu dans cette langue.

L'orateur se livra à une abondante harangue, très fleurie, très écoutée ; le docteur ne tarda pas à reconnaître que le *Victoria* était tout bonnement pris pour la Lune en personne, et que cette aimable déesse avait daigné s'approcher de la ville avec ses trois Fils, honneur qui ne serait jamais oublié dans cette terre aimée du Soleil.

Le docteur répondit avec une grande dignité que la Lune faisait tous les mille ans sa tournée départementale, éprouvant le besoin de se montrer de plus près à ses adorateurs ; il les priait donc de ne pas se gêner et d'abuser de sa divine présence pour faire connaître leurs besoins et leurs vœux.

Le sorcier répondit à son tour que le sultan, le « Mwani », malade depuis de longues années, réclamait les secours du ciel, et il invitait les fils de la Lune à se rendre auprès de lui.

Le docteur fit part de l'invitation à ses compagnons.

« Et tu vas te rendre auprès de ce roi nègre ? dit le chasseur.

– Sans doute. Ces gens-là me paraissent bien disposés ; l'atmosphère est calme ; il n'y a pas un souffle de vent ! Nous n'avons rien à craindre pour le *Victoria*.

– Mais que feras-tu ?

– Sois tranquille, mon cher Dick ; avec un peu de médecine je m'en tirerai. »

Puis, s'adressant à la foule :

« La Lune, prenant en pitié le souverain cher aux enfants de l'Unyamwezy, nous a confié le soin de sa guérison. Qu'il se prépare à nous recevoir ! »

Les clameurs, les chants, les démonstrations redoublèrent, et toute cette vaste fourmilière de têtes noires se remit en mouvement.

« Maintenant, mes amis, dit le docteur Fergusson, il faut tout prévoir ; nous pouvons, à un moment donné, être forcés de repartir rapidement. Dick restera donc dans la nacelle, et, au moyen du chalumeau, il maintiendra une force ascensionnelle suffisante. L'ancre est solidement assujettie ; il n'y a rien à craindre. Je vais descendre à terre. Joe m'accompagnera ; seulement il restera au pied de l'échelle.

– Comment ! tu iras seul chez ce moricaud ? dit Kennedy.

– Comment ! monsieur Samuel s'écria Joe, vous ne voulez pas que je vous suive jusqu'au bout ?

– Non ; j'irai seul ; ces braves gens se figurent que leur grande déesse la Lune est venue leur rendre visite, je suis protégé par la superstition ; ainsi, n'ayez aucune crainte, et restez chacun au poste que je vous assigne.

– Puisque tu le veux, répondit le chasseur.

– Veille à la dilatation du gaz.

– C'est convenu ».

Les cris des indigènes redoublaient ; ils réclamaient énergiquement l'intervention céleste.

« Voilà ! voilà ! fit Joe. Je les trouve un peu impérieux envers leur bonne Lune et ses divins Fils. »

Le docteur, muni de sa pharmacie de voyage, descendit à terre, précédé de Joe. Celui-ci, grave et digne comme il convenait, s'assit au pied de l'échelle, les jambes croisées sous lui à la façon arabe, et une partie de la foule l'entoura d'un cercle respectueux.

Pendant ce temps, le docteur Fergusson, conduit au son des instruments, escorté par des pyrrhiques religieuses, s'avança lentement vers le « tembé royal », situé assez loin hors de la ville ; il était environ trois heures, et le soleil resplendissait ; il ne pouvait faire moins pour la circonstance.

Le docteur marchait avec dignité ; les « Waganga » l'entouraient et contenaient la foule. Fergusson fut bientôt rejoint par le fils naturel du sultan, jeune garçon assez bien tourné, qui, suivant la coutume du pays, était le seul héritier des biens paternels, à l'exclusion des enfants légitimes ; il se prosterna devant le Fils de la Lune ; celui-ce le releva d'un geste gracieux.

Trois quarts d'heure après, par des sentiers ombreux, au milieu de tout le luxe d'une végétation tropicale, cette procession enthousiasmée arriva au palais du sultan, sorte d'édifice carré, appelé Iténya, et situé au versant d'une colline. Une espèce de verandah, formée par le toit de chaume, régnait à l'extérieur, appuyée sur des poteaux de bois qui avaient la prétention d'être sculptés. De longues lignes d'argile rougeâtre ornaient les murs, cherchant à reproduire des figures d'hommes et de serpents, ceux-ci naturellement mieux réussis que ceux-là. La toiture de cette habitation ne reposait pas immédiatement sur les murailles, et l'air pouvait y circuler librement ; d'ailleurs, pas de fenêtres, et à peine une porte.

Le docteur Fergusson fut reçu avec de grands honneurs par les gardes et les favoris, des hommes de belle race, des Wanyamwezi, type pur des populations de l'Afrique centrale, forts et robustes, bien faits et bien portants. Leurs

Le palais du sultan africain.

cheveux divisés en un grand nombre de petites tresses retombaient sur leurs épaules ; au moyen d'incisions noires ou bleues, ils zébraient leurs joues depuis les tempes jusqu'à la bouche. Leurs oreilles, affreusement distendues, supportaient des disques en bois et des plaques de gomme copal ; ils étaient vêtus de toiles brillamment peintes ; les soldats, armés de la sagaie, de l'arc, de la flèche barbelée et empoisonnée du suc de l'euphorbe, du coutelas, du « sime », long sabre à dents de scie, et de petites haches d'armes.

Le docteur pénétra dans le palais. Là, en dépit de la maladie du sultan, le vacarme déjà terrible redoubla à son arrivée. Il remarqua au linteau de la porte des queues de lièvre, des crinières de zèbre, suspendues en manière de talisman. Il fut reçu par la troupe des femmes de Sa Majesté, aux accords harmonieux de « l'upatu », sorte de cymbale faite avec le fond d'un pot de cuivre, et au fracas du « kilindo », tambour de cinq pieds de haut creusé dans un tronc d'arbre, et contre lequel deux virtuoses s'escrimaient à coups de poing.

La plupart de ces femmes paraissaient fort jolies, et fumaient en riant le tabac et le thang dans de grandes pipes noires ; elles semblaient bien faites sous leur longue robe drapée avec grâce, et portaient le « kilt » en fibres de calebasse, fixé autour de leur ceinture.

Six d'entre elles n'étaient pas les moins gaies de la bande, quoique placées à l'écart et réservées à un cruel supplice. A la mort du sultan, elles devaient être enterrées vivantes auprès de lui, pour le distraire pendant l'éternelle solitude.

Le docteur Fergusson, après avoir embrassé tout cet ensemble d'un coup d'œil, s'avança jusqu'au lit de bois du souverain. Il vit là un homme d'une quarantaine d'années, parfaitement abruti par les orgies de toutes sortes et dont il n'y avait rien à faire. Cette maladie, qui se prolongeait depuis des années, n'était qu'une ivresse perpétuelle. Ce royal ivrogne avait à peu près perdu connaissance, et tout l'ammoniaque du monde ne l'aurait pas remis sur pied.

Les favoris et les femmes, fléchissant le genou, se courbaient pendant cette visite solennelle. Au moyen de quelques gouttes d'un violent cordial, le docteur ranima un instant ce corps abruti ; le sultan fit un mouvement, et, pour un cadavre qui ne donnait plus signe d'existence depuis quelques heures, ce symptôme fut accueilli par un redoublement de cris en l'honneur du médecin.

Celui-ci, qui en avait assez, écarta par un mouvement rapide ses adorateurs trop démonstratifs et sortit du palais. Il se dirigea vers le *Victoria*. Il était six heures du soir.

Joe, pendant son absence, attendait tranquillement au bas de l'échelle ; la foule lui rendait les plus grands devoirs. En véritable Fils de la Lune, il se laissait faire. Pour une divinité, il avait l'air d'un assez brave homme, pas fier, familier même avec les jeunes Africaines, qui ne se lassaient pas de le contempler. Il leur tenait d'ailleurs d'aimables discours.

« Adorez, mesdemoiselles, adorez, leur disait-il ; je suis un bon diable, quoique fils de déesse ! »

On lui présenta les dons propitiatoires, ordinairement déposés dans les « mzimu » ou huttes-fétiches. Cela consistait en épis d'orge et en « pombé ». Joe se crut obligé de goûter à cette espèce de bière forte ; mais son palais, quoique fait au gin et au wisky, ne put en supporter la violence. Il fit une affreuse grimace, que l'assistance prit pour un sourire aimable.

Et puis les jeunes filles, confondant leurs voix dans une mélopée traînante, exécutèrent une danse grave autour de lui.

« Ah ! vous dansez, dit-il, eh bien ! je ne serai pas en reste avec vous, et je vais vous montrer une danse de mon pays. »

Et il entama une gigue étourdissante, se contournant, se détirant, se déjetant, dansant des pieds, dansant des genoux, dansant des mains, se développant en contorsions extravagantes, en poses incroyables, en grimaces impossibles, donnant ainsi à ces populations une étrange idée de la manière dont les dieux dansent dans la Lune.

Or, tous ces Africains, imitateurs comme des singes, eurent bientôt fait de reproduire ses manières, ses gambades, ses trémoussements ; ils ne perdaient pas un geste, ils n'oubliaient pas une attitude ; ce fut alors un tohu-bohu, un remuement, une agitation dont il est difficile de donner une idée, même faible. Au plus beau de la fête, Joe aperçut le docteur.

Celui-ci revenait en toute hâte, au milieu d'une foule hurlante et désordonnée. Les sorciers et les chefs semblaient fort animés. On entourait le docteur ; on le pressait, on le menaçait. Étrange revirement ! Que s'était-il passé ? Le sultan avait-il maladroitement succombé entre les mains de son médecin céleste ?

Kennedy, de son poste, vit le danger sans en comprendre la cause. Le ballon, fortement sollicité par la dilatation du gaz, tendait sa corde de retenue, impatient de s'élever dans les airs.

Le docteur parvint au pied de l'échelle. Une crainte superstitieuse retenait encore la foule et l'empêchait de se porter à des violences contre sa personne ; il gravit rapidement les échelons, et Joe le suivit avec agilité.

« Pas un instant à perdre, lui dit son maître. Ne cherche pas à décrocher l'ancre ! Nous couperons la corde ! Suis-moi !

— Mais qu'y a-t-il donc ? demanda Joe en escaladant la nacelle.

— Qu'est-il arrivé ? fit Kennedy, sa carabine à la main.

— Regardez, répondit le docteur en montrant l'horizon.

— Eh bien ? demanda le chasseur.

— Eh bien ! la lune !

La lune, en effet, se levait rouge et splendide, un globe de feu sur un fond d'azur. C'était bien elle ! Elle et le *Victoria* !

Ou il y avait deux lunes, ou les étrangers n'étaient que des imposteurs, des intrigants, des faux dieux !

Telles avaient été les réflexions naturelles de la foule. De là le revirement.

Joe ne put retenir un immense éclat de rire. La population de Kazeh, comprenant que sa proie lui échappait, poussa des hurlements prolongés ; des arcs, des mousquets furent dirigés vers le ballon.

Mais un des sorciers fit un signe. Les armes s'abaissèrent ; il grimpa dans l'arbre, avec l'intention de saisir la corde de l'ancre, et d'amener la machine à terre.

L'enlèvement du sorcier.

Joe s'élança une hachette à la main.

« Faut-il couper ? dit-il.

— Attends, répondit le docteur.

— Mais ce Nègre ?...

— Nous pourrons peut-être sauver notre ancre, et j'y tiens. Il sera toujours temps de couper. »

Le sorcier, arrivé dans l'arbre, fit si bien qu'en rompant les branches il parvint à décrocher l'ancre ; celle-ci, violemment attirée par l'aérostat, attrapa le sorcier entre les jambes, et celui-ci, à cheval sur cet hippogriffe inattendu, partit pour les régions de l'air.

La stupeur de la foule fut immense de voir l'un de ses Waganga s'élancer dans l'espace.

« Hurrah ! s'écria Joe pendant que le *Victoria*, grâce à sa puissance ascensionnelle, montait avec une grande rapidité.

— Il se tient bien, dit Kennedy ; un petit voyage ne lui fera pas de mal.

— Est-ce que nous allons lâcher ce Nègre tout d'un coup ? demanda Joe.

— Fi donc ! répliqua le docteur ! nous le replacerons tranquillement à terre, et je crois qu'après une telle aventure, son pouvoir de magicien s'accroîtra singulièrement dans l'esprit de ses contemporains.

— Ils sont capables d'en faire un dieu », s'écria Joe.

Le *Victoria* était parvenu à une hauteur de mille pieds environ. Le Nègre se cramponnait à la corde avec une énergie terrible. Il se taisait, ses yeux demeuraient fixes. Sa terreur se mêlait d'étonnement. Un léger vent d'ouest poussait le ballon au-delà de la ville.

Une demi-heure plus tard, le docteur, voyant le pays désert, modéra la flamme du chalumeau, et se rapprocha de terre. A vingt pieds du sol, le Nègre prit rapidement son parti ; il s'élança, tomba sur les jambes, et se mit à fuir vers Kazeh, tandis que, subitement délesté, le *Victoria* remontait dans les airs.

XVI

SYMPTÔMES D'ORAGE. - LE PAYS DE LA LUNE. - L'AVENIR DU CONTINENT AFRICAIN. - LA MACHINE DE LA DERNIÈRE HEURE. - VUE DU PAYS AU SOLEIL COUCHANT. - FLORE ET FAUNE. - L'ORAGE. - LA ZONE DE FEU. - LE CIEL ÉTOILÉ.

« Voilà ce que c'est, dit Joe, de faire les Fils de la Lune sans sa permission ! Ce satellite a failli nous jouer là un vilain tour ! Est-ce que, par hasard, mon maître, vous auriez compromis sa réputation par votre médecine ?

– Au fait, dit le chasseur, qu'était ce sultan de Kazeh ?

– Un vieil ivrogne à demi mort, répondit le docteur, et dont la perte ne se fera pas trop vivement sentir. Mais la morale de ceci, c'est que les honneurs sont éphémères, et il ne faut pas trop y prendre goût.

– Tant pis, répliqua Joe. Cela m'allait ! Être adoré ! faire le dieu à sa fantaisie ! Mais que voulez-vous ? la Lune s'est montrée, et toute rouge, ce qui prouve bien qu'elle était fâchée ! »

Pendant ces discours et autres, dans lesquels Joe examina l'astre des nuits à un point de vue entièrement nouveau, le ciel se chargeait de gros nuages vers le nord, de ces nuages sinistres et pesants. Un vent assez vif, ramassé à trois cents pieds du sol, poussait le *Victoria* vers le nord-nord-est. Au-dessus de lui, la voûte azurée était pure, mais on la sentait lourde.

Les voyageurs se trouvèrent, vers huit heures du soir, par 32° 40' de longitude et 4° 17' de latitude ; les courants atmosphériques, sous l'influence d'un orage prochain, les poussaient avec une vitesse de trente-cinq milles à l'heure. Sous leurs pieds passaient rapidement les plaines ondulées et fertiles de Mfuto. Le spectacle en était admirable, et fut admiré.

« Nous sommes en plein pays de la Lune, dit le docteur Fergusson, car il a conservé ce nom que lui donna l'Antiquité, sans doute parce que la lune y fut adorée de tout temps. C'est vraiment une contrée magnifique, et l'on rencontrerait difficilement une végétation plus belle.

– Si on la trouvait autour de Londres, ce ne serait pas naturel, répondit Joe ; mais ce serait fort agréable ! Pourquoi ces belles choses-là sont-elles réservées à des pays aussi barbares ?

– Et sait-on, répliqua le docteur, si quelque jour cette contrée ne deviendra pas le centre de la civilisation ? Les peuples de l'avenir s'y porteront peut-être, quand les régions de l'Europe se seront épuisées à nourrir leurs habitants.

– Tu crois cela ? fit Kennedy.

– Sans doute, mon cher Dick. Vois la marche des événements ; considère les migrations successives des peuples, et tu arriveras à la même conclusion que moi. L'Asie est la première nourrice du monde, n'est-il pas vrai ? Pendant quatre mille ans peut-être, elle travaille, elle est fécondée, elle produit, et puis quand les pierres ont poussé là où poussaient les moissons dorées d'Homère, ses enfants abandonnent son sein épuisé et flétri. Tu les vois alors se jeter sur l'Europe, jeune et puissante, qui les nourrit depuis deux mille ans. Mais déjà sa fertilité se perd ; ses facultés productrices diminuent chaque jour ; ces maladies nouvelles dont sont frappés chaque année les produits de la terre, ces fausses récoltes, ces insuffisantes ressources, tout cela est le signe certain d'une vitalité qui s'altère, d'un épuisement prochain. Aussi voyons-nous déjà les peuples se précipiter aux nourrissantes mamelles de l'Amérique, comme à une source non pas inépuisable, mais encore inépuisée. A son tour, ce nouveau continent se fera vieux ; ses forêts vierges tomberont sous la hache de l'industrie ; son sol s'affaiblira pour avoir trop produit ce qu'on lui aura trop demandé ; là où deux moissons s'épanouissaient chaque année, à peine une sortira-t-elle de ces terrains à bout de forces. Alors l'Afrique offrira aux races nouvelles les trésors accumulés depuis des siècles dans son sein. Ces climats fatals aux étrangers s'épureront par les assolements et les drainages ; ces eaux éparses se réuniront dans un lit commun pour former une artère navigable. Et ce pays sur lequel nous planons, plus fertile, plus riche, plus vital que les autres, deviendra quelque grand royaume, où se produiront des découvertes plus étonnantes encore que la vapeur et l'électricité.

— Ah ! monsieur, dit Joe, je voudrais bien voir cela.

— Tu t'es levé trop matin, mon garçon.

— D'ailleurs, dit Kennedy, cela sera peut-être une fort ennuyeuse époque que celle où l'industrie absorbera tout à son profit ! A force d'inventer des machines, les hommes se feront dévorer par elles ! Je me suis toujours figuré que le dernier jour du monde sera celui où quelque immense chaudière chauffée à trois milliards d'atmosphères fera sauter notre globe !

— Et j'ajoute, dit Joe, que les Américains n'auront pas été les derniers à travailler à la machine.

— En effet, répondit le docteur, ce sont de grands chaudronniers ! Mais, sans nous laisser emporter à de semblables discussions, contentons-nous d'admirer cette terre de la Lune, puisqu'il nous est donné de la voir. »

Le soleil, glissant ses derniers rayons sous la masse des nuages amoncelés, ornait d'une crête d'or les moindres accidents du sol : arbres gigantesques, herbes arborescentes, mousses à ras de terre, tout avait sa part de cet effluve lumineux ; le terrain, légèrement ondulé, ressautait çà et là en petites collines coniques ; pas de montagnes à l'horizon ; d'immenses palissades broussaillées, des haies impénétrables, des jungles épineuses séparaient les clairières où s'étalaient de nombreux villages ; les euphorbes gigantesques les entouraient de fortifications naturelles, en s'entremêlant aux branches coralliformes des arbustes.

Bientôt le Malagazari, principal affluent du lac Tanganayika, se mit à serpenter sous les massifs de verdure ; il donnait asile à ces nombreux cours d'eau, nés de torrents gonflés à l'époque des crues, ou d'étangs creusés dans la couche argileuse du sol. Pour des observateurs élevés, c'était un réseau de cascades jeté sur toute la face occidentale du pays.

Des bestiaux à grosses bosses pâturaient dans les prairies grasses et disparaissaient sous les grandes herbes ; les forêts, aux essences magnifiques, s'offraient aux yeux comme de vastes bouquets ; mais dans ces bouquets, lions, léopards, hyènes, tigres se réfugiaient pour échapper aux dernières chaleurs du jour. Parfois un éléphant faisait ondoyer la cime des taillis, et l'on entendait le craquement des arbres cédant à ses cornes d'ivoire.

« Quel pays de chasse ! s'écria Kennedy enthousiasmé ; une balle lancée à tout hasard, en pleine forêt, rencontrerait un gibier digne d'elle ! Est-ce qu'on ne pourrait pas en essayer un peu ?

— Non pas, mon cher Dick ; voici la nuit, une nuit menaçante, escortée d'un orage. Or, les orages sont terribles dans cette contrée, où le sol est disposé comme une immense batterie électrique.

— Vous avez raison, monsieur, dit Joe ; la chaleur est devenue étouffante, le vent est complètement tombé ; on sent qu'il se prépare quelque chose.

— L'atmosphère est surchargée d'électricité, répondit le docteur ; tout être vivant est sensible à cet état de l'air qui précède la lutte des éléments, et j'avoue que je n'en fus jamais imprégné à ce point.

— Eh bien ! demanda le chasseur, ne serait-ce pas le cas de descendre ?

— Au contraire, Dick, j'aimerais mieux monter. Je crains seulement d'être entraîné au-delà de ma route pendant ces croisements de courants atmosphériques.

— Veux-tu donc abandonner la direction que nous suivons depuis la côte ?

— Si cela m'est possible, répondit Fergusson, je me porterai plus directement au nord pendant sept à huit degrés ; j'essaierai de remonter vers les latitudes présumées des sources du Nil ; peut-être apercevrons-nous quelques traces de l'expédition du capitaine Speke, ou même la caravane de M. de Heuglin. Si mes calculs sont exacts, nous nous trouvons par 32° 40' de longitude, et je voudrais monter droit au-delà de l'équateur.

— Vois donc ! s'écria Kennedy en interrompant son compagnon, vois donc ces hippopotames qui se glissent hors des étangs, ces masses de chair sanguinolente, et ces crocodiles qui aspirent bruyamment l'air !

— Ils étouffent ! fit Joe. Ah ! quelle manière charmante de

Les hippopotames à la surface des étangs.

voyager, et comme on méprise toute cette malfaisante vermine ! Monsieur Samuel ! monsieur Kennedy ! voyez donc ces bandes d'animaux qui marchent en rangs pressés ! Ils sont bien deux cents ; ce sont des loups.

— Non, Joe, mais des chiens sauvages ; une fameuse race, qui ne craint pas de s'attaquer aux lions. C'est la plus terrible rencontre que puisse faire un voyageur. Il est immédiatement mis en pièces.

— Bon ! ce ne sera pas Joe qui se chargera de leur mettre une muselière, répondit l'aimable garçon. Après ça, si c'est leur naturel, il ne faut pas trop leur en vouloir. »

Le silence se faisait peu à peu sous l'influence de l'orage ; il semblait que l'air épaissi devînt impropre à transmettre les sons ; l'atmosphère paraissait ouatée et, comme une salle tendue de tapisseries, perdait toute sonorité. L'oiseau rameur, le grue couronnée, les geais rouges et bleus, le moqueur, les moucherolles disparaissaient dans les grands arbres. La nature entière offrait les symptômes d'un cataclysme prochain.

A neuf heures du soir, le *Victoria* demeurait immobile au-dessus de Mséné, vaste réunion de villages à peine distincts dans l'ombre ; parfois la réverbération d'un rayon égaré dans l'eau morne indiquait des fossés distribués régulièrement, et, par une dernière éclaircie, le regard put saisir la forme calme et sombre des palmiers, des tamarins, des sycomores et des euphorbes gigantesques.

« J'étouffe ! dit l'Écossais en aspirant à pleins poumons le plus possible de cet air raréfié ; nous ne bougeons plus ! Descendrons-nous ?

— Mais l'orage ? fit le docteur assez inquiet.

— Si tu crains d'être entraîné par le vent, il me semble que tu n'as pas d'autre parti à prendre.

— L'orage n'éclatera peut-être pas cette nuit, reprit Joe ; les nuages sont très haut.

— C'est même une raison qui me fait hésiter à les dépasser ; il faudrait monter à une grande élévation, perdre la terre de vue, et ne savoir pendant toute la nuit si nous avançons et de quel côté nous avançons.

— Décide-toi, mon cher Samuel, cela presse.

– Il est fâcheux que le vent soit tombé, reprit Joe ; il nous eût entraînés loin de l'orage.

– Cela est regrettable, mes amis, car les nuages sont un danger pour nous ; ils renferment des courants opposés qui peuvent nous enlacer dans leurs tourbillons, et des éclairs capables de nous incendier. D'un autre côté, la force de la rafale peut nous précipiter à terre, si nous jetons l'ancre au sommet d'un arbre.

– Alors que faire ?

– Il faut maintenir le *Victoria* dans une zone moyenne entre les périls de la terre et les périls du ciel. Nous avons de l'eau en quantité suffisante pour le chalumeau, et nos deux cents livres de lest sont intactes. Au besoin, je m'en servirais.

– Nous allons veiller avec toi, dit le chasseur.

– Non, mes amis, mettez les provisions à l'abri et couchez-vous ; je vous réveillerai si cela est nécessaire.

– Mais, mon maître, ne feriez-vous pas bien de prendre du repos vous-même, puisque rien ne nous menace encore ?

– Non, merci, mon garçon, je préfère veiller. Nous sommes immobiles, et si les circonstances ne changent pas, demain nous nous trouverons exactement à la même place.

– Bonsoir, monsieur.

– Bonne nuit, si c'est possible. »

Kennedy et Joe s'allongèrent sous leurs couvertures, et le docteur demeura seul dans l'immensité.

Cependant le dôme de nuages s'abaissait insensiblement, et l'obscurité se faisait profonde. La voûte noire s'arrondissait autour du globe terrestre comme pour l'écraser.

Tout d'un coup un éclair violent, rapide, incisif, raya l'ombre ; sa déchirure n'était pas refermée qu'un effrayant éclat de tonnerre ébranlait les profondeurs du ciel.

« Alerte ! » s'écria Fergusson.

Les deux dormeurs, réveillés à ce bruit épouvantable, se tenaient à ses ordres.

« Descendons-nous ? fit Kennedy.

– Non ! le ballon n'y résisterait pas. Montons avant que ces nuages ne se résolvent en eau et que le vent ne se déchaîne ! »

Et il poussa activement la flamme du chalumeau dans les spirales du serpentin.

Les orages des tropiques se développent avec une rapidité comparable à leur violence. Un second éclair déchira la nue, et fut suivi de vingt autres immédiats. Le ciel était zébré d'étincelles électriques qui grésillaient sous les larges gouttes de la pluie.

« Nous nous sommes attardés, dit le docteur. Il nous faut maintenant traverser une zone de feu avec notre ballon rempli d'air inflammable !

– Mais à terre ! à terre ! reprenait toujours Kennedy.

– Le risque d'être foudroyé serait presque le même, et nous serions vite déchirés aux branches des arbres !

– Nous montons, monsieur Samuel !

– Plus vite ! plus vite encore. »

Dans cette partie de l'Afrique, pendant les orages équatoriaux, il n'est pas rare de compter de trente à trente-cinq éclairs par minute. Le ciel est littéralement en feu, et les éclats du tonnerre ne discontinuent pas.

Le vent se déchaînait avec une violence effrayante dans cette atmosphère embrasée ; il tordait les nuages incandescents ; on eût dit le souffle d'un ventilateur immense qui activait tout cet incendie.

Le docteur Fergusson maintenait son chalumeau à pleine chaleur ; le ballon se dilatait et montait ; à genoux, au centre de la nacelle, Kennedy retenait les rideaux de la tente. Le ballon tourbillonnait à donner le vertige, et les voyageurs subissaient d'inquiétantes oscillations. Il se faisait de grandes cavités dans l'enveloppe de l'aérostat ; le vent s'y engouffrait avec violence, et le taffetas détonait sous sa pression. Une sorte de grêle, précédée d'un bruit tumultueux, sillonnait l'atmosphère et crépitait sur le *Victoria*. Celui-ci, cependant, continuait sa marche ascensionnelle ; les éclairs dessinaient des tangentes enflammées à sa circonférence ; il était en plein feu.

« A la garde de Dieu ! dit le docteur Fergusson ; nous sommes entre ses mains ; lui seul peut nous sauver. Préparons-nous à tout événement, même à un incendie ; notre chute peut n'être pas rapide. »

Le Victoria *au milieu de l'orage.*

La voix du docteur parvenait à peine à l'oreille de ses compagnons ; mais ils pouvaient voir sa figure calme au milieu du sillonnement des éclairs ; il regardait les phénomènes de phosphorescence produits par le feu Saint-Elme qui voltigeait sur le filet de l'aérostat.

Celui-ci tournoyait, tourbillonnait, mais il montait toujours ; au bout d'un quart d'heure, il avait dépassé la zone des nuages orageux, les effluences électriques se développaient au-dessous de lui, comme une vaste couronne de feux d'artifice suspendus à sa nacelle.

C'était là l'un des plus beaux spectacles que la nature pût donner à l'homme. En bas, l'orage. En haut, le ciel étoilé, tranquille, muet, impassible, avec la lune projetant ses paisibles rayons sur ces nuages irrités.

Le docteur Fergusson consulta le baromètre ; il donna douze mille pieds d'élévation. Il était onze heures du soir.

« Grâce au Ciel, tout danger est passé, dit-il ; il nous suffit de nous maintenir à cette hauteur.

— C'était effrayant ! répondit Kennedy.

— Bon, répliqua Joe, cela jette de la diversité dans le voyage, et je ne suis pas fâché d'avoir vu un orage d'un peu haut. C'est un joli spectacle ! »

XVII

LES MONTAGNES DE LA LUNE. - UN OCÉAN DE VERDURE. - ON JETTE L'ANCRE. - L'ÉLÉPHANT REMORQUEUR. - FEU NOURRI. - MORT DU PACHYDERME. - LE FOUR DE CAMPAGNE. - REPAS SUR L'HERBE. - UNE NUIT À TERRE.

Vers six heures du matin, le lundi, le soleil s'élevait au-dessus de l'horizon ; les nuages se dissipèrent, et un joli vent rafraîchit ces premières lueurs matinales.

La terre, toute parfumée, reparut aux yeux des voyageurs.

Le ballon, tournant sur place au milieu des courants opposés, avait à peine dérivé ; le docteur, laissant se contracter le gaz, descendit afin de saisir une direction plus septentrionale. Longtemps ses recherches furent vaines ; le vent l'entraîna dans l'ouest, jusqu'en vue des célèbres montagnes de la Lune, qui s'arrondissent en demi-cercle autour de la pointe du lac Tanganayika ; leur chaîne, peu accidentée, se détachait sur l'horizon bleuâtre ; on eût dit une fortification naturelle, infranchissable aux explorateurs du centre de l'Afrique ; quelques cônes isolés portaient la trace des neiges éternelles.

« Nous voilà, dit le docteur, dans un pays inexploré ; le capitaine Burton s'est avancé fort avant dans l'ouest ; mais il n'a pu atteindre ces montagnes célèbres ; il en a même nié l'existence, affirmée par Speke son compagnon ; il prétend qu'elles sont nées dans l'imagination de ce dernier ; pour nous, mes amis, il n'y a plus de doute possible.

— Est-ce que nous les franchirons ? demanda Kennedy.

— Non pas, s'il plaît à Dieu ; j'espère trouver un vent favorable qui me ramènera à l'équateur ; j'attendrai même, s'il le faut, et je ferai du *Victoria* comme d'un navire qui jette l'ancre par les vents contraires. »

Mais les prévisions du docteur ne devaient pas tarder à se réaliser. Après avoir essayé différentes hauteurs, le *Victoria* fila dans le nord-est avec une vitesse moyenne.

« Nous sommes dans la bonne direction, dit-il en consultant sa boussole, et à peine à deux cents pieds de terre, toutes circonstances heureuses pour reconnaître ces régions nouvelles ; le capitaine Speke, en allant à la découverte du lac Ukéréoué, remontait plus à l'est, en droite ligne au-dessus de Kazeh.

— Irons-nous longtemps de la sorte ? demanda Kennedy.

— Peut-être ; notre but est de pousser une pointe du côté des sources du Nil, et nous avons plus de six cents milles à parcourir, jusqu'à la limite extrême atteinte par les explorateurs venus du nord.

— Et nous ne mettrons pas pied à terre, fit Joe, histoire de se dégourdir les jambes ?

— Si vraiment ; il faudra d'ailleurs ménager nos vivres, et, chemin faisant, mon brave Dick, tu nous approvisionneras de viande fraîche.

– Dès que tu le voudras, ami Samuel.

– Nous aurons aussi à renouveler notre réserve d'eau. Qui sait si nous ne serons pas entraînés vers des contrées arides ? On ne saurait donc prendre trop de précautions. »

A midi, le *Victoria* se trouvait par 29° 15' de longitude et 3° 15' de latitude. Il dépassait le village d'Uyofu, dernière limite septentrionale de l'Unyamwezi, par le travers du lac Ukéréoué, que l'on ne pouvait encore apercevoir.

Les peuplades rapprochées de l'équateur semblent être un peu plus civilisées, et sont gouvernées par des monarques absolus, dont le despotisme est sans bornes ; leur réunion la plus compacte constitue la province de Karagwah.

Il fut décidé entre les trois voyageurs qu'ils accosteraient la terre au premier emplacement favorable. On devait faire une halte prolongée, et l'aérostat serait soigneusement passé en revue ; la flamme du chalumeau fut modérée ; les ancres lancées au-dehors de la nacelle vinrent bientôt raser les hautes herbes d'une immense prairie ; d'une certaine hauteur, elle paraissait couverte d'un gazon ras, mais en réalité ce gazon avait de sept à huit pieds d'épaisseur.

Le *Victoria* effleurait ces herbes sans les courber, comme un papillon gigantesque. Pas un obstacle en vue. C'était comme un océan de verdure sans un seul brisant.

« Nous pourrons courir longtemps de la sorte, dit Kennedy ; je n'aperçois pas un arbre dont nous puissions nous approcher ; la chasse me paraît compromise.

– Attends, mon cher Dick ; tu ne pourrais pas chasser dans ces herbes plus hautes que toi ; nous finirons par trouver une place favorable. »

C'était en vérité une promenade charmante, une véritable navigation sur cette mer si verte, presque transparente, avec de douces ondulations au souffle du vent. La nacelle justifiait bien son nom, et semblait fendre des flots, à cela près qu'une volée d'oiseaux aux splendides couleurs s'échappait parfois des hautes herbes avec mille cris joyeux ; les ancres plongeaient dans ce lac de fleurs, et traçaient un

Le Victoria *remorqué par un éléphant.*

sillon qui se refermait derrière elles, comme le sillage d'un vaisseau.

Tout à coup, le ballon éprouva une forte secousse ; l'ancre avait mordu sans doute une fissure de roc cachée sous ce gazon gigantesque.

« Nous sommes pris, fit Joe.

— Eh bien ! jette l'échelle », répliqua le chasseur.

Ces paroles n'étaient pas achevées, qu'un cri aigu retentit dans l'air, et les phrases suivantes, entrecoupées d'exclamations, s'échappèrent de la bouche des trois voyageurs.

« Qu'est cela ?

— Un cri singulier !

— Tiens, nous marchons !

— L'ancre a dérapé.

— Mais non ! elle tient toujours, fit Joe, qui halait sur la corde.

— C'est le rocher qui marche ! »

Un vaste remuement se faisait dans les herbes, et bientôt une forme allongée et sinueuse s'éleva au-dessus d'elles.

« Un serpent ! fit Joe.

— Un serpent ! s'écria Kennedy en armant sa carabine.

— Eh non ! dit le docteur, c'est une trompe d'éléphant.

— Un éléphant, Samuel ! »

Et Kennedy, ce disant, épaula son arme.

« Attends, Dick, attends !

— Sans doute ! L'animal nous remorque.

— Et du bon côté, Joe, du bon côté. »

L'éléphant s'avançait avec une certaine rapidité ; il arriva bientôt à une clairière, où l'on put le voir tout entier ; à sa taille gigantesque, le docteur reconnut un mâle d'une magnifique espèce ; il portait deux défenses blanchâtres, d'une courbure admirable, et qui pouvaient avoir huit pieds de long ; les pattes de l'ancre étaient fortement prises entre elles.

L'animal essayait vainement de se débarrasser avec sa trompe de la corde qui le rattachait à la nacelle.

« En avant ! hardi ! s'écria Joe au comble de la joie, excitant de son mieux cet étrange équipage. Voilà encore

une nouvelle manière de voyager ! Plus que cela de cheval !
un éléphant, s'il vous plaît.

– Mais où nous mène-t-il ? demanda Kennedy, agitant
sa carabine qui lui brûlait les mains.

– Il nous mène où nous voulons aller, mon cher Dick !
Un peu de patience !

– « Wig a more ! Wig a more ! » comme disent les
paysans d'Écosse, s'écriait le joyeux Joe. En avant ! en
avant ! »

L'animal prit un galop fort rapide ; il projetait sa trompe
de droite et de gauche, et, dans ses ressauts, il donnait de
violentes secousses à la nacelle. Le docteur, la hache à la
main, était prêt à couper la corde s'il y avait lieu.

« Mais, dit-il, nous ne nous séparerons de notre ancre
qu'au dernier moment. »

Cette course, à la suite d'un éléphant, dura près d'une
heure et demie ; l'animal ne paraissait aucunement fatigué ;
ces énormes pachydermes peuvent fournir des trottes considérables, et, d'un jour à l'autre, on les retrouve à des
distances immenses, comme les baleines dont ils ont la
masse et la rapidité.

« Au fait, disait Joe, c'est une baleine que nous avons
harponnée, et nous ne faisons qu'imiter la manœuvre des
baleiniers pendant leurs pêches. »

Mais un changement dans la nature du terrain obligea le
docteur à modifier son moyen de locomotion.

Un bois épais de camaldores apparaissait au nord de la
prairie et à trois milles environ ; il devenait dès lors
nécessaire que le ballon fût séparé de son conducteur.

Kennedy fut donc chargé d'arrêter l'éléphant dans sa
course ; il épaula sa carabine ; mais sa position n'était pas
favorable pour atteindre l'animal avec succès ; une première
balle, tirée au crâne, s'aplatit comme sur une plaque de tôle ;
l'animal n'en parut aucunement troublé ; au bruit de la
décharge, son pas s'accéléra, et sa vitesse fut celle d'un
cheval lancé au galop.

« Diable ! dit Kennedy.

– Quelle tête dure ! fit Joe.

– Nous allons essayer de quelques balles coniques au

défaut de l'épaule », reprit Dick en chargeant sa carabine avec soin, et il fit feu.

L'animal poussa un cri terrible, et continua de plus belle.

« Voyons, dit Joe en s'armant de l'un des fusils, il faut que je vous aide, monsieur Dick, ou cela n'en finira pas. »

Et deux balles allèrent se loger dans les flancs de la bête.

L'éléphant s'arrêta, dressa sa trompe, et reprit à toute vitesse sa course vers le bois ; il secouait sa vaste tête, et le sang commençait à couler à flots de ses blessures.

« Continuons notre feu, monsieur Dick.

— Et un feu nourri, ajouta le docteur, nous ne sommes pas à vingt toises du bois ! »

Dix coups de feu retentirent encore. L'éléphant fit un bond effrayant ; la nacelle et le ballon craquèrent à faire croire que tout était brisé ; la secousse fit tomber la hache des mains du docteur sur le sol.

La situation devenait terrible alors ; le câble de l'ancre fortement assujetti ne pouvait être ni détaché, ni entamé par les couteaux des voyageurs ; le ballon approchait rapidement du bois, quand l'animal reçut une balle dans l'œil au moment où il relevait la tête ; il s'arrêta, hésita ; ses genoux plièrent ; il présenta son flanc au chasseur.

« Une balle au cœur », dit celui-ci, en déchargeant une dernière fois sa carabine.

L'éléphant poussa un rugissement de détresse et d'agonie ; il se redressa un instant en faisant tournoyer sa trompe, puis il retomba de tout son poids sur une de ses défenses qu'il brisa net. Il était mort.

« Sa défense est brisée ! s'écria Kennedy. De l'ivoire qui en Angleterre vaudrait trente-cinq guinées les cent livres !

— Tant que cela ! fit Joe, en s'affalant jusqu'à terre par la corde de l'ancre.

— A quoi servent tes regrets, mon cher Dick ? répondit le docteur Fergusson. Est-ce que nous sommes des trafiquants d'ivoire ? Sommes-nous venus ici pour faire fortune ? »

Joe visita l'ancre ; elle était solidement retenue à la défense demeurée intacte. Samuel et Dick sautèrent sur le sol, tandis que l'aérostat à demi dégonflé se balançait au-dessus du corps de l'animal.

Le croquis du docteur Fergusson.

« La magnifique bête ! s'éria Kennedy. Quelle masse ! Je n'ai jamais vu dans l'Inde un éléphant de cette taille !

— Cela n'a rien d'étonnant, mon cher Dick ; les éléphants du centre de l'Afrique sont les plus beaux. Les Anderson, les Cumming les ont tellement chassés aux environs du Cap, qu'ils émigrent vers l'équateur, où nous les rencontrerons souvent en troupes nombreuses.

— En attendant, répondit Joe, j'espère que nous goûterons un peu de celui-là ! Je m'engage à vous procurer un repas succulent aux dépens de cet animal. M. Kennedy va chasser pendant une heure ou deux, M. Samuel va passer l'inspection du *Victoria*, et, pendant ce temps, je vais faire la cuisine.

— Voilà qui est bien ordonné, répondit le docteur. Fais à ta guise.

— Pour moi, dit le chasseur, je vais prendre les deux heures de liberté que Joe a daigné m'octroyer.

— Va, mon ami ; mais pas d'imprudence. Ne t'éloigne pas.

— Sois tranquille. »

Et Dick, armé de son fusil, s'enfonça dans le bois. Alors Joe s'occupa de ses fonctions. Il fit d'abord dans la terre un trou profond de deux pieds ; il le remplit de branches sèches qui couvraient le sol, et provenaient des trouées faites dans le bois par les éléphants dont on voyait les traces. Le trou rempli, il entassa au-dessus un bûcher haut de deux pieds, et il y mit le feu.

Ensuite il retourna vers le cadavre de l'éléphant, tombé à dix toises du bois à peine ; il détacha adroitement la trompe qui mesurait près de deux pieds de largeur à sa naissance ; il en choisit la partie la plus délicate, et y joignit un des pieds spongieux de l'animal ; ce sont en effet les morceaux par excellence, comme la bosse du bison, la patte de l'ours ou la hure du sanglier.

Lorsque le bûcher fut entièrement consumé à l'intérieur et à l'extérieur, le trou, débarrassé des cendres et des charbons, offrit une température très élevée ; les morceaux de l'éléphant, entourés de feuilles aromatiques, furent déposés au fond de ce four improvisé, et recouverts de cendres chau-

La dernière cataracte du Nil.

des ; puis, Joe éleva un second bûcher sur le tout, et quand le bois fut consumé, la viande était cuite à point.

Alors Joe retira le dîner de la fournaise ; il déposa cette viande appétissante sur des feuilles vertes, et disposa son repas au milieu d'une magnifique pelouse ; il apporta des biscuits, de l'eau-de-vie, du café, et puisa une eau fraîche et limpide à un ruisseau voisin.

Ce festin ainsi dressé faisait plaisir à voir, et Joe pensait, sans être trop fier, qu'il ferait encore plus de plaisir à manger.

« Un voyage sans fatigue et sans danger ! répétait-il. Un repas à ses heures ! un hamac perpétuel ! qu'est-ce que l'on peu demander de plus ? Et ce bon M. Kennedy qui ne voulait pas venir ! »

De son côté, le docteur Ferguson se livrait à un examen sérieux de l'aérostat. Celui-ci ne paraissait pas avoir souffert de la tourmente ; le taffetas et la gutta-percha avaient merveilleusement résisté ; en prenant la hauteur actuelle du sol, et en calculant la force ascensionnelle du ballon, il vit avec satisfaction que l'hydrogène était en même quantité ; l'enveloppe jusque-là demeurait entièrement imperméable.

Depuis cinq jours seulement, les voyageurs avaient quitté Zanzibar ; le pemmican n'était pas encore entamé ; les provisions de biscuit et de viande conservée suffisaient pour un long voyage ; il n'y eut donc que la réserve d'eau à renouveler.

Les tuyaux et le serpentin paraissaient être en parfait état ; grâce à leurs articulations de caoutchouc, ils s'étaient prêtés à toutes les oscillations de l'aérostat.

Son examen terminé, le docteur s'occupa de mettre ses notes en ordre. Il fit une esquisse très réussie de la campagne environnante, avec la longue prairie à perte de vue, la forêt de camaldores, et le ballon immobile sur le corps du monstrueux éléphant.

Au bout de ses deux heures, Kennedy revenait avec un chapelet de perdrix grasses, et un cuissot d'oryx, sorte de gemsbok, appartenant à l'espèce la plus agile des antilopes. Joe se chargea de préparer ce surcroît de provisions.

« Le dîner est servi », s'écria-t-il bientôt de sa plus belle voix.

Et les trois voyageurs n'eurent qu'à s'asseoir sur la pelouse verte ; les pieds et la trompe d'éléphant furent déclarés exquis ; on but à l'Angleterre comme toujours, et de délicieux havanes parfumèrent pour la première fois cette contrée charmante.

Kennedy mangeait, buvait et causait comme quatre ; il était enivré ; il proposa sérieusement à son ami le docteur de s'établir dans cette forêt, d'y construire une cabane de feuillage, et d'y commencer la dynastie des Robinsons africains.

La proposition n'eut pas autrement de suite, bien que Joe se fût proposé pour remplir le rôle de Vendredi.

La campagne semblait si tranquille, si déserte, que le docteur résolut de passer la nuit à terre. Joe dressa un cercle de feux, barricade indispensable contre les bêtes féroces ; les hyènes, les couguars, les chacals, attirés par l'odeur de la chair d'éléphant, rôdèrent aux alentours. Kennedy dut à plusieurs reprises décharger sa carabine sur des visiteurs trop audacieux ; mais enfin la nuit s'acheva sans incident fâcheux.

XVIII

LE KARAGWAH. - LE LAC UKÉRÉOUÉ. - UNE NUIT DANS UNE ILE. - L'ÉQUATEUR. - TRAVERSÉE DU LAC. - LES CASCADES. - VUE DU PAYS. - LES SOURCES DU NIL. - L'ILE BENGA. - LA SIGNATURE D'ANDREA DEBONO. - LE PAVILLON AUX ARMES D'ANGLETERRE.

Le lendemain, dès cinq heures, commençaient les préparatifs du départ. Joe, avec la hache qu'il avait heureusement retrouvée, brisa les défenses de l'éléphant. Le *Victoria*, rendu à la liberté, entraîna les voyageurs vers le nord-est avec une vitesse de dix-huit milles.

Le docteur avait soigneusement relevé sa position par la hauteur des étoiles pendant la soirée précédente. Il était par 2° 40' de latitude au-dessous de l'équateur, soit à cent soixante milles géographiques ; il traversa de nombreux villages sans se préoccuper des cris provoqués par son apparition ; il prit note de la conformation des lieux avec des vues sommaires ; il franchit les rampes du Rubemhé, presque aussi roides que les sommets de l'Ousagara, et rencontra plus tard, à Tenga, les premiers ressauts des chaînes de Karagwah, qui, selon lui, dérivent nécessairement des montagnes de la Lune. Or, la légende ancienne qui faisait de ces montagnes le berceau du Nil s'approchait de la vérité, puisqu'elles confinent au lac Ukéréoué, réservoir présumé des eaux du grand fleuve.

De Kafuro, grand district des marchands du pays, il aperçut enfin à l'horizon ce lac tant cherché, que le capitaine Speke entrevit le 3 août 1858.

Samuel Fergusson se sentait ému ; il touchait presque à l'un des points principaux de son exploration, et, la lunette à l'œil, il ne perdait pas un coin de cette contrée mystérieuse que son regard détaillait ainsi :

Au-dessous de lui, une terre généralement effritée ; à peine quelques ravins cultivés ; le terrain, parsemé de cônes d'une altitude moyenne, se faisait plat aux approches du lac ; les champs d'orge remplaçaient les rizières ; là croissaient ce plantain d'où se tire le vin du pays, et le « mwani », plante sauvage qui sert de café. La réunion d'une cinquantaine de huttes circulaires, recouvertes d'un chaume en fleur, constituait la capitale du Karagwah.

On apercevait facilement les figures ébahies d'une race assez belle, au teint jaune-brun. Des femmes d'une corpulence invraisemblable se traînaient dans les plantations, et le docteur étonna bien ses compagnons en leur apprenant que cet embonpoint, très apprécié, s'obtenait par un régime obligatoire de lait caillé.

A midi, le *Victoria* se trouvait par 1° 45' de latitude australe ; à une heure, le vent le poussait sur le lac.

Ce lac a été nommé Nyanza[1] Victoria par le capitaine

---
1. Nyanza signifie lac.

Speke. En cet endroit, il pouvait mesurer quatre-vingt-dix milles de largeur ; à son extrémité méridionale, le capitaine trouva un groupe d'îles, qu'il nomma archipel du Bengale. Il poussa sa reconnaissance jusqu'à Muanza, sur la côte de l'est, où il fut bien reçu par le sultan. Il fit la triangulation de cette partie du lac, mais il ne put se procurer une barque, ni pour le traverser, ni pour visiter la grande île d'Ukéréoué ; cette île, très populeuse, est gouvernée par trois sultans, et ne forme qu'une presqu'île à marée basse.

Le *Victoria* abordait le lac plus au nord, au grand regret du docteur, qui aurait voulu en déterminer les contours inférieurs. Les bords, hérissés de buissons épineux et de broussailles enchevêtrées, disparaissaient littéralement sous des myriades de moustiques d'un brun clair ; ce pays devait être inhabitable et inhabité ; on voyait des troupes d'hippopotames se vautrer dans des forêts de roseaux, ou s'enfuir sous les eaux blanchâtres du lac.

Celui-ci, vu de haut, offrait vers l'ouest un horizon si large qu'on eût dit une mer ; la distance est assez grande entre les deux rives pour que des communications ne puissent s'établir ; d'ailleurs les tempêtes y sont fortes et fréquentes, car les vents font rage dans ce bassin élevé et découvert.

Le docteur eut de la peine à se diriger ; il craignait d'être entraîné vers l'est ; mais heureusement un courant le porta directement au nord, et, à six heures du soir, le *Victoria* s'établit dans une petite île déserte, par 0° 30' de latitude, et 32° 52' de longitude à vingt milles de la côte.

Les voyageurs purent s'accrocher à un arbre, et, le vent s'étant calmé vers le soir, ils demeurèrent tranquillement sur leur ancre. On ne pouvait songer à prendre terre ; ici, comme sur les bords du Nyanza, des légions de moustiques couvraient le sol d'un nuage épais. Joe même revint de l'arbre couvert de piqûres ; mais il ne se fâcha pas, tant il trouvait cela naturel de la part des moustiques.

Néanmoins, le docteur, moins optimiste, fila le plus de corde qu'il put, afin d'échapper à ces impitoyables insectes qui s'élevaient avec un murmure inquiétant.

Le docteur reconnut la hauteur du lac au-dessus du

niveau de la mer, telle que l'avait déterminée le capitaine Speke, soit trois mille sept cent cinquante pieds.

« Nous voici donc dans une île ! dit Joe, qui se grattait à se rompre les poignets.

— Nous en aurions vite fait le tour, répondit le chasseur, et, sauf ces aimables insectes, on n'y aperçoit pas un être vivant.

— Les îles dont le lac est parsemé, répondit le docteur Fergusson, ne sont, à vrai dire, que des sommets des collines immergées ; mais nous sommes heureux d'y avoir rencontré un abri, car les rives du lac sont habitées par des tribus féroces. Dormez donc, puisque le ciel nous prépare une nuit tranquille.

— Est-ce que tu n'en feras pas autant, Samuel ?

— Non ; je ne pourrais fermer l'œil. Mes pensées chasseraient tout sommeil. Demain, mes amis, si le vent est favorable, nous marcherons droit au nord, et nous découvrirons peut-être les sources du Nil, ce secret demeuré impénétrable. Si près des sources du grand fleuve, je ne saurais dormir. »

Kennedy et Joe, que les préoccupations scientifiques ne troublaient pas à ce point, ne tardèrent pas à s'endormir profondément sous la garde du docteur.

Le mercredi 23 avril, le *Victoria* appareillait à quatre heures du matin par un ciel grisâtre ; la nuit quittait difficilement les eaux du lac, qu'un épais brouillard enveloppait, mais bientôt un vent violent dissipa toute cette brume. Le *Victoria* fut balancé pendant quelques minutes en sens divers et enfin remonta directement vers le nord.

Le docteur Fergusson frappa des mains avec joie.

« Nous sommes en bon chemin ! s'écria-t-il. Aujourd'hui ou jamais nous verrons le Nil ! Mes amis, voici que nous franchissons l'équateur ! nous entrons dans notre hémisphère !

— Oh ! fit Joe ; vous pensez, mon maître, que l'équateur passe par ici ?

— Ici même, mon brave garçon !

— Eh bien ! sauf votre respect, il me paraît convenable de l'arroser sans perdre de temps.

Vue de l'île Benga.

– Va pour un verre de grog ! répondit le docteur en riant ; tu as une manière d'entendre la cosmographie qui n'est point sotte. »

Et voilà comment fut célébré le passage de la ligne à bord du *Victoria*.

Celui-ci filait rapidement. On apercevait dans l'ouest la côte basse et peu accidentée ; au fond, les plateaux plus élevés de l'Uganda et de l'Usoga. La vitesse du vent devenait excessive : près de trente milles à l'heure.

Les eaux du Nyanza, soulevées avec violence, écumaient comme les vagues d'une mer. A certaines lames de fond qui se balançaient longtemps après les accalmies, le docteur reconnut que le lac devait avoir une grande profondeur. A peine une ou deux barques grossières furent-elles entrevues pendant cette rapide traversée.

« Ce lac, dit le docteur, est évidemment, par sa position élevée, le réservoir naturel des fleuves de la partie orientale d'Afrique ; le ciel lui rend en pluie ce qu'il enlève en vapeurs à ses effluents. Il me paraît certain que le Nil doit y prendre sa source.

– Nous verrons bien », répliqua Kennedy.

Vers neuf heures, la côte ouest se rapprocha ; elle paraissait déserte et boisée. Le vent s'éleva un peu vers l'est, et l'on put entrevoir l'autre rive du lac. Elle se courbait de manière à se terminer par un angle très ouvert, vers 2° 40' de latitude septentrionale. De hautes montagnes dressaient leurs pics arides à cette extrémité du Nyanza ; mais entre elles une gorge profonde et sinueuse livrait passage à une rivière bouillonnante.

Tout en manœuvrant son aérostat, le docteur Fergusson examinait le pays d'un regard avide.

« Voyez ! s'écria-t-il, voyez, mes amis ! les récits des Arabes étaient exacts ! Ils parlaient d'un fleuve par lequel le lac Ukéréoué se déchargeait vers le nord, et ce fleuve existe, et nous le descendons, et il coule avec une rapidité comparable à notre propre vitesse ! Et cette goutte d'eau qui s'enfuit sous nos pieds va certainement se confondre avec les flots de la Méditerranée ! C'est le Nil !

– C'est le Nil ! répéta Kennedy, qui se laissait prendre à l'enthousiasme de Samuel Fergusson.

– Vive le Nil ! » dit Joe, qui s'écriait volontiers vive quelque chose quand il était en joie.

Des rochers énormes embarrassaient çà et là le cours de cette mystérieuse rivière. L'eau écumait ; il se faisait des rapides et des cataractes qui confirmaient le docteur dans ses prévisions. Des montagnes environnantes se déversaient de nombreux torrents, écumants dans leur chute ; l'œil les comptait par centaines. On voyait sourdre du sol de minces filets d'eau éparpillés, se croisant, se confondant, luttant de vitesse, et tous couraient à cette rivière naissante, qui se faisait fleuve après les avoir absorbés.

« Voilà bien le Nil, répéta le docteur avec conviction. L'origine de son nom a passionné les savants comme l'origine de ses eaux ; on l'a fait venir du grec, du cophte, du sanscrit[1] ; peu importe, après tout, puisqu'il a dû livrer enfin le secret de ses sources !

– Mais, dit le chasseur, comment s'assurer de l'identité de cette rivière et de celle que les voyageurs du nord ont reconnue ?

– Nous aurons des preuves certaines, irrécusables, infaillibles, répondit Fergusson, si le vent nous favorise une heure encore. »

Les montagnes se séparaient, faisant place à des villages nombreux, à des champs cultivés de sésame, de dourrah, de cannes à sucre. Les tribus de ces contrées se montraient agitées, hostiles ; elles semblaient plus près de la colère que de l'adoration ; elles pressentaient des étrangers, et non des dieux. Il semblait qu'en remontant aux sources du Nil on vînt leur voler quelque chose. Le *Victoria* dut se tenir hors de la portée des mousquets.

« Aborder ici sera difficile, dit l'Écossais.

– Eh bien ! répliqua Joe, tant pis pour ces indigènes ; nous les priverons du charme de notre conversation.

– Il faut pourtant que je descende, répondit le docteur

---

1. Un savant byzantin voyait dans Neilos un nom arithmétique. N représentait 50, E 5, I 10, L 30, O 70, S 200 : ce qui fait le nombre des jours de l'année.

Fergusson, ne fût-ce qu'un quart d'heure. Sans cela, je ne puis constater les résultats de notre exploration.

— C'est donc indispensable, Samuel ?

— Indispensable, et nous descendrons, quand même nous devrions faire le coup de fusil !

— La chose me va, répondit Kennedy en caressant sa carabine.

— Quand vous voudrez, mon maître, dit Joe en se préparant au combat.

— Ce ne sera pas la première fois, répondit le docteur, que l'on aura fait de la science les armes à la main ; pareille chose est arrivée à un savant français, dans les montagnes d'Espagne, quand il mesurait le méridien terrestre.

— Sois tranquille, Samuel, et fie-toi à tes deux gardes du corps.

— Y sommes-nous, monsieur ?

— Pas encore. Nous allons même nous élever pour saisir la configuration exacte du pays. »

L'hydrogène se dilata, et, en moins de dix minutes, le *Victoria* planait à une hauteur de deux mille cinq cents pieds au-dessus du sol.

On distinguait de là un inextricable réseau de rivières que le fleuve recevait dans son lit ; il en venait davantage de l'ouest, entre les collines nombreuses, au milieu de campagnes fertiles.

« Nous ne sommes pas à quatre-vingt-dix milles de Gondokoro, dit le docteur en pointant sa carte, et à moins de cinq milles du point atteint par les explorateurs venus du nord. Rapprochons-nous de terre avec précaution. »

Le *Victoria* s'abaissa de plus de deux mille pieds.

« Maintenant, mes amis, soyez prêts à tout hasard.

— Nous sommes prêts, répondirent Dick et Joe.

— Bien ! »

Le *Victoria* marcha bientôt en suivant le lit du fleuve, et à cent pieds à peine. Le Nil mesurait cinquante toises en cet endroit, et les indigènes s'agitaient tumultueusement dans les villages qui bordaient ses rives. Au deuxième degré, il forme une cascade à pic de dix pieds de hauteur environ, et par conséquent infranchissable.

« Voilà bien la cascade indiquée par M. Debono », s'écria le docteur.

Le bassin du fleuve s'élargissait, parsemé d'îles nombreuses que Samuel Fergusson dévorait du regard ; il semblait chercher un point de repère qu'il n'apercevait pas encore.

Quelques Nègres s'étant avancés dans une barque au-dessous du ballon, Kennedy les salua d'un coup de fusil, qui, sans les atteindre, les obligea à regagner la rive au plus vite.

« Bon voyage ! leur souhaita Joe ; à leur place, je ne me hasarderais pas à revenir ! j'aurais singulièrement peur d'un monstre qui lance la foudre à volonté. »

Mais voici que le docteur Fergusson saisit soudain sa lunette et la braqua vers une île couchée au milieu du fleuve.

« Quatre arbres ! s'écria-t-il ; voyez, là-bas ! »

En effet, quatre arbres isolés s'élevaient à son extrémité.

« C'est l'île de Benga ! c'est bien elle ! ajouta-t-il.
— Eh bien, après ? demanda Dick.
— C'est là que nous descendrons, s'il plaît à Dieu !
— Mais elle paraît habitée, monsieur Samuel !
— Joe a raison ; si je ne me trompe, voilà un rassemblement d'une vingtaine d'indigènes.
— Nous les mettrons en fuite ; cela ne sera pas difficile, répondit Fergusson.
— Va comme il est dit », répliqua le chasseur.

Le soleil était au zénith. Le *Victoria* se rapprocha de l'île.

Les Nègres, appartenant à la tribu de Makado, poussèrent des cris énergiques. L'un d'eux agitait en l'air son chapeau d'écorce. Kennedy le prit pour point de mire, fit feu, et le chapeau vola en éclats.

Ce fut une déroute générale. Les indigènes se précipitèrent dans le fleuve et le traversèrent à la nage ; des deux rives, il vint une grêle de balles et une pluie de flèches, mais sans danger pour l'aérostat dont l'ancre avait mordu une fissure de roc. Joe se laissa couler à terre.

« L'échelle ! s'écria le docteur. Suis-moi, Kennedy.
— Que veux-tu faire ?
— Descendons ; il me faut un témoin.
— Me voici.
— Joe, fais bonne garde.

— Soyez tranquille, monsieur, je réponds de tout.
— Viens, Dick ! » dit le docteur en mettant pied à terre.

Il entraîna son compagnon vers un groupe de rochers qui se dressaient à la pointe de l'île ; là, il chercha quelque temps, fureta dans les broussailles, et se mit les mains en sang.

Tout d'un coup, il saisit vivement le bras du chasseur.

« Regarde, dit-il.

— Des lettres ! » s'écria Kennedy.

En effet, deux lettres gravées sur le roc apparaissaient dans toute leur netteté. On lisait distinctement :

A. D.

« A. D., reprit le docteur Fergusson ! Andrea Debono ! La signature même du voyageur qui a remonté le plus avant le cours du Nil !

— Voilà qui est irrécusable, ami Samuel.

— Es-tu convaincu maintenant ?

— C'est le Nil ! nous n'en pouvons douter. »

Le docteur regarda une dernière fois ces précieuses initiales, dont il prit exactement la forme et les dimensions.

« Et maintenant, dit-il, au ballon !

— Vite alors, car voici quelques indigènes qui se préparent à repasser le fleuve.

— Peu nous importe maintenant ! Que le vent nous pousse dans le nord pendant quelques heures, nous atteindrons Gondokoro, et nous presserons la main de nos compatriotes ! »

Dix minutes après, le *Victoria* s'enlevait majestueusement, pendant que le docteur Fergusson, en signe de succès, déployait le pavillon aux armes d'Angleterre.

XIX

LE NIL. – LA MONTAGNE TREMBLANTE. – SOUVENIR DU PAYS. – LES RÉCITS DES ARABES. – LES NYAM-NYAM. – RÉFLEXIONS SENSÉES DE JOE. ... LE « VICTORIA » COURT DES BORDÉES. – LES ASCENSIONS AÉROSTATIQUES. – MADAME BLANCHARD.

« Quelle est notre direction ? demanda Kennedy en voyant son ami consulter la boussole.
– Nord-nord ouest.
– Diable ! mais ce n'est pas le nord, cela !
– Non, Dick, et je crois que nous aurons de la peine à gagner Gondokoro ; je le regrette, mais enfin nous avons relié les explorations de l'est à celles du nord ; il ne faut pas se plaindre. »

Le *Victoria* s'éloignait peu à peu du Nil.

« Un dernier regard, fit le docteur, à cette infranchissable latitude que les plus intrépides voyageurs n'ont jamais pu dépasser ! Voilà bien ces intraitables tribus signalées par MM. Petherick, d'Arnaud, Miani, et ce jeune voyageur, M. Lejean, auquel nous sommes redevables des meilleurs travaux sur le haut Nil.

– Ainsi, demanda Kennedy, nos découvertes sont d'accord avec les pressentiments de la science ?
– Tout à fait d'accord. Les sources du fleuve Blanc, du Bahr-el-Abiad, sont immergées dans un lac grand comme une mer ; c'est là qu'il prend naissance ; la poésie y perdra sans doute ; on aimait à supposer à ce roi des fleuves une origine céleste ; les anciens l'appelaient du nom d'Océan, et l'on n'était pas éloigné de croire qu'il découlait directement du soleil ! Mais il faut en rabattre et accepter de temps en temps ce que la science nous enseigne ; il n'y aura peut-être pas toujours des savants, il y aura toujours des poètes.

– On aperçoit encore des cataractes, dit Joe.
– Ce sont les cataractes de Makedo, par trois degrés de latitude. Rien n'est plus exact ! Que n'avons-nous pu suivre pendant quelques heures le cours du Nil !
– Et là-bas, devant nous, dit le chasseur, j'aperçois le sommet d'une montagne.

– C'est le mont Logwek, la montagne tremblante des Arabes ; toute cette contrée a été visitée par M. Debono, qui la parcourait sous le nom de Latif Effendi. Les tribus voisines du Nil sont ennemies et se font une guerre d'extermination. Vous jugez sans peine des périls qu'il a dû affronter. »

Le vent portait alors le *Victoria* vers le nord-ouest. Pour éviter le mont Logwek, il fallut chercher un courant plus incliné.

« Mes amis, dit le docteur à ses deux compagnons, voici que nous commençons véritablement notre traversée africaine. Jusqu'ici nous avons surtout suivi les traces de nos devanciers. Nous allons nous lancer dans l'inconnu désormais. Le courage ne nous fera pas défaut ?

– Jamais, s'écrièrent d'une seule voix Dick et Joe.

– En route donc, et que le Ciel nous soit en aide ! »

A dix heures du soir, par-dessus des ravins, des forêts, des villages dispersés, les voyageurs arrivaient au flanc de la montagne tremblante, dont ils longeaient les rampes adoucies.

En cette mémorable journée du 23 avril, pendant une marche de quinze heures, ils avaient, sous l'impulsion d'un vent rapide, parcouru une distance de plus de trois cent quinze milles[1].

Mais cette dernière partie du voyage les avait laissés sous une impression triste. Un silence complet régnait dans la nacelle. Le docteur Ferguson était-il absorbé par ses découvertes ? Ses deux compagnons songeaient-ils à cette traversée au milieu de régions inconnues ? Il y avait de tout cela, sans doute, mêlé à de plus vifs souvenirs de l'Angleterre et des amis éloignés. Joe seul montrait une insouciante philosophie, trouvant tout naturel que la patrie ne fût pas là du moment qu'elle était absente ; mais il respecta le silence de Samuel Ferguson et de Dick Kennedy.

A dix heures du soir, le *Victoria* « mouillait » par le travers de la montagne tremblante[2], on prit un repas

---

1. Plus de cent vingt-cinq lieues.
2. La tradition rapporte qu'elle tremble dès qu'un musulman y pose le pied.

substantiel, et tous s'endormirent successivement sous la garde de chacun.

Le lendemain, des idées plus sereines revinrent au réveil ; il faisait un joli temps, et le vent soufflait du bon côté ; un déjeuner, fort égayé par Joe, acheva de remettre les esprits en belle humeur.

La contrée parcourue en ce moment est immense ; elle confine aux montagnes de la Lune et aux montagnes du Darfour ; quelque chose de grand comme l'Europe.

« Nous traversons, sans doute, dit le docteur, ce que l'on suppose être le royaume d'Usoga ; des géographes ont prétendu qu'il existait au centre de l'Afrique une vaste dépression, un immense lac central. Nous verrons si ce système a quelque apparence de vérité.

– Mais comment a-t-on pu faire cette supposition ? demanda Kennedy.

– Par les récits des Arabes. Ces gens-là sont très conteurs, trop conteurs peut-être. Quelques voyageurs, arrivés à Kazeh ou aux Grands-Lacs, ont vu des esclaves venus des contrées centrales, ils les ont interrogés sur leur pays, ils ont réuni un faisceau de ces documents divers, et en ont déduit des systèmes. Au fond de cela, il y a toujours quelque chose de vrai, et, tu le vois, on ne se trompait pas sur l'origine du Nil.

– Rien de plus juste, répondit Kennedy.

– C'est au moyen de ces documents que des essais de cartes ont été tentés. Aussi vais-je suivre notre route sur l'une d'elles, et la rectifier au besoin.

– Est-ce que toute cette région est habitée ? demanda Joe.

– Sans doute, et mal habitée.

– Je m'en doutais.

– Ces tribus éparses sont comprises sous la dénomination générale de Nyam-Nyam, et ce nom n'est autre chose qu'une onomatopée ; il reproduit le bruit de la mastication.

– Parfait, dit Joe ; nyam ! nyam !

– Mon brave Joe, si tu étais la cause immédiate de cette onomatopée, tu ne trouverais pas cela parfait.

– Que voulez-vous dire ?

— Que ces peuplades sont considérées comme anthropophages.

— Cela est-il certain ?

— Très certain ; on avait aussi prétendu que ces indigènes étaient pourvus d'une queue comme de simples quadrupèdes ; mais on a bientôt reconnu que cet appendice appartenait aux peaux de bête dont ils sont revêtus.

— Tant pis ! une queue est fort agréable pour chasser les moustiques.

— C'est possible, Joe ; mais il faut reléguer cela au rang des fables, tout comme les têtes de chiens que le voyageur Brun-Rollet attribuait à certaines peuplades.

— Des têtes de chiens ? Commode pour aboyer et même pour être anthropophage !

— Ce qui est malheureusement avéré, c'est la férocité de ces peuples, très avides de la chair humaine qu'ils recherchent avec passion.

— Je demande, dit Joe, qu'ils ne se passionnent pas trop pour mon individu.

— Voyez-vous cela ! dit le chasseur.

— C'est ainsi, monsieur Dick. Si jamais je dois être mangé dans un moment de disette, je veux que ce soit à votre profit et à celui de mon maître ! Mais nourrir ces moricauds, fi donc ! j'en mourrais de honte !

— Eh bien ! mon brave Joe, fit Kennedy, voilà qui est entendu, nous comptons sur toi à l'occasion.

— A votre service, messieurs.

— Joe parle de la sorte, répliqua le docteur, pour que nous prenions soin de lui, en l'engraissant bien.

— Peut-être ! répondit Joe ; l'homme est un animal égoïste ! »

Dans l'après-midi, le ciel se couvrit d'un brouillard chaud qui suintait du sol ; l'embrun permettait à peine de distinguer les objets terrestres ; aussi, craignant de se heurter contre quelque pic imprévu, le docteur donna vers cinq heures le signal d'arrêt.

La nuit se passa sans accident, mais il avait fallu redoubler de vigilance par cette profonde obscurité.

La mousson souffla avec une violence extrême pendant la

matinée du lendemain ; le vent s'engouffrait dans les cavités inférieures du ballon ; il agitait violemment l'appendice par lequel pénétraient les tuyaux de dilatation ; on dut les assujettir par des cordes, manœuvre dont Joe s'acquitta fort adroitement.

Il constata en même temps que l'orifice de l'aérostat demeurait hermétiquement fermé.

« Ceci a une double importance pour nous, dit le docteur Fergusson ; nous évitons d'abord la déperdition d'un gaz précieux ; ensuite, nous ne laissons point autour de nous une traînée inflammable, à laquelle nous finirions par mettre le feu.

– Ce serait un fâcheux incident de voyage, dit Joe.

– Est-ce que nous serions précipités à terre ? demanda Dick.

– Précipités, non ! Le gaz brûlerait tranquillement, et nous descendrions peu à peu. Pareil accident est arrivé à une aéronaute française, Mme Blanchard ; elle mit le feu à son ballon en lançant des pièces d'artifice, mais elle ne tomba pas, et elle ne se serait pas tuée, sans doute, si sa nacelle ne se fût heurtée à une cheminée, d'où elle fut jetée à terre.

– Espérons que rien de semblable ne nous arrivera, dit le chasseur ; jusqu'ici notre traversée ne me paraît pas dangereuse, et je ne vois pas de raison qui nous empêche d'arriver à notre but.

– Je n'en vois pas non plus, mon cher Dick ; les accidents, d'ailleurs, ont toujours été causés par l'imprudence des aéronautes ou par la mauvaise construction de leurs appareils. Cependant, sur plusieurs milliers d'ascensions aérostatiques, on ne compte pas vingt accidents ayant causé la mort. En général, ce sont les atterrissements et les départs qui offrent le plus de dangers. Aussi, en pareil cas, ne devons-nous négliger aucune précaution.

– Voici l'heure du déjeuner, dit Joe ; nous nous contenterons de viande conservée et de café, jusqu'à ce que M. Kennedy ait trouvé moyen de nous régaler d'un bon morceau de venaison. »

XX

LA BOUTEILLE CÉLESTE. – LES FIGUIERS-PALMIERS. – LES « MAMMOTH TREES ». – L'ARBRE DE GUERRE. – L'ATTELAGE AILÉ. – COMBATS DE DEUX PEUPLADES. – MASSACRE. – INTERVENTION DIVINE.

Le vent devenait violent et irrégulier. Le *Victoria* courait de véritables bordées dans les airs. Rejeté tantôt dans le nord, tantôt dans le sud, il ne pouvait rencontrer un souffle constant.

« Nous marchons très vite sans avancer beaucoup, dit Kennedy, en remarquant les fréquentes oscillations de l'aiguille aimantée.

– Le *Victoria* file avec une vitesse d'au moins trente lieues à l'heure, dit Samuel Fergusson. Penchez-vous, et voyez comme la campagne disparaît rapidement sous nos pieds. Tenez ! cette forêt a l'air de se précipiter au-devant de nous !

– La forêt est déjà devenue une clairière, répondit le chasseur.

– Et la clairière un village, riposta Joe, quelques instants plus tard. Voilà-t-il des faces de Nègres assez ébahies !

– C'est bien naturel, répondit le docteur. Les paysans de France, à la première apparition des ballons, ont tiré dessus, les prenant pour des monstres aériens ; il est donc permis à un Nègre du Soudan d'ouvrir de grands yeux.

– Ma foi ! fit Joe, pendant que le *Victoria* rasait un village à cent pieds du sol, je m'en vais leur jeter une bouteille vide, avec votre permission, mon maître ; si elle arrive saine et sauve, ils l'adoreront ; si elle se casse, ils se feront des talismans avec les morceaux ! »

Et, ce disant, il lança une bouteille, qui ne manqua pas de se briser en mille pièces, tandis que les indigènes se précipitaient dans leurs huttes rondes, en poussant de grands cris.

Un peu plus loin, Kennedy s'écria :

« Regardez donc cet arbre singulier ! il est d'une espèce par en haut, et d'une autre par en bas.

L'arbre des cannibales.

— Bon ! fit Joe ; voilà un pays où les arbres poussent les uns sur les autres.

— C'est tout simplement un tronc de figuier, répondit le docteur, sur lequel il s'est répandu un peu de terre végétale. Le vent un beau jour y a jeté une graine de palmier, et le palmier a poussé comme en plein champ.

— Une fameuse mode, dit Joe, et que j'importerai en Angleterre ; cela fera bien dans les parcs de Londres ; sans compter que ce serait un moyen de multiplier les arbres à fruit ; on aurait des jardins en hauteur ; voilà qui sera goûté de tous les petits propriétaires. »

En ce moment, il fallut élever le *Victoria* pour franchir une forêt d'arbres hauts de plus de trois cents pieds, sortes de banians séculaires.

« Voilà de magnifiques arbres, s'écria Kennedy ; je ne connais rien de beau comme l'aspect de ces vénérables forêts. Vois donc, Samuel.

— La hauteur de ces banians est vraiment merveilleuse, mon cher Dick ; et cependant elle n'aurait rien d'étonnant dans les forêts du Nouveau Monde.

— Comment ! il existe des arbres plus élevés ?

— Sans doute, parmi ceux que nous appelons les « mammoth trees ». Ainsi, en Californie, on a trouvé un cèdre élevé de quatre cent cinquante pieds, hauteur qui dépasse la tour du Parlement, et même la grande pyramide d'Égypte. La base avait cent vingt pieds de tour, et les couches concentriques de son bois lui donnaient plus de quatre mille ans d'existence.

— Eh ! monsieur, cela n'a rien d'étonnant alors ! Quand on vit quatre mille ans, quoi de plus naturel que d'avoir une belle taille ? »

Mais, pendant l'histoire du docteur et la réponse de Joe, la forêt avait déjà fait place à une grande réunion de huttes circulairement disposées autour d'une place. Au milieu croissait un arbre unique, et Joe de s'écrier à sa vue :

« Eh bien ! s'il y a quatre mille ans que celui-là produit de pareilles fleurs, je ne lui en fais pas mon compliment. »

Et il montrait un sycomore gigantesque dont le tronc disparaissait en entier sous un amas d'ossements humains.

Les fleurs dont parlait Joe étaient des têtes fraîchement coupées, suspendues à des poignards fixés dans l'écorce.

« L'arbre de guerre des cannibales ! dit le docteur. Les indiens enlèvent la peau du crâne, les Africains la tête entière.

– Affaire de mode », dit Joe.

Mais déjà le village aux têtes sanglantes disparaissait à l'horizon ; un autre plus loin offrait un spectacle non moins repoussant ; des cadavres à demi dévorés, des squelettes tombant en poussière, des membres humains épars çà et là, étaient laissés en pâture aux hyènes et aux chacals.

« Ce sont sans doute les corps des criminels ; ainsi que cela se pratique dans l'Abyssinie, on les expose aux bêtes féroces, qui achèvent de les dévorer à leur aise, après les avoir étranglés d'un coup de dent.

– Ce n'est pas beaucoup plus cruel que la potence, dit l'Écossais. C'est plus sale, voilà tout.

– Dans les régions du sud de l'Afrique, reprit le docteur, on se contente de renfermer le criminel dans sa propre hutte, avec ses bestiaux, et peut-être sa famille ; on y met le feu, et tout brûle en même temps. J'appelle cela de la cruauté, mais j'avoue avec Kennedy que, si la potence est moins cruelle, elle est aussi barbare. »

Joe, avec l'excellente vue dont il se servait si bien, signala quelques bandes d'oiseaux carnassiers qui planaient à l'horizon.

« Ce sont des aigles, s'écria Kennedy, après les avoir reconnus avec la lunette, de magnifiques oiseaux dont le vol est aussi rapide que le nôtre.

– Le Ciel nous préserve de leurs attaques ! dit le docteur ; ils sont plus à craindre pour nous que les bêtes féroces ou les tribus sauvages.

– Bah ! répondit le chasseur, nous les écarterions à coups de fusil.

– J'aime autant, mon cher Dick, ne pas recourir à ton adresse ; le taffetas de notre ballon ne résisterait pas à un de leurs coups de bec ; heureusement, je crois ces redoutables oiseaux plus effrayés qu'attirés par notre machine.

– Eh mais ! une idée, dit Joe, car aujourd'hui les idées me

poussent par douzaines ; si nous parvenions à prendre un attelage d'aigles vivants, nous les attacherions à notre nacelle, et ils nous traîneraient dans les airs !

— Le moyen a été sérieusement proposé, répondit le docteur ; mais je le crois peu praticable avec des animaux assez rétifs de leur naturel.

— On les dresserait, reprit Joe ; au lieu de mors, on les guiderait avec des œillères qui leur intercepteraient la vue ; borgnes, ils iraient à droite ou à gauche ; aveugles, ils s'arrêteraient.

— Permets-moi, mon brave Joe, de préférer un vent favorable à tes aigles attelés ; cela coûte moins cher à nourrir, et c'est plus sûr.

— Je vous le permets, monsieur, mais je garde mon idée. »

Il était midi ; le *Victoria*, depuis quelque temps, se tenait à une allure plus modérée ; le pays marchait au-dessous de lui, il ne fuyait plus.

Tout d'un coup, des cris et des sifflements parvinrent aux oreilles des voyageurs ; ceux-ci se penchèrent et aperçurent dans une plaine ouverte un spectacle fait pour les émouvoir.

Deux peuplades aux prises se battaient avec acharnement et faisaient voler des nuées de flèches dans les airs. Les combattants, avides de s'entre-tuer, ne s'apercevaient pas de l'arrivée du *Victoria* ; ils étaient environ trois cents, se choquant dans une inextricable mêlée ; la plupart d'entre eux, rouges du sang des blessés dans lequel ils se vautraient, formaient un ensemble hideux à voir.

A l'apparition de l'aérostat, il y eut un temps d'arrêt ; les hurlements redoublèrent ; quelques flèches furent lancées vers la nacelle, et l'une d'elles assez près pour que Joe l'arrêtât de la main.

« Montons hors de leur portée ! s'écria le docteur Fergusson ! Pas d'imprudence ! cela ne nous est pas permis. »

Le massacre continuait de part et d'autre, à coups de haches et de sagaies ; dès qu'un ennemi gisait sur le sol, son adversaire se hâtait de lui couper la tête ; les femmes, mêlées à cette cohue, ramassaient les têtes sanglantes et les empilaient à chaque extrémité du champ de bataille ; souvent elles se battaient pour conquérir ce hideux trophée.

« L'affreuse scène ! s'écria Kennedy avec un profond dégoût.

– Ce sont de vilains bonshommes ! dit Joe. Après cela, s'ils avaient un uniforme, ils seraient comme tous les guerriers du monde.

– J'ai une furieuse envie d'intervenir dans le combat, reprit le chasseur en brandissant sa carabine.

– Non pas, répondit vivement le docteur ! non pas ! mêlons-nous de ce qui nous regarde ! Sais-tu qui a tort ou raison, pour jouer le rôle de la Providence ? Fuyons au plus tôt ce spectacle repoussant ! Si les grands capitaines pouvaient dominer ainsi le théâtre de leurs exploits, ils finiraient peut-être par perdre le goût du sang et des conquêtes ! »

Le chef de l'un de ces partis sauvages se distinguait par une taille athlétique, jointe à une force d'hercule. D'une main il plongeait sa lance dans les rangs compacts de ses ennemis, et de l'autre y faisait de grandes trouées à coups de hache. A un moment, il rejeta loin de lui sa sagaie rouge de sang, se précipita sur un blessé dont il trancha le bras d'un seul coup, prit ce bras d'une main, et, le portant à sa bouche, il y mordit à pleines dents.

« Ah ! dit Kennedy, l'horrible bête ! je n'y tiens plus ! »

Et le guerrier, frappé d'une balle au front, tomba en arrière.

A sa chute, une profonde stupeur s'empara de ses guerriers ; cette mort surnaturelle les épouvanta en ranimant l'ardeur de leurs adversaires, et en une seconde le champ de bataille fut abandonné de la moitié des combattants.

« Allons chercher plus haut un courant qui nous emporte, dit le docteur. Je suis écœuré de ce spectacle. »

Mais il ne partit pas si vite qu'il ne pût voir la tribu victorieuse, se précipitant sur les morts et les blessés, se disputer cette chair encore chaude, et s'en repaître avidement.

« Pouah ! fit Joe, cela est repoussant ! »

Le *Victoria* s'élevait en se dilatant ; les hurlements de cette horde en délire le poursuivirent pendant quelques instants ; mais enfin, ramené vers le sud, il s'éloigna de cette scène de carnage et de cannibalisme.

Le terrain offrait alors des accidents variés, avec de nombreux cours d'eau qui s'écoulaient vers l'est ; ils se jetaient sans doute dans ces affluents du lac Nû ou du fleuve des Gazelles, sur lequel M. Guillaume Lejean a donné de si curieux détails.

La nuit venue, le *Victoria* jeta l'ancre par 27° de longitude, et 4° 20' de latitude septentrionale, après une traversée de 150 milles.

XXI

RUMEURS ÉTRANGES. – UNE ATTAQUE NOCTURNE. – KENNEDY ET JOE DANS L'ARBRE. – DEUX COUPS DE FEU. – « À MOI ! À MOI ! ». – RÉPONSE EN FRANÇAIS. – LE MATIN. – LE MISSIONNAIRE. – LE PLAN DE SAUVETAGE.

La nuit se faisait très obscure. Le docteur n'avait pu reconnaître le pays ; il s'était accroché à un arbre fort élevé, dont il distinguait à peine la masse confuse dans l'ombre.

Suivant son habitude, il prit le quart de neuf heures, et à minuit Dick vint le remplacer.

« Veille bien, Dick, veille avec grand soin.

– Est-ce qu'il y a quelque chose de nouveau ?

– Non ! cependant j'ai cru surprendre de vagues rumeurs au-dessous de nous ; je ne sais pas trop où le vent nous a portés ; un excès de prudence ne peut pas nuire.

– Tu auras entendu les cris de quelques bêtes sauvages.

– Non ! cela m'a semblé tout autre chose ; enfin, à la moindre alerte, ne manque pas de nous réveiller.

– Sois tranquille. »

Après avoir écouté attentivement une dernière fois, le docteur, n'entendant rien, se jeta sur sa couverture et s'endormit bientôt.

Le ciel était couvert d'épais nuages, mais pas un souffle

n'agitait l'air. Le *Victoria*, retenu sur une seule ancre, n'éprouvait aucune oscillation.

Kennedy, accoudé sur la nacelle de manière à surveiller le chalumeau en activité, considérait ce calme obscur ; il interrogeait l'horizon, et, comme il arrive aux esprits inquiets ou prévenus, son regard croyait parfois surprendre de vagues lueurs.

Un moment même, il crut distinctement en saisir une à deux cents pas de distance ; mais ce ne fut qu'un éclair ; après lequel il ne vit plus rien.

C'était sans doute l'une des sensations lumineuses que l'œil perçoit dans les profondes obscurités.

Kennedy se rassurait et retombait dans sa contemplation indécise, quand un sifflement aigu traversa les airs.

Était-ce le cri d'un animal, d'un oiseau de nuit ? Sortait-il de lèvres humaines ?

Kennedy, sachant toute la gravité de la situation, fut sur le point d'éveiller ses compagnons ; mais il se dit qu'en tout cas, hommes ou bêtes se trouvaient hors de portée ; il visita donc ses armes, et, avec sa lunette de nuit, il plongea de nouveau son regard dans l'espace.

Il crut bientôt entrevoir au-dessous de lui des formes vagues qui se glissaient vers l'arbre ; à un rayon de lune qui filtra comme un éclair entre deux nuages, il reconnut distinctement un groupe d'individus s'agitant dans l'ombre.

L'aventure des cynocéphales lui revint à l'esprit ; il mit la main sur l'épaule du docteur.

Celui-ci se réveilla aussitôt.

« Silence, fit Kennedy, parlons à voix basse.

— Il y a quelque chose ?

— Oui, réveillons Joe. »

Dès que Joe se fut réveillé, le chasseur raconta ce qu'il avait vu.

« Encore ces maudits singes ? dit Joe.

— C'est possible ; mais il faut prendre ses précautions.

— Joe et moi, dit Kennedy, nous allons descendre dans l'arbre par l'échelle.

— Et pendant ce temps, repartit le docteur, je prendrai mes mesures de manière à pouvoir nous enlever rapidement.

— C'est convenu.
— Descendons, dit Joe.
— Ne vous servez de vos armes qu'à la dernière extrémité, dit le docteur ; il est inutile de révéler notre présence dans ces parages. »

Dick et Joe répondirent par un signe. Ils se laissèrent glisser sans bruit vers l'arbre, et prirent position sur une fourche de fortes branches que l'ancre avait mordue.

Depuis quelques minutes, ils écoutaient muets et immobiles dans le feuillage. A un certain froissement d'écorce qui se produisit, Joe saisit la main de l'Écossais.

« N'entendez-vous pas ?
— Oui, cela approche.
— Si c'était un serpent ? Ce sifflement que vous avez surpris...
— Non ! il y avait quelque chose d'humain.
— J'aime encore mieux des sauvages, se dit Joe. Ces reptiles me répugnent.
— Le bruit augmente, reprit Kennedy, quelques instants après.
— Oui ! on monte, on grimpe.
— Veille de ce côté, je me charge de l'autre.
— Bien. »

Ils se trouvaient tous les deux isolés au sommet d'une maîtresse branche poussée droit au milieu de cette forêt qu'on appelle un baobab ; l'obscurité accrue par l'épaisseur du feuillage était profonde ; cependant Joe, se penchant à l'oreille de Kennedy et lui indiquant la partie inférieure de l'arbre, dit :

« Des Nègres. »

Quelques mots échangés à voix basse parvinrent même jusqu'aux deux voyageurs.

Joe épaula son fusil.

« Attends », dit Kennedy.

Des sauvages avaient en effet escaladé le baobab ; ils surgissaient de toutes parts, se coulant sur les branches comme des reptiles, gravissant lentement, mais sûrement ; ils se trahissaient alors par des émanations de leurs corps frottés d'une graisse infecte.

Le double coup de feu.

Bientôt deux têtes apparurent aux regards de Kennedy et de Joe, au niveau même de la branche qu'ils occupaient.

« Attention, dit Kennedy, feu ! »

La double détonation retentit comme un tonnerre, et s'éteignit au milieu des cris de douleur. En un moment, toute la horde avait disparu.

Mais, au milieu des hurlements, il s'était produit un cri étrange, inattendu, impossible ! Une voix humaine avait manifestement proféré ces mots en français :

« A moi ! à moi ! »

Kennedy et Joe, stupéfaits, regagnèrent la nacelle plus vite.

« Avez-vous entendu ? leur dit le docteur.

— Sans doute ! ce cri surnaturel : A moi ! à moi !

— Un Français aux mains des barbares !

— Un voyageur !

— Un missionnaire, peut-être !

— Le malheureux, s'écria le chasseur, on l'assassine, on le martyrise ! »

Le docteur cherchait vainement à déguiser son émotion.

« On ne peut en douter, dit-il. Un malheureux Français est tombé entre les mains de ces sauvages. Mais nous ne partirons pas sans avoir fait tout au monde pour le sauver. A nos coups de fusil, il aura reconnu un secours inespéré, une intervention providentielle. Nous ne mentirons pas à cette dernière espérance. Est-ce votre avis ?

— C'est notre avis, Samuel, et nous sommes prêts à t'obéir.

— Combinons donc nos manœuvres, et dès le matin, nous chercherons à l'enlever.

— Mais comment écarterons-nous ces misérables Nègres ? demanda Kennedy.

— Il est évident pour moi, dit le docteur, à la manière dont ils ont déguerpi, qu'ils ne connaissent pas les armes à feu ; nous devrons donc profiter de leur épouvante ; mais il faut attendre le jour avant d'agir, et nous formerons notre plan de sauvetage d'après la disposition des lieux.

— Ce pauvre malheureux ne doit pas être loin, dit Joe, car...

– A moi ! à moi ! répéta la voix plus affaiblie.
– Les barbares ! s'écria Joe palpitant. Mais s'ils le tuent cette nuit ?
– Entends-tu, Samuel, reprit Kennedy en saisissant la main du docteur, s'ils le tuent cette nuit ?
– Ce n'est pas probable, mes amis ; ces peuplades sauvages font mourir leurs prisonniers au grand jour ; il leur faut du soleil !
– Si je profitais de la nuit, dit l'Écossais, pour me glisser vers ce malheureux ?
– Je vous accompagne, monsieur Dick !
– Arrêtez, mes amis ! arrêtez ! Ce dessein fait honneur à votre cœur et à votre courage ; mais vous nous exposeriez tous, et vous nuiriez plus encore à celui que nous voulons sauver.
– Pourquoi cela ? reprit Kennedy. Ces sauvages sont effrayés, dispersés ! Ils ne reviendront pas.
– Dick, je t'en supplie, obéis-moi ; j'agis pour le salut commun ; si, par hasard, tu te laissais surprendre, tout serait perdu !
– Mais cet infortuné qui attend, qui espère ! Rien ne lui répond ! Personne ne vient à son secours ! Il doit croire que ses sens ont été abusés, qu'il n'a rien entendu !...
– On peut le rassurer », dit le docteur Fergusson.

Et debout, au milieu de l'obscurité, faisant de ses mains un porte-voix, il s'écria avec énergie dans la langue de l'étranger :

« Qui que vous soyez, ayez confiance ! Trois amis veillent sur vous ! »

Un hurlement terrible lui répondit, étouffant sans doute la réponse du prisonnier.

« On l'égorge ! on va l'égorger ! s'écria Kennedy. Notre intervention n'aura servi qu'à hâter l'heure de son supplice ! Il faut agir !

– Mais comment, Dick ? Que prétends-tu faire au milieu de cette obscurité ?

– Oh ! s'il faisait jour ! s'écria Joe.

– Eh bien, s'il faisait jour ? demanda le docteur d'un ton singulier.

— Rien de plus simple, Samuel, répondit le chasseur. Je descendrais à terre et je disperserais cette canaille à coups de fusil.

— Et toi, Joe ? demanda Fergusson.

— Moi, mon maître, j'agirais plus prudemment, en faisant savoir au prisonnier de s'enfuir dans une direction convenue.

— Et comment lui ferais-tu parvenir cet avis ?

— Au moyen de cette flèche que j'ai ramassée au vol, et à laquelle j'attacherais un billet, ou tout simplement en lui parlant à voix haute, puisque ces Nègres ne comprennent pas notre langue.

— Vos plans sont impraticables, mes amis ; la difficulté la plus grande serait pour cet infortuné de se sauver, en admettant qu'il parvînt à tromper la vigilance de ses bourreaux. Quant à toi, mon cher Dick, avec beaucoup d'audace, et en profitant de l'épouvante jetée par nos armes à feu, ton projet réussirait peut-être ; mais s'il échouait, tu serais perdu, et nous aurions deux personnes à sauver au lieu d'une. Non ! il faut mettre toutes les chances de notre côté et agir autrement.

— Mais agir tout de suite, répliqua le chasseur.

— Peut-être ! répondit Samuel en insistant sur ce mot.

— Mon maître, êtes-vous donc capable de dissiper ces ténèbres ?

— Qui sait, Joe ?

— Ah ! si vous faites une chose pareille, je vous proclame le premier savant du monde. »

Le docteur se tut pendant quelques instants ; il réfléchissait. Ses deux compagnons le considéraient avec émotion ; ils étaient surexcités par cette situation extraordinaire. Bientôt Fergusson reprit la parole :

« Voici mon plan, dit-il. Il nous reste deux cents livres de lest, puisque les sacs que nous avons emportés sont encore intacts. J'admets que ce prisonnier, un homme évidemment épuisé par les souffrances, pèse autant que l'un de nous ; il nous restera encore une soixantaine de livres à jeter afin de monter plus rapidement.

– Comment comptes-tu donc manœuvrer ? demanda Kennedy.

– Voici, Dick : tu admets bien que si je parviens jusqu'au prisonnier, et que je jette une quantité de lest égale à son poids, je n'ai rien changé à l'équilibre du ballon ; mais alors, si je veux obtenir une ascension rapide pour échapper à cette tribu de Nègres, il me faut employer des moyens plus énergiques que le chalumeau ; or, en précipitant cet excédent de lest au moment voulu, je suis certain de m'enlever avec une grande rapidité.

– Cela est évident !

– Oui, mais il y a un inconvénient ; c'est que, pour descendre plus tard, je devrai perdre une quantité de gaz proportionnelle au surcroît de lest que j'aurai jeté. Or, ce gaz est une chose précieuse ; mais on ne peut en regretter la perte, quand il s'agit du salut d'un homme.

– Tu as raison, Samuel, nous devons tout sacrifier pour le sauver !

– Agissons donc, et disposez ces sacs sur le bord de la nacelle, de façon à ce qu'ils puissent être précipités d'un seul coup.

– Mais cette obscurité ?

– Elle cache nos préparatifs, et ne se dissipera que lorsqu'ils seront terminés. Ayez soin de tenir toutes les armes à portée de notre main. Peut-être faudra-t-il faire le coup de feu ; or nous avons pour la carabine un coup, pour les deux fusils quatre, pour les deux revolvers douze, en tout dix-sept, qui peuvent être tirés en un quart de minute. Mais peut-être n'aurons-nous pas besoin de recourir à tout ce fracas. Êtes-vous prêts ?

– Nous sommes prêts », répondit Joe.

Les sacs étaient disposés, les armes étaient en état.

« Bien, fit le docteur. Ayez l'œil à tout. Joe sera chargé de précipiter le lest, et Dick d'enlever le prisonnier ; mais que rien ne se fasse avant mes ordres. Joe, va d'abord détacher l'ancre, et remonte promptement dans la nacelle. »

Joe se laissa glisser par le câble, et reparut au bout de quelques instants. Le *Victoria* rendu libre flottait dans l'air, à peu près immobile.

Pendant ce temps, le docteur s'assura de la présence d'une suffisante quantité de gaz dans la caisse de mélange pour alimenter au besoin le chalumeau sans qu'il fût nécessaire de recourir pendant quelque temps à l'action de la pile de Bunzen ; il enleva les deux fils conducteurs parfaitement isolés qui servaient à la décomposition de l'eau ; puis, fouillant dans son sac de voyage, il en retira deux morceaux de charbon taillés en pointe, qu'il fixa à l'extrémité de chaque fil.

Ses deux amis le regardaient sans comprendre, mais ils se taisaient ; lorsque le docteur eut terminé son travail, il se tint debout au milieu de la nacelle ; il prit de chaque main les deux charbons, et en rapprocha les deux pointes.

Soudain, une intense et éblouissante lueur fut produite avec un insoutenable éclat entre les deux pointes de charbon ; une gerbe immense de lumière électrique brisait littéralement l'obscurité de la nuit.

« Oh ! fit Joe, mon maître !

— Pas un mot », dit le docteur.

XXII

LA GERBE DE LUMIÈRE. - LE MISSIONNAIRE. - ENLÈVEMENT DANS UN RAYON DE LUMIÈRE. - LE PRÊTRE LAZARISTE. - PEU D'ESPOIR. - SOINS DU DOCTEUR. - UNE VIE D'ABNÉGATION. - PASSAGE D'UN VOLCAN.

Fergusson projeta vers les divers points de l'espace son puissant rayon de lumière et l'arrêta sur un endroit où des cris d'épouvante se firent entendre. Ses deux compagnons y jetèrent un regard avide.

Le baobab au-dessus duquel se maintenait le *Victoria* presque immobile s'élevait au centre d'une clairière ; entre des champs de sésame et de cannes à sucre, on distinguait

La lumière électrique.

une cinquantaine de huttes basses et coniques autour desquelles fourmillait une tribu nombreuse.

A cent pieds au-dessous du ballon se dressait un poteau. Au pied de ce poteau gisait une créature humaine, un jeune homme de trente ans au plus, avec de longs cheveux noirs, à demi nu, maigre, ensanglanté, couvert de blessures, la tête inclinée sur la poitrine, comme le Christ en croix. Quelques cheveux plus ras sur le sommet du crâne indiquaient encore la place d'une tonsure à demi effacée.

« Un missionnaire ! un prêtre ! s'écria Joe.

— Pauvre malheureux ! répondit le chasseur.

— Nous le sauverons, Dick ! fit le docteur, nous le sauverons ! »

La foule de Nègres, en apercevant le ballon, semblable à une comète énorme avec une queue de lumière éclatante, fut prise d'une épouvante facile à concevoir. A ces cris, le prisonnier releva la tête. Ses yeux brillèrent d'un rapide espoir, et sans trop comprendre ce qui se passait, il tendit ses mains vers ces sauveurs inespérés.

« Il vit ! il vit ! s'écria Fergusson ; Dieu soit loué. Ces sauvages sont plongés dans un magnifique effroi ! Nous le sauverons ! Vous êtes prêts, mes amis ?

— Nous sommes prêts, Samuel.

— Joe, éteins le chalumeau. »

L'ordre du docteur fut exécuté. Une brise à peine saisissable poussait doucement le *Victoria* au-dessus du prisonnier, en même temps qu'il s'abaissait insensiblement avec la contraction du gaz. Pendant dix minutes environ, il resta flottant au milieu des ondes lumineuses. Fergusson plongeait sur la foule son faisceau étincelant qui dessinait çà et là de rapides et vives plaques de lumière. La tribu, sous l'empire d'une indescriptible crainte, disparut peu à peu dans ses huttes, et la solitude se fit autour du poteau. Le docteur avait donc eu raison de compter sur l'apparition fantastique du *Victoria* qui projetait des rayons de soleil dans cette intense obscurité.

La nacelle s'approcha du sol. Cependant quelques Nègres, plus audacieux, comprenant que leur victime allait leur échapper, revinrent avec de grands cris. Kennedy prit son fusil, mais le docteur lui ordonna de ne point tirer.

Le prêtre, agenouillé, n'ayant plus la force de se tenir debout, n'était pas même lié à ce poteau, car sa faiblesse rendait les liens inutiles. Au moment où la nacelle arriva près du sol, le chasseur, jetant son arme et saisissant le prêtre à bras-le-corps, le déposa dans la nacelle, à l'instant même où Joe précipitait brusquement les deux cents livres de lest.

Le docteur s'attendait à monter avec une rapidité extrême ; mais, contrairement à ses prévisions, le ballon, après s'être élevé de trois à quatre pieds au-dessus du sol, demeura immobile !

« Qui nous retient ? » s'écria-t-il avec l'accent de la terreur.

Quelques sauvages accouraient en poussant des cris féroces.

« Oh ! s'écria Joe en se penchant au-dehors. Un de ces maudits Noirs s'est accroché au-dessous de la nacelle !

— Dick ! Dick ! s'écria le docteur, la caisse à eau ! »

Dick comprit la pensée de son ami, et soulevant une des caisses à eau qui pesait plus de cent livres, il la précipita par-dessus bord.

Le *Victoria*, subitement délesté, fit un bond de trois cents pieds dans les airs, au milieu des rugissements de la tribu, à laquelle le prisonnier échappait dans un rayon d'une ébouissante lumière.

« Hurrah ! » s'écrièrent les deux compagnons du docteur.

Soudain le ballon fit un nouveau bond, qui le porta à plus de mille pieds d'élévation.

« Qu'est-ce donc ? demanda Kennedy qui faillit perdre l'équilibre.

— Ce n'est rien ! c'est ce gredin qui nous lâche », répondit tranquillement Samuel Fergusson.

Et Joe, se penchant rapidement, put encore apercevoir le sauvage, les mains étendues, tournoyant dans l'espace, et bientôt se brisant contre terre. Le docteur écarta alors les deux fils électriques, et l'obscurité redevint profonde. Il était une heure du matin.

Le Français évanoui ouvrit enfin les yeux.

« Vous êtes sauvé, lui dit le docteur.

— Sauvé, répondit-il en anglais, avec un triste sourire, sauvé d'une mort cruelle ! Mes frères, je vous remercie ; mais mes jours sont comptés, mes heures même, et je n'ai plus beaucoup de temps à vivre ! »

Et le missionnaire, épuisé, retomba dans son assoupissement.

« Il se meurt, s'écria Dick.

— Non, non, répondit Fergusson en se penchant sur lui, mais il est bien faible ; couchons-le sous la tente. »

Ils étendirent doucement sur leurs couvertures ce pauvre corps amaigri, couvert de cicatrices et de blessures encore saignantes, où le fer et le feu avaient laissé en vingt endroits leurs traces douloureuses. Le docteur fit, avec un mouchoir, un peu de charpie qu'il étendit sur les plaies après les avoir lavées ; ces soins, il les donna adroitement, avec l'habileté d'un médecin ; puis, prenant un cordial dans sa pharmacie, il en versa quelques gouttes sur les lèvres du prêtre.

Celui-ci pressa faiblement ses lèvres compatissantes et eut à peine la force de dire : « Merci ! merci ! »

Le docteur comprit qu'il fallait lui laisser un repos absolu ; il ramena les rideaux de la tente, et revint prendre la direction du ballon.

Celui-ci, en tenant compte du poids de son nouvel hôte, avait été délesté de près de cent quatre-vingts livres ; il se maintenait donc sans l'aide du chalumeau. Au premier rayon du jour, un courant le poussait doucement vers l'ouest-nord-ouest. Fergusson alla considérer pendant quelques instants le prêtre assoupi.

« Puissions-nous conserver ce compagnon que le Ciel nous a envoyé ! dit le chasseur. As-tu quelque espoir ?

— Oui, Dick, avec des soins, dans cet air si pur.

— Comme cet homme a souffert ! dit Joe avec émotion. Savez-vous qu'il faisait là des choses plus hardies que nous, en venant seul au milieu de ces peuplades !

Le volcan.

— Cela n'est pas douteux », répondit le chasseur.

Pendant toute cette journée, le docteur ne voulut pas que le sommeil du malheureux fût interrompu ; c'était un long assoupissement, entrecoupé de quelques murmures de souffrance qui ne laissaient pas d'inquiéter Fergusson.

Vers le soir, le *Victoria* demeurait stationnaire au milieu de l'obscurité, et pendant cette nuit, tandis que Joe et Kennedy se relayaient aux côtés du malade, Fergusson veilla à la sûreté de tous.

Le lendemain au matin, le *Victoria* avait à peine dérivé dans l'ouest. La journée s'annonçait pure et magnifique. Le malade put appeler ses nouveaux amis d'une voix meilleure. On releva les rideaux de la tente, et il aspira avec bonheur l'air vif du matin.

« Comment vous trouvez-vous ? lui demanda Fergusson.

— Mieux peut-être, répondit-il. Mais vous, mes amis, je ne vous ai encore vus que dans un rêve ! A peine puis-je me rendre compte de ce qui s'est passé ! Qui êtes-vous, afin que vos noms ne soient pas oubliés dans ma dernière prière ?

— Nous sommes des voyageurs anglais, répondit Samuel ; nous avons tenté de traverser l'Afrique en ballon, et, pendant notre passage, nous avons eu le bonheur de vous sauver.

— La science a ses héros, dit le missionnaire.

— Mais la religion a ses martyrs, répondit l'Écossais.

— Vous êtes missionnaire ? demanda le docteur.

— Je suis un prêtre de la mission des Lazaristes. Le Ciel vous a envoyés vers moi, le Ciel en soit loué ! Le sacrifice de ma vie était fait ! Mais vous venez d'Europe. Parlez-moi de l'Europe, de la France ! Je suis sans nouvelles depuis cinq ans.

— Cinq ans, seul, parmi ces sauvages ! s'écria Kennedy.

— Ce sont des âmes à racheter, dit le jeune prêtre, des frères ignorants et barbares, que la religion seule peut instruire et civiliser. »

Samuel Fergusson, répondant au désir du missionnaire, l'entretint longuement de la France.

Celui-ci l'écoutait avidement et des larmes coulèrent de ses yeux. Le pauvre jeune homme prenait tour à tour les mains de Kennedy et de Joe dans les siennes, brûlantes de fièvre ; le docteur lui prépara quelques tasses de thé qu'il but avec plaisir ; il eut alors la force de se relever un peu et de sourire en se voyant emporté dans ce ciel si pur !

« Vous êtes de hardis voyageurs, dit-il, et vous réussirez dans votre audacieuse entreprise ; vous reverrez vos parents, vos amis, votre patrie, vous !... »

La faiblesse du jeune prêtre devint si grande alors, qu'il fallut le coucher de nouveau. Une prostration de quelques heures le tint comme mort entre les mains de Fergusson. Celui-ci ne pouvait contenir son émotion ; il sentait cette existence s'enfuir. Allaient-ils donc perdre si vite celui qu'ils avaient arraché au supplice ? Il pansa de nouveau les plaies horribles du martyr et dut sacrifier la plus grande partie de sa provision d'eau pour rafraîchir ses membres brûlants. Il l'entoura des soins les plus tendres et les plus intelligents. Le malade renaissait peu à peu entre ses bras, et reprenait le sentiment, sinon la vie.

Le docteur surprit son histoire entre ses paroles entrecoupées.

« Parlez votre langue maternelle, lui avait-il dit ; je la comprends, et cela vous fatiguera moins. »

Le missionnaire était un pauvre jeune homme du village d'Aradon, en Bretagne, en plein Morbihan ; ses premiers instincts l'entraînèrent vers la carrière ecclésiastique ; à cette vie d'abnégation il voulut encore joindre la vie de danger, en entrant dans l'ordre des prêtres de la Mission, dont saint Vincent de Paul fut le glorieux fondateur ; à vingt ans, il quittait son pays pour les plages inhospitalières de l'Afrique. Et de là peu à peu, franchissant les obstacles, bravant les privations, marchant et priant, il s'avança jusqu'au sein des tribus qui habitent les affluents du Nil supérieur ; pendant deux ans, sa religion fut repoussée, son zèle fut méconnu, ses charités furent mal prises ; il demeura prisonnier de l'une des plus cruelles peuplades du Nyambarra, en butte à mille mauvais traitements. Mais toujours il enseignait, il instruisait, il priait. Cette tribu dispersée et lui laissé pour mort après un de ces combats si fréquents de peuplade à peuplade, au lieu de retourner sur ses pas, il continua son pèlerinage évangélique. Son temps le plus paisible fut celui où on le prit pour un fou ; il s'était familiarisé avec les idiomes de ces contrées ; il catéchisait. Enfin, pendant deux longues années encore, il parcourut ces régions barbares, poussé par cette force surhumaine qui vient de Dieu ; depuis un an, il résidait dans cette tribu des Nyam-Nyam, nommée Barafri, l'une des plus sauvages. Le chef étant mort il y a quelques jours, ce fut à lui qu'on attribua cette mort inattendue ; on résolut de l'immoler ; depuis quarante heures déjà durait son supplice ; ainsi que l'avait supposé le docteur, il devait mourir au soleil de midi. Quand il entendit le bruit des armes à feu, la nature l'emporta : « A moi ! à moi ! » s'écria-t-il, et il crut avoir rêvé, lorsqu'une voix venue du ciel lui lança des paroles de consolation.

« Je ne regrette pas, ajouta-t-il, cette existence qui s'en va, ma vie est à Dieu !

— Espérez encore, lui répondit le docteur ; nous sommes près de vous ; nous vous sauverons de la mort comme nous vous avons arraché au supplice.

— Je n'en demande pas tant au Ciel, répondit le prêtre résigné ! Béni soit Dieu de m'avoir donné avant de mourir cette joie de presser des mains amies, et d'entendre la langue de mon pays. »

Le missionnaire s'affaiblit de nouveau. La journée se passa ainsi entre l'espoir et la crainte, Kennedy très ému et Joe s'essuyant les yeux à l'écart.

Le *Victoria* faisait peu de chemin, et le vent semblait vouloir ménager son précieux fardeau.

Joe signala vers le soir une lueur immense dans l'ouest. Sous des latitudes plus élevées, on eût pu croire à une vaste aurore boréale ; le ciel paraissait en feu. Le docteur vint examiner attentivement ce phénomène.

« Ce ne peut être qu'un volcan en activité, dit-il.

— Mais le vent nous porte au-dessus, répliqua Kennedy.

— Eh bien ! nous le franchirons à une hauteur rassurante. »

Trois heures après, le *Victoria* se trouvait en pleines

L'ensevelissement du missionnaire.

montagnes ; sa position exacte était par 24° 15' de longitude et 4° 42' de latitude ; devant lui, un cratère embrasé déversait des torrents de lave en fusion, et projetait des quartiers de roches à une grande élévation ; il y avait des coulées de feu liquide qui retombaient en cascades éblouissantes. Magnifique et dangereux spectacle, car le vent, avec une fixité constante, portait le ballon vers cette atmosphère incendiée.

Cet obstacle que l'on ne pouvait tourner, il fallut le franchir ; le chalumeau fut développé à toute flamme, et le *Victoria* parvint à six mille pieds, laissant entre le volcan et lui un espace de plus de trois cents toises.

De son lit de douleur, le prêtre mourant pu contempler ce cratère en feu d'où s'échappaient avec fracas mille gerbes éblouissantes.

« Que c'est beau, dit-il, et que la puissance de Dieu est infinie jusque dans ses plus terribles manifestations ! »

Cet épanchement de laves en ignition revêtait les flancs de la montagne d'un véritable tapis de flammes ; l'hémisphère inférieur du ballon resplendissait dans la nuit ; une chaleur torride montait jusqu'à la nacelle, et le docteur Fergusson eut hâte de fuir cette périlleuse situation.

Vers dix heures du soir, la montagne n'était plus qu'un point rouge à l'horizon, et le *Victoria* poursuivit tranquillement son voyage dans une zone moins élevée.

XXIII

COLÈRE DE JOE. – LA MORT D'UN JUSTE. – LA VEILLÉE DU CORPS. – ARIDITÉ. – L'ENSEVELISSEMENT. – LES BLOCS DE QUARTZ. – HALLUCINATIONS DE JOE. – UN LEST PRÉCIEUX. – RELÈVEMENT DES MONTAGNES AURIFÈRES. – COMMENCEMENT DES DÉSESPOIRS DE JOE.

Une nuit magnifique s'étendait sur la terre. Le prêtre s'endormit dans une prostration paisible.

« Il n'en reviendra pas, dit Joe ! Pauvre jeune homme ! trente ans à peine !

— Il s'éteindra dans nos bras ! dit le docteur avec désespoir. Sa respiration déjà si faible s'affaiblit encore, et je ne puis rien pour le sauver !

— Les infâmes gueux ! s'écriait Joe, que ces subites colères prenaient de temps à autre. Et penser que ce digne prêtre a trouvé encore des paroles pour les plaindre, pour les excuser, pour leur pardonner !

— Le Ciel lui fait une nuit bien belle, Joe, sa dernière nuit peut-être. Il souffrira peu désormais, et sa mort ne sera qu'un paisible sommeil. »

Le mourant prononça quelques paroles entrecoupées ; le docteur s'approcha ; la respiration du malade devenait embarrassée ; il demandait de l'air ; les rideaux furent entièrement retirés, et il aspira avec délices les souffles légers de cette nuit transparente ; les étoiles lui adressaient leur tremblante lumière, et la lune l'enveloppait dans le blanc linceul de ses rayons.

« Mes amis, dit-il d'une voix affaiblie, je m'en vais ! Que le Dieu qui récompense vous conduise au port ! qu'il vous paie pour moi ma dette de reconnaissance !

— Espérez encore, lui répondit Kennedy. Ce n'est qu'un affaiblissement passager. Vous ne mourrez pas ! Peut-on mourir par cette belle nuit d'été ?

— La mort est là, reprit le missionnaire, je le sais ! Laissez-moi la regarder en face ! La mort, commencement des choses éternelles, n'est que la fin des soucis terrestres. Mettez-moi à genoux, mes frères, je vous en prie ! »

Kennedy le souleva ; ce fut pitié de voir ses membres sans forces se replier sous lui.

« Mon Dieu ! mon Dieu ! s'écria l'apôtre mourant, ayez pitié de moi ! »

Sa figure resplendit. Loin de cette terre dont il n'avait jamais connu les joies, au milieu de cette nuit qui lui jetait ses plus douces clartés, sur le chemin de ce ciel vers lequel il s'élevait comme dans une assomption miraculeuse, il semblait déjà revivre de l'existence nouvelle.

Son dernier geste fut une bénédiction suprême à ses amis

d'un jour. Et il retomba dans les bras de Kennedy, dont le visage se baignait de grosses larmes.

« Mort ! dit le docteur en se penchant sur lui, mort ! »

Et d'un commun accord les trois amis s'agenouillèrent pour prier en silence.

« Demain matin, reprit bientôt Fergusson, nous l'ensevelirons dans cette terre d'Afrique arrosée de son sang.

Pendant le reste de la nuit, le corps fut veillé tour à tour par le docteur, Kennedy, Joe, et pas une parole ne troubla ce religieux silence ; chacun pleurait.

Le lendemain, le vent venait du sud, et le *Victoria* marchait assez lentement au-dessus d'un vaste plateau de montagnes ; là des cratères éteints, ici des ravins incultes ; pas une goutte d'eau sur ces crêtes desséchées ; des rocs amoncelés, des blocs erratiques, des marnières blanchâtres, tout dénotait une stérilité profonde.

Vers midi, le docteur, pour procéder à l'ensevelissement du corps, résolut de descendre dans un ravin, au milieu de roches plutoniques de formation primitive ; les montagnes environnantes devaient l'abriter et lui permettre d'amener sa nacelle jusqu'au sol, car il n'existait aucun arbre qui pût lui offrir un point d'arrêt.

Mais, ainsi qu'il l'avait fait comprendre à Kennedy, par suite de sa perte de lest lors de l'enlèvement du prêtre, il ne pouvait descendre maintenant qu'à la condition de lâcher une quantité proportionnelle de gaz ; il ouvrit donc la soupape du ballon extérieur. L'hydrogène fusa, et le *Victoria* s'abaissa tranquillement vers le ravin.

Dès que la nacelle toucha à terre, le docteur ferma sa soupape ; Joe sauta sur le sol, tout en se retenant d'une main au bord extérieur, et de l'autre, il ramassa un certain nombre de pierres qui bientôt remplacèrent son propre poids ; alors il put employer ses deux mains, et il eut bientôt entassé dans la nacelle plus de cinq cents livres de pierres ; alors le docteur et Kennedy purent descendre à leur tour. Le *Victoria* se trouvait équilibré, et sa force ascensionnelle était impuissante à l'enlever.

D'ailleurs, il ne fallut pas employer une grande quantité de ces pierres, car les blocs ramassés par Joe étaient d'une pesanteur extrême, ce qui éveilla un instant l'attention de Fergusson. Le sol était parsemé de quartz et de roches porphyriteuses.

« Voilà une singulière découverte », se dit mentalement le docteur.

Pendant ce temps, Kennedy et Joe allèrent à quelques pas choisir un emplacement pour la fosse. Il faisait une chaleur extrême dans ce ravin encaissé comme une sorte de fournaise. Le soleil de midi y versait d'aplomb ses rayons brûlants.

Il fallut d'abord déblayer le terrain des fragments de roc qui l'encombraient ; puis une fosse fut creusée assez profondément pour que les animaux féroces ne pussent déterrer le cadavre.

Le corps du martyr y fut déposé avec respect.

La terre retomba sur ces dépouilles mortelles, et au-dessus de gros fragments de roches furent disposés comme un tombeau.

Le docteur cependant demeurait immobile et perdu dans ses réflexions. Il n'entendait pas l'appel de ses compagnons, il ne revenait pas avec eux chercher un abri contre la chaleur du jour.

« A quoi penses-tu donc, Samuel ? lui demanda Kennedy.

— A un contraste bizarre de la nature, à un singulier effet du hasard. Savez-vous dans quelle terre cet homme d'abnégation, ce pauvre de cœur a été enseveli ?

— Que veux-tu dire ? Samuel, demanda l'Écossais.

— Ce prêtre, qui avait fait vœu de pauvreté, repose maintenant dans une mine d'or !

— Une mine d'or ! s'écrièrent Kennedy et Joe.

— Une mine d'or, répondit tranquillement le docteur. Ces blocs que vous foulez aux pieds comme des pierres sans valeur sont du minerai d'une grande pureté.

— Impossible ! impossible ! répéta Joe.

— Vous ne chercheriez pas longtemps dans ces fissures de schiste ardoisé sans rencontrer des pépites importantes. »

Joe se précipita comme un fou sur ces fragments épars. Kennedy n'était pas loin de l'imiter.

« Calme-toi, mon brave Joe, lui dit son maître.

— Monsieur, vous en parlez à votre aise.

— Comment ! un philosophe de ta trempe...
— Eh ! Monsieur, il n'y a pas de philosophie qui tienne.
— Voyons ! réfléchis un peu. A quoi nous servirait toute cette richesse ? nous ne pouvons pas l'emporter.
— Nous ne pouvons pas l'emporter ? par exemple !
— C'est un peu lourd pour notre nacelle ! J'hésitais même à te faire part de cette découverte, dans la crainte d'exciter tes regrets.
— Comment ! dit Joe, abandonner ces trésors ! Une fortune à nous ! bien à nous ! la laisser !
— Prends garde, mon ami. Est-ce que la fièvre de l'or te prendrait ? est-ce que ce mort, que tu viens d'ensevelir, ne t'a pas enseigné la valeur des choses humaines ?
— Tout cela est vrai, répondit Joe ; mais enfin, de l'or ! Monsieur Kennedy, est-ce que vous ne m'aiderez pas à ramasser un peu de ces millions ?
— Qu'en ferions-nous, mon pauvre Joe ? dit le chasseur qui ne put s'empêcher de sourire. Nous ne sommes pas venus ici chercher la fortune, et nous ne devons pas la rapporter.
— C'est un peu lourd, les millions, reprit le docteur, et cela ne se met pas aisément dans la poche.
— Mais enfin, répondit Joe, poussé dans ses derniers retranchements, ne peut-on, au lieu de sable, emporter ce minerai pour lest ?
— Eh bien ! j'y consens, dit Fergusson ; mais tu ne feras pas trop la grimace, quand nous jetterons quelques milliers de livres par-dessus le bord.
— Des milliers de livres ! reprenait Joe, est-il possible que tout cela soit de l'or !
— Oui, mon ami ; c'est un réservoir où la nature a entassé ses trésors depuis des siècles ; il y a là de quoi enrichir des pays tout entiers ! Une Australie et une Californie réunies au fond d'un désert !
— Et tout cela demeurera inutile !
— Peut-être ! En tout cas, voici ce que je ferai pour te consoler.
— Ce sera difficile, répliqua Joe d'un air contrit.
— Écoute. Je vais prendre la situation exacte de ce placer,

je te la donnerai, et, à ton retour en Angleterre, tu en feras part à tes concitoyens, si tu crois que tant d'or puisse faire leur bonheur.

— Allons, mon maître, je vois bien que vous avez raison ; je me résigne, puisqu'il n'y a pas moyen de faire autrement. Emplissons notre nacelle de ce précieux minerai. Ce qui restera à la fin du voyage sera toujours autant de gagné. »

Et Joe se mit à l'ouvrage ; il y allait de bon cœur ; il eut bientôt entassé près de mille livres de fragments de quartz, dans lequel l'or se trouve renfermé comme dans une gangue d'une grande dureté.

Le docteur le regardait faire en souriant ; pendant ce travail, il prit ses hauteurs, trouva pour le gisement de la tombe du missionnaire 22° 23' de longitude, et 4° 55' de latitude septentrionale.

Puis, jetant un dernier regard sur ce renflement du sol sous lequel reposait le corps du pauvre Français, il revint vers la nacelle.

Il eût voulu dresser une croix modeste et grossière sur ce tombeau abandonné au milieu des déserts de l'Afrique ; mais pas un arbre ne croissait aux environs.

« Dieu la reconnaîtra », dit-il.

Une préoccupation assez sérieuse se glissait aussi dans l'esprit de Fergusson ; il aurait donné beaucoup de cet or pour trouver un peu d'eau ; il voulait remplacer celle qu'il avait jetée avec la caisse pendant l'enlèvement du Nègre, mais c'était une chose impossible dans ces terrains arides ; cela ne laissait pas de l'inquiéter ; obligé d'alimenter sans cesse son chalumeau, il commençait à se trouver à court pour les besoins de la soif ; il se promit donc de ne négliger aucune occasion de renouveler sa réserve.

De retour à la nacelle, il la trouva encombrée par les pierres de l'avide Joe ; il y monta sans rien dire, Kennedy prit sa place habituelle, et Joe les suivit tous deux, non sans jeter un regard de convoitise sur les trésors du ravin.

Le docteur alluma son chalumeau ; le serpentin s'échauffa, le courant d'hydrogène se fit au bout de quelques minutes, le gaz se dilata, mais le ballon ne bougea pas.

Joe le regardait faire avec inquiétude et ne disait mot.

« Joe », fit le docteur,

Joe ne répondit pas.

« Joe, m'entends-tu ? »

Joe fit signe qu'il entendait, mais il ne voulait pas comprendre.

« Tu vas me faire le plaisir, reprit Fergusson, de jeter une certaine quantité de ce minerai à terre.

— Mais, monsieur, vous m'avez permis...

— Je t'ai permis de remplacer le lest, voilà tout.

— Cependant...

— Veux-tu donc que nous restions éternellement dans ce désert ? »

Joe jeta un regard désespéré vers Kennedy ; mais le chasseur prit l'air d'un homme qui n'y pouvait rien.

« Eh bien, Joe ?

— Votre chalumeau ne fonctionne donc pas ? reprit l'entêté.

— Mon chalumeau est allumé, tu le vois bien ! mais le ballon ne s'enlèvera que lorsque tu l'auras délesté un peu. »

Joe se gratta l'oreille, prit un fragment de quartz, le plus petit de tous, le pesa, le repesa, le fit sauter dans ses mains ; c'était un poids de trois ou quatre livres ; il le jeta.

Le *Victoria* ne bougea pas.

« Hein ! fit-il, nous ne montons pas encore ?

— Pas encore, répondit le docteur. Continue. »

Kennedy riait. Joe jeta encore une dizaine de livres. Le ballon demeurait toujours immobile. Joe pâlit.

« Mon pauvre garçon, dit Fergusson, Dick, toi et moi, nous pesons, si je ne me trompe, environ quatre cents livres ; il faut donc te débarrasser d'un poids au moins égal au nôtre, puisqu'il nous remplaçait.

— Quatre cents livres à jeter ! s'écria Joe piteusement.

— Et quelque chose avec pour nous enlever. Allons, courage ! »

Le digne garçon, poussant de profonds soupirs, se mit à délester le ballon. De temps en temps il s'arrêtait :

« Nous montons ! disait-il.

— Nous ne montons pas, lui était-il invariablement répondu.

– Il remue, dit-il enfin.
– Va encore, répétait Fergusson.
– Il monte ! j'en suis sûr.
– Va toujours », répliquait Kennedy.

Alors Joe, prenant un dernier bloc avec désespoir, le précipita en dehors de la nacelle. Le *Victoria* s'éleva d'une centaine de pieds, et, le chalumeau aidant, il dépassa bientôt les cimes environnantes.

« Maintenant, Joe, dit le docteur, il te reste encore une jolie fortune, si nous parvenons à garder cette provision jusqu'à la fin du voyage, et tu seras riche pour le reste de tes jours. »

Joe ne répondit rien et s'étendit moelleusement sur son lit de minerai.

« Vois, mon cher Dick, reprit le docteur, ce que peut la puissance de ce métal sur le meilleur garçon du monde. Que de passions, que d'avidités, que de crimes enfanterait la connaissance d'une pareille mine ! Cela est attristant. »

Au soir, le *Victoria* s'était avancé de quatre-vingt-dix milles dans l'ouest ; il se trouvait alors en droite ligne à quatorze cents milles de Zanzibar.

XXIV

LE VENT TOMBE. – LES APPROCHES DU DÉSERT. – LE DÉCOMPTE DE LA PROVISION D'EAU. – LES NUITS DE L'ÉQUATEUR. – INQUIÉTUDES DE SAMUEL FERGUSSON. – LA SITUATION TELLE QU'ELLE EST. – ÉNERGIQUES RÉPONSES DE KENNEDY ET DE JOE. – ENCORE UNE NUIT.

Le *Victoria,* accroché à un arbre solitaire et presque desséché, passa la nuit dans une tranquillité parfaite ; les voyageurs purent goûter un peu de ce sommeil dont ils avaient si grand besoin ; les émotions des journées précédentes leur avaient laissé de tristes souvenirs.

Vers le matin, le ciel reprit sa limpidité brillante et sa chaleur. Le ballon s'éleva dans les airs ; après plusieurs essais infructueux, il rencontra un courant, peu rapide d'ailleurs, qui le porta vers le nord-ouest.

« Nous n'avançons plus, dit le docteur ; si je ne me trompe, nous avons accompli la moitié de notre voyage à peu près en dix jours ; mais, au train dont nous marchons, il nous faudra des mois pour le terminer. Cela est d'autant plus fâcheux que nous sommes menacés de manquer d'eau.

— Mais nous en trouverons, répondit Dick ; il est impossible de ne pas rencontrer quelque rivière, quelque ruisseau, quelque étang, dans cette vaste étendue de pays.

— Je le désire.

— Ne serait-ce pas le chargement de Joe qui retarderait notre marche ? »

Kennedy parlait ainsi pour taquiner le brave garçon ; il le faisait d'autant plus volontiers, qu'il avait un instant éprouvé les hallucinations de Joe ; mais, n'en ayant rien fait paraître, il se posait en esprit fort ; le tout en riant, du reste.

Joe lui lança un coup d'œil piteux. Mais le docteur ne répondit pas. Il songeait, non sans de secrètes terreurs, aux vastes solitudes du Sahara ; là, des semaines se passent sans que les caravanes rencontrent un puits où se désaltérer. Aussi surveillait-il avec la plus soigneuse attention les moindres dépressions du sol.

Ces précautions et les derniers incidents avaient sensiblement modifié la disposition d'esprit des trois voyageurs ; ils parlaient moins ; ils s'absorbaient davantage dans leurs propres pensées.

Le digne Joe n'était plus le même depuis que ses regards avaient plongé dans cet océan d'or ; il se taisait ; il considérait avec avidité ces pierres entassées dans la nacelle, sans valeur aujourd'hui, inestimables demain.

L'aspect de cette partie de l'Afrique était inquiétant d'ailleurs. Le désert se faisait peu à peu. Plus un village, pas même une réunion de quelques huttes. La végétation se retirait. A peine quelques plantes rabougries comme dans les terrains bruyéreux de l'Écosse, un commencement de sables blanchâtres et des pierres de feu, quelques lentisques et des

Le commencement du désert.

buissons épineux. Au milieu de cette stérilité, la carcasse rudimentaire du globe apparaissant en arêtes de roches vives et tranchantes. Ces symptômes d'aridité donnaient à penser au docteur Fergusson.

Il ne semblait pas qu'une caravane eût jamais affronté cette contrée déserte ; elle aurait laissé des traces visibles de campement, les ossements blanchis de ses hommes ou de ses bêtes. Mais rien. Et l'on sentait que bientôt une immensité de sable s'emparerait de cette région désolée.

Cependant on ne pouvait reculer ; il fallait aller en avant ; le docteur ne demandait pas mieux ; il eût souhaité une tempête pour l'entraîner au-delà de ce pays. Et pas un nuage au ciel ! A la fin de cette journée, le *Victoria* n'avait pas franchi trente milles.

Si l'eau n'eût pas manqué ! Mais il en restait en tout trois gallons[1] ! Fergusson mit de côté un gallon destiné à étancher la soif ardente qu'une chaleur de quatre-vingt-dix degrés[2] rendait intolérable ; deux gallons restaient donc pour alimenter le chalumeau ; ils ne pouvaient produire que quatre cent quatre-vingts pieds cubes de gaz ; or, le chalumeau en dépensait neuf pieds cubes par heure environ ; on ne pouvait donc plus marcher que pendant cinquante-quatre heures. Tout cela était rigoureusement mathématique.

« Cinquante-quatre heures ! dit-il à ses compagnons. Or, comme je suis bien décidé à ne pas voyager la nuit, de peur de manquer un ruisseau, une source, une mare, c'est trois jours et demi de voyage qu'il nous reste, et pendant lesquels il faut trouver de l'eau à tout prix. J'ai cru devoir vous prévenir de cette situation grave, mes amis, car je ne réserve qu'un seul gallon pour notre soif, et nous devrons nous mettre à une ration sévère.

– Rationne-nous, répondit le chasseur ; mais il n'est pas encore temps de se désespérer ; nous avons trois jours devant nous, dis-tu ?

– Oui, mon cher Dick.

– Eh bien ! comme nos regrets ne sauraient qu'y faire,

---

1. Treize litres et demi environ.
2. 50° centigrades.

dans trois jours il sera temps de prendre un parti ; jusque-là redoublons de vigilance. »

Au repas du soir, l'eau fut donc strictement mesurée ; la quantité d'eau-de-vie s'accrut dans les grogs ; mais il fallait se défier de cette liqueur plus propre à altérer qu'à rafraîchir.

La nacelle reposa pendant la nuit sur un immense plateau qui présentait une forte dépression. Sa hauteur était à peine de huit cents pieds au-dessus du niveau de la mer. Cette circonstance rendit quelque espoir au docteur ; elle lui rappela les présomptions des géographes sur l'existence d'une vaste étendue d'eau au centre de l'Afrique. Mais, si ce lac existait, il y fallait parvenir ; or, pas un changement ne se faisait dans le ciel immobile.

A la nuit paisible, à sa magnificence étoilée, succédèrent le jour immuable, et les rayons ardents du soleil ; dès ses premières lueurs, la température devenait brûlante. A cinq heures du matin, le docteur donna le signal du départ, et pendant un temps assez long le *Victoria* demeura sans mouvement dans une atmosphère de plomb.

Le docteur aurait pu échapper à cette chaleur intense en s'élevant dans des zones supérieures ; mais il fallait dépenser une plus grande quantité d'eau, chose impossible alors. Il se contenta donc de maintenir son aérostat à cent pieds du sol ; là, un courant faible le poussait vers l'horizon occidental.

Le déjeuner se composa d'un peu de viande séchée et de pemmican. Vers midi, le *Victoria* avait à peine fait quelques milles.

« Nous ne pouvons aller plus vite, dit le docteur. Nous ne commandons pas, nous obéissons.

— Ah ! mon cher Samuel, dit le chasseur, voilà une de ces occasions où un propulseur ne serait pas à dédaigner.

— Sans doute, Dick, en admettant toutefois qu'il ne dépensât pas d'eau pour se mettre en mouvement, car alors la situation serait exactement la même ; jusqu'ici, d'ailleurs, on n'a rien inventé qui fût praticable. Les ballons en sont encore au point où se trouvaient les navires avant l'invention de la vapeur. On a mis six mille ans à imaginer les aubes et les hélices ; nous avons donc le temps d'attendre.

— Maudite chaleur ! fit Joe en essuyant son front ruisselant.

— Si nous avions de l'eau, cette chaleur nous rendrait quelque service, car elle dilate l'hydrogène de l'aérostat et nécessite une flamme moins forte dans le serpentin ! Il est vrai que si nous n'étions pas à bout de liquide, nous n'aurions pas à l'économiser. Ah ! maudit sauvage qui nous a coûté cette précieuse caisse !

— Te ne regrettes pas ce que tu as fait, Samuel ?

— Non, Dick, puisque nous avons pu soustraire cet infortuné à une mort horrible. Mais les cent livres d'eau que nous avons jetées nous seraient bien utiles ; c'étaient encore douze ou treize jours de marche assurés, et de quoi traverser certainement ce désert.

— Nous avons fait au moins la moitié du voyage ? demanda Joe.

— Comme distance, oui ; comme durée, non, si le vent nous abandonne. Or, il a tendance à diminuer tout à fait.

— Allons, monsieur, reprit Joe, il ne faut pas nous plaindre ; nous nous en sommes assez bien tirés jusqu'ici, et, quoi que je fasse, il m'est impossible de me désespérer. Nous trouverons de l'eau, c'est moi qui vous le dis. »

Le sol, cependant, se déprimait de mille en mille ; les ondulations des montagnes aurifères venaient mourir sur la plaine ; c'étaient les derniers ressauts d'une nature épuisée. Les herbes éparses remplaçaient les beaux arbres de l'est ; quelques bandes d'une verdure altérée luttaient encore contre l'envahissement des sables ; les grandes roches tombées des sommets lointains, écrasées dans leur chute, s'éparpillaient en cailloux aigus, qui bientôt se feraient sable grossier, puis poussière impalpable.

« Voici l'Afrique, telle que tu te la représentais, Joe ; j'avais raison de te dire : Prends patience !

— Eh bien, monsieur, répliqua Joe, voilà qui est naturel, au moins ! de la chaleur et du sable ! il serait absurde de rechercher autre chose dans un pareil pays. Voyez-vous, ajouta-t-il en riant, moi je n'avais pas confiance dans vos forêts et vos prairies ; c'était un contresens ! ce n'est pas la

Le soleil disparaît derrière l'horizon.

peine de venir si loin pour rencontrer la campagne d'Angleterre. Voici la première fois que je me crois en Afrique, et je ne suis pas fâché d'en goûter un peu. »

Vers le soir, le docteur constata que le *Victoria* n'avait pas gagné vingt milles pendant cette journée brûlante. Une obscurité chaude l'enveloppa dès que le soleil eut disparu derrière un horizon tracé avec la netteté d'une ligne droite.

Le lendemain était le 1er mai, un jeudi ; mais les jours se succédaient avec une monotonie désespérante ; le matin valait le matin qui l'avait précédé ; midi jetait à profusion ses mêmes rayons toujours inépuisables, et la nuit condensait dans son ombre cette chaleur éparse que le jour suivant devait léguer encore à la nuit suivante. Le vent, à peine sensible, devenait plutôt une expiration qu'un souffle, et l'on pouvait pressentir le moment où cette haleine s'éteindrait elle-même.

Le docteur réagissait contre la tristesse de cette situation ; il conservait le calme et le sang-froid d'un cœur aguerri. Sa lunette à la main, il interrogeait tous les points de l'horizon ; il voyait décroître insensiblement les dernières collines et s'effacer la dernière végétation ; devant lui s'étendait toute l'immensité du désert.

La responsabilité qui pesait sur lui l'affectait beaucoup, bien qu'il n'en laissât rien paraître. Ces deux hommes, Dick et Joe, deux amis tous les deux, il les avait entraînés au loin, presque par la force de l'amitié ou du devoir. Avait-il bien agi ? N'était-ce pas tenter les voies défendues ? N'essayait-il pas dans ce voyage de franchir les limites de l'impossible ? Dieu n'avait-il pas réservé à des siècles plus reculés la connaissance de ce continent ingrat ?

Toutes ces pensées, comme il arrive aux heures de découragement, se multiplièrent dans sa tête, et, par une irrésistible association d'idées, Samuel s'emportait au-delà de la logique et du raisonnement. Après avoir constaté ce qu'il n'eût pas dû faire, il se demandait ce qu'il fallait faire alors. Serait-il impossible de retourner sur ses pas ? N'existait-il pas des courants supérieurs qui le reporteraient vers des contrées moins arides ? Sûr du pays passé, il ignorait le pays à venir ; aussi sa conscience parlant haut, il résolut de s'expliquer franchement avec ses deux compagnons ; il leur exposa nettement la situation ; il leur montra ce qui avait été fait et ce qui restait à faire ; à la rigueur on pouvait revenir, le tenter du moins ; quelle était leur opinion ?

« Je n'ai d'autre opinion que celle de mon maître, répondit Joe. Ce qu'il souffrira, je puis le souffrir, et mieux que lui. Où il ira, j'irai.

– Et toi, Kennedy ?

– Moi, mon cher Samuel, je ne suis pas homme à me désespérer ; personne n'ignorait moins que moi les périls de l'entreprise ; mais je n'ai plus voulu les voir du moment que tu les affrontais. Je suis donc à toi corps et âme. Dans la situation présente, mon avis est que nous devons persévérer, aller jusqu'au bout. Les dangers, d'ailleurs, me paraissent aussi grands pour revenir. Ainsi donc, en avant, tu peux compter sur nous.

– Merci, mes dignes amis, répondit le docteur véritablement ému. Je m'attendais à tant de dévouement ; mais il me fallait ces encourageantes paroles. Encore une fois, merci. »

Et ces trois hommes se serrèrent la main avec effusion.

« Écoutez-moi, reprit Fergusson. D'après mes relèvements, nous ne sommes pas de plus de trois cents milles du golfe de Guinée ; le désert ne peut donc s'étendre indéfiniment, puisque la côte est habitée et reconnue jusqu'à une certaine profondeur dans les terres. S'il le faut, nous nous dirigerons vers cette côte, et il est impossible que nous ne rencontrions pas quelque oasis, quelque puits où renouveler notre provision d'eau. Mais ce qui nous manque, c'est le vent, et, sans lui, nous sommes retenus en calme plat au milieu des airs.

– Attendons avec résignation », dit le chasseur.

Mais chacun à son tour interrogea vainement l'espace pendant cette interminable journée ; rien n'apparut qui pût faire naître une espérance. Les derniers mouvements du sol disparurent au soleil couchant, dont les rayons horizontaux s'allongèrent en longues lignes de feu sur cette plate immensité. C'était le désert.

Les voyageurs n'avaient pas franchi une distance de quinze milles, ayant dépensé, ainsi que le jour précédent, cent trente-cinq pieds cubes de gaz pour alimenter le chalumeau, et deux pintes d'eau sur huit durent être sacrifiées à l'étanchement d'une soif ardente.

La nuit se passa tranquille, trop tranquille ! Le docteur ne dormit pas.

XXV

UN PEU DE PHILOSOPHIE. – UN NUAGE À L'HORIZON. – AU MILIEU D'UN BROUILLARD. – LE BALLON INATTENDU. – LES SIGNAUX. – VUE EXACTE DU « VICTORIA ». – LES PALMIERS. – TRACES D'UNE CARAVANE. – LE PUITS AU MILIEU DU DÉSERT.

Le lendemain, même pureté du ciel, même immobilité de l'atmosphère. Le *Victoria* s'éleva jusqu'à une hauteur de cinq cents pieds ; mais c'est à peine s'il se déplaça sensiblement dans l'ouest.

« Nous sommes en plein désert, dit le docteur. Voici l'immensité de sable ! Quel étrange spectacle ! Quelle singulière disposition de la nature ! Pourquoi là-bas cette végétation excessive, ici cette extrême aridité, et cela, par la même latitude, sous les mêmes rayons de soleil ?

– Le pourquoi, mon cher Samuel, m'inquiète peu, répondit Kennedy ; la raison me préoccupe moins que le fait. Cela est ainsi, voilà l'important.

– Il faut bien philosopher un peu, mon cher Dick ; cela ne peut pas faire de mal.

– Philosophons, je le veux bien ; nous en avons le temps ; à peine si nous marchons. Le vent a peur de souffler, il dort.

– Cela ne durera pas, dit Joe, il me semble apercevoir quelques bandes de nuages dans l'est.

– Joe a raison, répondit le docteur.

– Bon, fit Kennedy, est-ce que nous tiendrions notre nuage, avec une bonne pluie et un bon vent qu'il nous jetterait au visage ?

— Nous verrons bien, Dick, nous verrons bien.
— C'est pourtant vendredi, mon maître, et je me défie des vendredis.
— Eh bien ! j'espère qu'aujourd'hui même tu reviendras de tes préventions.
— Je le désire, monsieur. Ouf ! fit-il en s'épongeant le visage, la chaleur est une bonne chose, en hiver surtout ; mais en été, il ne faut pas en abuser.
— Est-ce que tu ne crains pas l'ardeur du soleil pour notre ballon ? demanda Kennedy au docteur.
— Non ; la gutta-percha dont le taffetas est enduit supporte les températures beaucoup plus élevées. Celle à laquelle je l'ai soumise intérieurement au moyen du serpentin a été quelquefois de cent cinquante-huit degrés[1], et l'enveloppe ne paraît pas avoir souffert.
— Un nuage ! un vrai nuage ! » s'écria en ce moment Joe, dont la vue perçante défiait toutes les lunettes.

En effet, une bande épaisse et maintenant distincte s'élevait lentement au-dessus de l'horizon ; elle paraissait profonde et comme boursouflée ; c'était un amoncellement de petits nuages qui conservaient invariablement leur forme première, d'où le docteur conclut qu'il n'existait aucun courant d'air dans leur agglomération.

Cette masse compacte avait paru vers huit heures du matin, et à onze heures seulement, elle atteignait le disque du soleil, qui disparut tout entier derrière cet épais rideau ; à ce moment même, la bande inférieure du nuage abandonnait la ligne de l'horizon qui éclatait en pleine lumière.

« Ce n'est qu'un nuage isolé, dit le docteur, il ne faut pas trop compter sur lui. Regarde, Dick, sa forme est encore exactement celle qu'il avait ce matin.
— En effet, Samuel, il n'y a là ni pluie ni vent, pour nous du moins.
— C'est à craindre, car il se maintient à une très grande hauteur.
— Eh bien ! Samuel, si nous allions chercher ce nuage qui ne veut pas crever sur nous ?

---

[1]. 70° centigrades.

— J'imagine que cela ne servira pas à grand-chose, répondit le docteur ; ce sera une dépense de gaz et par conséquent d'eau plus considérable. Mais, dans notre situation, il ne faut rien négliger ; nous allons monter. »

Le docteur poussa toute grande la flamme du chalumeau dans les spirales du serpentin ; une violente chaleur se développa, et bientôt le ballon s'éleva sous l'action de son hydrogène dilaté.

A quinze cents pieds environ du sol, il rencontra la masse opaque du nuage, et entra dans un épais brouillard, se maintenant à cette élévation ; mais il n'y trouva pas le moindre souffle de vent ; ce brouillard paraissait même dépourvu d'humidité, et les objets exposés à son contact furent à peine humectés. Le *Victoria*, enveloppé dans cette vapeur, y gagna peut-être une marche plus sensible, mais ce fut tout.

Le docteur constatait avec tristesse le médiocre résultat obtenu par sa manœuvre, quand il entendit Joe s'écrier avec les accents de la plus vive surprise :

« Ah ! par exemple !

— Qu'est-ce donc, Joe ?

— Mon maître ! monsieur Kennedy ! voilà qui est étrange !

— Qu'y a-t-il donc ?

— Nous ne sommes pas seuls ici ! il y a des intrigants ! On nous a volé notre invention !

— Devient-il fou ? » demanda Kennedy.

Joe représentait la statue de la stupéfaction ! Il restait immobile.

« Est-ce que le soleil aurait dérangé l'esprit de ce pauvre garçon ? dit le docteur en se tournant vers lui.

« Me diras-tu ?... dit-il.

— Mais voyez, monsieur, dit Joe en indiquant un point dans l'espace.

— Par saint Patrick ! s'écria Kennedy à son tour, ceci n'est pas croyable ! Samuel, vois donc !

— Je vois, répondit tranquillement le docteur.

— Un autre ballon ! d'autres voyageurs comme nous ! »

En effet, à deux cents pieds, un aérostat flottait dans l'air

Le ballon inattendu.

avec sa nacelle et ses voyageurs ; il suivait exactement la même route que le *Victoria*.

« Eh bien ! dit le docteur, il ne nous reste qu'à lui faire des signaux ; prends le pavillon, Kennedy, et montrons nos couleurs. »

Il paraît que les voyageurs du second aérostat avaient eu au même moment la même pensée, car le même drapeau répétait identiquement le même salut dans une main qui l'agitait de la même façon.

« Qu'est-ce que cela signifie ? demanda le chasseur.

— Ce sont des singes, s'écria Joe, ils se moquent de nous !

— Cela signifie, répondit Fergusson en riant, que c'est toi-même qui te fais ce signal, mon cher Dick ; cela veut dire que nous-mêmes nous sommes dans cette seconde nacelle, et que ce ballon est tout bonnement notre *Victoria*.

— Quant à cela, mon maître, sauf votre respect, dit Joe, vous ne me le ferez jamais croire.

— Monte sur le bord, Joe, agite tes bras, et tu verras. »

Joe obéit : il vit ses gestes exactement et instantanément reproduits.

« Ce n'est qu'un effet de mirage, dit le docteur, et pas autre chose ; un simple phénomène d'optique ; il est dû à la raréfaction inégale des couches de l'air, et voilà tout.

— C'est merveilleux ! répétait Joe, qui ne pouvait se rendre et multipliait ses expériences à tour de bras.

— Quel curieux spectacle ! reprit Kennedy. Cela fait plaisir de voir notre brave *Victoria* ! Savez-vous qu'il a bon air et se tient majestueusement ?

— Vous avez beau expliquer la chose à votre façon, répliqua Joe, c'est un singulier effet tout de même. »

Mais bientôt cette image s'effaça graduellement ; les nuages s'élevèrent à une plus grande hauteur, abandonnant le *Victoria*, qui n'essaya plus de le suivre, et, au bout d'une heure, ils disparurent en plein ciel.

Le vent, à peine sensible, sembla diminuer encore. Le docteur désespéré se rapprocha du sol.

Les voyageurs, que cet incident avait arrachés à leurs préoccupations, retombèrent dans de tristes pensées, accablés par une chaleur dévorante.

Vers quatre heures, Joe signala un objet en relief sur l'immense plateau de sable, et il put affirmer bientôt que deux palmiers s'élevaient à une distance peu éloignée.

« Des palmiers ! dit Fergusson, mais il y a donc une fontaine, un puits ? »

Il prit une lunette et s'assura que les yeux de Joe ne le trompaient pas.

« Enfin, répéta-t-il, de l'eau ! de l'eau ! et nous sommes sauvés, car, si peu que nous marchions, nous avançons toujours et nous finirons par arriver !

– Eh bien, monsieur ! dit Joe, si nous buvions en attendant ? L'air est vraiment étouffant.

– Buvons, mon garçon. »

Personne ne se fit prier. Une pinte entière y passa, ce qui réduisit la provision à trois pintes et demie seulement.

« Ah ! cela fait du bien ! fit Joe. Que c'est bon ! Jamais bière de Perkins ne m'a fait autant de plaisir.

– Voilà les avantages de la privation, répondit le docteur.

– Ils sont faibles, en somme, dit le chasseur, et quand je devrais ne jamais éprouver de plaisir à boire de l'eau, j'y consentirais à la condition de n'en être jamais privé. »

A six heures, le *Victoria* planait au-dessus des palmiers.

C'étaient deux maigres arbres, chétifs, desséchés, deux spectres d'arbres sans feuillage, plus morts que vivants. Fergusson les considéra avec effroi.

A leur pied, on distinguait les pierres à demi rongées d'un puits ; mais ces pierres, effritées sour les ardeurs du soleil, semblaient ne former qu'une impalpable poussière. Il n'y avait pas apparence d'humidité. Le cœur de Samuel se serra, et il allait faire part de ses craintes à ses compagnons, quand les exclamations de ceux-ci attirèrent son attention.

A perte de vue dans l'ouest s'étendait une longue ligne d'ossements blanchis ; des fragments de squelettes entouraient la fontaine ; une caravane avait poussé jusque-là, marquant son passage par ce long ossuaire ; les plus faibles étaient tombés peu à peu sur le sable ; les plus forts, parvenus à cette source tant désirée, avaient trouvé sur ses bords une mort horrible.

Les voyageurs se regardèrent en pâlissant.

« Ne descendons pas, dit Kennedy, fuyons ce hideux spectacle ! Il n'y a pas là une goutte d'eau à recueillir.

– Non pas, Dick, il faut en avoir la conscience nette. Autant passer la nuit ici qu'ailleurs. Nous fouillerons ce puits jusqu'au fond ; il y a eu là une source ; peut-être en reste-t-il quelque chose. »

Le *Victoria* prit terre ; Joe et Kennedy mirent dans la nacelle un poids de sable équivalent au leur et ils descendirent. Ils coururent au puits et pénétrèrent à l'intérieur par un escalier qui n'était plus que poussière. La source paraissait tarie depuis de longues années. Ils creusèrent dans un sable sec et friable, le plus aride des sables ; il n'y avait pas trace d'humidité.

Le docteur les vit remonter à la surface du désert, suants, défaits, couverts d'une poussière fine, abattus, découragés, désespérés.

Il comprit l'inutilité de leurs recherches ; il s'y attendait, il ne dit rien. Il sentait qu'à partir de ce moment il devrait avoir du courage et de l'énergie pour trois.

Joe rapportait les fragments d'une outre racornie, qu'il jeta avec colère au milieu des ossements dispersés sur le sol.

Pendant le souper, pas une parole ne fut échangée entre les voyageurs ; ils mangeaient avec répugnance.

Et pourtant, ils n'avaient pas encore véritablement enduré les tourments de la soif, et ils ne se désespéraient que pour l'avenir.

XXVI

CENT TREIZE DEGRÉS. - RÉFLEXIONS DU DOCTEUR. - RECHERCHE DÉSESPÉRÉE. - LE CHALUMEAU S'ÉTEINT. - CENT VINGT-DEUX DEGRÉS. - LA CONTEMPLATION DU DÉSERT. - UNE PROMENADE DANS LA NUIT. - SOLITUDE. - DÉFAILLANCE. - PROJETS DE JOE. - IL SE DONNE UN JOUR ENCORE.

La route parcourue par le *Victoria* pendant la journée précédente n'excédait pas dix milles, et, pour se maintenir, on avait dépensé cent soixante-deux pieds cubes de gaz.

Le samedi matin, le docteur donna le signal du départ.

« Le chalumeau ne peut plus marcher que six heures, dit-il. Si dans six heures nous n'avons découvert ni un puits, ni une source, Dieu seul sait ce que nous deviendrons.

– Peu de vent ce matin, maître ! dit Joe, mais il se lèvera peut-être », ajouta-t-il en voyant la tristesse mal dissimulée de Fergusson.

Vain espoir ! Il faisait dans l'air un calme plat, un de ces calmes qui dans les mers tropicales enchaînent obstinément les navires. La chaleur devint intolérable, et le thermomètre à l'ombre, sous la tente, marqua cent treize degrés[1].

Joe et Kennedy, étendus l'un près de l'autre, cherchaient sinon dans le sommeil, au moins dans la torpeur, l'oubli de la situation. Une inactivité forcée leur faisait de pénibles loisirs. L'homme est plus à plaindre qui ne peut s'arracher à sa pensée par un travail ou une occupation matérielle ; mais ici, rien à surveiller ; à tenter, pas davantage ; il fallait subir la situation sans pouvoir l'améliorer.

Les souffrances de la soif commencèrent à se faire sentir cruellement ; l'eau-de-vie, loin d'apaiser ce besoin impérieux, l'accroissait au contraire, et méritait bien ce nom de « lait de tigres » que lui donnent les naturels de l'Afrique. Il restait à peine deux pintes d'un liquide échauffé. Chacun couvait du regard ces quelques gouttes si précieuses, et personne n'osait y tremper ses lèvres. Deux pintes d'eau, au milieu d'un désert !

---

1. 45° centigrades.

Alors le docteur Fergusson, plongé dans ses réflexions, se demanda s'il avait prudemment agi. N'aurait-il pas mieux valu conserver cette eau qu'il avait décomposée en pure perte pour se maintenir dans l'atmosphère ? Il avait fait un peu de chemin sans doute, mais en était-il plus avancé ? Quand il se trouverait de soixante milles en arrière sous cette latitude, qu'importait, puisque l'eau lui manquait en ce lieu ? Le vent, s'il se levait enfin, soufflerait-il là-bas comme ici, moins vite ici même, s'il venait de l'est ! Mais l'espoir poussait Samuel en avant ! Et cependant, ces deux gallons d'eau dépensés en vain, c'était de quoi suffire à neuf jours de halte dans ce désert ! Et quels changements pouvaient se produire en neuf jours ! Peut-être aussi, tout en conservant cette eau, eût-il dû s'élever en jetant du lest, quitte à perdre du gaz pour redescendre après ! Mais le gaz de son ballon, c'était son sang, c'était sa vie !

Ces mille réflexions se heurtaient dans sa tête qu'il prenait dans ses mains, et pendant des heures entières il ne la relevait pas.

« Il faut faire un dernier effort ! se dit-il vers dix heures du matin. Il faut tenter une dernière fois de découvrir un courant atmosphérique qui nous emporte ! Il faut risquer nos dernières ressources. »

Et, pendant que ses compagnons sommeillaient, il porta à une haute température l'hydrogène de l'aérostat ; celui-ci s'arrondit sous la dilatation du gaz et monta droit dans les rayons perpendiculaires du soleil. Le docteur chercha vainement un souffle de vent depuis cent pieds jusqu'à cinq milles ; son point de départ demeura obstinément au-dessous de lui ; un calme absolu semblait régner jusqu'aux dernières limites de l'air respirable.

Enfin l'eau d'alimentation s'épuisa ; le chalumeau s'éteignit faute de gaz ; la pile de Bunsen cessa de fonctionner, et le *Victoria*, se contractant, descendit doucement sur le sable à la place même que la nacelle y avait creusée.

Il était midi ; le relèvement donna 19° 35' de longitude et 6° 51' de latitude, à près de cinq cents milles du lac Tchad, à plus de quatre cents milles des côtes occidentales de l'Afrique.

En prenant terre, Dick et Joe sortirent de leur pesante torpeur.

« Nous nous arrêtons, dit l'Écossais.

— Il le faut », répondit Samuel d'un ton grave.

Ses compagnons le comprirent. Le niveau du sol se trouvait alors au niveau de la mer, par suite de sa constante dépression ; aussi le ballon se maintint-il dans un équilibre parfait et une immobilité absolue.

Le poids des voyageurs fut remplacé par une charge équivalente de sable, et ils mirent pied à terre ; chacun s'absorba dans ses pensées, et, pendant plusieurs heures, ils ne parlèrent pas. Joe prépara le souper, composé de biscuit et de pemmican, auquel on toucha à peine ; une gorgée d'eau brûlante compléta ce triste repas.

Pendant la nuit, personne ne veilla, mais personne ne dormit. La chaleur fut étouffante. Le lendemain, il ne restait plus qu'une demi-pinte d'eau ; le docteur la mit en réserve, et on résolut de n'y toucher qu'à la dernière extrémité.

« J'étouffe, s'écria bientôt Joe, la chaleur redouble ! Cela ne m'étonne pas, dit-il après avoir consulté le thermomètre, cent quarante degrés[1] !

— Le sable vous brûle, répondit le chasseur, comme s'il sortait d'un four. Et pas un nuage dans ce ciel en feu ! C'est à devenir fou !

— Ne nous désespérons pas, dit le docteur ; à ces grandes chaleurs succèdent inévitablement des tempêtes sous cette latitude, et elles arrivent avec la rapidité de l'éclair ; malgré l'accablante sérénité du ciel, il peut s'y produire de grands changements en moins d'une heure.

— Mais enfin, reprit Kennedy, il y aurait quelque indice !

— Eh bien ! dit le docteur, il me semble que le baromètre a une légère tendance à baisser.

— Le Ciel t'entende ! Samuel, car nous voici cloués à ce sol comme un oiseau dont les ailes sont brisées.

— Avec cette différence pourtant, mon cher Dick, que nos ailes sont intactes, et j'espère bien qu'elles pourront nous servir encore.

---

1. 60° centigrades.

– Ah ! du vent ! du vent ! s'écria Joe. De quoi nous rendre à un ruisseau, à un puits, et il ne nous manquera rien ; nos vivres sont suffisants, et avec de l'eau nous attendrons un mois sans souffrir ! Mais la soif est une cruelle chose. »

La soif, mais aussi la contemplation incessante du désert fatiguait l'esprit ; il n'y avait pas un accident de terrain, pas un monticule de sable, pas un caillou pour arrêter le regard. Cette planité écœurait et donnait ce malaise qu'on appelle le mal du désert. L'impassibilité de ce bleu aride du ciel et de ce jaune immense du sable finissait par effrayer. Dans cette atmosphère incendiée, la chaleur paraissait vibrante, comme au-dessus d'un foyer incandescent ; l'esprit se désespérait à voir ce calme immense, et n'entrevoyait aucune raison pour qu'un tel état de choses vînt à cesser, car l'immensité est une sorte d'éternité.

Aussi les malheureux, privés d'eau sous cette température torride, commencèrent à ressentir des symptômes d'hallucination ; leurs yeux s'agrandissaient, leur regard devenait trouble.

Lorsque la nuit fut venue, le docteur résolut de combattre cette disposition inquiétante par une marche rapide ; il voulut parcourir cette plaine de sable pendant quelques heures, non pour chercher, mais pour marcher.

« Venez, dit-il à ses compagnons, croyez-moi, cela vous fera du bien.

– Impossible, répondit Kennedy, je ne pourrais faire un pas.

– J'aime encore mieux dormir, fit Joe.

– Mais le sommeil ou le repos vous seront funestes, mes amis. Réagissez donc contre cette torpeur. Voyons, venez. »

Le docteur ne put rien obtenir d'eux, et il partit seul au milieu de la transparence étoilée de la nuit. Ses premiers pas furent pénibles, les pas d'un homme affaibli et déshabitué de la marche ; mais il reconnut bientôt que cet exercice lui serait salutaire ; il s'avança de plusieurs milles dans l'ouest, et son esprit se réconfortait déjà, lorsque, tout d'un coup, il fut pris de vertige ; il se crut penché sur un abîme ; il sentit ses genoux plier ; cette vaste solitude l'effraya ; il était le

La nuit dans le désert.

point mathématique, le centre d'une circonférence infinie, c'est-à-dire, rien ! Le *Victoria* disparaissait entièrement dans l'ombre. Le docteur fut envahi par un insurmontable effroi, lui, l'impassible, l'audacieux voyageur ! Il voulut revenir sur ses pas, mais en vain ; il appela ! pas même un écho pour lui répondre, et sa voix tomba dans l'espace comme une pierre dans un gouffre sans fond. Il se coucha défaillant sur le sable, seul, au milieu des grands silences du désert.

A minuit, il reprenait connaissance entre les bras de son fidèle Joe ; celui-ci, inquiet de l'absence prolongée de son maître, s'était lancé sur ses traces nettement imprimées dans la plaine ; il l'avait trouvé évanoui.

« Qu'avez-vous eu, mon maître ? demanda-t-il.

— Ce ne sera rien, mon brave Joe ; un moment de faiblesse, voilà tout.

— Ce ne sera rien, en effet, monsieur ; mais relevez-vous ; appuyez-vous sur moi, et regagnons le *Victoria*. »

Le docteur, au bras de Joe, reprit la route qu'il avait suivie.

« C'était imprudent, monsieur, on ne s'aventure pas ainsi. Vous auriez pu être dévalisé, ajouta-t-il en riant. Voyons, monsieur, parlons sérieusement.

— Parle, je t'écoute !

— Il faut absolument prendre un parti. Notre situation ne peut pas durer plus de quelques jours encore, et si le vent n'arrive pas, nous sommes perdus. »

Le docteur ne répondit pas.

« Eh bien ! il faut que quelqu'un se dévoue au sort commun, et il est tout naturel que ce soit moi !

— Que veux-tu dire ? quel est ton projet ?

— Un projet bien simple : prendre des vivres, et marcher toujours devant moi jusqu'à ce que j'arrive quelque part, ce qui ne peut manquer. Pendant ce temps, si le Ciel vous envoie un vent favorable, vous ne m'attendrez pas, vous partirez. De mon côté, si je parviens à un village, je me tirerai d'affaire avec les quelques mots d'arabe que vous me donnerez par écrit, et je vous ramènerai du secours, ou j'y laisserai ma peau ! Que dites-vous de mon dessein ?

- Il est insensé, mais digne de ton brave cœur, Joe. Cela est impossible, tu ne nous quitteras pas.

- Enfin, monsieur, il faut tenter quelque chose ; cela ne peut vous nuire en rien, puisque, je vous le répète, vous ne m'attendrez pas, et, à la rigueur, je peux réussir !

- Non, Joe ! non ! ne nous séparons pas ! ce serait une douleur ajoutée aux autres. Il était écrit qu'il en serait ainsi, et il est très probablement écrit qu'il en sera autrement plus tard. Ainsi, attendons avec résignation.

- Soit, monsieur ; mais je vous préviens d'une chose : je vous donne encore un jour ; je n'attendrai pas davantage ; c'est aujourd'hui dimanche, ou plutôt lundi, car il est une heure du matin ; si mardi nous ne partons pas, je tenterai l'aventure ; c'est un projet irrévocablement décidé. »

Le docteur ne répondit pas ; bientôt il rejoignait la nacelle, et y prit place auprès de Kennedy. Celui-ci était plongé dans un silence absolu qui ne devait pas être le sommeil.

XXVII

CHALEUR EFFRAYANTE. - HALLUCINATIONS. - LES DERNIÈRES GOUTTES D'EAU. - NUIT DE DÉSESPOIR. - TENTATIVE DE SUICIDE. - LE SIMOUN. L'OASIS. - LION ET LIONNE.

Le premier soin du docteur fut, le lendemain, de consulter le baromètre. C'est à peine si la colonne de mercure avait subi une dépression appréciable.

« Rien ! se dit-il, rien ! »

Il sortit de la nacelle, et vint examiner le temps ; même chaleur, même pureté, même implacabilité.

« Faut-il donc désespérer ? » s'écria-t-il.

Joe ne disait mot, absorbé dans sa pensée, et méditant son projet d'exploration.

Kennedy se releva fort malade, et en proie à une surexcitation inquiétante. Il souffrait horriblement de la soif. Sa langue et ses lèvres tuméfiées pouvaient à peine articuler un son.

Il y avait encore là quelques gouttes d'eau ; chacun le savait, chacun y pensait et se sentait attiré vers elles ; mais personne n'osait faire un pas.

Ces trois compagnons, ces trois amis se regardaient avec des yeux hagards, avec un sentiment d'avidité bestiale, qui se décelait surtout chez Kennedy ; sa puissante organisation succombait plus vite à ces intolérables privations ; pendant toute la journée, il fut en proie au délire ; il allait et venait, poussant des cris rauques, se mordant les poings, prêt à s'ouvrir les veines pour en boire le sang.

« Ah ! s'écria-t-il ! pays de la soif ! tu serais bien nommé pays du désespoir ! »

Puis il tomba dans une prostration profonde ; on n'entendit plus que le sifflement de sa respiration entre ses lèvres altérées.

Vers le soir, Joe fut pris à son tour d'un commencement de folie ; cette vaste oasis de sable lui paraissait comme un étang immense, avec des eaux claires et limpides ; plus d'une fois il se précipita sur ce sol enflammé pour boire à même, et il se relevait la bouche pleine de poussière.

« Malédiction ! dit-il avec colère ! c'est de l'eau salée ! »

Alors, tandis que Fergusson et Kennedy demeuraient étendus sans mouvement, il fut saisi par l'invincible pensée d'épuiser les quelques gouttes d'eau mises en réserve. Ce fut plus fort que lui ; il s'avança vers la nacelle en se traînant sur les genoux, il couva des yeux la bouteille où s'agitait ce liquide, il y jeta un regard démesuré, il la saisit et la porta à ses lèvres.

En ce moment, ces mots : « A boire ! à boire ! » furent prononcés avec un accent déchirant.

C'était Kennedy qui se traînait près de lui ; le malheureux faisait pitié, il demandait à genoux, il pleurait.

Joe, pleurant aussi, lui présenta la bouteille, et jusqu'à la dernière goutte, Kennedy en épuisa le contenu.

« Merci », fit-il.

Mais Joe ne l'entendit pas ; il était comme lui retombé sur le sable.

Ce qui se passa pendant cette nuit affreuse, on l'ignore. Mais le mardi matin, sous ces douches de feu que versait le soleil, les infortunés sentirent leurs membres se dessécher peu à peu. Quand Joe voulut se lever, cela lui fut impossible ; il ne put mettre son projet à exécution.

Il jeta les yeux autour de lui. Dans la nacelle, le docteur accablé, les bras croisés sur la poitrine, regardait dans l'espace un point imaginaire avec une fixité idiote. Kennedy était effrayant ; il balançait la tête de droite et de gauche comme une bête féroce en cage.

Tout d'un coup, les regards du chasseur se portèrent sur sa carabine, dont la crosse dépassait le bord de la nacelle.

« Ah ! » s'écria-t-il en se relevant par un effort surhumain.

Il se précipita sur l'arme, éperdu, fou, et il en dirigea le canon vers sa bouche.

« Monsieur ! monsieur ! fit Joe, se précipitant sur lui.

– Laisse-moi ! va-t'en », dit en râlant l'Écossais. Tous les deux luttaient avec acharnement.

« Va-t'en, ou je te tue », répéta Kennedy.

Mais Joe s'accrochait à lui avec force ; ils se débattirent ainsi, sans que le docteur parût les apercevoir, et pendant près d'une minute ; dans la lutte, la carabine partit soudain ; au bruit de la détonation, le docteur se releva droit comme un spectre ; il regarda autour de lui.

Mais, tout d'un coup, voici que son regard s'anime, sa main s'étend vers l'horizon, et, d'une voix qui n'avait plus rien d'humain, il s'écrie :

« Là ! là ! là-bas ! »

Il y avait une telle énergie dans son geste, que Joe et Kennedy se séparèrent, et tous deux regardèrent.

La plaine s'agitait comme une mer en fureur par un jour de tempête ; des vagues de sable déferlaient les unes sur les autres au milieu d'une poussière intense ; une immense colonne venait du sud-est en tournoyant avec une extrême rapidité ; le soleil disparaissait derrière un nuage opaque dont l'ombre démesurée s'allongeait jusqu'au *Victoria* ; les grains de sable fin glissaient avec la facilité de molécules liquides, et cette marée montante gagnait peu à peu.

Un regard énergique d'espoir brilla dans les yeux de Fergusson.

« Le simoun ! s'écria-t-il.

– Le simoun ! répéta Joe sans trop comprendre.

– Tant mieux, s'écria Kennedy avec une rage désespérée ! tant mieux ! nous allons mourir !

– Tant mieux ! répliqua le docteur, nous allons vivre au contraire ! »

Il se mit à rejeter rapidement le sable qui lestait la nacelle.

Ses compagnons le comprirent enfin, se joignirent à lui, et prirent place à ses côtés.

« Et maintenant, Joe, dit le docteur, jette-moi en dehors une cinquantaine de livres de ton minerai ! »

Joe n'hésita pas, et cependant il éprouva quelque chose comme un regret rapide. Le ballon s'enleva.

« Il était temps », s'écria le docteur.

Le simoun arrivait en effet avec la rapidité de la foudre. Un peu plus le *Victoria* était écrasé, mis en pièces, anéanti. L'immense trombe allait l'atteindre ; il fut couvert d'une grêle de sable.

« Encore du lest ! cria le docteur à Joe.

– Voilà », répondit ce dernier en précipitant un énorme fragment de quartz.

Le *Victoria* monta rapidement au-dessus de la trombe ; mais, enveloppé dans l'immense déplacement d'air, il fut entraîné avec une vitesse incalculable au-dessus de cette mer écumante.

Samuel, Dick et Joe ne parlaient pas ; ils regardaient, ils espéraient, rafraîchis d'ailleurs par le vent de ce tourbillon.

A trois heures, la tourmente cessait ; le sable, en retombant, formait une innombrable quantité de monticules ; le ciel reprenait sa tranquillité première.

Le *Victoria*, redevenu immobile, planait en vue d'une oasis, île couverte d'arbres verts et remontée à la surface de cet océan.

« L'eau ! l'eau est là ! » s'écria le docteur.

Aussitôt, ouvrant la soupape supérieure, il donna passage

Un rugissement retentit.

à l'hydrogène, et descendit doucement à deux cents pas de l'oasis.

En quatre heures, les voyageurs avaient franchi un espace de deux cent quarante milles[1].

La nacelle fut aussitôt équilibrée, et Kennedy, suivi de Joe, s'élança sur le sol.

« Vos fusils ! s'écria le docteur, vos fusils, et soyez prudents. »

Dick se précipita sur sa carabine, et Joe s'empara de l'un des fusils. Ils s'avancèrent rapidement jusqu'aux arbres et pénétrèrent sous cette fraîche verdure qui leur annonçait des sources abondantes ; ils ne prirent pas garde à de larges piétinements, à des traces fraîches qui marquaient çà et là le sol humide.

Soudain, un rugissement retentit à vingt pas d'eux.

« Le rugissement d'un lion ! dit Joe.

— Tant mieux ! répliqua le chasseur exaspéré, nous nous battrons ! On est fort quand il ne s'agit que de se battre.

— De la prudence, monsieur Dick, de la prudence ! de la vie de l'un dépend la vie de tous. »

Mais Kennedy ne l'écoutait pas ; il s'avançait, l'œil flamboyant, la carabine armée, terrible dans son audace. Sous un palmier, un énorme lion à crinière noire se tenait dans une posture d'attaque. A peine eut-il aperçu le chasseur qu'il bondit ; mais il n'avait pas touché terre qu'une balle au cœur le foudroyait ; il tomba mort.

« Hourra ! hourra ! » s'écria Joe.

Kennedy se précipita vers le puits, glissa sur les marches humides, et s'étala devant une source fraîche, dans laquelle il trempa ses lèvres avidement ; Joe l'imita, et l'on entendit plus que ces clappements de langue des animaux qui se désaltèrent.

« Prenons garde, monsieur Dick, dit Joe en respirant. N'abusons pas ! »

Mais Dick, sans répondre, buvait toujours. Il plongeait sa tête et ses mains dans cette eau bienfaisante ; il s'enivrait.

« Et M. Fergusson ? » dit Joe.

---

[1]. Cent lieues.

Ce seul mot rappela Kennedy à lui-même ; il remplit une bouteille qu'il avait apportée, et s'élança sur les marches du puits.

Mais quelle fut sa stupéfaction ! Un corps opaque, énorme, en fermait l'ouverture. Joe, qui suivait Dick, dut reculer avec lui.

« Nous sommes enfermés !

— C'est impossible ! qu'est-ce que cela veut dire ?... »

Dick n'acheva pas ; un rugissement terrible lui fit comprendre à quel nouvel ennemi il avait affaire.

« Un autre lion ! s'écria Joe.

— Non pas, une lionne ! Ah ! maudite bête, attends », dit le chasseur en rechargeant prestement sa carabine.

Un instant après, il faisait feu, mais l'animal avait disparu.

« En avant ! s'écria-t-il.

— Non, monsieur Dick, non, vous ne l'avez pas tuée du coup ; son corps eût roulé jusqu'ici ; elle est là prête à bondir sur le premier d'entre nous qui paraîtra, et celui-là est perdu !

— Mais que faire ? Il faut sortir ! Et Samuel qui nous attend !

— Attirons l'animal ; prenez mon fusil, et passez-moi votre carabine.

— Quel est ton projet ?

— Vous allez voir. »

Joe, retirant sa veste de toile, la disposa au bout de l'arme et la présenta comme appât au-dessus de l'ouverture. La bête furieuse se précipita dessus ; Kennedy l'attendait au passage, et d'une balle il lui fracassa l'épaule. La lionne rugissante roula sur l'escalier, renversant Joe. Celui-ci croyait déjà sentir les énormes pattes de l'animal s'abattre sur lui, quand une seconde détonation retentit, et le docteur Fergusson apparut à l'ouverture, son fusil à la main et fumant encore.

Joe se releva prestement, franchit le corps de la bête, et passa à son maître la bouteille pleine d'eau.

La porter à ses lèvres, la vider à demi fut pour Fergusson l'affaire d'un instant, et les trois voyageurs remercièrent du fond du cœur la Providence qui les avait si miraculeusement sauvés.

XXVIII

SOIRÉE DÉLICIEUSE. – LA CUISINE DE JOE. – DISSERTATION SUR LA VIANDE CRUE. – HISTOIRE DE JAMES BRUCE. – LE BIVAC. – LES RÊVES DE JOE. – LE BAROMÈTRE BAISSE. – LE BAROMÈTRE REMONTE. – PRÉPARATIFS DE DÉPART. – L'OURAGAN.

La soirée fut charmante et se passa sous de frais ombrages de mimosas, après un repas réconfortant ; le thé et le grog n'y furent pas ménagés.

Kennedy avait parcouru ce petit domaine dans tous les sens, il en avait fouillé les buissons ; les voyageurs étaient les seuls être animés de ce paradis terrestre ; ils s'étendirent sur leurs couvertures et passèrent une nuit paisible, qui leur apporta l'oubli des douleurs passées.

Le lendemain, 7 mai, le soleil brillait de tout son éclat, mais ses rayons ne pouvaient traverser l'épais rideau d'ombrage. Comme il avait des vivres en suffisante quantité, le docteur résolut d'attendre en cet endroit un vent favorable.

Joe y avait transporté sa cuisine portative, et il se livrait à une foule de combinaisons culinaires, en dépensant l'eau avec une insouciante prodigalité.

« Quelle étrange succession de chagrins et de plaisirs ! s'écria Kennedy ; cette abondance après cette privation ! ce luxe succédant à cette misère ! Ah ! j'ai été bien près de devenir fou !

— Mon cher Dick, lui dit le docteur, sans Joe, tu ne serais pas là en train de discourir sur l'instabilité des choses humaines.

— Brave ami ! fit Dick en tendant la main à Joe.

— Il n'y a pas de quoi, répondit celui-ci. A charge de

revanche, monsieur Dick, en préférant toutefois que l'occasion ne se présente pas de me rendre la pareille !

— C'est une pauvre nature que la nôtre ! reprit Fergusson. Se laisser abattre pour si peu !

— Pour si peu d'eau, voulez-vous dire, mon maître ! Il faut que cet élément soit bien nécessaire à la vie !

— Sans doute, Joe, et les gens privés de manger résistent plus longtemps que les gens privés de boire.

— Je le crois ; d'ailleurs, au besoin, on mange ce qui se rencontre, même son semblable, quoique cela doive faire un repas à vous rester longtemps sur le cœur !

— Les sauvages ne s'en font pas faute, cependant, dit Kennedy.

— Oui, mais ce sont des sauvages, et qui sont habitués à manger de la viande crue ; voilà une coutume qui me répugnerait !

— Cela est assez répugnant, en effet, reprit le docteur, pour que personne n'ait ajouté foi aux récits des premiers voyageurs en Afrique ; ceux-ci rapportèrent que plusieurs peuplades se nourrissaient de viande crue, et on refusa généralement d'admettre le fait. Ce fut dans ces circonstances qu'il arriva une singulière aventure à James Bruce.

— Contez-nous cela, monsieur ; nous avons le temps de vous entendre, dit Joe en s'étalant voluptueusement sur l'herbe fraîche.

— Volontiers. James Bruce était un Écossais du comté de Stirling, qui, de 1768 à 1772, parcourut toute l'Abyssinie jusqu'au lac Tyana, à la recherche des sources du Nil ; puis, il revint en Angleterre, où il publia ses voyages en 1790 seulement. Ses récits furent accueillis avec une incrédulité extrême, incrédulité qui sans doute est réservée aux nôtres. Les habitudes des Abyssiniens semblaient si différentes des us et coutumes anglais, que personne ne voulait y croire. Entre autres détails, James Bruce avait avancé que les peuples de l'Afrique orientale mangeaient de la viande crue. Ce fait souleva tout le monde contre lui. Il pouvait en parler à son aise ! on n'irait point voir ! Bruce était un homme très courageux et très rageur. Ces doutes l'irritaient au suprême degré. Un jour, dans un salon d'Édimbourg, un Écossais

reprit en sa présence le thème des plaisanteries quotidiennes, et à l'endroit de la viande crue, il déclara nettement que la chose n'était ni possible ni vraie. Bruce ne dit rien ; il sortit, et rentra quelques instants après avec un beefsteack cru, saupoudré de sel et de poivre à la mode africaine. « Mon-
« sieur, dit-il à l'Écossais, en doutant d'une chose que j'ai
« avancée, vous m'avez fait une injure grave ; en la croyant
« impraticable, vous vous êtes complètement trompé. Et, pour
« le prouver à tous, vous allez manger tout de suite ce
« beefsteack cru, ou vous me rendrez raison de vos paro-
les. » L'Écossais eut peur, et il obéit non sans de fortes grimaces. Alors, avec le plus grand sang-froid, James Bruce ajouta : « En admettant même que la chose ne soit pas « vraie, monsieur, vous ne soutiendrez plus, du moins, « impossible. »

– Bien riposté, fit Joe. Si l'Écossais a pu attraper une indigestion, il n'a eu que ce qu'il méritait. Et si, à notre retour en Angleterre, on met notre voyage en doute...

– Eh bien ! que feras-tu ? Joe.

– Je ferai manger aux incrédules les morceaux du *Victoria*, sans sel et sans poivre ! »

Et chacun de rire des expédients de Joe. La journée se passa de la sorte, en agréables propos ; avec la force revenait l'espoir ; avec l'espoir, l'audace. Le passé s'effaçait devant l'avenir avec une providentielle rapidité.

Joe n'aurait jamais voulu quitter cet asile enchanteur ; c'était le royaume de ses rêves ; il se sentait chez lui ; il fallut que son maître lui en donnât le relèvement exact, et ce fut avec un grand sérieux qu'il inscrivit sur ses tablettes de voyage : 15° 43' de longitude et 8° 32' de latitude.

Kennedy ne regrettait qu'une seule chose, de ne pouvoir chasser dans cette forêt en miniature ; selon lui, la situation manquait un peu de bêtes féroces.

« Cependant, mon cher Dick, reprit le docteur, tu oublies promptement. Et ce lion, et cette lionne ?

– Ça ! fit-il avec le dédain du vrai chasseur pour l'animal abattu ! Mais, au fait, leur présence dans cette oasis peut

La sieste dans l'oasis.

faire supposer que nous ne sommes pas très éloignés de contrées plus fertiles.

— Preuve médiocre, Dick ; ces animaux-là, pressés par la faim ou la soif, franchissent souvent des distances considérables ; pendant la nuit prochaine, nous ferons même bien de veiller avec plus de vigilance et d'allumer des feux.

— Par cette température, fit Joe ! Enfin, si cela est nécessaire, on le fera. Mais j'éprouverai une véritable peine à brûler ce joli bois, qui nous a été si utile.

— Nous ferons surtout attention à ne pas l'incendier, répondit le docteur, afin que d'autres puissent y trouver quelque jour un refuge au milieu du désert !

— On y veillera, monsieur ; mais pensez-vous que cette oasis soit connue ?

— Certainement. C'est un lieu de halte pour les caravanes qui fréquentent le centre de l'Afrique, et leur visite pourrait bien ne pas te plaire, Joe.

— Est-ce qu'il y a encore par ici de ces affreux Nyam-Nyam ?

— Sans doute, c'est le nom général de toutes ces populations, et, sous le même climat, les mêmes races doivent avoir des habitudes pareilles.

— Pouah ! fit Joe ! Après tout, cela est bien naturel ! Si des sauvages avaient les goûts des gentlemen, où serait la différence ? Par exemple, voilà des braves gens qui ne se seraient pas fait prier pour avaler le beefsteack de l'Écossais, et même l'Écossais par-dessus le marché. »

Sur cette réflexion très sensée, Joe alla dresser ses bûchers pour la nuit, les faisant aussi minces que possible. Ces précautions furent heureusement inutiles, et chacun s'endormit tour à tour dans un profond sommeil.

Le lendemain, le temps ne changea pas encore ; il se maintenait au beau avec obstination. Le ballon demeurait immobile, sans qu'aucune oscillation ne vînt trahir un souffle de vent.

Le docteur recommençait à s'inquiéter : si le voyage devait ainsi se prolonger, les vivres seraient insuffisants. Après avoir failli succomber faute d'eau, en serait-on réduit à mourir de faim ?

Mais il reprit assurance en voyant le mercure baisser très sensiblement dans le baromètre ; il y avait des signes évidents d'un changement prochain dans l'atmosphère ; il résolut donc de faire ses préparatifs de départ pour profiter de la première occasion ; la caisse d'alimentation et la caisse à eau furent entièrement remplies toutes les deux.

Fergusson dut rétablir ensuite l'équilibre de l'aérostat, et Joe fut obligé de sacrifier une notable partie de son précieux minerai. Avec la santé, les idées d'ambition lui étaient revenues ; il fit plus d'une grimace avant d'obéir à son maître ; mais celui-ci lui démontra qu'il ne pouvait enlever un poids aussi considérable ; il lui donna à choisir entre l'eau ou l'or ; Joe n'hésita plus, et il jeta sur le sable une forte quantité de ses précieux cailloux.

« Voilà pour ceux qui viendront après nous, dit-il ; ils seront bien étonnés de trouver la fortune en pareil lieu.

— Eh ! fit Kennedy, si quelque savant voyageur vient à rencontrer ces échantillons ?...

— Ne doute pas, mon cher Dick, qu'il n'en soit fort surpris et qu'il ne publie sa surprise en nombreux in-folio ! Nous entendrons parler quelque jour d'un merveilleux gisement de quartz aurifère au milieu des sables de l'Afrique.

— Et c'est Joe qui en sera la cause. »

L'idée de mystifier peut-être quelque savant consola le brave garçon et le fit sourire.

Pendant le reste de la journée, le docteur attendit vainement un changement dans l'atmosphère. La température s'éleva et, sans les ombrages de l'oasis, elle eût été insoutenable. Le thermomètre marqua au soleil cent quarante-neuf degrés[1]. Une véritable pluie de feu traversait l'air. Ce fut la plus haute chaleur qui eût encore été observée.

Joe disposa comme la veille le bivac du soir, et, pendant les quarts du docteur et de Kennedy, il ne se produisit aucun incident nouveau.

Mais, vers trois heures du matin, Joe veillant, la tempéra-

---

[1]. 69° centigrades.

ture s'abaissa subitement, le ciel se couvrit de nuages, et l'obscurité augmenta.

« Alerte ! s'écria Joe en réveillant ses deux compagnons ! alerte ! voici le vent.

— Enfin ! dit le docteur en considérant le ciel, c'est une tempête ! Au *Victoria* ! au *Victoria* ! »

Il était temps d'y arriver. Le *Victoria* se courbait sous l'effort de l'ouragan et entraînait la nacelle qui rayait le sable. Si, par hasard, une partie du lest eût élé précipitée à terre, le ballon serait parti, et tout espoir de le retrouver eût été à jamais perdu.

Mais le rapide Joe courut à toutes jambes et arrêta la nacelle, tandis que l'aérostat se couchait sur le sable au risque de se déchirer. Le docteur prit sa place habituelle, alluma son chalumeau, et jeta l'excès de poids.

Les voyageurs regardèrent une dernière fois les arbres de l'oasis qui pliaient sous la tempête, et bientôt, ramassant le vent d'est à deux cents pieds du sol, ils disparurent dans la nuit.

XXIX

SYMPTÔMES DE VÉGÉTATION. – IDÉE FANTAISISTE D'UN AUTEUR FRANÇAIS. – PAYS MAGNIFIQUE. – LE ROYAUME D'ADAMOVA. – LES EXPLORATIONS DE SPEKE ET BURTON RELIÉES À CELLES DE BARTH. – LES MONTS ATLANTIKA. – LE FLEUVE BENOUÉ. – LA VILLA D'YOLA. – LE BAGÉLÉ. – LE MONT MENDIF.

Depuis le moment de leur départ, les voyageurs marchèrent avec une grande rapidité ; il leur tardait de quitter ce désert qui avait failli leur être si funeste.

Vers neuf heures un quart du matin, quelques symptômes de végétation furent entrevus, herbes flottant sur cette mer de sable, et leur annonçant, comme à Christophe Colomb, la proximité de la terre ; des pousses vertes pointaient timidement entre des cailloux qui allaient eux-mêmes redevenir les rochers de cet Océan.

Des collines encore peu élevées ondulaient à l'horizon ; leur profil, estompé par la brume, se dessinait vaguement ; la monotonie disparaissait.

Le docteur saluait avec joie cette contrée nouvelle, et, comme un marin en vigie, il était sur le point de s'écrier :

« Terre ! terre ! »

Une heure plus tard, le continent s'étalait sous ses yeux, d'un aspect encore sauvage, mais moins plat, moins nu, quelques arbres se profilaient sur le ciel gris.

« Nous sommes donc en pays civilisé ? dit le chasseur.

— Civilisé ? monsieur Dick ; c'est une manière de parler ; on ne voit pas encore d'habitants.

— Ce ne sera pas long, répondit Fergusson, au train dont nous marchons.

— Est-ce que nous sommes toujours dans le pays des Nègres, monsieur Samuel ?

— Toujours, Joe, en attendant le pays des Arabes.

— Des Arabes, monsieur, de vrais Arabes, avec leurs chameaux ?

— Non, sans chameaux ; ces animaux sont rares, pour ne pas dire inconnus dans ces contrées ; il faut remonter quelques degrés au nord pour les rencontrer.

— C'est fâcheux.

— Et pourquoi, Joe ?

— Parce que, si le vent devenait contraire, ils pourraient nous servir.

— Comment ?

— Monsieur, c'est une idée qui me vient : on pourrait les atteler à la nacelle et se faire remorquer par eux. Qu'en dites-vous ?

— Mon pauvre Joe, cette idée, un autre l'a eue avant toi ; elle a été exploitée par un très spirituel auteur français[1]... dans un roman, il est vrai. Des voyageurs se font traîner en ballon par des chameaux ; arrive un lion qui dévore les

---

1. M. Méry.

chameaux, avale la remorque, et traîne à leur place ; ainsi de suite. Tu vois que tout ceci est de la haute fantaisie, et n'a rien de commun avec notre genre de locomotion. »

Joe, un peu humilié à la pensée que son idée avait déjà servi, chercha quel animal aurait pu dévorer le lion ; mais il ne trouva pas et se remit à examiner le pays.

Un lac d'une moyenne étendue s'étendait sous ses regards, avec un amphithéâtre de collines qui n'avaient pas encore le droit de s'appeler des montagnes ; là, serpentaient des vallées nombreuses et fécondes, et leurs inextricables fouillis d'arbres les plus variés ; l'élaïs dominait cette masse, portant des feuilles de quinze pieds de longueur sur sa tige hérissée d'épines aiguës ; le bombax chargeait le vent à son passage du fin duvet de ses semences ; les parfums actifs du pendanus, ce « kenda » des Arabes, embaumaient les airs jusqu'à la zone que traversait le *Victoria* ; le papayer aux feuilles palmées, le sterculier qui produit la noix du Soudan, le baobab et les bananiers complétaient cette flore luxuriante des régions intertropicales.

« Le pays est superbe, dit le docteur.

— Voici les animaux, fit Joe ; les hommes ne sont pas loin.

— Ah ! les magnifiques éléphants ! s'écria Kennedy. Est-ce qu'il n'y aurait pas moyen de chasser un peu ?

— Et comment nous arrêter, mon cher Dick, avec un courant de cette violence ? Non, goûte un peu le supplice de Tantale ! Tu te dédommageras plus tard. »

Il y avait de quoi, en effet, exciter l'imagination d'un chasseur ; le cœur de Dick bondissait dans sa poitrine, et ses doigts se crispaient sur la crosse de son Purdey.

La faune de ce pays en valait la flore. Le bœuf sauvage se vautrait dans une herbe épaisse sous laquelle il disparaissait tout entier ; des éléphants gris, noirs ou jaunes, de la plus grande taille, passaient comme une trombe au milieu des forêts, brisant, rongeant, saccageant, marquant leur passage par une dévastation ; sur le versant boisé des collines suintaient des cascades et des cours d'eau entraînés vers le nord ; là, les hippopotames se baignaient à grand bruit, et des lamantins de douze pieds de long, au corps pisciforme, s'étalaient sur les rives, en dressant vers le ciel leurs rondes mamelles gonflées de lait.

C'était toute une ménagerie rare dans une serre merveilleuse, où des oiseaux sans nombre et de mille couleurs chatoyaient à travers les plantes arborescentes.

A cette prodigalité de la nature, le docteur reconnut le superbe royaume d'Adamova.

« Nous empiétons, dit-il, sur les découvertes modernes ; j'ai repris la piste interrompue des voyageurs ; c'est une heureuse fatalité, mes amis ; nous allons pouvoir rattacher les travaux des capitaines Burton et Speke aux explorations du docteur Barth ; nous avons quitté des Anglais pour retrouver un Hambourgeois, et bientôt nous arriverons au point extrême atteint par ce savant audacieux.

— Il me semble, dit Kennedy, qu'entre ces deux explorations, il y a une vaste étendue de pays, si j'en juge par le chemin que nous avons fait.

— C'est facile à calculer ; prends la carte et vois quelle est la longitude de la pointe méridionale du lac Ukéréoué atteinte par Speke.

— Elle se trouve à peu près sur le trente-septième degré.

— Et la ville d'Yola, que nous relèverons ce soir, et à laquelle Barth parvint, comment est-elle située ?

— Sur le douzième degré de longitude environ.

— Cela fait donc vingt-cinq degrés ; à soixante milles chaque, soit quinze cents milles[1].

— Un joli bout de promenade, fit Joe, pour les gens qui iraient à pied.

— Cela se fera cependant. Livingstone et Moffat montent toujours vers l'intérieur ; le Nyassa, qu'ils ont découvert, n'est pas très éloigné du lac Tanganayka, reconnu par Burton ; avant la fin du siècle, ces contrées immenses seront certainement explorées. Mais, ajouta le docteur en consultant sa boussole, je regrette que le vent nous porte tant à l'ouest ; j'aurais voulu remonter au nord. »

Après douze heures de marche, le *Victoria* se trouva sur les confins de la Nigritie. Les premiers habitants de cette

---

1. Six cent vingt-cinq lieues.

terre, des Arabes Chouas, paissaient leurs troupeaux nomades. Les vastes sommets des monts Atlantika passaient par-dessus l'horizon, montagnes que nul pied européen n'a encore foulées, et dont l'altitude est estimée à treize cents toises environ. Leur pente occidentale détermine l'écoulement de toutes les eaux de cette partie de l'Afrique vers l'Océan ; ce sont les montagnes de la Lune de cette région.

Enfin, un vrai fleuve apparut aux yeux des voyageurs, et, aux immenses fourmilières qui l'avoisinaient, le docteur reconnut le Bénoué, l'un des grands affluents du Niger, celui que les indigènes ont nommé la « Source des eaux ».

« Ce fleuve, dit le docteur à ses compagnons, deviendra un jour la voie naturelle de communication avec l'intérieur de la Nigritie ; sous le commandement de l'un de nos braves capitaines, le steamboat *La Pléiade* l'a déjà remonté jusqu'à la ville d'Yola ; vous voyez que nous sommes en pays de connaissance. »

De nombreux esclaves s'occupaient des travaux des champs, cultivant le sorgho, sorte de millet qui forme la base de leur alimentation ; les plus stupides étonnements se succédaient au passage du *Victoria*, qui filait comme un météore. Le soir, il s'arrêtait à quarante milles d'Yola, et devant lui, mais au loin, se dressaient les deux cônes aigus du mont Mendif.

Le docteur fit jeter les ancres, et s'accrocha au sommet d'un arbre élevé ; mais un vent très dur ballottait le *Victoria* jusqu'à le coucher horizontalement, et rendait parfois la position de la nacelle extrêmement dangereuse. Fergusson ne ferma pas l'œil de la nuit ; souvent il fut sur le point de couper le câble d'attache et de fuir devant la tourmente. Enfin la tempête se calma, et les oscillations de l'aérostat n'eurent plus rien d'inquiétant.

Le lendemain, le vent se montra plus modéré, mais il éloignait les voyageurs de la ville d'Yola, qui, nouvellement reconstruite par les Foullannes, excitait la curiosité de Fergusson ; néanmoins il fallut se résigner à s'élever dans le nord, et même un peu dans l'est.

Kennedy proposa de faire une halte dans ce pays de chasse ; Joe prétendait que le besoin de viande fraîche se

Le cratère du mont Mendif.

faisait sentir ; mais les mœurs sauvages de ce pays, l'attitude de la population, quelques coups de fusil tirés dans la direction du *Victoria* engagèrent le docteur à continuer son voyage. On traversait alors une contrée, théâtre de massacres et d'incendies, où les luttes guerrières sont incessantes, et dans lesquelles les sultans jouent leur royaume au milieu des plus atroces carnages.

Des villages nombreux, populeux, à longues cases, s'étendaient entre les grands pâturages, dont l'herbe épaisse était semée de fleurs violettes ; les huttes, semblables à de vastes ruches, s'abritaient derrière des palissades hérissées. Les versants sauvages des collines rappelaient les « glen » des hautes terres d'Écosse, et Kennedy en fit plusieurs fois la remarque.

En dépit de ses efforts, le docteur portait en plein dans le nord-est, vers le mont Mendif, qui disparaissait au milieu des nuages ; les hauts sommets de ces montagnes séparent le bassin du Niger du bassin du lac Tchad.

Bientôt apparut le Bagelé, avec ses dix-huit villages accrochés à ses flancs, comme toute une nichée d'enfants au sein de leur mère, magnifique spectacle pour des regards qui dominaient et saisissaient cet ensemble ; les ravins se montraient couverts de champs de riz et d'arachides.

A trois heures le *Victoria* se trouvait en face du mont Mendif. On n'avait pu l'éviter, il fallut le franchir. Le docteur, au moyen d'une température qu'il accrut de cent quatre-vingts degrés[1], donna au ballon une nouvelle force ascensionnelle de près de seize cents livres ; il s'éleva à plus de huit mille pieds. Ce fut la plus grande élévation obtenue pendant le voyage, et la température s'abaissa tellement que le docteur et ses compagnons durent recourir à leurs couvertures.

Fergusson eut hâte de descendre, car l'enveloppe de l'aérostat se tendait à rompre ; il eut le temps de constater cependant l'origine volcanique de la montagne, dont les cratères éteints ne sont plus que de profonds abîmes. De grandes agglomérations de fientes d'oiseaux donnaient aux

---

1. 100° centigrades.

flancs du Mendif l'apparence de roches calcaires, et il y avait là de quoi fumer les terres de tout le Royaume-Uni.

A cinq heures, le *Victoria*, abrité des vents du sud, longeait doucement les pentes de la montagne, et s'arrêtait dans une vaste clairière éloignée de toute habitation ; dès qu'il eut touché le sol, les précautions furent prises pour l'y retenir fortement, et Kennedy, son fusil à la main, s'élança dans la plaine inclinée ; il ne tarda pas à revenir avec une demi-douzaine de canards sauvages et une sorte de bécassine, que Joe accommoda de son mieux. Le repas fut agréable, et la nuit se passa dans un repos profond.

XXX

MOSFEIA. - LE CHEIK. - DENHAM, CLAPPERTON, OUDNEY. - VOGEL. - LA CAPITALE DU LOGGOUM. - TOOLE. - CALME AU-DESSUS DU KERNAK. - LE GOUVERNEUR ET SA COUR. - L'ATTAQUE. - LES PIGEONS INCENDIAIRES.

Le lendemain, 11 mai, le *Victoria* reprit sa course aventureuse ; les voyageurs avaient en lui la confiance d'un marin pour son navire.

D'ouragans terribles, de chaleurs tropicales, de départs dangereux, de descentes plus dangereuses encore, il s'était partout et toujours tiré avec bonheur. On peut dire que Fergusson le guidait d'un geste ; aussi, sans connaître le point d'arrivée, le docteur n'avait plus de craintes sur l'issue du voyage. Seulement, dans ce pays de barbares et de fanatiques, la prudence l'obligeait à prendre les plus sévères précautions ; il recommanda donc à ses compagnons d'avoir l'œil ouvert à tout venant et à toute heure.

Le vent les ramenait un peu plus au nord, et vers neuf heures, ils entrevirent la grande ville de Mosfeia, bâtie sur une éminence encaissée elle-même entre deux hautes montagnes ; elle était située dans une position inexpugnable ; une route étroite entre un marais et un bois y donnait seule accès.

En ce moment, un cheik, accompagné d'une escorte à cheval, revêtu de vêtements aux couleurs vives, précédé de joueurs de trompette et de coureurs qui écartaient les branches sur son passage, faisait son entrée dans la ville.

Le docteur descendit, afin de contempler ces indigènes de plus près ; mais, à mesure que le ballon grossissait à leurs yeux, les signes d'une profonde terreur se manifestèrent, et ils ne tardèrent pas à détaler de toute la vitesse de leurs jambes ou de celles de leurs chevaux.

Seul, le cheik ne bougea pas ; il prit son long mousquet, l'arma et attendit fièrement. Le docteur s'approcha à cent cinquante pieds à peine, et, de sa plus belle voix, il lui adressa le salut en arabe.

Mais, à ces paroles descendues du ciel, le cheik mit pied à terre, se prosterna sur la poussière du chemin, et le docteur ne put le distraire de son adoration.

« Il est impossible, dit-il, que ces gens-là ne nous prennent pas pour des êtres surnaturels, puisque, à l'arrivée des premiers Européens parmi eux, ils les crurent d'une race surhumaine. Et quand ce cheik parlera de cette rencontre il ne manquera pas d'amplifier le fait avec toutes les ressources d'une imagination arabe. Jugez donc un peu de ce que les légendes feront de nous quelque jour.

– Ce sera peut-être fâcheux, répondit le chasseur ; au point de vue de la civilisation, il vaudrait mieux passer pour de simples hommes ; cela donnerait à ces Nègres une bien autre idée de la puissance européenne.

– D'accord, mon cher Dick, mais que pouvons-nous y faire ? Tu expliquerais longuement aux savants du pays le mécanisme d'un aérostat, qu'ils ne sauraient te comprendre, et admettraient toujours là une intervention surnaturelle.

– Monsieur, demanda Joe, vous avez parlé des premiers Européens qui ont exploré ce pays ; quels sont-ils donc, s'il vous plaît ?

– Mon cher garçon, nous sommes précisément sur la route du major Denham ; c'est à Mosfeia même qu'il fut reçu par le sultan du Mandara ; il avait quitté le Bornou, il accompagnait le cheik dans une expédition contre les Fellatahs, il assista à l'attaque de la ville, qui résista bravement avec ses flèches aux balles arabes et mit en fuite les troupes du cheik ; tout cela n'était que prétexte à meurtres, à pillages, à razzias ; le major fut complètement dépouillé, mis à nu, et sans un cheval sous le ventre duquel il se glissa et qui lui permit de fuir les vainqueurs par son galop effréné, il ne fût jamais rentré dans Kouka, la capitale du Bornou.

– Mais quel était ce major Denham ?

– Un intrépide Anglais, qui de 1822 à 1824 commanda une expédition dans le Bornou en compagnie du capitaine Clapperton et du docteur Oudney. Ils partirent de Tripoli au mois de mars, parvinrent à Mourzouk, la capitale du Fezzan, et, suivant le chemin que plus tard devait prendre le docteur Barth pour revenir en Europe, ils arrivèrent le 16 février 1823 à Kouka, près du lac Tchad. Denham fit diverses explorations dans le Bornou, dans le Mandara, et aux rives orientales du lac ; pendant ce temps, le 15 décembre 1823, le capitaine Clapperton et le docteur Oudney s'enfonçaient dans le Soudan jusqu'à Sackatou, et Oudney mourait de fatigue et d'épuisement dans la ville de Murmur.

– Cette partie de l'Afrique, demanda Kennedy, a donc payé un large tribut de victimes à la science ?

– Oui, cette contrée est fatale ! Nous marchons directement vers le royaume de Barghimi, que Vogel traversa en 1856 pour pénétrer dans le Wadaï, où il a disparu. Ce jeune homme, à vingt-trois ans, était envoyé pour coopérer aux travaux du docteur Barth ; ils se rencontrèrent tous deux le 1er décembre 1854 ; puis Vogel commença les explorations du pays ; vers 1856, il annonça dans ses dernières lettres son intention de reconnaître le royaume du Wadaï, dans lequel aucun Européen n'avait encore pénétré ; il paraît qu'il parvint jusqu'à Wara, la capitale, où il fut fait prisonnier suivant les uns, mis à mort suivant les autres, pour avoir tenté l'ascension d'une montagne sacrée des environs ; mais il ne faut pas admettre légèrement la mort des voyageurs, car cela dispense d'aller à leur recherche ; ainsi, que de fois

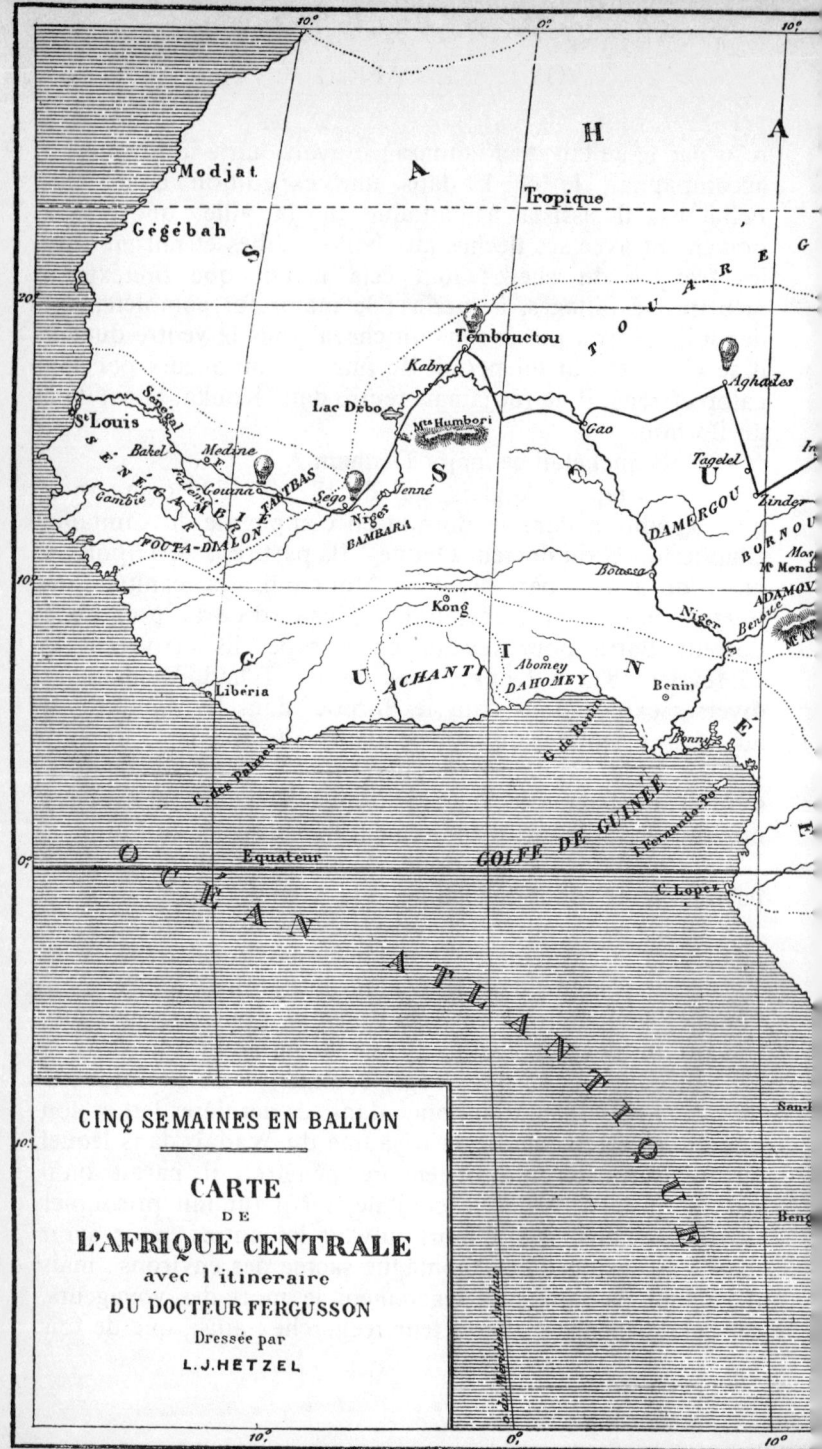

la mort du docteur Barth n'a-t-elle pas été officiellement répandue, ce qui lui a causé souvent une légitime irritation ! Il est donc fort possible que Vogel soit retenu prisonnier par le sultan du Wadaï, qui espère le rançonner. Le baron de Neimans se mettait en route pour le Wadaï, quand il mourut au Caire en 1855. Nous savons maintenant que M. de Heuglin, avec l'expédition envoyée de Leipzig, s'est lancé sur les traces de Vogel. Ainsi nous devrons être prochainement fixés sur le sort de ce jeune et intéressant voyageur[1]. »

Mosfeia avait depuis longtemps déjà disparu à l'horizon. Le Mandara développait sous les regards des voyageurs son étonnante fertilité avec ses forêts d'acacias, de locustes aux fleurs rouges, et les plantes herbacées des champs de cotonniers et d'indigotiers ; le Shari, qui va se jeter quatre-vingts milles plus loin dans le Tchad, roulait son cours impétueux.

Le docteur le fit suivre à ses compagnons sur les cartes de Barth.

« Vous voyez, dit-il, que les travaux de ce savant sont d'une extrême précision ; nous nous dirigeons droit sur le district du Loggoum, et peut-être même sur Kernak, sa capitale. C'est là que mourut le pauvre Toole, à peine âgé de vingt-deux ans : c'était un jeune Anglais, enseigne au 80e régiment, qui avait depuis quelques semaines rejoint le major Denham en Afrique, et il ne tarda pas à y rencontrer la mort. Ah ! l'on peut appeler justement cette immense contré le cimetière des Européens ! »

Quelques canots, longs de cinquante pieds, descendaient le cours du Shari ; le *Victoria*, à 1 000 pieds de terre, attirait peu l'attention des indigènes ; mais le vent, qui jusque-là soufflait avec une certaine force, tendit à diminuer.

« Est-ce que nous allons encore être pris par un calme plat ? dit le docteur

— Bon, mon maître ! nous n'aurons toujours ni le manque d'eau ni le désert à craindre.

— Non, mais des populations plus redoutables encore.

---

1. Depuis le départ du docteur, des lettres adressées d'El'Obeid par M. Munzinger, le nouveau chef de l'expédition, ne laissent malheureusement plus de doute sur la mort de Vogel.

- Voici, dit Joe, quelque chose qui ressemble à une ville.
- C'est Kernak. Les derniers souffles du vent nous y portent, et, si cela nous convient, nous pourrons en lever le plan exact.
- Ne nous rapprocherons-nous pas ? demanda Kennedy.
- Rien n'est plus facile, Dick ; nous sommes droit au-dessus de la ville ; permets-moi de tourner un peu le robinet du chalumeau, et nous ne tarderons pas à descendre. »

Le *Victoria,* une demi-heure après, se maintenait immobile à deux cents pieds du sol.

« Nous voici plus près de Kernak, dit le docteur, que ne le serait de Londres un homme juché dans la boule de Saint-Paul. Ainsi nous pouvons voir à notre aise.
- Quel est donc ce bruit de maillets que l'on entend de tous côtés ? »

Joe regarda attentivement, et vit que ce bruit était produit par les nombreux tisserands qui frappaient en plein air leurs toiles tendues sur de vastes troncs d'arbres.

La capitale du Loggoum se laissait saisir alors dans tout son ensemble, comme sur un plan déroulé ; c'était une véritable ville, avec des maisons alignées et des rues assez larges ; au milieu d'une vaste place se tenait un marché d'esclaves ; il y avait grande affluence de chalands, car les mandaraines, aux pieds et aux mains d'une extrême petitesse, sont fort recherchées et se placent avantageusement.

A la vue du *Victoria,* l'effet si souvent produit se reproduisit encore : d'abord des cris, puis une stupéfaction profonde ; les affaires furent abandonnées, les travaux suspendus ; le bruit cessa. Les voyageurs demeuraient dans une immobilité parfaite et ne perdaient pas un détail de cette populeuse cité ; ils descendirent même à soixante pieds du sol.

Alors le gouverneur de Loggoum sortit de sa demeure, déployant son étendard vert, et accompagné de ses musiciens qui soufflaient à tout rompre, excepté leurs poumons, dans de rauques cornes de buffle. La foule se rassembla autour de lui. Le docteur Fergusson voulut se faire entendre ; il ne put y parvenir.

Cette population au front haut, aux cheveux bouclés, au

nez presque aquilin, paraissait fière et intelligente ; mais la présence du *Victoria* la troublait singulièrement ; on voyait des cavaliers courir dans toutes les directions ; bientôt il devint évident que les troupes du gouverneur se rassemblaient pour combattre un ennemi si extraordinaire. Joe eut beau déployer des mouchoirs de toutes les couleurs, il n'obtint aucun résultat.

Cependant le cheik, entouré de sa cour, réclama le silence et prononça un discours auquel le docteur ne put rien comprendre ; de l'arabe mêlé de baghirmi ; seulement il reconnut, à la langue universelle des gestes, une invitation expresse de s'en aller ; il n'eût pas mieux demandé, mais, faute de vent, cela devenait impossible. Son immobilité exaspéra le gouverneur, et ses courtisans se prirent à hurler pour obliger le monstre à s'enfuir.

C'étaient de singuliers personnages que ces courtisans, avec leurs cinq ou six chemises bariolées sur le corps ; ils avaient des ventres énormes, dont quelques-uns semblaient postiches. Le docteur étonna ses compagnons en leur apprenant que c'était la manière de faire sa cour au sultan. La rotondité de l'abdomen indiquait l'ambition des gens. Ces gros hommes gesticulaient et criaient, un d'entre eux surtout, qui devait être premier ministre, si son ampleur trouvait ici-bas sa récompense. La foule des Nègres unissait ses hurlements aux cris de la cour, répétant ses gesticulations à la manière des singes, ce qui produisait un mouvement unique et instantané de dix mille bras.

A ces moyens d'intimidation qui furent jugés insuffisants, s'en joignirent d'autres plus redoutables. Des soldats armés d'arcs et de flèches se rangèrent en ordre de bataille ; mais déjà le *Victoria* se gonflait et s'élevait tranquillement hors de leur portée. Le gouverneur, saisissant alors un mousquet, le dirigea vers le ballon. Mais Kennedy le surveillait, et, d'une balle de sa carabine, il brisa l'arme dans la main du cheik.

A ce coup inattendu, ce fut une déroute générale ; chacun rentra au plus vite dans sa case, et, pendant le reste du jour, la ville demeura absolument déserte.

La nuit vint. Le vent ne soufflait plus. Il fallut se résoudre à rester immobile à trois cents pieds du sol. Pas un feu ne

Le gouverneur de Loggoum.

brillait dans l'ombre ; il régnait un silence de mort. Le docteur redoubla de prudence ; ce calme pouvait cacher un piège.

Et Fergusson eut raison de veiller. Vers minuit, toute la ville parut comme embrasée ; des centaines de raies de feu se croisaient comme des fusées, formant un enchevêtrement de lignes de flamme.

« Voilà qui est singulier ! fit le docteur.

— Mais, Dieu me pardonne ! répliqua Kennedy, on dirait que l'incendie monte et s'approche de nous. »

En effet, au bruit de cris effroyables et des détonations des mousquets, cette masse de feu s'élevait vers le *Victoria*. Joe se prépara à jeter du lest. Fergusson ne tarda pas à avoir l'explication de ce phénomène.

Des milliers de pigeons, la queue garnie de matières combustibles, avaient été lancés contre le *Victoria* ; effrayés, ils montaient en traçant dans l'atmosphère leurs zigzags de feu. Kennedy se mit à faire une décharge de toutes ses armes au milieu de cette masse ; mais que pouvait-il contre une innombrable armée ? Déjà les pigeons environnaient la nacelle et le ballon, dont les parois, réfléchissant cette lumière, semblaient enveloppées dans un réseau de feu.

Le docteur n'hésita pas, et précipitant un fragment de quartz, il se tint hors des atteintes de ces oiseaux dangereux. Pendant deux heures, on les aperçut courant çà et là dans la nuit ; puis peu à peu leur nombre diminua, et ils s'éteignirent.

« Maintenant nous pouvons dormir tranquilles, dit le docteur.

— Pas mal imaginé pour des sauvages ! fit Joe.

— Oui, ils emploient assez communément ces pigeons pour incendier les chaumes des villages ; mais cette fois, le village volait encore plus haut que leurs volatiles incendiaires !

— Décidément un ballon n'a pas d'ennemis à craindre, dit Kennedy.

— Si fait, répliqua le docteur.

— Lesquels, donc ?

– Les imprudents qu'il porte dans sa nacelle ; ainsi, mes amis, de la vigilance partout, de la vigilance toujours. »

XXXI

DÉPART DANS LA NUIT. – TOUS LES TROIS. – LES INSTINCTS DE KENNEDY. – PRÉCAUTIONS. – LE COURS DU SHARI. – LE LAC TCHAD. – L'EAU DU LAC. – L'HIPPOPOTAME. – UNE BALLE PERDUE.

Vers trois heures du matin, Joe, étant de quart, vit enfin la ville se déplacer sous ses pieds. Le *Victoria* reprenait sa marche. Kennedy et le docteur se réveillèrent.

Ce dernier consulta la boussole, et reconnut avec satisfaction que le vent les portait vers le nord-nord-est.

« Nous jouons le bonheur, dit-il ; tout nous réussit ; nous découvrirons le lac Tchad aujourd'hui même.

– Est-ce une grande étendue d'eau ? demanda Kennedy.

– Considérable, mon cher Dick ; dans sa plus grande longueur et sa plus grande largeur, ce lac peut mesurer cent vingt milles.

– Cela variera un peu notre voyage de nous promener sur une nappe liquide.

– Mais il me semble que nous n'avons pas à nous plaindre ; il est très varié, et surtout il se passe dans les meilleures conditions possible.

– Sans doute, Samuel ; sauf les privations du désert, nous n'aurons couru aucun danger sérieux.

– Il est certain que notre brave *Victoria* s'est toujours merveilleusement comporté. C'est aujourd'hui le 12 mai ; nous sommes partis le 18 avril ; c'est donc vingt-cinq jours de marche. Encore une dizaine de jours, et nous serons arrivés.

– Où ?

– Je n'en sais rien ; mais que nous importe ?

— Tu as raison, Samuel ; fions-nous à la Providence du soin de nous diriger et de nous maintenir en bonne santé, comme nous voilà ! On n'a pas l'air d'avoir traversé les pays les plus pestilentiels du monde !

— Nous étions à même de nous élever, et c'est ce que nous avons fait.

— Vivent les voyages aériens ! s'écria Joe. Nous voici, après vingt-cinq jours, bien portants, bien nourris, bien reposés, trop reposés peut-être, car mes jambes commencent à se rouiller, et je ne serais pas fâché de les dégourdir pendant une trentaine de milles.

— Tu te donneras ce plaisir-là dans les rues de Londres, Joe ; mais, pour conclure, nous sommes partis trois comme Denham, Clapperton, Overweg, comme Barth, Richardson et Vogel, et, plus heureux que nos devanciers, tous trois nous nous retrouvons encore ! Mais il est bien important de ne pas nous séparer. Si pendant que l'un de nous est à terre, le *Victoria* devait s'enlever pour éviter un danger subit, imprévu, qui sait si nous le reverrions jamais ? Aussi, je le dis franchement à Kennedy, je n'aime pas qu'il s'éloigne sous prétexte de chasse.

— Tu me permettras pourtant bien, ami Samuel, de me passer encore cette fantaisie ; il n'y a pas de mal à renouveler nos provisions ; d'ailleurs, avant notre départ, tu m'as fait entrevoir toute une série de chasses superbes, et jusqu'ici j'ai peu fait dans la voie des Anderson et des Cumming.

— Mais, mon cher Dick, la mémoire te fait défaut, ou ta modestie t'engage à oublier tes prouesses ; il me semble que, sans parler du menu gibier, tu as déjà une antilope, un éléphant et deux lions sur la conscience.

— Bon ! qu'est-ce que cela pour un chasseur africain qui voit passer tous les animaux de la création au bout de son fusil ? Tiens ! tiens ! regarde cette troupe de girafes !

— Ça, des girafes ! fit Joe : elles sont grosses comme le poing !

— Parce que nous sommes à mille pieds au-dessus d'elles ; mais, de près, tu verrais qu'elles ont trois fois ta hauteur.

— Et que dis-tu de ce troupeau de gazelles ? reprit

Kennedy, et ces autruches qui fuient avec la rapidité du vent ?

— Ça ! des autruches ! fit Joe, ce sont des poules, tout ce qu'il y a de plus poules !

— Voyons, Samuel, ne peut-on s'approcher ?

— On peut s'approcher, Dick, mais non prendre terre. A quoi bon, dès lors, frapper ces animaux qui ne te seront d'aucune utilité ? S'il s'agissait de détruire un lion, un chat-tigre, une hyène, je le comprendrais ; ce serait toujours une bête dangereuse de moins ; mais une antilope, une gazelle, sans autre profit que la vaine satisfaction de tes instincts de chasseur, cela n'en vaut vraiment pas la peine. Après tout, mon ami, nous allons nous maintenir à cent pieds du sol, et si tu distingues quelque animal féroce, tu nous feras plaisir en lui envoyant une balle dans le cœur.

Le *Victoria* descendit peu à peu, et se maintint néanmoins à une hauteur rassurante. Dans cette contrée sauvage et très peuplée, il fallait se défier de périls inattendus.

Les voyageurs suivaient directement alors le cours du Shari ; les bords charmants de ce fleuve disparaissaient sous les ombrages d'arbres aux nuances variées ; des lianes et des plantes grimpantes serpentaient de toutes parts et produisaient de curieux enchevêtrements de couleurs. Les crocodiles s'ébattaient en plein soleil ou plongeaient sous les eaux avec une vivacité de lézard ; en se jouant, ils accostaient les nombreuses îles vertes qui rompaient le courant du fleuve.

Ce fut ainsi, au milieu d'une nature riche et verdoyante, que passa le district de Maffatay. Vers neuf heures du matin, le docteur Fergusson et ses amis atteignaient enfin la rive méridionale du lac Tchad.

C'était donc là cette Caspienne de l'Afrique, dont l'existence fut si longtemps reléguée au rang des fables, cette mer intérieure à laquelle parvinrent seulement les expéditions de Denham et de Barth.

Le docteur essaya d'en fixer la configuration actuelle, bien différente déjà de celle de 1847 ; en effet, la carte de ce lac est impossible à tracer ; il est entouré de marais fangeux et presque infranchissables, dans lesquels Barth pensa périr ; d'une année à l'autre, ces marais, couverts de roseaux et de papyrus de quinze pieds, deviennent le lac lui-même ; souvent aussi, les villes étalées sur ses bords sont à demi submergées, comme il arriva à Ngornou en 1856, et maintenant les hippopotames et les alligators plongent aux lieux mêmes où s'élevaient les habitations du Bornou.

Le soleil versait ses rayons éblouissants sur cette eau tranquille, et au nord les deux éléments se confondaient dans un même horizon.

Le docteur voulut constater la nature de l'eau, que longtemps on crut salée ; il n'y avait aucun danger à s'approcher de la surface du lac, et la nacelle vint le raser comme un oiseau à cinq pieds de distance.

Joe plongea une bouteille, et la ramena à demi pleine ; cette eau fut goûtée et trouvée peu potable, avec un certain goût de natron.

Tandis que le docteur inscrivait le résultat de son expérience, un coup de fusil éclata à ses côtés. Kennedy n'avait pu résister au désir d'envoyer une balle à un monstrueux hippopotame ; celui-ci, qui respirait tranquillement, disparut au bruit de la détonation, et la balle conique du chasseur ne parut pas le troubler autrement.

« Il aurait mieux valu le harponner, dit Joe.

— Et comment ?

— Avec une de nos ancres. C'eût été un hameçon convenable pour un pareil animal.

— Mais, dit Kennedy, Joe a vraiment une idée...

— Que je vous prie de ne pas mettre à exécution ! répliqua le docteur. L'animal nous aurait vite entraînés où nous n'avons que faire.

— Surtout maintenant que nous sommes fixés sur la qualité de l'eau du Tchad. Est-ce que cela se mange, ce poisson-là, monsieur Fergusson ?

— Ton poisson, Joe, est tout bonnement un mammifère du genre des pachydermes ; sa chair est excellente, dit-on, et fait l'objet d'un grand commerce entre les tribus riveraines du lac.

— Alors je regrette que le coup de fusil de M. Dick n'ait pas mieux réussi.

— Cet animal n'est vulnérable qu'au ventre et entre les

cuisses ; la balle de Dick ne l'aura pas même entamé. Mais, si le terrain me paraît propice, nous nous arrêterons à l'extrémité septentrionale du lac ; là, Kennedy se trouvera en pleine ménagerie, et il pourra se dédommager à son aise.

– Eh bien ! dit Joe, que M. Dick chasse un peu à l'hippopotame ! Je voudrais goûter la chair de cet amphibie. Il n'est vraiment pas naturel de pénétrer jusqu'au centre de l'Afrique pour y vivre de bécassines et de perdrix comme en Angleterre ! »

XXXII

LA CAPITALE DU BORNOU. – LES ILES DES BIDDIOMAHS. – LES GYPAÈTES. – LES INQUIÉTUDES DU DOCTEUR. – SES PRÉCAUTIONS. – UNE ATTAQUE AU MILIEU DES AIRS. – L'ENVELOPPE DÉCHIRÉE. – LA CHUTE. – DÉVOUEMENT SUBLIME. – LA COTE SEPTENTRIONALE DU LAC.

Depuis son arrivée au lac Tchad, le *Victoria* avait rencontré un courant qui s'inclinait plus à l'ouest ; quelques nuages tempéraient alors la chaleur du jour ; on sentait d'ailleurs un peu d'air sur cette vaste étendue d'eau ; mais, vers une heure, le ballon, ayant coupé de biais cette partie du lac, s'avança de nouveau dans les terres pendant l'espace de sept ou huit milles.

Le docteur, un peu fâché d'abord de cette direction, ne pensa plus à s'en plaindre quand il aperçut la ville de Kouka, la célèbre capitale du Bornou ; il put l'entrevoir un instant, ceinte de ses murailles d'argile blanche ; quelques mosquées assez grossières s'élevaient lourdement au-dessus de cette multitude de dés à jouer qui forment les maisons arabes. Dans les cours des maisons sur les places publiques poussaient des palmiers et des arbres à caoutchouc, couronnés par un dôme de feuillage large de plus de cent pieds. Joe fit observer que ces immenses parasols étaient en rapport avec l'ardeur des rayons solaires, et il en tira des conclusions fort aimables pour la Providence.

Kouka se compose réellement de deux villes distinctes, séparées par le « dendal », large boulevard de trois cents toises, alors encombré de piétons et de cavaliers. D'un côté se carre la ville riche avec ses cases hautes et aérées ; de l'autre se presse la ville pauvre, triste assemblage de huttes basses et coniques, où végète une indigente population, car Kouka n'est ni commerçante ni industrielle.

Kennedy lui trouva quelque ressemblance avec un Édimbourg qui s'étalerait dans une plaine, avec ses deux villes parfaitement déterminées.

Mais à peine les voyageurs purent-ils saisir ce coup d'œil, car, avec la mobilité qui caractérise les courants de cette contrée, un vent contraire les saisit brusquement et les ramena pendant une quarantaine de milles sur le Tchad.

Ce fut alors un nouveau spectacle ; ils pouvaient compter les îles nombreuses du lac, habitées par les Biddiomahs, pirates sanguinaires très redoutés, et dont le voisinage est aussi craint que celui des Touareg du Sahara. Ces sauvages se préparaient à recevoir courageusement le *Victoria* à coups de flèches et de pierres, mais celui-ci eut bientôt fait de dépasser ces îles, sur lesquelles il semblait papillonner comme un scarabée gigantesque.

En ce moment, Joe regardait l'horizon, et, s'adressant à Kennedy, il lui dit :

« Ma foi, monsieur Dick, vous qui êtes toujours à rêver chasse, voilà justement votre affaire.

— Qu'est-ce donc, Joe ?

— Et, cette fois, mon maître ne s'opposera pas à vos coups de fusil.

— Mais qu'y a-t-il ?

— Voyez-vous là-bas cette troupe de gros oiseaux qui se dirigent sur nous ?

— Des oiseaux ! fit le docteur en saisissant sa lunette.

— Je les vois, répliqua Kennedy ; ils sont au moins une douzaine.

— Quatorze, si vous voulez bien, répondit Joe.

Vue de la ville de Kouka.

– Fasse le Ciel qu'ils soient d'une espèce assez malfaisante pour que le tendre Samuel n'ait rien à m'objecter !

– Je n'aurai rien à dire, répondit Fergusson, mais j'aimerais mieux voir ces oiseaux-là loin de nous !

– Vous avez peur de ces volatiles ! fit Joe.

– Ce sont des gypaètes, Joe, et de la plus grande taille ; et s'ils nous attaquent...

– Eh bien ! nous nous défendrons, Samuel ! Nous avons un arsenal pour les recevoir ! Je ne pense pas que ces animaux-là soient bien redoutables !

– Qui sait ? » répondit le docteur.

Dix minutes après, la troupe s'était approchée à portée de fusil ; ces quatorze oiseaux faisaient retentir l'air de leurs cris rauques ; ils s'avançaient vers le *Victoria*, plus irrités qu'effrayés de sa présence.

« Comme ils crient ! fit Joe ; quel tapage ! Cela ne leur convient probablement pas qu'on empiète sur leurs domaines, et que l'on se permette de voler comme eux ?

– A la vérité, dit le chasseur, ils ont un air assez terrible, et je les croirais assez redoutables s'ils étaient armés d'une carabine de Purdey Moore !

– Ils n'en ont pas besoin », répondit Fergusson qui devenait très sérieux.

Les gypaètes volaient en traçant d'immenses cercles, et leurs orbes se rétrécissaient peu à peu autour du *Victoria* ; ils rayaient le ciel dans une fantastique rapidité, se précipitant parfois avec la vitesse d'un boulet, et brisant leur ligne de projection par un angle brusque et hardi.

Le docteur, inquiet, résolut de s'élever dans l'atmosphère pour échapper à ce dangereux voisinage ; il dilata l'hydrogène du ballon, qui ne tarda pas à monter.

Mais les gypaètes montèrent avec lui, peu disposés à l'abandonner.

« Ils ont l'air de nous en vouloir », dit le chasseur en armant sa carabine.

En effet, ces oiseaux s'approchaient, et plus d'un, arrivant à cinquante pieds à peine, semblait braver les armes de Kennedy.

« J'ai une furieuse envie de tirer dessus, dit celui-ci.

— Non, Dick, non pas ! Ne les rendons point furieux sans raison ! Ce serait les exciter à nous attaquer.

— Mais j'en viendrai facilement à bout.

— Tu te trompes, Dick.

— Nous avons une balle pour chacun d'eux.

— Et s'ils s'élancent vers la partie supérieure du ballon, comment les atteindras-tu ? Figure-toi donc que tu te trouves en présence d'une troupe de lions sur terre, ou de requins en plein Océan ! Pour des aéronautes, la situation est aussi dangereuse.

— Parles-tu sérieusement, Samuel ?

— Très sérieusement, Dick.

— Attendons alors.

— Attends. Tiens-toi prêt en cas d'attaque, mais ne fais pas feu sans mon ordre. »

Les oiseaux se massaient alors à une faible distance ; on distinguait parfaitement leur gorge pelée tendue sous l'effort de leurs cris, leur crête cartilagineuse, garnie de papilles violettes, qui se dressait avec fureur. Ils étaient de la plus forte taille ; leur corps dépassait trois pieds en longueur, et le dessous de leurs ailes blanches resplendissait au soleil ; on eût dit des requins ailés, avec lesquels ils avaient une formidable ressemblance.

« Ils nous suivent, dit le docteur en les voyant s'élever avec lui, et nous aurions beau monter, leur vol les porterait plus haut que nous encore !

— Eh bien, que faire ? » demanda Kennedy.

Le docteur ne répondit pas.

« Écoute, Samuel, reprit le chasseur : ces oiseaux sont quatorze ; nous avons dix-sept coups à notre disposition, en faisant feu de toutes nos armes. N'y a-t-il pas moyen de les détruire ou de les disperser ? Je me charge d'un certain nombre d'entre eux.

— Je ne doute pas de ton adresse, Dick ; je regarde volontiers comme morts ceux qui passeront devant ta carabine ; mais, je te le répète, pour peu qu'ils s'attaquent à l'hémisphère supérieur du ballon, tu ne pourras plus les voir ; ils crèveront cette enveloppe qui nous soutient, et nous sommes à trois mille pieds de hauteur ! »

La chute de Joe.

En cet instant, l'un des plus farouches oiseaux piqua droit sur le *Victoria*, le bec et les serres ouvertes, prêt à mordre, prêt à déchirer.

« Feu ! feu ! » s'écria le docteur.

Il avait à peine achevé, que l'oiseau, frappé à mort, tombait en tournoyant dans l'espace.

Kennedy avait saisi l'un des fusils à deux coups. Joe épaulait l'autre.

Effrayés de la détonation, les gypaètes s'écartèrent un instant ; mais ils revinrent presque aussitôt à la charge avec une rage extrême. Kennedy d'une première balle coupa net le cou du plus rapproché. Joe fracassa l'aile de l'autre.

« Plus que onze », dit-il.

Mais alors les oiseaux changèrent de tactique, et d'un commun accord ils s'élevèrent au-dessus du *Victoria*. Kennedy regarda Fergusson.

Malgré son énergie et son impassibilité, celui-ci devint pâle. Il y eut un moment de silence effrayant. Puis un déchirement strident se fit entendre comme celui de la soie qu'on arrache, et la nacelle manqua sous les pieds des trois voyageurs.

« Nous sommes perdus ! » s'écria Fergusson en portant les yeux sur le baromètre qui montait avec rapidité.

Puis il ajouta : « Dehors le lest, dehors ! »

En quelques secondes tous les fragments de quartz avaient disparu.

« Nous tombons toujours !... Videz les caisses à eau !... Joe ! entends-tu ?... Nous sommes précipités dans le lac ! »

Joe obéit. Le docteur se pencha. Le lac semblait venir à lui comme une marée montante ; les objets grossissaient à vue d'œil ; la nacelle n'était pas à deux cents pieds de la surface du Tchad.

« Les provisions ! les provisions ! » s'écria le docteur.

Et la caisse qui les renfermait fut jetée dans l'espace.

La chute devint moins rapide, mais les malheureux tombaient toujours !

« Jetez ! jetez encore ! s'écria une dernière fois le docteur.

— Il n'y a plus rien, dit Kennedy.

– Si ! » répondit laconiquement Joe en se signant d'une main rapide.

Et il disparut par-dessus le bord de la nacelle.

« Joe ! Joe ! » fit le docteur terrifié.

Mais Joe ne pouvait plus l'entendre. Le *Victoria* délesté reprenait sa marche ascensionnelle, remontait à mille pieds dans les airs, et le vent s'engouffrant dans l'enveloppe dégonflée l'entraînait vers les côtes septentrionales du lac.

« Perdu ! dit le chasseur avec un geste de désespoir.

– Perdu pour nous sauver ! » répondit Fergusson.

Et ces hommes si intrépides sentirent deux grosses larmes couler de leurs yeux. Ils se penchèrent, en cherchant à distinguer quelque trace du malheureux Joe, mais ils étaient déjà loin.

« Quel parti prendre ? demanda Kennedy.

– Descendre à terre, dès que cela sera possible, Dick, et puis attendre. »

Après une marche de soixante milles, le *Victoria* s'abattit sur une côte déserte, au nord du lac. Les ancres s'accrochèrent dans un arbre peu élevé, et le chasseur les assujettit fortement.

La nuit vint, mais ni Fergusson ni Kennedy ne purent trouver un instant de sommeil.

XXXIII

CONJECTURES. – RÉTABLISSEMENT DE L'ÉQUILIBRE DU « VICTORIA ». – NOUVEAUX CALCULS DU DOCTEUR FERGUSSON. – CHASSE DE KENNEDY. – EXPLORATION COMPLÈTE DU LAC TCHAD. – TANGALIA. – RETOUR. LARI.

Le lendemain, 13 mai, les voyageurs reconnurent tout d'abord la partie de la côte qu'ils occupaient. C'était une sorte d'île de terre ferme au milieu d'un immense marais.

Autour de ce morceau de terrain solide s'élevaient des roseaux grands comme des arbres d'Europe et qui s'étendaient à perte de vue.

Ces marécages infranchissables rendaient sûre la position du *Victoria* ; il fallait seulement surveiller le côté du lac ; la vaste nappe d'eau allait s'élargissant, surtout dans l'est, et rien ne paraissait à l'horizon, ni continent ni îles.

Les deux amis n'avaient pas encore osé parler de leur infortuné compagnon. Kennedy fut le premier à faire part de ses conjectures au docteur.

« Joe n'est peut-être pas perdu, dit-il. C'est un garçon adroit, un nageur comme il en existe peu. Il n'était pas embarrassé de traverser le Frith of Forth à Édimbourg. Nous le reverrons, quand et comment, je l'ignore ; mais, de notre côté, ne négligeons rien pour lui donner l'occasion de nous rejoindre.

— Dieu t'entende, Dick, répondit le docteur d'une voix émue. Nous ferons tout au monde pour retrouver notre ami ! Orientons-nous d'abord. Mais, avant tout, débarrassons le *Victoria* de cette enveloppe extérieure, qui n'est plus utile ; ce sera nous délivrer d'un poids considérable, six cent cinquante livres, ce qui en vaut la peine. »

Le docteur et Kennedy se mirent à l'ouvrage ; ils éprouvèrent de grandes difficultés ; il fallut arracher morceau par morceau ce taffetas très résistant, et le découper en minces bandes pour le dégager des mailles du filet. La déchirure produite par le bec des oiseaux de proie s'étendait sur une longueur de plusieurs pieds.

Cette opération prit quatre heures au moins ; mais enfin le ballon intérieur, entièrement dégagé, parut n'avoir aucunement souffert. Le *Victoria* était alors diminué d'un cinquième. Cette différence fut assez sensible pour étonner Kennedy.

« Sera-t-il suffisant ? demanda-t-il au docteur.

— Ne crains rien à cet égard, Dick ; je rétablirai l'équilibre, et si notre pauvre Joe revient, nous saurons bien reprendre avec lui notre route accoutumée.

— Au moment de notre chute, Samuel, si mes souvenirs sont exacts, nous ne devions pas être éloignés d'une île.

Le chasseur fait bonne chasse.

– Je me le rappelle en effet ; mais cette île, comme toutes celles du Tchad, est sans doute habitée par une race de pirates et de meurtriers ; ces sauvages auront été certainement témoins de notre catastrophe, et si Joe tombe entre leurs mains, à moins que la superstition ne le protège, que deviendra-t-il ?

– Il est homme à se tirer d'affaire, je te le répète ; j'ai confiance dans son adresse et son intelligence.

– Je l'espère. Maintenant, Dick, tu vas chasser aux environs, sans t'éloigner toutefois ; il devient urgent de renouveler nos vivres, dont la plus grande partie a été sacrifiée.

– Bien, Samuel ; je ne serai pas longtemps absent. »

Kennedy prit un fusil à deux coups et s'avança dans les grandes herbes vers un taillis assez rapproché ; de fréquentes détonations apprirent bientôt au docteur que sa chasse serait fructueuse.

Pendant ce temps, celui-ci s'occupa de faire le relevé des objets conservés dans la nacelle et d'établir l'équilibre du second aérostat ; il restait une trentaine de livres de pemmincan, quelques provisions de thé et de café, environ un gallon et demi d'eau-de-vie, une caisse à eau parfaitement vide ; toute la viande sèche avait disparu.

Le docteur savait que, par la perte de l'hydrogène du premier ballon, sa force ascensionnelle se trouvait réduite de neuf cents livres environ ; il dut donc se baser sur cette différence pour reconstituer son équilibre. Le nouveau *Victoria* cubait soixante-sept mille pieds et renfermait trente-trois mille quatre cent quatre-vingts pieds cubes de gaz ; l'appareil de dilatation paraissait être en bon état ; ni la pile ni le serpentin n'avaient été endommagés.

La force ascensionnelle du nouveau ballon était donc de trois mille livres environ ; en réunissant les poids de l'appareil, des voyageurs, de la provision d'eau, de la nacelle et de ses accessoires, en embarquant cinquante gallons d'eau et cent livres de viande fraîche, le docteur arrivait à un total de deux mille huit cent trente livres. Il pouvait donc emporter cent soixante-dix livres de lest pour les cas imprévus, et l'aérostat se trouverait alors équilibré avec l'air ambiant.

Ses dispositions furent prises en conséquence, et il remplaça le poids de Joe par un supplément de lest. Il employa la journée entière à ces divers préparatifs, et ceux-ci se terminaient au retour de Kennedy. Le chasseur avait fait bonne chasse ; il apportait une véritable charge d'oies, de canards sauvages, de bécassines, de sarcelles et de pluviers. Il s'occupa de préparer ce gibier et de le fumer. Chaque pièce, embrochée par une mince baguette, fut suspendue au-dessus d'un foyer de bois vert. Quand la préparation parut convenable à Kennedy, qui s'y entendait d'ailleurs, le tout fut emmagasiné dans la nacelle.

Le lendemain, le chasseur devait compléter ses approvisionnements.

Le soir surprit les voyageurs au milieu de ces travaux. Leur souper se composa de pemmican, de biscuits et de thé. La fatigue, après leur avoir donné l'appétit, leur donna le sommeil. Chacun pendant son quart interrogea les ténèbres, croyant parfois saisir la voix de Joe ; mais, hélas ! elle était bien loin, cette voix qu'ils eussent voulu entendre !

Aux premiers rayons du jour, le docteur réveilla Kennedy.

« J'ai longuement médité, lui dit-il, sur ce qu'il convient de faire pour retrouver notre compagnon.

— Quel que soit ton projet, Samuel, il me va ; parle.

— Avant tout, il est important que Joe ait de nos nouvelles.

— Sans doute ! Si ce digne garçon allait se figurer que nous l'abandonnons !

— Lui ! il nous connaît trop ! Jamais pareille idée ne lui viendrait à l'esprit ; mais il faut qu'il apprenne où nous sommes.

— Comment cela ?

— Nous allons reprendre notre place dans la nacelle et nous élever dans l'air.

— Mais si le vent nous entraîne ?

— Il n'en sera rien, heureusement. Vois, Dick ; la brise nous ramène sur le lac, et cette circonstance, qui eût été fâcheuse hier, est propice aujourd'hui. Nos efforts se borneront donc à nous maintenir sur cette vaste étendue d'eau pendant toute la journée. Joe ne pourra manquer de nous voir là où ses regards doivent se diriger sans cesse. Peut-être même parviendra-t-il à nous informer du lieu de sa retraîte.

– S'il est seul et libre, il le fera certainement.

– Et s'il est prisonnier, reprit le docteur, l'habitude des indigènes n'étant pas d'enfermer leurs captifs, il nous verra et comprendra le but de nos recherches.

– Mais enfin, reprit Kennedy – car il faut prévoir tous les cas –, si nous ne trouvons aucun indice, s'il n'a pas laissé une trace de son passage, que ferons-nous ?

– Nous essaierons de regagner la partie septentrionale du lac, en nous maintenant le plus en vue possible ; là, nous attendrons, nous explorerons les rives, nous fouillerons ces bords, auxquels Joe tentera certainement de parvenir, et nous ne quitterons pas la place sans avoir tout fait pour le retrouver.

– Partons donc », répondit le chasseur.

Le docteur prit le relèvement exact de ce morceau de terre ferme qu'il allait quitter ; il estima, d'après sa carte et son point, qu'il se trouvait au nord du Tchad, entre la ville de Lari et le village d'Ingemini, visités tous deux par le major Denham. Pendant ce temps, Kennedy compléta ses approvisionnements de viande fraîche. Bien que les marais environnants portassent des marques de rhinocéros, de lamantins et d'hippopotames, il n'eut pas l'occasion de rencontrer un seul de ces énormes animaux.

A sept heures du matin, non sans de grandes difficultés dont le pauvre Joe savait se tirer à merveille, l'ancre fut détachée de l'arbre. Le gaz se dilata et le nouveau *Victoria* parvint à deux cents pieds dans l'air. Il hésita d'abord en tournant sur lui-même ; mais enfin, pris par un courant assez vif, il s'avança sur le lac et bientôt fut emporté avec une vitesse de vingt milles à l'heure.

Le docteur se maintint constamment à une hauteur qui variait entre deux cents et cinq cents pieds. Kennedy déchargeait souvent sa carabine. Au-dessus des îles, les voyageurs se rapprochaient même imprudemment, fouillant du regard les taillis, les buissons, les halliers, partout où quelque ombrage, quelque anfractuosité de roc eût pu donner asile à leur compagnon. Ils descendaient près des longues pirogues qui sillonnaient le lac. Les pêcheurs, à leur vue, se précipitaient à l'eau et regagnaient leur île avec les démonstrations de crainte les moins dissimulées.

« Nous ne voyons rien, dit Kennedy après deux heures de recherches.

– Attendons, Dick, et ne perdons pas courage ; nous ne devons pas être éloignés du lieu de l'accident. »

A onze heures, le *Victoria* s'était avancé de quatre-vingt-dix milles ; il rencontra alors un nouveau courant qui, sous un angle presque droit, le poussa vers l'est pendant une soixantaine de milles. Il planait au-dessus d'une île très vaste et très peuplée que le docteur jugea devoir être Farram, où se trouve la capitale des Biddiomahs. Il s'attendait à voir Joe surgir de chaque buisson, s'échappant, l'appelant. Libre, on l'eût enlevé sans difficulté ; prisonnier, en renouvelant la manœuvre employée pour le missionnaire, il aurait bientôt rejoint ses amis ; mais rien ne parut, rien ne bougea ! C'était à se désespérer.

Le *Victoria* arrivait à deux heures et demie en vue de Tangalia, village situé sur la rive orientale du Tchad, et qui marqua le point extrême atteint par Denham à l'époque de son exploration.

Le docteur devint inquiet de cette direction persistante du vent. Il se sentait rejeté vers l'est, repoussé dans le centre de l'Afrique, vers d'interminables déserts.

« Il faut absolument nous arrêter, dit-il, et même prendre terre ; dans l'intérêt de Joe surtout, nous devons revenir sur le lac ; mais, auparavant, tâchons de trouver un courant opposé. »

Pendant plus d'une heure, il chercha à différentes zones. Le *Victoria* dérivait toujours sur la terre ferme ; mais, heureusement, à mille pieds un souffle très violent le ramena dans le nord-ouest.

Il n'était pas possible que Joe fût retenu sur une des îles du lac ; il eût certainement trouvé moyen de manifester sa présence ; peut-être l'avait-on entraîné sur terre. Ce fut ainsi que raisonna le docteur, quand il revit la rive septentrionale du Tchad.

Quant à penser que Joe se fût noyé, c'était inadmissible. Il y eut bien une idée horrible qui traversa l'esprit de Fergusson et de Kennedy : les caïmans sont nombreux dans ces parages ! Mais ni l'un ni l'autre n'eut le courage de formuler cette appréhension. Cependant elle vint si manifestement à leur pensée, que le docteur dit sans autre préambule :

« Les crocodiles ne se rencontrent que sur les rives des îles ou du lac ; Joe aura assez d'adresse pour les éviter ; d'ailleurs, ils sont peu dangereux, et les Africains se baignent impunément sans craindre leurs attaques. »

Kennedy ne répondit pas ; il préférait se taire à discuter cette terrible possibilité.

Le docteur signala la ville de Lari vers les cinq heures du soir. Les habitants travaillaient à la récolte du coton devant les cabanes de roseaux tressés, au milieu d'enclos propres et soigneusement entretenus. Cette réunion d'une cinquantaine de cases occupait une légère dépression de terrain dans une vallée étendue entre de basses montagnes. La violence du vent portait plus avant qu'il ne convenait au docteur ; mais il changea une seconde fois et le ramena précisément à son point de départ, dans cette sorte d'île ferme où il avait passé la nuit précédente. L'ancre, au lieu de rencontrer les branches de l'arbre, se prit dans des paquets de roseaux mêlés à la vase épaisse du marais et d'une résistance considérable.

Le docteur eut beaucoup de peine à contenir l'aérostat ; mais enfin le vent tomba avec la nuit, et les deux amis veillèrent ensemble, presque désespérés.

XXXIV

L'OURAGAN. - DÉPART FORCÉ. - PERTE D'UNE ANCRE. - TRISTES RÉFLEXIONS. - RÉSOLUTION PRISE. - LA TROMBE. - LA CARAVANE ENGLOUTIE. - VENT CONTRAIRE ET FAVORABLE. - RETOUR AU SUD. - KENNEDY À SON POSTE.

A trois heures du matin, le vent faisait rage, et soufflait avec une violence telle que le *Victoria* ne pouvait demeurer près de terre sans danger ; les roseaux froissaient son enveloppe, qu'ils menaçaient de déchirer.

« Il faut partir, Dick, fit le docteur ; nous ne pouvons rester dans cette situation.

— Mais Joe, Samuel ?

— Je ne l'abandonne pas ! non certes ! et dût l'ouragan m'emporter à cent milles dans le nord, je reviendrai ! Mais ici nos compromettons la sûreté de tous.

— Partir sans lui ! s'écria l'Écossais avec l'accent d'une profonde douleur.

— Crois-tu donc, reprit Fergusson, que le cœur ne me saigne pas comme à toi ? Est-ce que je n'obéis pas à une impérieuse nécessité ?

— Je suis à tes ordres, répondit le chasseur. Partons. »

Mais le départ présentait de grandes difficultés. L'ancre, profondément engagée, résistait à tous les efforts, et le ballon, tirant en sens inverse, accroissait encore sa tenue. Kennedy ne put parvenir à l'arracher ; d'ailleurs, dans la position actuelle, sa manœuvre devenait fort périlleuse, car le *Victoria* risquait de s'enlever avant qu'il ne l'eût rejoint.

Le docteur, ne voulant pas courir une pareille chance, fit rentrer l'Écossais dans la nacelle, et se résigna à couper la corde de l'ancre. Le *Victoria* fit un bond de trois cents pieds dans l'air, et prit directement la route du nord.

Fergusson ne pouvait qu'obéir à cette tourmente ; il se croisa les bras et s'absorba dans ses tristes réflexions.

Après quelques instants d'un profond silence, il se retourna vers Kennedy non moins taciturne.

« Nous avons peut-être tenté Dieu, dit-il. Il n'appartenait pas à des hommes d'entreprendre un pareil voyage ! »

Et un soupir de douleur s'échappa de sa poitrine.

« Il y a quelques jours à peine, répondit le chasseur, nous nous félicitions d'avoir échappé à bien des dangers ! Nous nous serrions la main tous les trois !

— Pauvre Joe ! bonne et excellente nature ! cœur brave et franc ! Un moment ébloui par ses richesses, il faisait volontiers le sacrifice de ses trésors ! Le voilà maintenant loin de nous ! Et le vent nous emporte avec une irrésistible vitesse !

— Voyons, Samuel, en admettant qu'il ait trouvé asile parmi les tribus du lac, ne pourra-t-il faire comme les voyageurs qui les ont visitées avant nous, comme Denham, comme Barth ? Ceux-là ont revu leur pays.

— Eh ! mon pauvre Dick, Joe ne sait pas un mot de la langue ! Il est seul et sans ressources ! Les voyageurs dont tu parles ne s'avançaient qu'en envoyant aux chefs de nombreux présents, au milieu d'une escorte, armés et préparés pour ces expéditions. Et encore, ils ne pouvaient éviter des souffrances et des tribulations de la pire espèce ! Que veux-tu que devienne notre infortuné compagnon ? C'est horrible à penser, et voilà l'un des plus grands chagrins qu'il m'ait été donné de ressentir !

— Mais nous reviendrons, Samuel.

— Nous reviendrons, Dick, dussions-nous abandonner le *Victoria*, quand il nous faudrait regagner à pied le lac Tchad, et nous mettre en communication avec le sultan du Bornou ! Les Arabes ne peuvent avoir conservé un mauvais souvenir des premiers Européens.

— Je te suivrai, Samuel, répondit le chasseur avec énergie, tu peux compter sur moi ! Nous renoncerons plutôt à terminer ce voyage ! Joe s'est dévoué pour nous, nous nous sacrifierons pour lui ! »

Cette résolution ramena quelque courage au cœur de ces deux hommes. Ils se sentirent forts de la même idée. Fergusson mit tout en œuvre pour se jeter dans un courant contraire qui pût le rapprocher du Tchad ; mais c'était impossible alors, et la descente même devenait impraticable sur un terrain dénudé et par un ouragan de cette violence.

Le *Victoria* traversa ainsi le pays des Tibbous ; il franchit le Belad et Djérid, désert épineux qui forme la lisière du Soudan, et pénétra dans le désert de sable, sillonné par de longues traces de caravanes ; la dernière ligne de végétation se confondit bientôt avec le ciel à l'horizon méridional, non loin de la principale oasis de cette partie de l'Afrique, dont les cinquante puits sont ombragés par des arbres magnifiques ; mais il fut impossible de s'arrêter. Un campement arabe, des tentes d'étoffes rayées, quelques chameaux allongeant sur le sable leur tête de vipère animaient cette solitude ; mais le *Victoria* passa comme une étoile filante, et parcourut ainsi une distance de soixante milles en trois heures, sans que Fergusson parvînt à maîtriser sa course.

« Nous ne pouvons faire halte ! dit-il, nous ne pouvons descendre ! pas un arbre ! pas un saillie de terrain ! allons-nous donc franchir le Sahara ? Décidément le ciel est contre nous ! »

Il parlait ainsi avec une rage de désespéré, quand il vit dans le nord les sables du désert se soulever au milieu d'une épaisse poussière, et tournoyer sous l'impulsion des courants opposés.

Au milieu du tourbillon, brisée, rompue, renversée, une caravane entière disparaissait sous l'avalanche de sable ; les chameaux pêle-mêle poussaient des gémissements sourds et lamentables ; des cris, des hurlements sortaient de ce brouillard étouffant. Quelquefois, un vêtement bariolé tranchait avec ces couleurs vives dans ce chaos, et le mugissement de la tempête dominait cette scène de destruction.

Bientôt le sable s'accumula en masses compactes, et là où naguère s'étendait la plaine unie, s'élevait une colline agitée, tombe immense d'une caravane engloutie.

Le docteur et Kennedy, pâles, assistaient à ce terrible spectacle ; ils ne pouvaient plus manœuvrer leur ballon, qui tournoyait au milieu des courants contraires et n'obéissait plus aux différentes dilatations du gaz. Enlacé dans ces remous de l'air, il tourbillonnait avec une rapidité vertigineuse ; la nacelle décrivait de larges oscillations ; les instruments suspendus sous la tente s'entrechoquaient à se briser, les tuyaux du serpentin se courbaient à se rompre, les caisses à eau se déplaçaient avec fracas ; à deux pieds l'un de l'autre, les voyageurs ne pouvaient s'entendre, et d'une main crispée s'accrochant aux cordages, ils essayaient de se maintenir contre la fureur de l'ouragan.

Kennedy, les cheveux épars, regardait sans parler ; le docteur avait repris son audace au milieu du danger, et rien ne parut sur ses traits de ses violentes émotions, pas même quand, après un dernier tournoiement, le *Victoria* se trouva subitement arrêté dans un calme inattendu ; le vent du nord avait pris le dessus et le chassait en sens inverse sur la route du matin avec une rapidité non moins égale.

« Où allons-nous ? s'écria Kennedy.

– Laissons faire la Providence, mon cher Dick ; j'ai eu tort de douter d'elle ; ce qui convient, elle le sait mieux que nous, et nous voici retournant vers les lieux que nous n'espérions plus revoir. »

Le sol si plat, si égal pendant l'aller, était alors bouleversé comme les flots après la tempête ; une suite de petits monticules à peine fixés jalonnaient le désert ; le vent soufflait avec violence, et le *Victoria* volait dans l'espace.

La direction suivie par les voyageurs différait un peu de celle qu'ils avaient prise le matin ; aussi vers les neuf heures, au lieu de retrouver les rives du Tchad, ils virent encore le désert s'étendre devant eux.

Kennedy en fit l'observation.

« Peu importe, répondit le docteur ; l'important est de revenir au sud ; nous rencontrerons les villes de Bornou, Wouddie ou Kouka, et je n'hésiterai pas à m'y arrêter.

– Si tu es satisfait, je le suis, répondit le chasseur ; mais fasse le Ciel que nous ne soyons pas réduits à traverser le désert comme ces malheureux Arabes ! Ce que nous avons vu est horrible.

– Et se reproduit fréquemment, Dick. Les traversées du désert sont autrement dangereuses que celles de l'Océan ; le désert a tous les périls de la mer, même l'engloutissement, et de plus, des fatigues et des privations insoutenables.

– Il me semble, dit Kennedy, que le vent tend à se calmer ; la poussière des sables est moins compacte, leurs ondulations diminuent, l'horizon s'éclaircit.

– Tant mieux, il faut examiner attentivement avec la lunette, et que pas un point n'échappe à notre vue !

– Je m'en charge, Sammuel, et le premier arbre n'apparaîtra pas sans que tu en sois prévenu. »

Et Kennedy, la lunette à la main, se plaça sur le devant de la nacelle.

XXXV

L'HISTOIRE DE JOE. – L'ILE DES BIDDIOMAHS. – L'ADORATION. – L'ILE ENGLOUTIE. – LES RIVES DU LAC. – L'ARBRE AUX SERPENTS.– VOYAGE À PIED. – SOUFFRANCES. – MOUSTIQUES ET FOURMIS. – LA FAIM. – PASSAGE DU « VICTORIA. – DISPARITION DU « VICTORIA ». – DÉSESPOIR. – LE MARAIS. – UN DERNIER CRI.

Qu'était devenu Joe pendant les vaines recherches de son maître ?

Lorsqu'il se fut précipité dans le lac, son premier mouvement à la surface fut de lever les yeux en l'air ; il vit le *Victoria*, déjà fort élevé au-dessus du lac, remonter avec rapidité, diminuer peu à peu, et, pris bientôt par un courant rapide, disparaître vers le nord. Son maître, ses amis étaient sauvés.

« Il est heureux, se dit-il, que j'aie eu cette pensée de me jeter dans le Tchad ; elle n'eût pas manqué de venir à l'esprit de M. Kennedy, et certes il n'aurait pas hésité à faire comme moi, car il est bien naturel qu'un homme se sacrifie pour en sauver deux autres. C'est mathématique. »

Rassuré sur ce point, Joe se mit à songer à lui ; il était au milieu d'un lac immense, entouré de peuplades inconnues, et probablement féroces. Raison de plus pour se tirer d'affaire en ne comptant que sur lui ; il ne s'effraya donc pas autrement.

Avant l'attaque des oiseaux de proie, qui, selon lui,

s'étaient conduits comme de vrais gypaètes, il avait avisé une île à l'horizon ; il résolut donc de se diriger vers elle, et se mit à déployer toutes ses connaissances dans l'art de la natation, après s'être débarrassé de la partie la plus gênante de ses vêtements ; il ne s'embarrassait guère d'une promenade de cinq ou six milles ; aussi, tant qu'il fut en plein lac, il ne songea qu'à nager vigoureusement et directement.

Au bout d'une heure et demie, la distance qui le séparait de l'île se trouvait fort diminuée.

Mais à mesure qu'il s'approchait de terre, une pensée d'abord fugitive, tenace alors, s'empara de son esprit. Il savait que les rives du lac sont hantées par d'énormes alligators, et il connaissait la voracité de ces animaux.

Quelle que fût sa manie de trouver tout naturel en ce monde, le digne garçon se sentait invinciblement ému ; il craignait que la chair blanche ne fût particulièrement du goût des crocodiles, et il ne s'avança donc qu'avec une extrême précaution, l'œil aux aguets. Il n'était plus qu'à une centaine de brasses d'un rivage ombragé d'arbres verts, quand une bouffée d'air chargé de l'odeur pénétrante du musc arriva jusqu'à lui.

« Bon, se dit-il ! voilà ce que je craignais ! le caïman n'est pas loin. »

Et il plongea rapidement, mais pas assez pour éviter le contact d'un corps énorme dont l'épiderme écailleux l'écorcha au passage ; il se crut perdu, et se mit à nager avec une vitesse désespérée ; il revint à la surface de l'eau, respira et disparut de nouveau. Il eut là un quart d'heure d'une indicible angoisse que toute sa philosophie ne put surmonter, et croyait entendre derrière lui le bruit de cette vaste mâchoire prête à le happer. Il filait alors entre deux eaux, le plus doucement possible, quand il se sentit saisir par un bras, puis par le milieu du corps.

Pauvre Joe ! il eut une dernière pensée pour son maître, et se prit à lutter avec désespoir, en se sentant attiré non vers le fond du lac, ainsi que les crocodiles ont l'habitude de faire pour dévorer leur proie, mais à la surface même.

A peine eut-il pu respirer et ouvrir les yeux, qu'il se vit entre deux Nègres d'un noir d'ébène ; ces Africains le

Joe dans le lac Tchad.

tenaient vigoureusement et poussaient des cris étranges.

« Tiens ! ne put s'empêcher de s'écrier Joe ! des Nègres au lieu de caïmans ! Ma foi, j'aime encore mieux cela ! Mais comment ces gaillards-là osent-ils se baigner dans ces parages ! »

Joe ignorait que les habitants des îles du Tchad, comme beaucoup de Noirs, plongent impunément dans les eaux infestées d'alligators, sans se préoccuper de leur présence ; les amphibies de ce lac ont particulièrement une réputation assez méritée de sauriens inoffensifs.

Mais Joe n'avait-il évité un danger que pour tomber dans un autre ? C'est ce qu'il donna aux événements à décider, et puisqu'il ne pouvait faire autrement, il se laissa conduire jusqu'au rivage sans montrer aucune crainte.

« Évidemment, se disait-il, ces gens-là ont vu le *Victoria* raser les eaux du lac comme un monstre des airs ; ils ont été les témoins éloignés de ma chute, et ils ne peuvent manquer d'avoir des égards pour un homme tombé du ciel ! Laissons-les faire ! »

Joe en était là de ses réflexions, quand il prit terre au milieu d'une foule hurlante, de tout sexe, de tout âge, mais non de toutes couleurs. Il se trouvait au milieu d'une tribu de Biddiomahs d'un noir superbe. Il n'eut pas à rougir de la légèreté de son costume ; il se trouvait « déshabillé » à la dernière mode du pays.

Mais avant qu'il eût le temps de se rendre compte de sa situation, il ne put se méprendre aux adorations dont il devint l'objet. Cela ne laissa pas de le rassurer, bien que l'histoire de Kazeh lui revînt à la mémoire.

« Je pressens que je vais redevenir un dieu, un fils de la Lune quelconque ! Eh bien, autant ce métier-là qu'un autre quand on n'a pas le choix. Ce qu'il importe, c'est de gagner du temps. Si le *Victoria* vient à repasser, je profiterai de ma nouvelle position pour donner à mes adorateurs le spectacle d'une ascension miraculeuse. »

Pendant que Joe réfléchissait de la sorte, la foule se resserrait autour de lui ; elle se prosternait, elle hurlait, elle le palpait, elle devenait familière ; mais, au moins, elle eut la pensée de lui offrir un festin magnifique, composé de lait aigre avec du riz pilé dans le miel ; le digne garçon, prenant son parti de toutes choses, fit alors un des meilleurs repas de sa vie et donna à son peuple une haute idée de la façon dont les dieux dévorent dans les grandes occasions.

Lorsque le soir fut arrivé, les sorciers de l'île le prirent respectueusement par la main, et le conduisirent à une espèce de case entourée de talismans ; avant d'y pénétrer, Joe jeta un regard assez inquiet sur des monceaux d'ossements qui s'élevaient autour de ce sanctuaire ; il eut d'ailleurs tout le temps de réfléchir à sa position quand il fut enfermé dans sa cabane.

Pendant la soirée et une partie de la nuit, il entendit des chants de fête, les retentissements d'une espèce de tambour et un bruit de ferraille bien doux pour des oreilles africaines ; des chœurs hurlés accompagnèrent d'interminables danses qui enlaçaient la cabane sacrée de leurs contorsions et de leurs grimaces.

Joe pouvait saisir cet ensemble assourdissant à travers les murailles de boue et de roseau de la case ; peut-être, en toute autre circonstance, eût-il pris un plaisir assez vif à ces étranges cérémonies ; mais son esprit fut bientôt tourmenté d'une idée fort déplaisante. Tout en prenant les choses de leur bon côté, il trouvait stupide et même triste d'être perdu dans cette contrée sauvage, au milieu de pareilles peuplades. Peu de voyageurs avaient revu leur patrie, de ceux qui osèrent s'aventurer jusqu'à ces contrées. D'ailleurs pouvait-il se fier aux adorations dont il se voyait l'objet ! Il avait de bonnes raisons de croire à la vanité des grandeurs humaines ! Il se demanda si, dans ce pays, l'adoration n'allait pas jusqu'à manger l'adoré !

Malgré cette fâcheuse perspective, après quelques heures de réflexion, la fatigue l'emporta sur les idées noires, et Joe tomba dans un sommeil assez profond, qui se fût prolongé sans doute jusqu'au lever du jour, si une humidité inattendue n'eût réveillé le dormeur.

Bientôt cette humidité se fit eau, et cette eau monta si bien que Joe en eut jusqu'à mi-corps.

« Qu'est-ce là ? dit-il, une inondation ! une trombe ! un

nouveau supplice de ces Nègres ! Ma foi, je n'attendrai pas d'en avoir jusqu'au cou ! »

Et ce disant, il enfonça la muraille d'un coup d'épaule et se trouva où ? en plein lac ! D'île, il n'y en avait plus ! Submergée pendant la nuit ! A sa place l'immensité du Tchad !

« Triste pays pour les propriétaires ! » se dit Joe, et il reprit avec vigueur l'exercice de ses facultés natatoires.

Un de ces phénomènes assez fréquents sur le lac Tchad avait délivré le brave garçon ; plus d'une île a disparu ainsi, qui paraissait avoir la solidité du roc, et souvent les populations riveraines durent recueillir les malheureux échappés à ces terribles catastrophes.

Joe ignorait cette particularité, mais il ne se fit pas faute d'en profiter. Il avisa une barque errante et l'accosta rapidement. C'était une sorte de tronc d'arbre grossièrement creusé. Une paire de pagaies s'y trouvait heureusement, et Joe, profitant d'un courant assez rapide, se laissa dériver.

« Orientons-nous, dit-il. L'étoile polaire, qui fait honnêtement son métier d'indiquer la route du nord à tout le monde, voudra bien me venir en aide. »

Il reconnut avec satisfaction que le courant le portait vers la rive septentrionale du Tchad, et il le laissa faire. Vers deux heures du matin, il prenait pied sur un promontoire couvert de roseaux épineux qui parurent fort importuns, même à un philosophe ; mais un arbre poussait là tout exprès pour lui offrir un lit dans ses branches. Joe y grimpa pour plus de sûreté, et attendit là, sans trop dormir, les premiers rayons du jour.

Le matin venu avec cette rapidité particulière aux régions équatoriales, Joe jeta un coup d'œil sur l'arbre qui l'avait abrité pendant la nuit ; un spectacle assez inattendu le terrifia. Les branches de cet arbre étaient littéralement couvertes de serpents et de caméléons ; le feuillage disparaissait sous leurs entrelacements ; on eût dit un arbre d'une nouvelle espèce qui produisait des reptiles ; sous les premiers rayons de soleil, tout cela rampait et se tordait. Joe éprouva un vif sentiment de terreur mêlé de dégoût, et s'élança à terre au milieu des sifflements de la bande.

L'arbre aux serpents.

« Voilà une chose qu'on ne voudra jamais croire », dit-il.

Il ne savait pas que les dernières lettres du docteur Vogel avaient fait connaître cette singularité des rives du Tchad, où les reptiles sont plus nombreux qu'en aucun pays du monde. Après ce qu'il venait de voir, Joe résolut d'être plus circonspect à l'avenir, et, s'orientant sur le soleil, il se mit en marche en se dirigeant vers le nord-est. Il évitait avec le plus grand soin cabanes, cases, huttes, tanières, en un mot tout ce qui peut servir de réceptacle à la race humaine.

Que de fois ses regards se portèrent en l'air ! Il espérait apercevoir le *Victoria*, et bien qu'il l'eût vainement cherché pendant toute cette journée de marche, cela ne diminua pas sa confiance en son maître ; il lui fallait une grande énergie de caractère pour prendre si philosophiquement sa situation. La faim se joignait à la fatigue, car à le nourrir de racines, de moelle d'arbustes, tels que le « mélé », ou des fruits du palmier doum, on ne refait pas un homme ; et cependant, suivant son estime, il s'avança d'une trentaine de milles vers l'ouest. Son corps portait en vingt endroits les traces des milliers d'épines dont les roseaux du lac, les acacias et les mimosas sont hérissés, et ses pieds ensanglantés rendaient sa marche extrêmement douloureuse. Mais enfin il put réagir contre ses souffrances, et, le soir venu, il résolut de passer la nuit sur les rives du Tchad.

Là, il eut à subir les atroces piqûres de myriades d'insectes : mouches, moustiques, fourmis longues d'un demi-pouce y couvrent littéralement la terre. Au bout de deux heures, il ne restait pas à Joe un lambeau du peu de vêtements qui le couvraient ; les insectes avaient tout dévoré ! Ce fut une nuit terrible, qui ne donna pas une heure de sommeil au voyageur fatigué ; pendant ce temps, les sangliers, les buffles sauvages, l'ajoub, sorte de lamantin assez dangereux, faisaient rage dans les buissons et sous les eaux du lac ; le concert des bêtes féroces retentissait au milieu de la nuit. Joe n'osa remuer. Sa résignation et sa patience eurent de la peine à tenir contre une pareille situation.

Enfin le jour revint ; Joe se releva précipitamment, et que l'on juge du dégoût qu'il ressentit en voyant quel animal immonde avait partagé sa couche : un crapaud ! mais un crapaud de cinq pouces de large, une bête monstrueuse, repoussante, qui le regardait avec de grands yeux ronds. Joe sentit son cœur se soulever, et, reprenant quelque force dans sa répugnance, il courut à grands pas se plonger dans les eaux du lac. Ce bain calma un peu les démangeaisons qui le torturaient, et, après avoir mâché quelques feuilles, il reprit sa route avec une obstination, un entêtement dont il ne pouvait se rendre compte ; il n'avait plus le sentiment de ses actes, et néanmoins il sentait en lui une puissance supérieure au désespoir.

Cependant une faim terrible le torturait ; son estomac, moins résigné que lui, se plaignait ; il fut obligé de serrer fortement une liane autour de son corps ; heureusement, sa soif pouvait s'étancher à chaque pas, et, en se rappelant les souffrances du désert, il trouvait un bonheur relatif à ne pas subir les tourments de cet impérieux besoin.

« Où peut être le *Victoria* ? se demandait-il... Le vent souffle du nord ! Il devrait revenir sur le lac ! Sans doute M. Samuel aura procédé à une nouvelle installation pour rétablir l'équilibre ; mais la journée d'hier a dû suffire à ces travaux ; il ne serait donc pas impossible qu'aujourd'hui... Mais agissons comme si je ne devais jamais le revoir. Après tout, si je parvenais à gagner une des grandes villes du lac, je me trouverais dans la position des voyageurs dont mon maître nous a parlé. Pourquoi ne me tirerais-je pas d'affaire comme eux ? Il y en a qui en sont revenus, que diable !... Allons ! courage ! »

Or, en parlant ainsi et en marchant toujours, l'intrépide Joe tomba en pleine forêt au milieu d'un attroupement de sauvages. Il s'arrêta à temps et ne fut pas vu. Les Nègres s'occupaient à empoisonner leurs flèches avec le suc de l'euphorbe, grande occupation des peuplades de ces contrées, et qui se fait avec une sorte de cérémonie solennelle.

Joe, immobile, retenant son souffle, se cachait au milieu d'un fourré, lorsqu'en levant les yeux, par une éclaircie de feuillage, il aperçut le *Victoria*, le *Victoria* lui-même, se dirigeant vers le lac, à cent pieds à peine au-dessus de lui. Impossible de se faire entendre ! impossible de se faire voir !

Une larme lui vint aux yeux, non de désespoir, mais de

reconnaissance : son maître était à sa recherche ! son maître ne l'abandonnait pas ! Il lui fallut attendre le départ des Noirs ; il put alors quitter sa retraite et courir vers les bords du Tchad.

Mais alors le *Victoria* se perdait au loin dans le ciel. Joe résolut de l'attendre : il repasserait certainement ! Il repassa, en effet, mais plus à l'est. Joe courut, gesticula, cria... Ce fut en vain ! Un vent violent entraînait le ballon avec une irrésistible vitesse !

Pour la première fois, l'énergie, l'espérance manquèrent au cœur de l'infortuné ; il se vit perdu ; il crut son maître parti sans retour ; il n'osait plus penser, il ne voulait plus réfléchir.

Comme un fou, les pieds en sang, le corps meurtri, il marcha pendant toute cette journée et une partie de la nuit. Il se traînait, tantôt sur les genoux, tantôt sur les mains ; il voyait venir le moment où la force lui manquerait et où il faudrait mourir.

En avançant ainsi, il finit par se trouver en face d'un marais, ou plutôt de ce qu'il sut bientôt être un marais, car la nuit était venue depuis quelques heures ; il tomba inopinément dans une boue tenace ; malgré ses efforts, malgré sa résistance désespérée, il se sentit enfoncer peu à peu au milieu de ce terrain vaseux ; quelques minutes plus tard il en avait jusqu'à mi-corps.

« Voilà donc la mort ! se dit-il ; et quelle mort !... »

Il se débattit avec rage ; mais ces efforts ne servaient qu'à l'ensevelir davantage dans cette tombe que le malheureux se creusait lui-même. Pas un morceau de bois qui pût l'arrêter, pas un roseau pour le retenir !... Il comprit que c'en était fait de lui !... Ses yeux se fermèrent.

« Mon maître ! mon maître ! à moi !... » s'écria-t-il.

Et cette voix, désespérée, isolée, étouffée déjà, se perdit dans la nuit.

XXXVI

UN RASSEMBLEMENT À L'HORIZON. - UNE TROUPE D'ARABES. - LA POURSUITE. - C'EST LUI ! - CHUTE DE CHEVAL. - L'ARABE ÉTRANGLÉ. - UNE BALLE DE KENNEDY. - MANŒUVRE. - ENLÈVEMENT AU VOL. - JOE SAUVÉ.

Depuis que Kennedy avait repris son poste d'observation sur le devant de la nacelle, il ne cessait d'observer l'horizon avec une grande attention.

Au bout de quelque temps, il se retourna vers le docteur et dit :

« Si je ne me trompe, voici là-bas une troupe en mouvement, hommes ou animaux ; il est encore impossible de les distinguer. En tout cas, ils s'agitent violemment, car ils soulèvent un nuage de poussière.

– Ne serait-ce pas encore un vent contraire, dit Samuel, une trombe qui viendrait nous repousser au nord ? »

Il se leva pour examiner l'horizon.

« Je ne crois pas, Samuel, répondit Kennedy ; c'est un troupeau de gazelles ou de bœufs sauvages.

– Peut-être, Dick ; mais ce rassemblement est au moins à neuf ou dix milles de nous, et pour mon compte, même avec la lunette, je n'y puis rien reconnaître.

– En tout cas, je ne le perdrai pas de vue ; il y a là quelque chose d'extraordinaire qui m'intrigue ; on dirait parfois comme une manœuvre de cavalerie. Eh ! je ne me trompe pas ! ce sont bien des cavaliers ! regarde ! »

Le docteur observa avec attention le groupe indiqué.

« Je crois que tu as raison, dit-il ; c'est un détachement d'Arabes ou de Tibbous ; ils s'enfuient dans la même direction que nous ; mais nous avons plus de vitesse et nous les gagnons facilement. Dans une demi-heure, nous serons à portée de voir et de juger ce qu'il faudra faire. »

Kennedy avait repris sa lunette et lorgnait attentivement. La masse des cavaliers se faisait plus visible ; quelques-uns d'entre eux s'isolaient.

« C'est évidemment, reprit Kennedy, une manœuvre ou

une chasse. On dirait que ces gens-là poursuivent quelque chose. Je voudrais bien savoir ce qui en est.

— Patience, Dick. Dans un peu de temps nous les rattraperons et nous les dépasserons même, s'ils continuent de suivre cette route ; nous marchons avec une rapidité de vingt milles à l'heure, et il n'y a pas de chevaux qui puissent soutenir un pareil train. »

Kennedy reprit son observation, et, quelques minutes après, il dit :

« Ce sont des Arabes lancés à toute vitesse. Je les distingue parfaitement. Ils sont une cinquantaine. Je vois leurs burnous qui se gonflent contre le vent. C'est un exercice de cavalerie ; leur chef les précède à cent pas, et ils se précipitent sur ses traces.

— Quels qu'ils soient, Dick, ils ne sont pas à redouter, et, si cela est nécessaire, je m'élèverai.

— Attends ! attends encore, Samuel !

« C'est singulier, ajouta Dick après un nouvel examen, il y a quelque chose dont je ne me rends pas compte ; à leurs efforts et à l'irrégularité de leur ligne, ces Arabes ont plutôt l'air de poursuivre que de suivre.

— En es-tu certain, Dick ?

— Évidemment. Je ne me trompe pas ! C'est une chasse, mais une chasse à l'homme ! Ce n'est point un chef qui les précède, mais un fugitif.

— Un fugitif ! dit Samuel avec émotion.

— Oui !

— Ne le perdons pas de vue et attendons. »

Trois ou quatre milles furent promptement gagnés sur ces cavaliers qui filaient cependant avec une prodigieuse vélocité.

« Samuel ! Samuel ! s'écria Kennedy d'une voix tremblante.

— Qu'as-tu, Dick ?

— Est-ce une hallucination ? est-ce possible ?

— Que veux-tu dire ?

— Attends. »

Et le chasseur essuya rapidement les verres de la lunette et se prit à regarder.

« *Mon maître ! mon maître ! à moi !* » s'écria Joe.

« Eh bien ? fit le docteur.
— C'est lui, Samuel !
— Lui ! » s'écria ce dernier.

« Lui » disait tout ! Il n'y avait pas besoin de le nommer !

« C'est lui à cheval ! à cent pas à peine de ses ennemis ! Il fuit !

— C'est bien Joe ! dit le docteur en pâlissant.
— Il ne peut pas nous voir dans sa fuite !
— Il nous verra, répondit Fergusson en abaissant la flamme de son chalumeau.
— Mais comment ?
— Dans cinq minutes nous serons à cinquante pieds du sol ; dans quinze, nous serons au-dessus de lui.
— Il faut le prévenir par un coup de fusil !
— Non ! il ne peut revenir sur ses pas, il est coupé.
— Que faire alors ?
— Attendre.
— Attendre ! Et ces Arabes ?
— Nous les atteindrons ! Nous les dépasserons ! Nous ne sommes pas éloignés de deux milles, et pourvu que le cheval de Joe tienne encore ?
— Grand Dieu ! fit Kennedy.
— Qu'y a-il ? »

Kennedy avait poussé un cri de désespoir en voyant Joe précipité à terre. Son cheval, évidemment rendu, épuisé, venait de s'abattre.

« Il nous a vus, s'écria le docteur ; en se relevant il nous a fait signe !
— Mais les Arabes vont l'atteindre ! qu'attend-il ! Ah ! le courageux garçon ! Hourra ! » fit le chasseur qui ne se contenait plus.

Joe, immédiatement relevé après sa chute, à l'instant où l'un des plus rapides cavaliers se précipitait sur lui, bondissait comme une panthère, l'évitait par un écart, se jetait en croupe, saisissait l'Arabe à la gorge, de ses mains nerveuses, de ses doigts de fer, il l'étranglait, le renversait sur le sable, et continuait sa course effrayante.

Un immense cri des Arabes s'éleva dans l'air ; mais, tout entiers à leur poursuite, ils n'avaient pas vu le *Victoria* à cinq cents pas derrière eux, et à trente pieds du sol à peine ; eux-mêmes, ils n'étaient pas à vingt longueurs de cheval du fugitif.

L'un d'eux se rapprocha sensiblement de Joe, et il allait le percer de sa lance, quand Kennedy, l'œil fixe, la main ferme, l'arrêta net d'une balle et le précipita à terre.

Joe ne se retourna pas même au bruit. Une partie de la troupe suspendit sa course, et tomba la face dans la poussière à la vue du *Victoria* ; l'autre continua sa poursuite.

« Mais que fait Joe ? s'écria Kennedy, il ne s'arrête pas !
– Il fait mieux que cela, Dick ; je l'ai compris ! il se maintient dans la direction de l'aérostat. Il compte sur notre intelligence ! Ah ! le brave garçon ! Nous l'enlèverons à la barbe de ces Arabes ! Nous ne sommes qu'à deux cents pas.
– Que faut-il faire ? demanda Kennedy.
– Laisse ton fusil de côté.
– Voilà, fit le chasseur en déposant son arme.
– Peux-tu soutenir dans tes bras cent cinquante livres de lest ?
– Plus encore.
– Non, cela suffira. »

Et des sacs de sable furent empilés par le docteur entre les bras de Kennedy.

« Tiens-toi à l'arrière de la nacelle, et sois prêt à jeter ce lest d'un seul coup. Mais, sur ta vie ! ne le fais pas avant mon ordre !
– Sois tranquille !
– Sans cela, nous manquerions Joe, et il serait perdu !
– Compte sur moi ! »

Le *Victoria* dominait presque alors la troupe des cavaliers qui s'élançaient bride abattue sur les pas de Joe. Le docteur, à l'avant de la nacelle, tenait l'échelle déployée, prêt à la lancer au moment voulu. Joe avait maintenu sa distance entre ses poursuivants et lui, cinquante pieds environ. Le *Victoria* les dépassa.

« Attention ! dit Samuel à Kennedy.
– Je suis prêt.
– Joe ! garde à toi... » cria le docteur de sa voix retentis-

sante en jetant l'échelle, dont les premiers échelons soulevèrent la poussière du sol.

A l'appel du docteur, Joe, sans arrêter son cheval, s'était retourné ; l'échelle arriva près de lui, et au moment où il s'y accrochait :

« Jette, cria le docteur à Kennedy.

— C'est fait. »

Et le *Victoria*, délesté d'un poids supérieur à celui de Joe, s'éleva à cent cinquante pieds dans les airs.

Joe se cramponna fortement à l'échelle pendant les vastes oscillations qu'elle eut à décrire ; puis faisant un geste indescriptible aux Arabes, et grimpant avec l'agilité d'un clown, il arriva jusqu'à ses compagnons qui le reçurent dans leurs bras.

Les Arabes poussèrent un cri de surprise et de rage. Le fugitif venait de leur être enlevé au vol, et le *Victoria* s'éloignait rapidement.

« Mon maître ! Monsieur Dick ! » avait dit Joe.

Et succombant à l'émotion, à la fatigue, il s'était évanoui, pendant que Kennedy, presque en délire, s'écriait :

« Sauvé ! sauvé !

— Parbleu ! » fit le docteur, qui avait repris sa tranquille impassibilité.

Joe était presque nu ; ses bras ensanglantés, son corps couvert de meurtrissures, tout cela disait ses souffrances. Le docteur pansa ses blessures et le coucha sous la tente.

Joe revint bientôt de son évanouissement, et demanda un verre d'eau-de-vie, que le docteur ne crut pas devoir lui refuser, Joe n'étant pas un homme à traiter comme tout le monde. Après avoir bu, il serra la main de ses deux compagnons et se déclara prêt à raconter son histoire.

Mais on ne lui permit pas de parler, et le brave garçon retomba dans un profond sommeil, dont il paraissait avoir grand besoin.

Le *Victoria* prenait alors une ligne oblique vers l'ouest. Sous les efforts d'un vent excessif, il revit la lisière du désert épineux, au-dessus des palmiers courbés ou arrachés par la tempête ; et après avoir fourni une marche de près de deux

L'enlèvement de Joe.

cents milles depuis l'enlèvement de Joe, il dépassa vers le soir le dixième degré de longitude.

XXXVII

LA ROUTE DE L'OUEST. − LE RÉVEIL DE JOE. − SON ENTÊTEMENT. − FIN DE L'HISTOIRE DE JOE. − TAGELEL. − INQUIÉTUDES DE KENNEDY. − ROUTE AU NORD. − UNE NUIT PRÈS D'AGHADÈS.

Le vent pendant la nuit se reposa de ses violences du jour, et le *Victoria* demeura paisiblement au sommet d'un grand sycomore ; le docteur et Kennedy veillèrent à tour de rôle, et Joe en profita pour dormir vigoureusement et tout d'un somme pendant vingt-quatre heures.

« Voilà le remède qu'il lui faut, dit Fergusson ; la nature se chargera de sa guérison. »

Au jour, le vent revint assez fort, mais capricieux ; il se jetait brusquement dans le nord et le sud, mais en dernier lieu, le *Victoria* fut entraîné vers l'ouest.

Le docteur, la carte à la main, reconnut le royaume du Damerghou, terrain onduleux d'une grande fertilité, avec les huttes de ses villages faites de longs roseaux entremêlés des branchages de l'esclepia ; les meules de grains s'élevaient, dans les champs cultivés, sur de petits échafaudages destinés à les préserver de l'invasion des souris et des termites.

Bientôt on atteignit la ville de Zinder, reconnaissable à sa vaste place des exécutions ; au centre se dresse l'arbre de mort ; le bourreau veille au pied, et quiconque passe sous son ombre est immédiatement pendu !

En consultant la boussole, Kennedy ne put s'empêcher de dire :

« Voilà que nous reprenons encore la route du nord !

− Qu'importe ? Si elle nous mène à Tembouctou, nous ne nous en plaindrons pas ! Jamais plus beau voyage n'aura été accompli en de meilleures circonstances !...

— Ni en meilleure santé, riposta Joe, qui passait sa bonne figure toute réjouie à travers les rideaux de la tente.

— Voilà notre brave ami ! s'écria le chasseur, notre sauveur ! Comment cela va-t-il ?

— Mais très naturellement, monsieur Kennedy, très naturellement ! Jamais je ne me suis si bien porté ! Rien qui vous rapproprie un homme comme un petit voyage d'agrément précédé d'un bain dans le Tchad ! n'est-ce pas, mon maître ?

— Digne cœur ! répondit Fergusson en lui serrant la main. Que d'angoisses et d'inquiétudes tu nous as causées !

— Eh bien, et vous donc ! Croyez-vous que j'étais tranquille sur votre sort ? Vous pouvez vous vanter de m'avoir fait une fière peur !

— Nous ne nous entendrons jamais, Joe, si tu prends les choses de cette façon.

— Je vois que sa chute ne l'a pas changé, ajouta Kennedy.

— Ton dévouement a été sublime, mon garçon, et il nous a sauvés ; car le *Victoria* tombait dans le lac, et une fois là, personne n'eût pu l'en tirer.

— Mais si mon dévouement, comme il vous plaît d'appeler ma culbute, vous a sauvés, est-ce qu'il ne m'a pas sauvé aussi, puisque nous voilà tous les trois en bonne santé ? Par conséquent, dans tout cela, nous n'avons rien à nous reprocher.

— On ne s'entendra jamais avec ce garçon-là, dit le chasseur.

— Le meilleur moyen de s'entendre, répliqua Joe, c'est de ne plus parler de cela. Ce qui est fait est fait ! Bon ou mauvais, il n'y a pas à y revenir.

— Entêté ! fit le docteur en riant. Au moins tu voudras bien nous raconter ton histoire ?

— Si vous y tenez beaucoup ! Mais, auparavant, je vais mettre cette oie grasse en état de parfaite cuisson, car je vois que M. Dick n'a pas perdu son temps.

— Comme tu dis, Joe.

— Eh bien ! nous allons voir comment ce gibier d'Afrique se comporte dans un estomac européen. »

L'oie fut bientôt grillée à la flamme du chalumeau, et, peu

après, dévorée. Joe en prit sa bonne part, comme un homme qui n'a pas mangé depuis plusieurs jours. Après le thé et les grogs, il mit ses compagnons au courant de ses aventures ; il parla avec une certaine émotion, tout en envisageant les événements avec sa philosophie habituelle. Le docteur ne put s'empêcher de lui presser plusieurs fois la main, quand il vit ce digne serviteur plus préoccupé du salut de son maître que du sien ; à propos de la submersion de l'île des Biddiomahs, il lui expliqua la fréquence de ce phénomène sur le lac Tchad.

Enfin Joe, en poursuivant son récit, arriva au moment où, plongé dans le marais, il jeta un dernier cri de désespoir.

« Je me croyais perdu, mon maître, dit-il, et mes pensées s'adressaient à vous. Je me mis à me débattre. Comment ? je ne vous le dirai pas ; j'étais bien décidé à ne pas me laisser engloutir sans discussion, quand, à deux pas de moi, je distingue, quoi ? un bout de corde fraîchement coupée ; je me permets de faire un dernier effort, et, tant bien que mal, j'arrive au câble ; je tire ; cela résiste ; je me hale, et finalement me voilà en terre ferme ! Au bout de la corde je trouve une ancre !... Ah ! mon maître ! j'ai bien le droit de l'appeler l'ancre du salut, si toutefois vous n'y voyez pas d'inconvénient. Je la reconnais ! une ancre du *Victoria !* vous aviez pris terre en cet endroit ! Je suis la direction de la corde qui me donne votre direction, et, après de nouveaux efforts, je me tire de la fondrière. J'avais repris mes forces avec mon courage, et je marchai pendant une partie de la nuit, en m'éloignant du lac. J'arrivai enfin à la lisière d'une immense forêt. Là, dans un enclos, des chevaux paissaient sans songer à mal. Il y a des moments dans l'existence où tout le monde sait monter à cheval, n'est-il pas vrai ? Je ne perds pas une minute à réfléchir, je saute sur le dos de l'un de ces quadrupèdes, et nous voilà filant vers le nord à toute vitesse. Je ne vous parlerai point des villes que je n'ai pas vues, ni des villages que j'ai évités. Non, je traverse les champs ensemencés, je pousse ma bête, je l'excite, je l'enlève ! J'arrive à la limite des terres cultivées. Bon ! le désert ! cela me va ; je verrai mieux devant moi, et de plus loin. J'espérais toujours apercevoir le *Victoria* m'attendant

Le pays des Kailouas.

en courant des bordées. Mais rien. Au bout de trois heures, je tombai comme un sot dans un campement d'Arabes ! Ah ! quelle chasse !... Voyez-vous, monsieur Kennedy, un chasseur ne sait pas ce qu'est une chasse, s'il n'a été chassé lui-même ! Et cependant, s'il le peut, je lui donne le conseil de ne pas en essayer ! Mon cheval tombait de lassitude ; on me serre de près ; je m'abats ; je saute en croupe d'un Arabe ! Je ne lui en voulais pas, et j'espère bien qu'il ne me garde pas rancune de l'avoir étranglé ! Mais je vous avais vus !... et vous savez le reste. Le *Victoria* court sur mes traces, et vous me ramassez au vol, comme un cavalier fait d'une bague. N'avais-je pas raison de compter sur vous ? Eh bien ! monsieur Samuel, vous voyez combien tout cela est simple. Rien de plus naturel au monde ! Je suis prêt à recommencer, si cela peut vous rendre service encore ! Et, d'ailleurs, comme je vous le disais, mon maître, cela ne vaut pas la peine d'en parler.

– Mon brave Joe ! répondit le docteur avec émotion. Nous n'avions donc pas tort de nous fier à ton intelligence et à ton adresse !

– Bah ! Monsieur, il n'y a qu'à suivre les événements, et on se tire d'affaire ! Le plus sûr, voyez-vous, c'est encore d'accepter les choses comme elles se présentent. »

Pendant cette histoire de Joe, le ballon avait rapidement franchi une longue étendue de pays. Kennedy fit bientôt remarquer à l'horizon un amas de cases qui se présentait avec l'apparence d'une ville. Le docteur consulta sa carte, et reconnut la bourgade de Tagelel dans le Damerghou.

« Nous retrouverons ici, dit-il, la route de Barth. C'est là qu'il se sépara de ses deux compagnons Richardson et Overweg. Le premier devait suivre la route de Zinder, le second celle de Maradi, et vous vous rappelez que, de ces trois voyageurs, Barth est le seul qui revit l'Europe.

– Ainsi, dit le chasseur, en suivant sur la carte la direction du *Victoria,* nous remontons directement vers le nord ?

– Directement, mon cher Dick.

– Et cela ne t'inquiète pas un peu ?

– Pourquoi ?

– C'est que ce chemin-là nous mène à Tripoli et au-dessus du grand désert.
– Oh ! nous n'irons pas si loin, mon ami ; du moins, je l'espère.
– Mais où prétends-tu t'arrêter ?
– Voyons, Dick, ne serais-tu pas curieux de visiter Tembouctou.
– Tembouctou ?
– Sans doute, reprit Joe. On ne peut pas se permettre de faire un voyage en Afrique sans visiter Tembouctou !
– Tu seras le cinquième ou sixième Européen qui aura vu cette ville mystérieuse.
– Va pour Tembouctou !
– Alors laisse-nous arriver entre le dix-septième et le dix-huitième degré de latitude, et là nous chercherons un vent favorable qui puisse nous chasser vers l'ouest.
– Bien, répondit le chasseur, mais avons-nous encore une longue route à parcourir dans le nord ?
– Cent cinquante milles au moins.
– Alors, répliqua Kennedy, je vais dormir un peu.
– Dormez, monsieur, répondit Joe ; vous-même, mon maître, imitez M. Kennedy ; vous devez avoir besoin de repos, car je vous ai fait veiller d'une façon indiscrète. »

Le chasseur s'étendit sous la tente ; mais Fergusson, sur qui la fatigue avait peu de prise, demeura à son poste d'observation.

Au bout de trois heures, le *Victoria* franchissait avec une extrême rapidité un terrain caillouteux, avec des rangées de hautes montagnes nues à base granitique ; certains pics isolés atteignaient même quatre mille pieds de hauteur ; les girafes, les antilopes, les autruches bondissaient avec une merveilleuse agilité au milieu des forêts d'acacias, de mimosas, de souahs et de dattiers ; après l'aridité du désert, la végétation reprenait son empire. C'était le pays des Kailouas qui se voilent le visage au moyen d'une bande de coton, ainsi que leurs dangereux voisins les Touareg.

A dix heures du soir, après une superbe traversée de deux cent cinquante milles, le *Victoria* s'arrêta au-dessus d'une ville importante ; la lune en laissait entrevoir une partie à demi ruinée ; quelques pointes de mosquées s'élançaient çà et là frappées d'un blanc rayon de lumière ; le docteur prit la hauteur des étoiles, et reconnut qu'il se trouvait sous la latitude d'Aghadès.

Cette ville, autrefois le centre d'un immense commerce, tombait déjà en ruine à l'époque où la visita le docteur Barth.

Le *Victoria,* n'étant pas aperçu dans l'ombre, prit terre à deux milles au-dessus d'Aghadès, dans un vaste champ de millet. La nuit fut assez tranquille et disparut vers les cinq heures du matin, pendant qu'un vent léger sollicitait le ballon vers l'ouest, et même un peu au sud.

Fergusson s'empressa de saisir cette bonne fortune. Il s'enleva rapidement et s'enfuit dans une longue traînée des rayons du soleil.

XXXVIII

TRAVERSÉE RAPIDE. - RÉSOLUTIONS PRUDENTES. - CARAVANES. - AVERSES CONTINUELLES. - GAO. - LE NIGER. - GOLBERRY, GEOFFROY, GRAY. - MUNGO-PARK. - LAING. - RENÉ CAILLIÉ. - CLAPPERTON. - JOHN ET RICHARD LANDER.

La journée du 17 mai fut tranquille et exempte de tout incident ; le désert recommençait ; un vent moyen ramenait le *Victoria* dans le sud-ouest ; il ne déviait ni à droite ni à gauche ; son ombre traçait sur le sable une ligne rigoureusement droite.

Avant son départ, le docteur avait renouvelé prudemment sa provision d'eau ; il craignait de ne pouvoir prendre terre sur ces contrées infestées par les Touareg Aouelimminien. Le plateau, élevé de dix-huit cents pieds au-dessus du niveau de la mer, se déprimait vers le sud. Les voyageurs, ayant coupé la route d'Aghadès à Mourzouk, souvent battue par le pied des chameaux, arrivèrent au soir par 16° de latitude et 4° 55' de longitude, après avoir franchi cent quatre-vingts milles d'une longue monotonie.

Pendant cette journée, Joe apprêta les dernières pièces de gibier, qui n'avaient reçu qu'une préparation sommaire ; il servit au souper une brochette de bécassines fort appétissantes. Le vent étant bon, le docteur résolut de continuer sa route pendant une nuit que la lune, presque pleine encore, faisait resplendissante. Le *Victoria* s'éleva à une hauteur de cinq cents pieds, et, pendant cette traversée nocturne de soixante milles environ, le léger sommeil d'un enfant n'eût même pas été troublé.

Le dimanche matin, nouveau changement dans la direction du vent ; il porta vers le nord-ouest ; quelques corbeaux volaient dans les airs, et, vers l'horizon, une troupe de vautours, qui se tint fort heureusement éloignée.

La vue de ces oiseaux amena Joe à complimenter son maître sur son idée des deux ballons.

« Où en serions-nous, dit-il, avec une seule enveloppe ? Ce second ballon, c'est comme la chaloupe d'un navire ; en cas de naufrage, on peut toujours la prendre pour se sauver.

— Tu as raison, mon ami ; seulement ma chaloupe m'inquiète un peu ; elle ne vaut pas le bâtiment.

— Que veux-tu dire ? demanda Kennedy.

— Je veux dire que le nouveau *Victoria* ne vaut pas l'ancien ; soit que le tissu en ait été trop éprouvé, soit que la gutta-percha se soit fondue à la chaleur du serpentin, je constate une certaine déperdition de gaz ; ce n'est pas grand-chose jusqu'ici, mais enfin c'est appréciable ; nous avons une tendance à baisser, et, pour me maintenir, je suis forcé de donner plus de dilatation à l'hydrogène.

— Diable ! fit Kennedy, je ne vois guère de remède à cela.

— Il n'y en a pas, mon cher Dick ; c'est pourquoi nous ferions bien de nous presser, en évitant même les haltes de nuit.

— Sommes-nous encore loin de la côte ? demanda Joe.

— Quelle côte, mon garçon ? Savons-nous donc où le hasard nous conduira ; tout ce que je puis te dire, c'est que

Tembouctou se trouve encore à quatre cents milles dans l'ouest.

— Et quel temps mettrons-nous à y parvenir ?

— Si le vent ne nous écarte pas trop, je compte rencontrer cette ville mardi vers le soir.

— Alors, fit Joe en indiquant une longue file de bêtes et d'hommes qui serpentait en plein désert, nous arriverons plus vite que cette caravane. »

Fergusson et Kennedy se penchèrent et aperçurent une vaste agglomération d'êtres de toute espèce ; il y avait là plus de cent cinquante chameaux, de ceux qui pour douze mutkals d'or[1] vont de Tembouctou à Tafilet avec une charge de cinq cents livres sur le dos ; tous portaient sous la queue un petit sac destiné à recevoir leurs excréments, seul combustible sur lequel on puisse compter dans le désert.

Ces chameaux des Touareg sont de la meilleure espèce ; ils peuvent rester de trois à sept jours sans boire, et deux jours sans manger ; leur vitesse est supérieure à celle des chevaux, et ils obéissent avec intelligence à la voix du khabir, le guide de la caravane. On les connaît dans le pays sous le nom de « mehari ».

Tels furent les détails donnés par le docteur, pendant que ses compagnons considéraient cette multitude d'hommes, de femmes, d'enfants, marchant avec peine sur un sable à demi mouvant, à peine contenu par quelques chardons, des herbes flétries et des buissons chétifs. Le vent effaçait la trace de leurs pas presque instantanément.

Joe demanda comment les Arabes parvenaient à se diriger dans le désert, et à gagner les puits épars dans cette immense solitude.

« Les Arabes, répondit Fergusson, ont reçu de la nature un merveilleux instinct pour reconnaître leur route ; là où un Européen serait désorienté, ils n'hésitent jamais ; une pierre insignifiante, un caillou, une touffe d'herbe, la nuance différente des sables, leur suffit pour marcher sûrement ; pendant la nuit, ils se guident sur l'étoile polaire ; ils ne font pas plus de deux milles à l'heure, et se reposent pendant les

---

[1]. Cent vingt-cinq francs.

grandes chaleurs de midi ; ainsi jugez du temps qu'ils mettent à traverser le Sahara, un désert de plus de neuf cents milles. »

Mais le *Victoria* avait déjà disparu aux yeux étonnés des Arabes, qui devaient envier sa rapidité. Au soir, il passait par 2° 20' de longitude[1], et, pendant la nuit, il franchissait encore plus d'un degré.

Le lundi, le temps changea complètement ; la pluie se mit à tomber avec une grande violence ; il fallut résister à ce déluge et à l'accroissement de poids dont il chargeait le ballon et la nacelle ; cette perpétuelle averse expliquait les marais et les marécages qui composaient uniquement la surface du pays ; la végétation y reparaissait avec les mimosas, les baobabs et les tamarins.

Tel était le Sonray avec ses villages coiffés de toits renversés comme des bonnets arméniens ; il y avait peu de montagnes, mais seulement ce qu'il fallait de collines pour faire des ravins et des réservoirs, que les pintades et les bécassines sillonnaient de leur vol ; çà et là un torrent impétueux coupait les routes ; les indigènes le traversaient en se cramponnant à une liane tendue d'un arbre à un autre ; les forêts faisaient place aux jungles dans lesquelles remuaient alligators, hippopotames et rhinocéros.

« Nous ne tarderons pas à voir le Niger, dit le docteur ; la contrée se métamorphose aux approches des grands fleuves. Ces chemins qui marchent, suivant une juste expression, ont d'abord apporté la végétation avec eux, comme ils apporteront la civilisation plus tard. Ainsi, dans son parcours de deux mille cinq cents milles, le Niger a semé sur ses bords les plus importantes cités de l'Afrique.

— Tiens, dit Joe, cela me rappelle l'histoire de ce grand admirateur de la Providence, qui la louait du soin qu'elle avait eu de faire passer les fleuves au milieu des grandes villes ! »

A midi, le *Victoria* passait au-dessus d'une bourgade, d'une réunion de huttes assez misérables, Gao, qui fut autrefois une grande capitale.

---

1. **Le zéro du méridien de Paris.**

« C'est là, dit le docteur, que Barth traversa le Niger à son retour de Tembouctou ; voici ce fleuve fameux dans l'Antiquité, le rival du Nil, auquel la superstition païenne donna une origine céleste ; comme lui, il préoccupa l'attention des géographes de tous les temps ; comme celle du Nil, et plus encore, son exploration a coûté de nombreuses victimes. »

Le Niger coulait entre deux rives largement séparées ; ses eaux roulaient vers le sud avec une certaine violence ; mais les voyageurs entraînés purent à peine en saisir les curieux contours.

« Je veux vous parler de ce fleuve, dit Fergusson, et il est déjà loin de nous ! Sous les noms de Dhiouleba, de Mayo, d'Egghirreou, de Quorra, et autres encore, il parcourt une étendue immense de pays, et lutterait presque de longueur avec le Nil. Ces noms signifient tout simplement « le fleuve », suivant les contrées qu'il traverse.

– Est-ce que le docteur Barth a suivi cette route ? demanda Kennedy.

– Non, Dick ; en quittant le lac Tchad, il traversa les villes principales du Bornou et vint couper le Niger à Say, quatre degrés au-dessous de Gao ; puis il pénétra au sein de ces contrées inexplorées que le Niger renferme dans son coude, et, après huit mois de nouvelles fatigues, il parvint à Tembouctou ; ce que nous ferons en trois jours à peine, avec un vent aussi rapide.

– Est-ce qu'on a découvert les sources du Niger ? demanda Joe.

– Il y a longtemps, répondit le docteur. La reconnaissance du Niger et de ses affluents attira de nombreuses explorations, et je puis vous indiquer les principales. De 1749 à 1753, Adanson reconnaît le fleuve et visite Gorée ; de 1785 à 1788, Golberry et Geoffroy parcourent les déserts de la Sénégambie et remontent jusqu'au pays des Maures, qui assassinèrent Saugnier, Brisson, Adam, Riley, Cochelet, et tant d'autres infortunés. Vient alors l'illustre Mungo-Park, l'ami de Walter Scott, Écossais comme lui. Envoyé en 1795 par la Société africaine de Londres, il atteint Bambarra, voit le Niger, fait cinq cents milles avec un marchand d'esclaves, reconnaît la rivière de Gambie et revient en Angleterre en

Le Niger.

1797, il repart le 30 janvier 1805 avec son beau-frère Anderson, Scott le dessinateur et une troupe d'ouvriers ; il arrive à Gorée, s'adjoint un détachement de trente-cinq soldats, revoit le Niger le 19 août ; mais alors, par suite des fatigues, des privations, des mauvais traitements, des inclémences du ciel, de l'insalubrité du pays, il ne reste plus que onze vivants de quarante Européens ; le 16 novembre, les dernières lettres de Mungo-Park parvenaient à sa femme, et, un an plus tard, on apprenait par un trafiquant du pays qu'arrivé à Boussa, sur le Niger, le 23 décembre, l'infortuné voyageur vit sa barque renversée par les cataractes du fleuve, et que lui-même fut massacré par les indigènes.

— Et cette fin terrible n'arrêta pas les explorateurs ?

— Au contraire Dick ; car alors on avait non seulement à reconnaître le fleuve, mais à retrouver les papiers du voyageur. Dès 1816, une expédition s'organise à Londres, à laquelle prend part le major Gray ; elle arrive au Sénégal, pénètre dans le Fouta-Djallon, visite les populations foullahs et mandingues, et revient en Angleterre sans autre résultat. En 1822, le major Laing explore toute la partie de l'Afrique occidentale voisine des possessions anglaises, et ce fut lui qui arriva le premier aux sources du Niger ; d'après ses documents, la source de ce fleuve immense n'aurait pas deux pieds de largeur.

— Facile à sauter, dit Joe.

— Eh ! eh ! facile ! répliqua le docteur. Si l'on s'en rapporte à la tradition, quiconque essaie de franchir cette source en la sautant est immédiatement englouti ; qui veut y puiser de l'eau se sent repoussé par une main invisible.

— Et il est permis de ne pas en croire un mot ? demanda Joe.

— Cela est permis. Cinq ans plus tard, le major Laing devait s'élancer au travers du Sahara, pénétrer jusqu'à Tembouctou, et mourir étranglé à quelques milles au-dessus par les Oulad-Shiman, qui voulaient l'obliger à se faire musulman.

— Encore une victime ! dit le chasseur.

— C'est alors qu'un courageux jeune homme entreprit avec ses faibles ressources et accomplit le plus étonnant des voyages modernes ; je veux parler du Français René Caillié. Après diverses tentatives en 1819 et en 1824, il partit à nouveau, le 19 avril 1827, du Rio-Nunez ; le 3 août, il arriva tellement épuisé et malade à Timé, qu'il ne put reprendre son voyage qu'en janvier 1828, six mois après ; il se joignit alors à une caravane, protégé par son vêtement oriental, atteignit le Niger le 10 mars, pénétra dans la ville de Jenné, s'embarqua sur le fleuve et le descendit jusqu'à Tembouctou, où il arriva le 30 avril. Un autre Français, Imbert, en 1670, un Anglais, Robert Adams, en 1810, avaient peut-être vu cette ville curieuse ; mais René Caillié devait être le premier Européen qui en ait rapporté des données exactes ; le 4 mai, il quitta cette reine du désert ; le 9, il reconnut l'endroit même où fut assassiné le major Laing ; le 19, il arriva à El-Araouan et quitta cette ville commerçante pour franchir, à travers mille dangers, les vastes solitudes comprises entre le Soudan et les régions septentrionales de l'Afrique ; enfin il entra à Tanger, et, le 28 septembre, il s'embarqua pour Toulon ; en dix-neuf mois, malgré cent quatre-vingts jours de maladie, il avait traversé l'Afrique de l'ouest au nord. Ah ! si Caillié fût né en Angleterre, on l'eût honoré comme le plus intrépide voyageur des temps modernes, à l'égal de Mungo-Park ! Mais, en France, il n'est pas apprécié à sa valeur[1].

— C'était un hardi compagnon, dit le chasseur. Et qu'est-il devenu ?

— Il est mort à trente-neuf ans, des suites de ses fatigues ; on crut avoir assez fait en lui décernant le prix de la Société de géographie en 1828 ; les plus grands honneurs lui eussent été rendus en Angleterre ! Au reste, tandis qu'il accomplissait ce merveilleux voyage, un Anglais concevait la même entreprise et la tentait avec autant de courage, sinon autant de bonheur. C'est le capitaine Clapperton, le compagnon de Denham. En 1829, il rentra en Afrique par la côte ouest dans le golfe de Bénin ; il reprit les traces de Mungo-Park et

---

[1]. Le docteur Fergusson, en sa qualité d'Anglais, exagère peut-être ; néanmoins, nous devons reconnaître que René Caillié ne jouit pas en France, parmi les voyageurs, d'une célébrité digne de son dévouement et de son courage.

de Laing, retrouva dans Boussa les documents relatifs à la mort du premier, arriva le 20 août à Sakcatou, où, retenu prisonnier, il rendit le dernier soupir entre les mains de son fidèle domestique Richard Lander.

— Et que devint ce Lander ? demanda Joe fort intéressé.

— Il parvint à regagner la côte et revint à Londres, rapportant les papiers du capitaine et une relation exacte de son propre voyage ; il offrit alors ses services au gouvernement pour compléter la reconnaissance du Niger ; il s'adjoignit son frère John, second enfant de pauvres gens des Cornouailles, et tous les deux, de 1829 à 1831, ils redescendirent le fleuve depuis Boussa jusqu'à son embouchure, le décrivant village par village, mille par mille.

— Ainsi, ces deux frères échappèrent au sort commun ? demanda Kennedy.

— Oui, pendant cette exploration du moins, car en 1833 Richard entreprit un troisième voyage au Niger, et périt frappé d'une balle inconnue près de l'embouchure du fleuve. Vous le voyez donc, mes amis, ce pays, que nous traversons, a été témoin de nobles dévouements, qui n'ont eu trop souvent que la mort pour récompense ! »

XXXIX

LE PAYS DANS LE COUDE DU NIGER. – VUE FANTASTIQUE DES MONTS HOMBORI. – KABRA. – TEMBOUCTOU. – PLAN DU DOCTEUR BARTH. – DÉCADENCE. – OÙ LE CIEL VOUDRA.

Pendant cette maussade journée du lundi, le docteur Fergusson se plut à donner à ses compagnons mille détails sur la contrée qu'ils traversaient. Le sol assez plat n'offrait aucun obstacle à leur marche. Le seul souci du docteur était causé par ce maudit vent du nord-est qui soufflait avec rage et l'éloignait de la latitude de Tembouctou.

Le Niger, après avoir remonté au nord jusqu'à cette ville, s'arrondit comme un immense jet d'eau et retombe dans l'océan Atlantique en gerbe largement épanouie ; dans ce coude, le pays est très varié, tantôt d'une fertilité luxuriante, tantôt d'une extrême aridité ; les plaines incultes succèdent aux champs de maïs, qui sont remplacés par de vastes terrains couverts de genêts ; toutes les espèces d'oiseaux d'humeur aquatique, pélicans, sarcelles, martins-pêcheurs, vivent en troupes nombreuses sur les bords des torrents et des marigots.

De temps en temps apparaissait un camp de Touareg, abrités sous leurs tentes de cuir, tandis que les femmes vaquaient aux travaux extérieurs, trayant leurs chamelles et fumant leurs pipes à gros foyer.

Le *Victoria,* vers huit heures du soir, s'était avancé de plus de deux cents milles à l'ouest, et les voyageurs furent alors témoins d'un magnifique spectacle.

Quelques rayons de lune se frayèrent un chemin par une fissure des nuages, et, glissant entre les raies de pluie, tombèrent sur la chaîne des monts Hombori. Rien de plus étrange que ces crêtes d'apparence basaltique ; elles se profilaient en silhouettes fantastiques sur le ciel assombri ; on eût dit les ruines légendaires d'une immense ville du Moyen Age, telles que, par les nuits sombres, les banquises des mers glaciales en présentent au regard étonné.

« Voilà un site des *Mystères d'Udolphe,* dit le docteur ; Ann Radcliff n'aurait pas découpé ces montagnes sous un plus effrayant aspect.

— Ma foi ! répondit Joe, je n'aimerais pas à me promener seul le soir dans ce pays de fantômes. Voyez-vous, mon maître, si ce n'était pas si lourd, j'emporterais tout ce paysage en Écosse. Cela ferait bien sur les bords du lac Lomond, et les touristes y courraient en foule.

— Notre ballon n'est pas assez grand pour te permettre cette fantaisie. Mais il me semble que notre direction change. Bon ! les lutins de l'endroit sont fort aimables ; ils nous soufflent un petit vent de sud-est qui va nous remettre en bon chemin. »

En effet, le *Victoria* reprenait une route plus au nord, et le

20, au matin, il passait au-dessus d'un inextricable réseau de canaux, de torrents, de rivières, tout l'enchevêtrement complet des affluents du Niger. Plusieurs de ces canaux, recouverts d'une herbe épaisse, ressemblaient à de grasses prairies. Là, le docteur retrouva la route de Barth, quand celui-ci s'embarqua sur le fleuve pour le descendre jusqu'à Tembouctou. Large de huit cents toises, le Niger coulait ici entre deux rives riches en crucifères et en tamarins ; les troupeaux bondissants des gazelles mêlaient leurs cornes annelées aux grandes herbes, entre lesquelles l'alligator les guettait en silence.

De longues files d'ânes et de chameaux, chargés des marchandises de Jenné, s'enfonçaient sous les beaux arbres ; bientôt un amphithéâtre de maisons basses apparut à un détour du fleuve ; sur les terrasses et les toits était amoncelé tout le fourrage recueilli dans les contrées environnantes.

« C'est Kabra, s'écria joyeusement le docteur ; c'est le port de Tembouctou ; la ville n'est pas à cinq milles d'ici !

– Alors vous êtes satisfait, monsieur ? demanda Joe.

– Enchanté, mon garçon.

– Bon, tout est pour le mieux. »

En effet, à deux heures, la reine du désert, la mystérieuse Tembouctou, qui eut, comme Athènes et Rome, ses écoles de savants et ses chaires de philosophie, se déploya sous les regards des voyageurs.

Fergusson en suivait les moindres détails sur le plan tracé par Barth lui-même, et il en reconnut l'extrême exactitude.

La ville forme un vaste triangle inscrit dans une immense plaine de sable blanc ; sa pointe se dirige vers le nord et perce un coin du désert ; rien aux alentours ; à peine quelques graminées, des mimosas nains et des arbrisseaux rabougris.

Quant à l'aspect de Tembouctou, que l'on se figure un entassement de billes et de dés à jouer ; voilà l'effet produit à vol d'oiseau ; les rues, assez étroites, sont bordées de maisons qui n'ont qu'un rez-de-chaussée, construites en briques cuites au soleil, et de huttes de paille et de roseaux, celles-ci coniques, celles-là carrées ; sur les terrasses sont nonchalamment étendus quelques habitants drapés dans leur robe éclatante, la lance ou le mousquet à la main ; de femmes point, à cette heure du jour.

« Mais on les dit belles, ajouta le docteur. Vous voyez les trois tours des trois mosquées, restées seules entre un grand nombre. La ville est bien déchue de son ancienne splendeur ! Au sommet du triangle s'élève la mosquée de Sankore avec ses rangées de galeries soutenues par des arcades d'un dessin assez pur ; plus loin, près du quartier de Sane-Gungu, la mosquée de Sidi-Yahia et quelques maisons à deux étages. Ne cherchez ni palais ni monuments. Le cheik est un simple trafiquant, et sa demeure royale un comptoir.

– Il me semble, dit Kennedy, apercevoir des remparts à demi renversés.

– Ils ont été détruits par les Foullannes en 1826 ; alors la ville était plus grande d'un tiers, car Tembouctou, depuis le XIe siècle, objet de convoitise générale, a successivement appartenu aux Touareg, aux Sonrayens, aux Marocains, aux Foullannes ; et ce grand centre de civilisation, où un savant comme Ahmed-Baba possédait au XVIe siècle une bibliothèque de seize cents manuscrits, n'est plus qu'un entrepôt de commerce de l'Afrique centrale. »

La ville paraissait livrée, en effet, à une grande incurie ; elle accusait la nonchalance épidémique des cités qui s'en vont ; d'immenses décombres s'amoncelaient dans les faubourgs et formaient avec la colline du marché les seuls accidents du terrain.

Au passage du *Victoria,* il se fit bien quelque mouvement, le tambour fut battu ; mais à peine si le dernier savant de l'endroit eut le temps d'observer ce nouveau phénomène ; les voyageurs, repoussés par le vent du désert, reprirent le cours sinueux du fleuve, et bientôt Tembouctou ne fut plus qu'un des souvenirs rapides de leur voyage.

« Et maintenant, dit le docteur, le Ciel nous conduise où il lui plaira !

– Pourvu que ce soit dans l'ouest ! répliqua Kennedy.

– Bah ! fit Joe, il s'agirait de revenir à Zanzibar par le même chemin, et de traverser l'Océan jusqu'en Amérique, cela ne m'effraierait guère !

– Il faudrait d'abord le pouvoir, Joe.

— Et que nous manque-t-il pour cela ?

— Du gaz, mon garçon ; la force ascensionnelle du ballon diminue sensiblement, et il faudra de grands ménagements pour qu'il nous porte jusqu'à la côte. Je vais même être forcé de jeter du lest. Nous sommes trop lourds.

— Voilà ce que c'est que de ne rien faire, mon maître ! A rester toute la journée étendu comme un fainéant dans son hamac, on engraisse et l'on devient pesant. C'est un voyage de paresseux que le nôtre, et, au retour, on nous trouvera affreusement gros et gras.

— Voilà bien des réflexions dignes de Joe, répondit le chasseur ; mais attends donc la fin ; sais-tu ce que le Ciel nous réserve ? Nous sommes encore loin du terme de notre voyage. Où crois-tu rencontrer la côte d'Afrique, Samuel ?

— Je serais fort empêché de te répondre, Dick ; nous sommes à la merci de vents très variables ; mais enfin je m'estimerai heureux si j'arrive entre Sierra-Leone et Portendick ; il y a là une certaine étendue de pays où nous rencontrerons des amis.

— Et ce sera plaisir de leur serrer la main ; mais suivons-nous, au moins, la direction voulue ?

— Pas trop, Dick, pas trop ; regarde l'aiguille aimantée ; nous portons au sud, et nous remontons le Niger vers ses sources.

— Une fameuse occasion de les découvrir, riposta Joe, si elles n'étaient déjà connues. Est-ce qu'à la rigueur on ne pourrait pas lui en trouver d'autres ?

— Non, Joe ; mais sois tranquille, j'espère bien ne pas aller jusque-là. »

A la nuit tombante, le docteur jeta les derniers sacs de lest ; le *Victoria* se releva ; le chalumeau, quoique fonctionnant à pleine flamme, pouvait à peine le maintenir ; il se trouvait alors à soixante milles dans le sud de Tembouctou, et, le lendemain, il se réveillait sur les bords du Niger, non loin du lac Debo.

XL

INQUIÉTUDES DU DOCTEUR FERGUSSON. – DIRECTION PERSISTANTE VERS LE SUD. – UN NUAGE DE SAUTERELLES. – VUE DE JENNÉ. – VUE DE SÉGO. – CHANGEMENT DE VENT. – REGRETS DE JOE.

Le lit du fleuve était alors partagé par de grandes îles en branches étroites d'un courant fort rapide. Sur l'une d'entre elles s'élevaient quelques cases de bergers ; mais il fut impossible d'en faire un relèvement exact, car la vitesse du *Victoria* s'accroissait toujours. Malheureusement, il inclinait encore plus au sud et franchit en quelques instants le lac Debo.

Fergusson chercha à diverses élévations, en forçant extrêmement sa dilatation, d'autres courants dans l'atmosphère, mais en vain. Il abandonna promptement cette manœuvre, qui augmentait encore la déperdition de son gaz, en le pressant contre les parois fatiguées de l'aérostat.

Il ne dit rien, mais il devint fort inquiet. Cette obstination du vent à le rejeter vers la partie méridionale de l'Afrique déjouait ses calculs. Il ne savait plus sur qui ni sur quoi compter. S'il n'atteignait pas les territoires anglais ou français, que devenir au milieu des barbares qui infestaient les côtes de Guinée ? Comment y attendre un navire pour retourner en Angleterre ? Et la direction actuelle du vent le chassait sur le royaume de Dahomey, parmi les peuplades les plus sauvages, à la merci d'un roi qui, dans les fêtes publiques, sacrifiait des milliers de victimes humaines ! Là, on serait perdu.

D'un autre côté, le ballon se fatiguait visiblement, et le docteur le sentait lui manquer ! Cependant, le temps se levant un peu, il espéra que la fin de la pluie amènerait un changement dans les courants atmosphériques.

Il fut donc désagréablement ramené au sentiment de la situation par cette réflexion de Joe :

« Bon ! disait celui-ci, voici la pluie qui va redoubler, et cette fois, ce sera le déluge, s'il faut en juger par ce nuage qui s'avance !

– Encore un nuage ! dit Fergusson.
– Et un fameux ! répondit Kennedy.
– Comme je n'en ai jamais vu, répliqua Joe, avec des arêtes tirées au cordeau.
– Je respire, dit le docteur en déposant sa lunette. Ce n'est pas un nuage.
– Par exemple ! fit Joe.
– Non ! c'est une nuée !
– Eh bien ?
– Mais une nuée de sauterelles.
– Ça, des sauterelles !
– Des milliards de sauterelles qui vont passer sur ce pays comme une trombe, et malheur à lui, car si elles s'abattent, il sera dévasté !
– Je voudrais bien voir cela !
– Attends un peu, Joe ; dans dix minutes, ce nuage nous aura atteints, et tu en jugeras par tes propres yeux. »

Fergusson disait vrai ; ce nuage épais, opaque, d'une étendue de plusieurs milles, arrivait avec un bruit assourdissant, promenant sur le sol son ombre immense ; c'était une innombrable légion de ces sauterelles auxquelles on a donné le nom de criquets. A cent pas du *Victoria,* elles s'abattirent sur un pays verdoyant ; un quart d'heure plus tard, la masse reprenait son vol, et les voyageurs pouvaient encore apercevoir de loin les arbres, les buissons entièrement dénudés, les prairies comme fauchées. On eût dit qu'un subit hiver venait de plonger la campagne dans la plus profonde stérilité.

« Eh bien, Joe ?
– Eh bien ! monsieur, c'est fort curieux, mais fort naturel. Ce qu'une sauterelle ferait en petit, des milliards le font en grand.
– C'est une effrayante pluie, dit le chasseur, et plus terrible encore que la grêle par ses dévastations.
– Et il est impossible de s'en préserver, répondit Fergusson ; quelquefois les habitants ont eu l'idée d'incendier des forêts, des moissons même pour arrêter le vol de ces insectes ; mais les premiers rangs, se précipitant dans les flammes, les éteignaient sous leur masse, et le reste de la bande passait irrésistiblement. Heureusement, dans ces con-

Un nuage de sauterelles.

trées, il y a une sorte de compensation à leurs ravages ; les indigènes recueillent ces insectes en grand nombre et les mangent avec plaisir.

– Ce sont les crevettes de l'air », dit Joe, qui, « pour s'instruire », ajouta-t-il, regretta de n'avoir pu en goûter.

Le pays devint plus marécageux vers le soir ; les forêts firent place à des bouquets d'arbres isolés ; sur les bords du fleuve, on distinguait quelques plantations de tabac et des marais gras de fourrages. Dans une grande île apparut alors la ville de Jenné, avec les deux tours de sa mosquée de terre, et l'odeur infecte qui s'échappait de millions de nids d'hirondelles accumulés sur ses murs. Quelques cimes de baobabs, de mimosas et de dattiers perçaient entre les maisons ; même à la nuit, l'activité paraissait très grande. Jenné est en effet une ville fort commerçante ; elle fournit à tous les besoins de Tembouctou ; ses barques sur le fleuve, ses caravanes par les chemins ombragés, y transportent les diverses productions de son industrie.

« Si cela n'eût pas dû prolonger notre voyage, dit le docteur, j'aurais tenté de descendre dans cette ville ; il doit s'y trouver plus d'un Arabe qui a voyagé en France ou en Angleterre, et auquel notre genre de locomotion n'est peut-être pas étranger. Mais ce ne serait pas prudent.

– Remettons cette visite à notre prochaine excursion, dit Joe en riant.

– D'ailleurs, si je ne me trompe, mes amis, le vent a une légère tendance à souffler de l'est ; il ne faut pas perdre une pareille occasion. »

Le docteur jeta quelques objets devenus inutiles, des bouteilles vides et une caisse de viande qui n'était plus d'aucun usage ; il réussit à maintenir le *Victoria* dans une zone plus favorable à ses projets. A quatre heures du matin, les premiers rayons du soleil éclairaient Sego, la capitale du Bambarra, parfaitement reconnaissable aux quatre villes qui la composent, à ses mosquées mauresques, et au va-et-vient incessant des bacs qui transportent les habitants dans les divers quartiers. Mais les voyageurs ne furent pas plus vus qu'ils ne virent ; ils fuyaient rapidement et directement dans le nord-ouest, et les inquiétudes du docteur se calmaient peu à peu.

« Encore deux jours dans cette direction, et avec cette vitesse nous atteindrons le fleuve du Sénégal.

– Et nous serons en pays ami ? demanda le chasseur.

– Pas tout à fait encore ; à la rigueur, si le *Victoria* venait à nous manquer, nous pourrions gagner des établissements français ! Mais puisse-t-il tenir pendant quelques centaines de milles, et nous arriverons sans fatigues, sans craintes, sans dangers, jusqu'à la côte occidentale.

– Et ce sera fini ! fit Joe. Eh bien, tant pis ! Si ce n'était le plaisir de raconter, je ne voudrais plus jamais mettre pied à terre ! Pensez-vous qu'on ajoute foi à nos récits, mon maître ?

– Qui sait, mon brave Joe ? Enfin, il y aura toujours un fait incontestable ; mille témoins nous auront vus partir d'un côté de l'Afrique ; mille témoins nous verrons arriver à l'autre côté.

– En ce cas, répondit Kennedy, il me paraît difficile de dire que nous n'avons pas traversé !

– Ah ! monsieur Samuel ! reprit Joe avec un gros soupir, je regretterai plus d'une fois mes cailloux en or massif ! Voilà qui aurait donné du poids à nos histoires et de la vraisemblance à nos récits. A un gramme d'or par auditeur, je me serais composé une jolie foule pour m'entendre et même pour m'admirer ! »

XLI

LES APPROCHES DU SÉNÉGAL. – LE « VICTORIA » BAISSE DE PLUS EN PLUS. – ON JETTE, ON JETTE TOUJOURS. – LE MARABOUT EL-ADJI. – MM. PASCAL, VINCENT, LAMBERT. – UN RIVAL DE MAHOMET. – LES MONTAGNES DIFFICILES. – LES ARMES DE KENNEDY. – UNE MANŒUVRE DE JOE. – HALTE AU-DESSUS D'UNE FORÊT.

Le 27 mai, vers neuf heures du matin, le pays se présenta sous un nouvel aspect : les rampes longuement étendues se changeaient en collines qui faisaient présager de prochaines montagnes ; on aurait à franchir la chaîne qui sépare le bassin du Niger du bassin du Sénégal et détermine l'écoulement des eaux soit au golfe de Guinée, soit à la baie du cap Vert.

Jusqu'au Sénégal, cette partie de l'Afrique est signalée comme dangereuse. Le docteur Fergusson le savait par les récits de ses devanciers ; ils avaient souffert mille privations et couru mille dangers au milieu de ces Nègres barbares ; ce climat funeste dévora la plus grande partie des compagnons de Mungo-Park. Fergusson fut donc plus que jamais décidé à ne pas prendre pied sur cette contrée inhospitalière.

Mais il n'eut pas un moment de repos ; le *Victoria* baissait d'une manière sensible ; il fallut jeter encore une foule d'objets plus ou moins utiles, surtout au moment de franchir une crête. Et ce fut ainsi pendant plus de cent vingt milles ; on se fatigua à monter et à descendre ; le ballon, ce nouveau rocher de Sisyphe, retombait incessamment ; les formes de l'aérostat peu gonflé s'efflanquaient déjà ; il s'allongeait, et le vent creusait de vastes poches dans son enveloppe détendue.

Kennedy ne put s'empêcher d'en faire la remarque.

« Est-ce que le ballon aurait une fissure ? dit-il.

– Non, répondit le docteur ; mais la gutta-percha s'est évidemment ramollie ou fondue sous la chaleur, et l'hydrogène fuit à travers le taffetas.

– Comment empêcher cette fuite ?

– C'est impossible. Allégeons-nous ; c'est le seul moyen ; jetons tout ce qu'on peut jeter.

Joe détachant la tente de la nacelle.

— Mais quoi ? fit le chasseur en regardant la nacelle déjà fort dégarnie.

— Débarrassons-nous de la tente, dont le poids est assez considérable. » Joe, que cet ordre concernait, monta au-dessus du cercle qui réunissait les cordes du filet ; de là, il vint facilement à bout de détacher les épais rideaux de la tente, et les précipita au-dehors.

« Voilà qui fera le bonheur de toute une tribu de Nègres, dit-il ; il y a là de quoi habiller un millier d'indigènes, car ils sont assez discrets sur l'étoffe. »

Le ballon s'était relevé un peu, mais bientôt il devint évident qu'il se rapprochait encore du sol.

« Descendons, dit Kennedy, et voyons ce que l'on peut faire à cette enveloppe.

— Je te le repète, Dick, nous n'avons aucun moyen de la réparer.

— Alors comment ferons-nous ?

— Nous sacrifierons tout ce qui ne sera pas complètement indispensable ; je veux à tout prix éviter une halte dans ces parages ; les forêts dont nous rasons la cime en ce moment ne sont rien moins que sûres.

— Quoi ! des lions ? des hyènes ? fit Joe avec mépris.

— Mieux que cela, mon garçon, des hommes, et des plus cruels qui soient en Afrique.

— Comment le sait-on ?

— Par les voyageurs qui nous ont précédés ; puis les Fançais, qui occupent la colonie du Sénégal, ont eu forcément des rapports avec les peuplades environnantes ; sous le gouvernement du colonel Faidherbe, des reconnaissances ont été poussées fort en avant dans le pays ; des officiers, tels que MM. Pascal, Vincent, Lambert, ont rapporté des documents précieux de leurs expéditions. Ils ont exploré ces contrées formées par le coude du Sénégal, là où la guerre et le pillage n'ont plus laissé que des ruines.

— Que s'est-il dont passé ?

— Le voici. En 1854, un marabout du Fouta sénégalais, Al-Hadji, se disant inspiré comme Mahomet, poussa toutes les tribus à la guerre contre les infidèles, c'est-à-dire les Européens. Il porta la destruction et la désolation entre le fleuve Sénégal et son affluent le Falémé. Trois hordes de fanatiques guidées par lui sillonnèrent le pays de façon à n'épargner ni un village ni une hutte, pillant et massacrant ; il s'avança même dans la vallée du Niger, jusqu'à la ville de Sego, qui fut longtemps menacée. En 1857, il remontait plus au nord et investissait le fort de Médine, bâti par les Français sur les bords du fleuve ; cet établissement fut défendu par un héros, Paul Holl, qui pendant plusieurs mois, sans nourriture, sans munitions presque, tint jusqu'au moment où le colonel Faidherbe vint le délivrer. Al-Hadji et ses bandes repassèrent alors le Sénégal, et revinrent dans le Kaarta continuer leurs rapines et leurs massacres ; or, voici les contrées dans lesquelles il s'est enfui et réfugié avec ses hordes de bandits, et je vous affirme qu'il ne ferait pas bon tomber entre ses mains.

– Nous n'y tomberons pas, dit Joe, quand nous devrions sacrifier jusqu'à nos chaussures pour relever le *Victoria*.

– Nous ne sommes pas éloignés du fleuve, dit le docteur ; mais je prévois que notre ballon ne pourra nous porter au-delà.

– Arrivons toujours sur les bords, répliqua le chasseur, ce sera cela de gagné.

– C'est ce que nous essayons de faire, dit le docteur ; seulement, une chose m'inquiète.

– Laquelle ?

– Nous aurons des montagnes à dépasser, et ce sera difficile, puisque je ne puis augmenter la force ascensionnelle de l'aérostat, même en produisant la plus grande chaleur possible.

– Attendons, fit Kennedy, et nous verrons alors.

– Pauvre *Victoria* ! fit Joe, je m'y suis attaché comme le marin à son navire ; je ne m'en séparerai pas sans peine ! Il n'est plus ce qu'il était au départ, soit ! mais il ne faut pas en dire du mal ! Il nous a rendu de fiers services, et ce sera pour moi un crève-cœur de l'abandonner.

– Sois tranquille, Joe ; si nous l'abandonnons, ce sera malgré nous. Il nous servira jusqu'à ce qu'il soit au bout de ses forces. Je lui demande encore vingt-quatre heures.

– Il s'épuise, fit Joe en le considérant, il maigrit, sa vie s'en va. Pauvre ballon !

– Si je ne me trompe, dit Kennedy, voici à l'horizon les montagnes dont tu parlais, Samuel.

– Ce sont bien elles, dit le docteur après les avoir examinées avec sa lunette ; elles me paraissent fort élevées, nous aurons du mal à les franchir.

– Ne pourrait-on les éviter ?

– Je ne pense pas, dick ; vois l'immense espace qu'elles occupent : près de la moitié de l'horizon !

– Elles ont même l'air de se resserrer autour de nous, dit Joe ; elles gagnent sur la droite et sur la gauche.

– Il faut absolument passer par-dessus. »

Ces obstacles si dangereux paraissaient approcher avec une rapidité extrême, ou, pour mieux dire, le vent très fort précipitait le *Victoria* vers des pics aigus. Il fallait s'élever à tout prix, sous peine de les heurter.

« Vidons notre caisse à eau, dit Fergusson ; ne réservons que le nécessaire pour un jour.

– Voilà ! dit Joe.

– Le ballon se relève-t-il ? demanda Kennedy.

– Un peu, d'une cinquantaine de pieds, répondit le docteur, qui ne quittait pas le baromètre des yeux. Mais ce n'est pas assez. »

En effet, les hautes cimes arrivaient sur les voyageurs à faire croire qu'elles se précipitaient sur eux ; ils étaient loin de les dominer ; il s'en fallait de plus de cinq cents pieds encore. La provision d'eau du chalumeau fut également jetée au-dehors ; on n'en conserva que quelques pintes ; mais cela fut encore insuffisant.

« Il faut pourtant passer, dit le docteur.

– Jetons les caisses, puisque nous les avons vidées, dit Kennedy.

– Jetez-les.

– Voilà ! fit Joe. C'est triste de s'en aller morceau par morceau.

– Pour toi, Joe, ne va pas renouveler ton dévouement de l'autre jour ! Quoi qu'il arrive, jure-moi de ne pas nous quitter.

Pas plus difficile que cela !

– Soyez tranquille, mon maître, nous ne nous quitterons pas. »

Le *Victoria* avait regagné en hauteur une vingtaine de toises, mais la crête de la montagne le dominait toujours. C'était une arête assez droite qui terminait une véritable muraille coupée à pic. Elle s'élevait encore de plus de deux cents pieds au-dessus des voyageurs.

« Dans dix minutes, se dit le docteur, notre nacelle sera brisée contre ces roches, si nous ne parvenons pas à les dépasser !

– Eh bien, monsieur Samuel ? fit Joe.

– Ne conserve que notre provision de pemmican, et jette toute cette viande qui pèse. »

Le ballon fut encore délesté d'une cinquantaine de livres ; il s'éleva très sensiblement, mais peu importait, s'il n'arrivait pas au-dessus de la ligne des montagnes. La situation était effrayante ; le *Victoria* courait avec une grande rapidité ; on sentait qu'il allait se mettre en pièces ; le choc serait terrible en effet.

Le docteur regarda autour de lui dans la nacelle.

Elle était presque vide.

« S'il le faut, Dick, tu te tiendras prêt à sacrifier tes armes.

– Sacrifier mes armes ! répondit le chasseur avec émotion.

– Mon ami, si je te le demande, c'est que ce sera nécessaire.

– Samuel ! Samuel !

– Tes armes, tes provisions de plomb et de poudre peuvent nous coûter la vie.

– Nous approchons ! s'écria Joe, nous approchons ! »

Dix toises ! La montagne dépassait le *Victoria* de dix toises encore.

Joe prit les couvertures et les précipita au-dehors. Sans en rien dire à Kennedy, il lança également plusieurs sacs de balles et de plomb.

Le ballon remonta, il dépassa la cime dangereuse, et son pôle supérieur s'éclaira des rayons du soleil. Mais la nacelle se trouvait encore un peu au-dessous des quartiers de rocs, contre lesquels elle allait inévitablement se briser.

« Kennedy ! Kennedy ! s'écria le docteur, jette tes armes, ou nous sommes perdus.

– Attendez, monsieur Dick ! fit Joe, attendez ! »

Et Kennedy, se retournant, le vit disparaître au-dehors de la nacelle.

« Joe ! Joe ! cria-t-il.

– Le malheureux ! » fit le docteur.

La crête de la montagne pouvait avoir en cet endroit une vingtaine de pieds de largeur, et de l'autre côté, la pente présentait une moindre déclivité. La nacelle arriva juste au niveau de ce plateau assez uni ; elle glissa sur un sol composé de cailloux aigus qui criaient sous son passage.

« Nous passons ! nous passons ! nous sommes passés ! » cria une voix qui fit bondir le cœur de Fergusson.

L'intrépide garçon se soutenait par les mains au bord inférieur de la nacelle ; il courait à pied sur la crête, délestant ainsi le ballon de la totalité de son poids ; il était même obligé de le retenir fortement, car il tendait à lui échapper.

Lorsqu'il fut arrivé au versant opposé, et que l'abîme se présenta devant lui, Joe, par un vigoureux effort du poignet, se releva, et s'accrochant aux cordages, il remonta auprès de ses compagnons.

« Pas plus difficile que cela, fit-il.

– Mon brave Joe ! mon ami ! dit le docteur avec effusion.

– Oh ! ce que j'en ai fait, répondit celui-ci, ce n'est pas pour vous ; c'est pour la carabine de M. Dick ! Je lui devais bien cela depuis l'affaire de l'Arabe ! J'aime à payer mes dettes, et maintenant nous sommes quittes, ajouta-t-il en présentant au chasseur son arme de prédilection. J'aurais eu trop de peine à vous voir vous en séparer. »

Kennedy lui serra vigoureusement la main sans pouvoir dire un mot.

Le *Victoria* n'avait plus qu'à descendre ; cela lui était facile ; il se retrouva bientôt à deux cents pieds du sol, et fut alors en équilibre. Le terrain semblait convulsionné ; il présentait de nombreux accidents fort difficiles à éviter pendant la nuit avec un ballon qui n'obéissait plus. Le soir arrivait rapidement, et, malgré ses répugnances, le docteur dut se résoudre à faire halte jusqu'au lendemain.

« Nous allons chercher un lieu favorable pour nous arrêter, dit-il.

— Ah ! répondit Kennedy, tu te décides enfin ?

— Oui, j'ai médité longuement un projet que nous allons mettre à exécution ; il n'est encore que six heures du soir, nous aurons le temps. Jette les ancres, Joe. »

Joe obéit, et les deux ancres pendirent au-dessous de la nacelle.

« J'aperçois de vastes forêts, dit le docteur ; nous allons courir au-dessus de leurs cimes, et nous nous accrocherons à quelque arbre. Pour rien au monde, je ne consentirais à passer la nuit à terre.

— Pourrons-nous descendre ? demanda Kennedy.

— A quoi bon ? Je vous répète qu'il serait dangereux de nous séparer. D'ailleurs, je réclame votre aide pour un travail difficile. »

Le *Victoria,* qui rasait le sommet de forêts immenses, ne tarda pas à s'arrêter brusquement ; ses ancres étaient prises ; le vent tomba avec le soir, et il demeura presque immobile au-dessus de ce vaste champ de verdure formé par la cime d'une forêt de sycomores.

XLII

COMBAT DE GÉNÉROSITÉ. – DERNIER SACRIFICE. – L'APPAREIL DE DILATATION. – ADRESSE DE JOE. – MINUIT. – LE QUART DU DOCTEUR. – LE QUART DE KENNEDY. – IL S'ENDROT. – L'INCENDIE. – LES HURLEMENTS. – HORS DE PORTÉE.

Le docteur Fergusson commença par relever sa position d'après la hauteur des étoiles ; il se trouvait à vingt-cinq milles à peine du Sénégal.

« Tout ce que nous pouvons faire, mes amis, dit-il après avoir pointé sa carte, c'est de passer le fleuve ; mais comme il n'y a ni pont ni barques, il faut à tout prix le passer en ballon ; pour cela, nous devons nous alléger encore.

— Mais je ne vois pas trop comment nous y parviendrons, répondit le chasseur qui craignait pour ses armes ; à moins que l'un de nous se décide à se sacrifier, à rester en arrière... et, à mon tour, je réclame cet honneur.

— Par exemple ! répondit Joe ; est-ce que je n'ai pas l'habitude...

— Il ne s'agit pas de se jeter, mon ami, mais de regagner à pied la côte d'Afrique ; je suis bon marcheur, bon chasseur...

— Je ne consentirai jamais ! répliqua Joe.

— Votre combat de générosité est inutile, mes braves amis, dit Fergusson ; j'espère que nous n'en arriverons pas à cette extrémité ; d'ailleurs, s'il le fallait, loin de nous séparer, nous resterions ensemble pour traverser ce pays.

— Voilà qui est parlé, fit Joe ; une petite promenade ne nous fera pas de mal.

— Mais auparavant, reprit le docteur, nous allons employer un dernier moyen pour alléger notre *Victoria*.

— Lequel ? fit Kennedy ; je serais assez curieux de le connaître.

— Il faut nous débarrasser des caisses du chalumeau, de la pile de Bunsen et du serpentin ; nous avons là près de neuf cents livres bien lourdes à traîner par les airs.

— Mais, Samuel, comment ensuite obtiendras-tu la dilatation du gaz ?

— Je ne l'obtiendrai pas ; nous nous en passerons.

— Mais enfin...

— Écoutez-moi, mes amis ; j'ai calculé fort exactement ce qui nous reste de force ascensionnelle ; elle est suffisante pour nous transporter tous les trois avec le peu d'objets qui nous restent ; nous ferons à peine un poids de cinq cents livres, en y comprenant nos deux ancres que je tiens à conserver.

— Mon cher Samuel, répondit le docteur, tu es plus compétent que nous en pareille matière ; tu es le seul juge de la situation ; dis-nous ce que nous devons faire, et nous le ferons.

— A vos ordres, mon maître.

— Je vous répète, mes amis, quelque grave que soit cette détermination, il faut sacrifier notre appareil.

— Sacrifions-le ! répliqua Kennedy.

— A l'ouvrage ! » fit Joe.

Ce ne fut pas un petit travail ; il fallut démonter l'appareil pièce par pièce ; on enleva d'abord la caisse de mélange, puis celle du chalumeau, et enfin la caisse où s'opérait la décomposition de l'eau ; il ne fallut pas moins de la force réunie des trois voyageurs pour arracher les récipients du fond de la nacelle dans laquelle ils étaient fortement encastrés ; mais Kennedy était si vigoureux, Joe si adroit, Samuel si ingénieux, qu'ils en vinrent à bout ; ces diverses pièces furent successivement jetées au-dehors, et elles disparurent en faisant de vastes trouées dans le feuillage des sycomores.

« Les Nègres seront bien étonnés, dit Joe, de rencontrer de pareils objets dans les bois ; ils sont capables d'en faire des idoles ! »

On dut ensuite s'occuper des tuyaux engagés dans le ballon, et qui se rattachaient au serpentin. Joe parvint à couper à quelques pieds au-dessus de la nacelle les articulations de caoutchouc ; mais quant aux tuyaux, ce fut plus difficile, car ils étaient retenus par leur extrémité supérieure et fixés par des fils de laiton au cercle même de la soupape.

Ce fut alors que Joe déploya une merveilleuse adresse ; les pieds nus, pour ne pas érailler l'enveloppe, il parvint à l'aide du filet, et malgré les oscillations, à grimper jusqu'au sommet extérieur de l'aérostat ; et là, après mille difficultés, accroché d'une main à cette surface glissante, il détacha les écrous extérieurs qui retenaient les tuyaux. Ceux-ci alors se détachèrent aisément, et furent retirés par l'appendice inférieur, qui fut hermétiquement refermé au moyen d'une forte ligature.

Le *Victoria*, délivré de ce poids considérable, se redressa dans l'air et tendit fortement la corde de l'ancre.

A minuit, ces divers travaux se terminaient heureusement, au prix de bien des fatigues ; on prit rapidement un repas fait de pemmican et de grog froid, car le docteur n'avait plus de chaleur à mettre à la disposition de Joe.

Celui-ci, d'ailleurs, et Kennedy tombaient de fatigue.

« Couchez-vous, et dormez, mes amis, leur dit Fergusson ; je vais prendre le premier quart ; à deux heures, je réveillerai Kennedy ; à quatre heures, Kennedy réveillera Joe ; à six heures, nous partirons, et que le Ciel veille encore sur nous pendant cette dernière journée ! »

Sans se faire prier davantage, les deux compagnons du docteur s'étendirent au fond de la nacelle, et s'endormirent d'un sommeil aussi rapide que profond.

La nuit était paisible ; quelques nuages s'écrasaient contre le dernier quartier de la lune, dont les rayons indécis rompaient à peine l'obscurité. Fergusson, accoudé sur le bord de la nacelle, promenait ses regards autour de lui ; il surveillait avec attention le sombre rideau de feuillage qui s'étendait sous ses pieds en lui dérobant la vue du sol ; le moindre bruit lui semblait suspect, et il cherchait à s'expliquer jusqu'au léger frémissement des feuilles.

Il se trouvait dans cette disposition d'esprit que la solitude rend plus sensible encore, et pendant laquelle de vagues terreurs vous montent au cerveau. A la fin d'un pareil voyage, après avoir surmonté tant d'obstacles, au moment de toucher le but, les craintes sont plus vives, les émotions plus fortes, le point d'arrivée semble fuir devant les yeux.

D'ailleurs, la situation actuelle n'offrait rien de rassurant, au milieu d'un pays barbare, et avec un moyen de transport qui, en définitive, pouvait faire défaut d'un moment à l'autre. Le docteur ne comptait plus sur son ballon d'une façon absolue ; le temps était passé où il le manœuvrait avec audace parce qu'il était sûr de lui.

Sous ces impressions, le docteur crut saisir parfois quelques rumeurs indéterminées dans ces vastes forêts ; il crut même voir un feu rapide briller entre les arbres ; il regarda vivement, et porta sa lunette de nuit dans cette direction ;

mais rien n'apparut, et il se fit même comme un silence plus profond.

Fergusson avait sans doute éprouvé une hallucination ; il écouta sans surprendre le moindre bruit ; le temps de son quart étant alors écoulé, il réveilla Kennedy, lui recommanda une vigilance extrême, et prit place aux côtés de Joe qui dormait de toutes ses forces.

Kennedy alluma tranquillement sa pipe, tout en frottant ses yeux, qu'il avait de la peine à tenir ouverts ; il s'accouda dans un coin, et se mit à fumer vigoureusement pour chasser le sommeil.

Le silence le plus absolu régnait autour de lui ; un vent léger agitait la cime des arbres et balançait doucement la nacelle, invitant le chasseur à ce sommeil qui l'envahissait malgré lui ; il voulut y résister, ouvrit plusieurs fois les paupières, plongea dans la nuit quelques-uns de ces regards qui ne voient pas, et enfin, succombant à la fatigue, il s'endormit.

Combien de temps fut-il plongé dans cet état d'inertie ? Il ne put s'en rendre compte à son réveil, qui fut brusquement provoqué par un pétillement inattendu.

Il se frotta les yeux, il se leva. Une chaleur intense se projetait sur sa figure. La forêt était en flammes.

« Au feu ! au feu ! s'écria-t-il », sans trop comprendre l'événement.

Ses deux compagnons se relevèrent.

« Qu'est-ce donc ? demanda Samuel.

– L'incendie ! fit Joe... Mais qui peut... »

En ce moment des hurlements éclatèrent sous le feuillage violemment illuminé.

« Ah ! les sauvages ! s'écria Joe. Ils ont mis le feu à la forêt pour nous incendier plus sûrement !

– Les Talibas ! les marabouts d'Al-Hadji, sans doute ! » dit le docteur.

Un cercle de feu entourait le *Victoria* ; les craquements du bois mort se mêlaient aux gémissements des branches vertes ; les lianes, les feuilles, toute la partie vivante de cette végétation se tordait dans l'élément destructeur ; le regard ne saisissait qu'un océan de flammes ; les grands arbres se dessinaient en noir dans la fournaise, avec leurs branches couvertes de charbons incandescents ; cet amas enflammé, cet embrasement se réfléchissait dans les nuages, et les voyageurs se crurent enveloppés dans une sphère de feu.

« Fuyons ! s'écria Kennedy ! à terre ! c'est notre seule chance de salut ! »

Mais Fergusson l'arrêta d'une main ferme, et, se précipitant sur la corde de l'ancre, il la trancha d'un coup de hache. Les flammes, s'allongeant vers le ballon, léchaient déjà ses parois illuminées ; mais le *Victoria,* débarrassé de ses liens, monta de plus de mille pieds dans les airs.

Des cris épouvantables éclatèrent sous la forêt, avec de violentes détonations d'armes à feu ; le ballon, pris par un courant qui se levait avec le jour, se porta vers l'ouest.

Il était quatre heures du matin.

XLIII

LES TALIBAS. - LA POURSUITE. - UN PAYS DÉVASTÉ. - VENT MODÉRÉ. - LE « VICTORIA » BAISSE. - LES DERNIÈRES PROVISIONS. - LES BONDS DU « VICTORIA ». - DÉFENSE À COUPS DE FUSIL. - LE VENT FRAICHIT. - LE FLEUVE DU SÉNÉGAL. - LES CATARACTES DE GOUINA. - L'AIR CHAUD. - TRAVERSÉE DU FLEUVE.

« Si nous n'avions pas pris la précaution de nous alléger hier soir, dit le docteur, nous étions perdus sans ressources.

– Voilà ce que c'est que de faire les choses à temps, répliqua Joe ; on se sauve alors, et rien n'est plus naturel.

– Nous ne sommes pas hors de danger, répliqua Fergusson.

– Que crains-tu donc ? demanda Dick. Le *Victoria* ne peut pas descendre sans ta permission, et quand il descendrait ?

– Quand il descendrait ! Dick, regarde ! »

La lisière de la forêt venait d'être dépassée, et les voyageurs purent apercevoir une trentaine de cavaliers, revêtus du large pantalon et du burnous flottant ; ils étaient armés, les uns de lances, les autres de longs mousquets ; ils suivaient au petit galop de leurs chevaux vifs et ardents la direction du *Victoria*, qui marchait avec une vitesse modérée.

A la vue des voyageurs, ils poussèrent des cris sauvages, en brandissant leurs armes ; la colère et les menaces se lisaient sur leurs figures basanées, rendues plus féroces par une barbe rare, mais hérissée ; ils traversaient sans peine ces plateaux abaissés et ces rampes adoucies qui descendent au Sénégal.

« Ce sont bien eux ! dit le docteur, les cruels Talibas, les farouches marabouts d'Al-Hadji ! J'aimerais mieux me trouver en pleine forêt, au milieu d'un cercle de bêtes fauves, que de tomber entre les mains de ces bandits.

– Ils n'ont pas l'air accommodant ! fit Kennedy, et ce sont de vigoureux gaillards !

– Heureusement, ces bêtes-là, ça ne vole pas, répondit Joe ; c'est toujours quelque chose.

– Voyez, dit Fergusson, ces villages en ruine, ces huttes incendiées ! voilà leur ouvrage ; et là où s'étendaient de vastes cultures, ils ont apporté l'aridité et la dévastation.

– Enfin, ils ne peuvent nous atteindre, répliqua Kennedy, et si nous parvenons à mettre le fleuve entre eux et nous, nous serons en sûreté.

– Parfaitement, Dick ; mais il ne faut pas tomber, répondit le docteur en portant ses yeux sur le baromètre.

– En tout cas, Joe, reprit Kennedy, nous ne ferons pas mal de préparer nos armes.

– Cela ne peut pas nuire, monsieur Dick ; nous nous trouverons bien de ne pas les avoir semées sur notre route.

– Ma carabine ! s'écria le chasseur, j'espère ne m'en séparer jamais. »

Et Kennedy la chargea avec le plus grand soin ; il lui restait de la poudre et des balles en quantité suffisante.

« A quelle hauteur nous maintenons-nous ? demanda-t-il à Fergusson.

Défense à coups de fusil.

— A sept cent cinquante pieds environ ; mais nous n'avons plus la faculté de chercher des courants favorables, en montant ou en descendant ; nous sommes à la merci du ballon.

— Cela est fâcheux, reprit Kennedy ; le vent est assez médiocre, et si nous avions rencontré un ouragan pareil à celui des jours précédents, depuis longtemps ces affreux bandits seraient hors de vue.

— Ces coquins-là nous suivent sans se gêner, dit Joe, au petit galop ; une vraie promenade.

— Si nous étions à bonne portée, dit le chasseur, je m'amuserais à les démonter les uns après les autres.

— Oui-da ! répondit Fergusson ; mais ils seraient à bonne portée aussi, et notre *Victoria* offrirait un but trop facile aux balles de leurs longs mousquets ; or, s'ils le déchiraient, je te laisse à juger quelle serait notre situation. »

La poursuite des Talibas continua toute la matinée. Vers onze heures du matin, les voyageurs avaient à peine gagné une quinzaine de milles dans l'ouest.

Le docteur épiait les moindres nuages à l'horizon. Il craignait toujours un changement dans l'atmosphère. S'il venait à être rejeté vers le Niger, que deviendrait-il ? D'ailleurs, il constatait que le ballon tendait à baisser sensiblement ; depuis son départ, il avait déjà perdu plus de trois cents pieds, et le Sénégal devait être éloigné d'une douzaine de milles ; avec la vitesse actuelle, il lui fallait compter encore trois heures de voyage.

En ce moment, son attention fut attirée par de nouveaux cris ; les Talibas s'agitaient en pressant leurs chevaux.

Le docteur consulta le baromètre, et comprit la cause de ces hurlements :

« Nous descendons, fit Kennedy.

— Oui, répondit Fergusson.

— Diable ! » pensa Joe.

Au bout d'un quart d'heure, la nacelle n'était pas à cent cinquante pieds du sol, mais le vent soufflait avec plus de force.

Les Talibas enlevèrent leurs chevaux, et bientôt une décharge de mousquets éclata dans les airs.

« Trop loin, imbéciles ! s'écria Joe ; il me paraît bon de tenir ces gredins-là à distance. »

Et, visant l'un des cavaliers les plus avancés, il fit feu ; le Talibas roula à terre ; ses compagnons s'arrêtèrent et le *Victoria* gagna sur eux.

« Ils sont prudents, dit Kennedy.

– Parce qu'ils se croient assurés de nous prendre, répondit le docteur ; et ils y réussiront, si nous descendons encore ! Il faut absolument nous relever !

– Que jeter ? demanda joe.

– Tout ce qui reste de provision de pemmican ! C'est encore une trentaine de livres dont nous nous débarrasserons !

– Voilà, monsieur ! » fit Joe en obéissant aux ordres de son maître.

La nacelle, qui touchait presque le sol, se releva au milieu des cris des Talibas ; mais, une demi-heure plus tard, le *Victoria* redescendait avec rapidité ; le gaz fuyait par les pores de l'enveloppe.

Bientôt la nacelle vint raser le sol ; les Nègres d'Al-Hadji se précipitèrent vers elle ; mais, comme il arrive en pareille circonstance, à peine eut-il touché terre, que le *Victoria* se releva d'un bond pour s'abattre de nouveau un mille plus loin.

« Nous n'échapperons donc pas ! fit Kennedy avec rage.

– Jette notre réserve d'eau-de-vie, Joe, s'écria le docteur, nos instruments, tout ce qui peut avoir une pesanteur quelconque, et notre dernière ancre, puisqu'il le faut ! »

Joe arracha les baromètres, les thermomètres ; mais tout cela était peu de chose, et le ballon, qui remonta un instant, retomba bientôt vers la terre. Les Talibas volaient sur ses traces et n'étaient qu'à deux cents pas de lui.

« Jette les deux fusils ! s'écria le docteur.

– Pas avant de les avoir déchargés, du moins », répondit le chasseur.

Et quatre coups successifs frappèrent dans la masse des cavaliers ; quatre Talibas tombèrent au milieu des cris frénétiques de la bande.

Le *Victoria* se releva de nouveau ; il faisait des bonds

d'une énorme étendue, comme une immense balle élastique rebondissant sur le sol. Étrange spectacle que celui de ces infortunés cherchant à fuir par des enjambées gigantesques, et qui, semblables à Antée, paraissaient reprendre une force nouvelle dès qu'ils touchaient terre ! Mais il fallait que cette situation eût une fin. Il était près de midi. Le *Victoria* s'épuisait, se vidait, s'allongeait ; son enveloppe devenait flasque et flottante ; les plis du taffetas distendu grinçaient les uns sur les autres.

« Le Ciel nous abandonne, dit Kennedy, il faudra tomber ! »

Joe ne répondit pas, il regardait son maître.

« Non ! dit celui-ci, nous avons encore plus de cent cinquante livres à jeter.

— Quoi donc ? demanda Kennedy, pensant que le docteur devenait fou.

— La nacelle ! répondit celui-ci. Accrochons-nous au filet ! Nous pouvons nous retenir aux mailles et gagner le fleuve ! Vite ! vite ! »

Et ces hommes audacieux n'hésitèrent pas à tenter un pareil moyen de salut. Ils se suspendirent aux mailles du filet, ainsi que l'avait indiqué le docteur, et Joe, se retenant d'une main, coupa les cordes de la nacelle ; elle tomba au moment où l'aérostat allait définitivement s'abattre.

« Hourra ! hourra ! » s'écria-t-il, pendant que le ballon délesté remontait à trois cents pieds dans l'air.

Les Talibas excitaient leurs chevaux ; ils couraient ventre à terre ; mais le *Victoria*, rencontrant un vent plus actif, les devança et fila rapidement vers une colline qui barrait l'horizon de l'ouest. Ce fut une circonstance favorable pour les voyageurs, car ils purent la dépasser, tandis que la horde d'Al-Hadji était forcée de prendre par le nord pour tourner ce dernier obstacle.

Les trois amis se tenaient accrochés au filet ; ils avaient pu le rattacher au-dessous d'eux, et il formait comme une poche flottante.

Soudain, après avoir franchi la colline, le docteur s'écria :
« Le fleuve ! le fleuve ! le Sénégal ! »

A deux milles, en effet, le fleuve roulait une masse d'eau

Les cataractes de Gouina.

fort étendue ; la rive opposée, basse et fertile, offrait une sûre retraite et un endroit favorable pour opérer la descente.

« Encore un quart d'heure, dit Fergusson, et nous sommes sauvés ! »

Mais il ne devait pas en être ainsi ; le ballon vide retombait peu à peu sur un terrain presque entièrement dépourvu de végétation. C'étaient de longues pentes et des plaines rocailleuses ; à peine quelques buissons, une herbe épaisse et desséchée sous l'ardeur du soleil.

Le *Victoria* toucha plusieurs fois le sol et se releva ; ses bonds diminuaient de hauteur et d'étendue ; au dernier, il s'accrocha par la partie supérieure du filet aux branches élevées d'un baobab, seul arbre isolé au milieu de ce pays désert.

« C'est fini, fit le chasseur.
— Et à cent pas du fleuve », dit Joe.

Les trois infortunés mirent pied à terre, et le docteur entraîna ses deux compagnons vers le Sénégal.

En cet endroit, le fleuve faisait entendre un mugissement prolongé ; arrivé sur les bords, Fergusson reconnut les chutes de Gouina ! Pas une barque sur la rive ; pas un être animé.

Sur une largeur de deux mille pieds, le Sénégal se précipitait d'une hauteur de cent cinquante, avec un bruit retentissant. Il coulait de l'est à l'ouest, et la ligne de rochers qui barrait son cours s'étendait du nord au sud. Au milieu de la chute se dressaient des rochers aux formes étranges, comme d'immenses animaux antédiluviens pétrifiés au milieu des eaux.

L'impossibilité de traverser ce gouffre était évidente ; Kennedy ne put retenir un geste de désespoir.

Mais le docteur Fergusson, avec un énergique accent d'audace, s'écria :

« Tout n'est pas fini !

— Je le savais bien », fit Joe avec cette confiance en son maître qu'il ne pouvait jamais perdre.

La vue de cette herbe desséchée avait inspiré au docteur une idée hardie. C'était la seule chance de salut. Il ramena rapidement ses compagnons vers l'enveloppe de l'aérostat.

« Nous avons au moins une heure d'avance sur ces bandits, dit-il ; ne perdons pas de temps, mes amis ; ramassez une grande quantité de cette herbe sèche ; il m'en faut cent livres au moins.
— Pour quoi faire ? demanda Kennedy.
— Je n'ai plus de gaz ; eh bien ! je traverserai le fleuve avec de l'air chaud !
— Ah ! mon brave Samuel ! s'écria Kennedy, tu es vraiment un grand homme ! »

Joe et Kennedy se mirent au travail, et bientôt une énorme meule fut empilée près du baobab.

Pendant ce temps, le docteur avait agrandi l'orifice de l'aérostat en le coupant dans sa partie inférieure ; il eut soin préalablement de chasser ce qui pouvait rester d'hydrogène par la soupape ; puis il empila une certaine quantité d'herbe sèche sous l'enveloppe, et il y mit le feu.

Il faut peu de temps pour gonfler un ballon avec de l'air chaud ; une chaleur de cent quatre-vingts degrés[1] suffit à diminuer de moitié la pesanteur de l'air qu'il renferme en le raréfiant ; aussi le *Victoria* commença à reprendre sensiblement sa forme arrondie ; l'herbe ne manquait pas ; le feu s'activait par les soins du docteur, et l'aérostat grossissait à vue d'œil.

Il était alors une heure moins le quart.

En ce moment, à deux milles dans le nord, apparut la bande de Talibas ; on entendait leurs cris et le galop des chevaux lancés à toute vitesse.

« Dans vingt minutes ils seront ici, fit Kennedy.
— De l'herbe ! de l'herbe ! Joe. Dans dix minutes nous serons en plein air !
— Voilà, monsieur. »

Le *Victoria* était aux deux tiers gonflé.

« Mes amis ! accrochons-nous au filet, comme nous l'avons fait déjà.
— C'est fait », répondit le chasseur.

Au bout de dix minutes, quelques secousses du ballon

---

1. 100° centigrades.

indiquèrent sa tendance à s'enlever. Les Talibas approchaient ; ils étaient à peine à cinq cents pas.

« Tenez-vous bien, s'écria Fergusson.

— N'ayez pas peur, mon maître ! n'ayez pas peur ! »

Et du pied le docteur poussa dans le foyer une nouvelle quantité d'herbe.

Le ballon, entièrement dilaté par l'accroissement de température, s'envola en frôlant les branches du baobab.

« En route ! » cria Joe.

Une décharge de mousquets lui répondit ; une balle même lui laboura l'épaule ; mais Kennedy, se penchant et déchargeant sa carabine d'une main, jeta un ennemi de plus à terre.

Des cris de rage impossibles à rendre accueillirent l'enlèvement de l'aérostat, qui monta à près de huit cents pieds. Un vent rapide le saisit, et il décrivit d'inquiétantes oscillations, pendant que l'intrépide docteur et ses compagnons contemplaient le gouffre des cataractes ouvert sous leurs yeux.

Dix minutes après, sans avoir échangé une parole, les intrépides voyageurs descendaient peu à peu vers l'autre rive du fleuve.

Là, surpris, émerveillé, effrayé, se tenait un groupe d'une dizaine d'hommes qui portaient l'uniforme français. Qu'on juge de leur étonnement quand ils virent ce ballon s'élever de la rive droite du fleuve. Ils n'étaient pas éloignés de croire à un phénomène céleste. Mais leurs chefs, un lieutenant de marine et un enseigne de vaisseau, connaissaient par les journaux d'Europe l'audacieuse tentative du docteur Fergusson, et ils se rendirent tout de suite compte de l'événement.

Le ballon, se dégonflant peu à peu, retombait avec les hardis aéronautes retenus à son filet ; mais il était douteux qu'il pût atteindre la terre ; aussi les Français se précipitèrent dans le fleuve, et reçurent les trois Anglais entre leurs bras, au moment où le *Victoria* s'abattait à quelques toises de la rive gauche du Sénégal.

« Le docteur Fergusson ! s'écria le lieutenant.

– Lui-même, répondit tranquillement le docteur, et ses deux amis. »

Les Français emportèrent les voyageurs au-delà du fleuve, tandis que le ballon à demi dégonflé, entraîné par un courant rapide, s'en alla comme une bulle immense s'engloutir avec les eaux du Sénégal dans les cataractes de Gouina.

« Pauvre *Victoria !* » fit Joe.

Le docteur ne put retenir une larme ; il ouvrit ses bras, et ses deux amis s'y précipitèrent sous l'empire d'une grande émotion.

XLIV

CONCLUSION. – LE PROCÈS-VERBAL. – LES ÉTABLISSEMENTS FRANCAIS. – LE POSTE DE MÉDINE. – LE « BASILIC ». – SAINT-LOUIS. – LA FRÉGATE ANGLAISE. – RETOUR À LONDRES.

L'expédition qui se trouvait sur le bord du fleuve avait été envoyée par le gouverneur du Sénégal ; elle se composait de deux officiers, MM. Dufraisse, lieutenant d'infanterie de marine, et Rodamel, enseigne de vaisseau ; d'un sergent et de sept soldats. Depuis deux jours, ils s'occupaient de reconnaître la situation la plus favorable pour l'établissement d'un poste à Gouina, lorsqu'ils furent témoins de l'arrivée du docteur Fergusson.

On se figure aisément les félicitations et les embrassements dont furent accablés les trois voyageurs. Les Français, ayant pu contrôler par eux-mêmes l'accomplissement de cet audacieux projet, devenaient les témoins naturels de Samuel Fergusson.

Aussi le docteur leur demanda-t-il tout d'abord de constater officiellement son arrivée aux cataractes de Gouina.

« Vous ne refuserez pas de signer au procès-verbal ? demanda-t-il au lieutenant Dufraisse.

– A vos ordres », répondit ce dernier.

Les Anglais furent conduits à un poste provisoire établi sur le bord du fleuve ; ils y trouvèrent les soins les plus attentifs et des provisions en abondance. Et c'est là que fut rédigé en ces termes le procès-verbal qui figure aujourd'hui dans les archives de la Société géographique de Londres :

« Nous, soussignés, déclarons que ledit jour nous avons vu arriver suspendus au filet d'un ballon le docteur Fergusson et ses deux compagnons Richard Kennedy et Joseph Wilson[1] ; lequel ballon est tombé à quelques pas de nous dans le lit même du fleuve, et, entraîné par le courant, s'est abîmé dans les cataractes de Gouina. En foi de quoi nous avons signé le présent procès-verbal, contradictoirement avec les susnommés, pour valoir ce que de droit. – Fait aux cataractes de Gouina, le 24 mai 1862.

« SAMUEL FERGUSSON, RICHARD KENNEDY, JOSEPH WILSON ; DUFRAISSE, lieutenant d'infanterie de marine ; RODAMEL, enseigne de vaisseau ; DUFAYS, sergent ; FLIPPEAU, MAYOR, PÉLISSIER, LOROIS, RASCAGNET, GUILLON, LEBEL, soldats. »

Ici finit l'étonnante traversée du docteur Fergusson et de ses braves compagnons, constatée par d'irrécusables témoignages ; ils se trouvaient avec des amis au milieu de tribus plus hospitalières et dont les rapports sont fréquents avec les établissements français.

Ils étaient arrivés au Sénégal le samedi 24 mai, et, le 27 du même mois, ils atteignaient le poste de Médine, situé un peu plus au nord sur le fleuve.

Là, les officiers français les reçurent à bras ouverts, et déployèrent envers eux toutes les ressources de leur hospitalité ; le docteur et ses compagnons purent s'embarquer presque immédiatement sur le petit bateau à vapeur *Le Basilic*, qui descendait le Sénégal jusqu'à son embouchure.

Quatorze jours après, le 10 juin, ils arrivèrent à Saint-Louis, où le gouverneur les reçut magnifiquement ; ils

---

1. Dick est le diminutif de Richard, et Joe celui de Joseph.

Le poste de Gouina.

étaient complètement remis de leurs émotions et de leurs fatigues. D'ailleurs Joe disait à qui voulait l'entendre :

« C'est un piètre voyage que le nôtre, après tout, et si quelqu'un est avide d'émotions, je ne lui conseille pas de l'entreprendre ; cela devient fastidieux à la fin, et, sans les aventures du lac Tchad et du Sénégal, je crois véritablement que nous serions morts d'ennui ! »

Une frégate anglaise était en partance ; les trois voyageurs prirent passage à bord ; le 25 juin, ils arrivaient à Portsmouth, et le lendemain à Londres.

Nous ne décrirons pas l'accueil qu'ils reçurent à la Société royale de Géographie, ni l'empressement dont ils furent l'objet ; Kennedy repartit aussitôt pour Édimbourg avec sa fameuse carabine ; il avait hâte de rassurer sa vieille gouvernante.

Le docteur Fergusson et son fidèle Joe demeurèrent les mêmes hommes que nous avons connus. Cependant, il s'était fait en eux un changement à leur insu.

Ils étaient devenus deux amis.

Les journaux de l'Europe entière ne tarirent pas en éloges sur les audacieux explorateurs, et le *Daily Telegraph* fit un tirage de neuf cent soixante-dix-sept mille exemplaires le jour où il publia un extrait du voyage.

Le docteur Fergusson fit en séance publique à la Société royale de Géographie le récit de son expédition aéronautique, et il obtint pour lui et ses deux compagnons la médaille d'or destinée à récompenser la plus remarquable exploration de l'année 1862.

Le voyage du docteur Fergusson a eu tout d'abord pour résultat de constater de la manière la plus précise les faits et les relèvements géographiques reconnus par MM. Barth, Burton, Speke et autres. Grâce aux expéditions actuelles de MM. Speke et Grant, de Heuglin et Munzinger, qui remontent aux sources du Nil ou se dirigent vers le centre de l'Afrique, nous pourrons avant peu contrôler les propres découvertes du docteur Fergusson dans cette immense contrée comprise entre les quatorzième et trente-troisième degrés de longitude.

UNE VILLE FLOTTANTE

LES VOYAGES EXTRAORDINAIRES

UNE VILLE FLOTTANTE

PAR

JULES VERNE

Ouvrage couronné par l'Académie française.

COLLECTION HETZEL

I

Le 18 mars 1867, j'arrivais à Liverpool. Le *Great-Eastern* devait partir quelques jours après pour New York, et je venais prendre passage à son bord. Voyage d'amateur, rien de plus. Une traversée de l'Atlantique sur ce gigantesque bateau me tentait. Par occasion, je comptais visiter le

North-Amérique, mais accessoirement. Le *Great-Eastern* d'abord. Le pays célébré par Cooper ensuite. En effet, ce steam-ship est un chef-d'œuvre de construction navale. C'est plus qu'un vaisseau, c'est une ville flottante, un morceau de comté, détaché du sol anglais, qui, après avoir traversé la mer, va se souder au continent américain. Je me figurais cette masse énorme emportée sur les flots, sa lutte contre les vents qu'elle défie, son audace devant la mer impuissante, son indifférence à la lame, sa stabilité au milieu de cet élément qui secoue comme des chaloupes les *Warriors* et les *Solférinos*. Mais mon imagination s'était arrêtée en deçà. Toutes ces choses, je les vis pendant cette traversée, et bien d'autres encore qui ne sont plus du domaine maritime. Si le *Great-Eastern* n'est pas seulement une machine nautique, si c'est un microcosme et s'il emporte un monde avec lui, un observateur ne s'étonnera pas d'y rencontrer, comme sur un plus grand théâtre, tous les instincts, tous les ridicules, toutes les passions des hommes.

En quittant la gare, je me rendis à l'hôtel Adelphi. Le départ du *Great-Eastern* était annoncé pour le 20 mars. Désirant suivre les derniers préparatifs, je fis demander au capitaine Anderson, commandant du steam-ship, la permission de m'installer immédiatement à bord. Il m'y autorisa fort obligeamment.

Le lendemain, je descendis vers les bassins qui forment une double lisière de docks sur les rives de la Mersey. Les ponts tournants me permirent d'atteindre le quai de New-Prince, sorte de radeau mobile qui suit les mouvements de la marée. C'est une place d'embarquement pour les nombreux boats qui font le service de Birkenhead, annexe de Liverpool, située sur la rive gauche de la Mersey.

Cette Mersey, comme la Tamise, n'est qu'une insignifiante rivière, indigne du nom de fleuve, bien qu'elle se jette à la mer. C'est une vaste dépression du sol, remplie d'eau, un véritable trou que sa profondeur rend propre à recevoir des navires du plus fort tonnage. Tel le *Great-Eastern,* auquel la plupart des autres ports du monde sont rigoureusement interdits. Grâce à cette disposition naturelle, ces ruisseaux de la Tamise et de la Mersey ont vu se fonder presque à leur embouchure deux immenses villes de commerce, Londres et Liverpool ; de même, et à peu près pour des considérations identiques, Glasgow, sur la rivière la Clyde.

A la cale de New-Prince chauffait un tender, petit bateau à vapeur, affecté au service du *Great-Eastern*. Je m'installai sur le pont, déjà encombré d'ouvriers et de manœuvres qui se rendaient à bord du steam-ship. Quand sept heures du matin sonnèrent à la tour Victoria, le tender largua ses amarres, et suivit à grande vitesse le flot montant de la Mersey.

A peine avait-il débordé que j'aperçus sur la cale un jeune homme de grande taille, ayant cette physionomie aristocratique qui distingue l'officier anglais. Je crus reconnaître en lui un de mes amis, capitaine à l'armée des Indes, que je n'avais pas vu depuis plusieurs années. Mais je devais me tromper, car le capitaine Mac Elwin ne pouvait avoir quitté Bombay. Je l'aurais su. D'ailleurs Mac Elwin était un garçon gai, insouciant, un joyeux camarade, et celui-ci, s'il offrait à mes yeux les traits de mon ami, semblait triste et comme accablé d'une secrète douleur. Quoi qu'il en soit, je n'eus pas le temps de l'observer avec plus d'attention, car le tender s'éloignait rapidement, et l'impression fondée sur cette ressemblance s'effaça bientôt de mon esprit.

Le *Great-Eastern* était mouillé à peu près à trois milles en amont, à la hauteur des premières maisons de Liverpool. Du quai de New-Prince, on ne pouvait l'apercevoir. Ce fut au premier tournant de la rivière que j'entrevis sa masse imposante. On eût dit une sorte d'îlot à demi estompé dans les brumes. Il se présentait par l'avant, ayant évité au flot ; mais bientôt le tender prit du tour, et le steam-ship se montra dans toute sa longueur. Il me parut ce qu'il était : énorme ! Trois ou quatre « charbonniers », accostés à ses flancs, lui versaient par ses sabords percés au-dessus de la ligne de flottaison leur chargement de houille. Près du *Great-Eastern,* ces trois-mâts ressemblaient à des barques. Leurs cheminées n'atteignaient même pas la première ligne des hublots évidés dans sa coque ; leurs barres de perroquet ne dépassaient pas ses pavois. Le géant aurait pu hisser ces navires sur son portemanteau, en guise de chaloupes à vapeur.

Cependant le tender s'approchait ; il passa sous l'étrave droite du *Great-Eastern,* dont les chaînes se tendaient violemment sous la poussée du flot ; puis, le rangeant à bâbord, il stoppa au bas du vaste escalier qui serpentait sur ses flancs. Dans cette position, le pont du tendeur affleurait seulement la ligne de flottaison du steam-ship, cette ligne qu'il devait atteindre en pleine charge, et qui émergeait encore de deux mètres.

Cependant les ouvriers débarquaient en hâte et gravissaient ces nombreux étages de marches qui se terminaient à la coupée du navire. Moi, la tête renversée, le corps rejeté en arrière, comme un touriste qui regarde un édifice élevé, je contemplais les roues du *Great-Eastern.*

Vues de côté, ces roues paraissaient maigres, émaciées, bien que la longueur de leurs pales fût de quatre mètres ; mais de face, elles avaient un aspect monumental. Leur élégante armature, la disposition du solide moyeu, point d'appui de tout le système, les étrésillons entrecroisés, destinés à maintenir l'écartement de la triple jante, cette auréole de rayons rouges, ce mécanisme à demi perdu dans l'ombre des larges tambours qui coiffaient l'appareil, tout cet ensemble frappait l'esprit et évoquait l'idée de quelque puissance farouche et mystérieuse.

Avec quelle énergie ces pales de bois, si vigoureusement boulonnées, devaient battre les eaux que le flux brisait en ce moment contre elles ! Quels bouillonnements des nappes liquides, quand ce puissant engin les frappait coup sur coup ! Quels tonnerres engouffrés dans cette caverne des tambours, lorsque le *Great-Eastern* marchait à toute vapeur sous la poussée de ces roues, mesurant cinquante-trois pieds de diamètre et cent soixante-six pieds de circonférence, pesant quatre-vingt-dix tonneaux et donnant onze tours à la minute.

Le tender avait débarqué ses passagers. Je mis le pied sur les marches de fer cannelées, et, quelques instants après, je franchissais la coupée du steam-ship.

On charpentait, on gréait, on peignait.

II

Le pont n'était encore qu'un immense chantier livré à une armée de travailleurs. Je ne pouvais me croire à bord d'un navire. Plusieurs milliers d'hommes, ouvriers, gens de l'équipage, mécaniciens, officiers, manœuvres, curieux, se croisaient, se coudoyaient sans se gêner, les uns sur le pont, les autres dans les machines, ceux-ci courant les rouffles, ceux-là éparpillés à travers la mâture, tous dans un pêle-mêle qui échappe à la description. Ici des grues volantes enlevaient d'énormes pièces de fonte ; là, de lourds madriers étaient hissés à l'aide de treuils à vapeur ; au-dessus de la chambre des machines se balançait un cylindre de fer, véritable tronc de métal ; à l'avant, les vergues montaient en gémissant le long des mâts de hune ; à l'arrière se dressait un échafaudage qui cachait sans doute quelque édifice en construction. On bâtissait, on ajustait, on charpentait, on gréait, on peignait au milieu d'un incomparable désordre.

Mes bagages avaient été transbordés. Je demandai le capitaine Anderson. Le commandant n'était pas encore arrivé ; mais un des stewards se chargea de mon installation et fit transporter mes colis dans une des cabines de l'arrière.

« Mon ami, lui dis-je, le départ du *Great-Eastern* était annoncé pour le 20 mars, mais il est impossible que tous ces préparatifs soient terminés en vingt-quatre heures. Savez-vous à quelle époque nous pourrons quitter Liverpool ? »

A cet égard, le steward n'était pas plus avancé que moi. Il me laissa seul. Je résolus alors de visiter tous les trous de cette immense fourmilière, et je commençai ma promenade comme eût fait un touriste dans quelque ville inconnue. Une boue noire – cette boue britannique qui se colle aux pavés des villes anglaises – couvrait le pont du steam-ship. Des ruisseaux fétides serpentaient çà et là. On se serait cru dans un des plus mauvais passages d'Upper-Thames street, aux abords du pont de Londres. Je marchai en rasant ces rouffles qui s'allongeaient sur l'arrière du navire. Entre eux et les bastingages, de chaque côté, se dessinaient deux larges rues ou plutôt deux boulevards qu'une foule compacte encombrait. J'arrivai ainsi au centre même du bâtiment, entre les tambours réunis par un double système de passerelles.

Là, s'ouvrait le gouffre destiné à contenir les organes de la machine à roues. J'aperçus alors cet admirable engin de locomotion. Une cinquantaine d'ouvriers étaient répartis sur les claires-voies métalliques du bâtis de fonte, les uns accrochés aux longs pistons inclinés sous des angles divers, les autres suspendus aux bielles, ceux-ci ajustant l'excentrique, ceux-là boulonnant au moyen d'énormes clefs les coussinets des tourillons. Ce tronc de métal qui descendait lentement par l'écoutille, c'était un nouvel arbre de couche destiné à transmettre aux roues le mouvement des bielles. De cet abîme sortait un bruit continu, fait de sons aigres et discordants.

Après avoir jeté un rapide coup d'œil sur ces travaux d'ajustage, je repris ma promenade et j'arrivai sur l'avant. Là, des tapissiers achevaient de décorer un assez vaste rouffle désigné sous le nom de « smoking-room », la chambre à fumer, le véritable estaminet de cette ville flottante, magnifique café éclairé par quatorze fenêtres, plafonné blanc et or et lambrissé de panneaux en citronnier. Puis, après avoir traversé une sorte de petite place triangulaire que formait l'avant du pont, j'atteignis l'étrave qui tombait d'aplomb à la surface des eaux.

De ce point extrême, me retournant, j'aperçus, dans une déchirure des brumes, l'arrière du *Great-Eastern* à une distance de plus de deux hectomètres. Ce colosse mérite bien qu'on emploie de tels multiples pour en évaluer les dimensions.

Je revins en suivant le boulevard de tribord, passant entre les rouffles et les parois, évitant le choc des poulies qui se balançaient dans les airs et le coup de fouet des manœuvres que la brise cinglait çà et là, me dégageant ici des heurts d'une grue volante, et plus loin des scories enflammées qu'une forge lançait comme un bouquet d'artifices. J'apercevais à peine le sommet des mâts, hauts de deux cents pieds, qui se perdaient dans le brouillard, auquel les tenders de service et les « charbonniers » mêlaient leur fumée noire. Après avoir dépassé la grande écoutille de la machine à roues, je remarquai un « petit hôtel » qui s'élevait sur ma gauche, puis la longue façade latérale d'un palais surmonté d'une terrasse dont on fourbissait les garde-fous. Enfin j'atteignis l'arrière du steam-ship, à l'endroit où s'élevait l'echafaudage que j'ai déjà signalé. Là, entre le dernier rouffle et le vaste caillebotis au-dessus duquel se dressaient les quatre roues du gouvernail, des mécaniciens achevaient d'installer une machine à vapeur. Cette machine se composait de deux cylindres horizontaux et présentait un système de pignons, de leviers, de déclics qui me sembla très compliqué. Je n'en compris pas d'abord la destination, mais il me parut qu'ici, comme partout, les préparatifs étaient loin d'être terminés.

Et maintenant, pourquoi ces retards, pourquoi tant d'aménagements nouveaux à bord du *Great-Eastern*, navire relativement neuf ? C'est ce qu'il faut dire en quelques mots.

Après une vingtaine de traversées entre l'Angleterre et l'Amérique, et dont l'une fut marquée par des accidents très graves, l'exploitation du *Great-Eastern* avait été momentanément abandonnée. Cet immense bateau, disposé pour le transport des voyageurs, ne semblait plus bon à rien et se voyait mis au rebut par la race défiante des passagers d'outre-mer. Lorsque les premières tentatives pour poser le câble sur son plateau télégraphique eurent échoué - insuccès dû en partie à l'insuffisance des navires qui le transportaient -, les ingénieurs songèrent au *Great-Eastern*. Lui seul pouvait emmagasiner à son bord ces trois mille quatre cents kilomètres de fil métallique, pesant quatre mille cinq cents tonnes. Lui seul pouvait, grâce à sa parfaite indifférence à la mer, dérouler et immerger cet immense grelin. Mais pour arrimer ce câble dans les flancs du navire, il fallut des aménagements particuliers. On fit sauter deux chaudières sur six et une cheminée sur trois, appartenant à la machine de l'hélice. A leur place, de vastes récipients furent disposés pour y loger le câble qu'une nappe d'eau préservait des altérations de l'air. Le fil passait ainsi de ces lacs flottants à la mer sans subir le contact des couches atmosphériques.

L'opération de la pose du câble s'accomplit avec succès, et, le résultat obtenu, le *Great-Eastern* fut relégué de nouveau dans son coûteux abandon. Survint alors l'Exposition universelle de 1867. Une compagnie française, dite *Société des Affréteurs du Great-Eastern*, à responsabilité limitée, se fonda au capital de deux millions de francs, dans l'intention d'employer le vaste navire au transport des visiteurs transocéaniens. De là nécessité de réapproprier le steam-ship à cette destination, nécessité de combler les récipients et de rétablir les chaudières, nécessité d'agrandir des salons que devaient habiter plusieurs milliers de voyageurs et de construire ces rouffles contenant des salles à manger supplémentaires ; enfin, aménagement de trois mille lits dans les flancs de la gigantesque coque.

Le *Great-Eastern* fut affrété au prix de vingt-cinq mille francs par mois. Deux contrats furent passés avec G. Forrester et Cº, de Liverpool ; le premier, au prix de cinq cent trente-huit mille sept cent cinquante francs, pour l'établissement des nouvelles chaudières de l'hélice ; le second, au prix de six cent soixante-deux mille cinq cents francs, pour réparations générales et installations du navire.

Avant d'entreprendre ces derniers travaux, le *Board of Trade* exigea que le navire fût passé sur le gril, afin que sa coque pût être rigoureusement visitée. Cette coûteuse opération faite, une longue déchirure du bordé extérieur fut soigneusement réparée à grands frais. On procéda alors à l'installation des nouvelles chaudières. On dut changer aussi l'arbre moteur des roues, qui avait été faussé pendant le dernier voyage ; cet arbre, coudé en son milieu pour recevoir la bielle des pompes, fut remplacé par un arbre muni de deux excentriques, ce qui assurait la solidité de cette pièce importante sur laquelle porte tout l'effort. Enfin et pour la première fois, le gouvernail allait être mû par la vapeur.

C'est à cette délicate manœuvre que les mécaniciens destinaient la machine qu'ils ajustaient à l'arrière. Le timonier, placé sur la passerelle du centre, entre les appareils à signaux des roues et de l'hélice, avait sous les yeux un cadran pourvu d'une aiguille mobile, qui lui donnait à chaque instant la position de sa barre. Pour la modifier, il se contentait d'imprimer un léger mouvement à une petite roue mesurant à peine un pied de diamètre et dressée verticalement à portée de sa main. Aussitôt des valves s'ouvraient ; la vapeur des chaudières se précipitait par de longs tuyaux de conduite dans les deux cylindres de la petite machine ; les pistons se mouvaient avec rapidité, les transmissions agissaient, et le gouvernail obéissait instantanément à ses drosses irrésistiblement entraînées. Si ce système réussissait, un homme gouvernerait, d'un seul doigt, la masse colossale du *Great-Eastern*.

Pendant cinq jours, les travaux continuèrent avec une activité dévorante. Ces retards nuisaient considérablement à l'entreprise des affréteurs ; mais les entrepreneurs ne pouvaient faire plus. Le départ fut irrévocablement fixé au 26 mars. Le 25, le pont du steam-ship était encore encombré de tout l'outillage supplémentaire.

Enfin, pendant cette dernière journée, les passavants, les passerelles, les rouffles se dégagèrent peu à peu ; les échafaudages furent démontés ; les grues disparurent ; l'ajustement des machines s'acheva ; les dernières chevilles furent frappées, et les derniers écrous vissés ; les pièces polies se couvrirent d'un enduit blanc qui devait les préserver de l'oxydation pendant le voyage ; les réservoirs d'huile se remplirent ; la dernière plaque reposa enfin sur sa mortaise de métal. Ce jour-là, l'ingénieur en chef fit l'essai des chaudières. Une énorme quantité de vapeur se précipita dans la chambre des machines. Penché sur l'écoutille, enveloppé dans ces chaudes émanations, je ne voyais plus rien ; mais j'entendais les longs pistons gémir à travers leurs boîtes à étoupes, et les gros cylindres osciller avec bruit sur leurs solides tourillons. Un vif bouillonnement se produisait sous les tambours, pendant que les pales frappaient lentement les eaux brumeuses de la Mersey. A l'arrière, l'hélice battait les flots de sa quadruple branche. Les deux machines, entièrement indépendantes l'une de l'autre, étaient prêtes à fonctionner.

Vers cinq heures du soir, une chaloupe à vapeur vint accoster. Elle était destinée au *Great-Eastern*. Sa locomobile fut détachée d'abord et hissée sur le pont au moyen des cabestans. Mais, quant à la chaloupe elle-même, elle ne put être embarquée. Sa coque d'acier était d'un poids tel que les pistolets sur lesquels on avait frappé les palans plièrent sous la charge, effet qui ne se fût pas produit, sans doute, si on les eût soutenus au moyen de balancines. Il fallut donc abandonner cette chaloupe ; mais il restait encore au *Great-Eastern* un chapelet de seize embarcations accrochées à ses portemanteaux.

Ce soir-là, tout fut à peu près terminé. Les boulevards nettoyés n'offraient plus trace de boue ; l'armée des balayeurs avait passé par là. Le chargement était entièrement achevé. Vivres, marchandises, charbon occupaient les cambuses, la cale et les soutes. Cependant, le steamer ne se trouvait pas encore dans ses lignes d'eau et ne tirait pas les neuf mètres réglementaires. C'était un inconvénient pour ses roues, dont les aubes, insuffisamment immergées, devaient nécessairement produire une poussée moindre. Néanmoins, dans ces conditions, on pouvait partir. Je me couchai donc avec l'espoir de prendre la mer le lendemain. Je ne me trompais pas. Le 26 mars, au point du jour, je vis flotter au mât de misaine le pavillon américain, au grand mât le pavillon français, et à la corne d'artimon le pavillon d'Angleterre.

III

En effet, le *Great-Eastern* se préparait à partir. De ses cinq cheminées s'échappaient déjà quelques volutes de fumée noire. Une buée chaude transpirait à travers les puits profonds qui donnaient accès dans les machines. Quelques matelots fourbissaient les quatre gros canons qui devaient saluer Liverpool à notre passage. Des gabiers couraient sur les vergues et dégageaient les manœuvres. On raidissait les haubans sur leurs épais caps de mouton crochés à l'intérieur des bastingages. Vers onze heures, les tapissiers finissaient d'enfoncer leurs derniers clous et les peintres d'étendre leur dernière couche de peinture. Puis tous s'embarquèrent sur le tender qui les attendait. Dès qu'il y eut pression suffisante, la vapeur fut envoyée dans les cylindres de la machine motrice du gouvernail, et les mécaniciens reconnurent que l'ingénieux appareil fonctionnait régulièrement.

Le temps était assez beau. De grandes échappées de soleil se prolongeaient entre les nuages qui se déplaçaient rapidement. A la mer, le vent devait être fort et souffler en grande brise, ce dont se préoccupait assez peu le *Great-Eastern*.

Tous les officiers étaient à bord et répartis sur les divers points du navire, afin de préparer l'appareillage. L'état-major se composait d'un capitaine, d'un second, de deux seconds officiers, de cinq lieutenants, dont un Français, M. H..., et d'un volontaire, Français également.

Le capitaine Anderson est un marin de grande réputation dans le commerce anglais. C'est à lui qu'on doit la pose du câble transatlantique. Il est vrai que s'il réussit là où ses devanciers échouèrent, c'est qu'il opéra dans des conditions bien autrement favorables, ayant le *Great-Eastern* à sa disposition. Quoi qu'il en soit, ce succès lui a mérité le titre de « sir », qui lui a été octroyé par la reine. Je trouvai en lui un commandant fort aimable. C'était un homme de cinquante ans, blond fauve, de ce blond qui maintient sa nuance en dépit du temps et de l'âge, la taille haute, la figure large et souriante, la physionomie calme, l'air bien anglais, marchant d'un pas tranquille et uniforme, la voix douce, les yeux un peu clignotants, jamais les mains dans les poches, toujours irréprochablement ganté, élégamment vêtu, avec ce signe particulier, le petit bout de son mouchoir blanc sortant de la poche de sa redingote bleue à triple galon d'or.

Le second du navire contrastait singulièrement avec le capitaine Anderson. Il est facile à peindre ; un petit homme vif, la peau très hâlée, l'œil un peu injecté, de la barbe noire jusqu'aux yeux, des jambes arquées qui défiaient toutes les surprises du roulis. Marin actif, alerte, fort au courant du détail, il donnait ses ordres d'une voix brève, ordres que répétait le maître d'équipage avec ce rugissement de lion enrhumé qui est particulier à la marine anglaise. Ce second se nommait W... Je crois que c'était un officier de la flotte,

Alors commença l'interminable ascension.

détaché, par permission spéciale, à bord du *Great-Eastern*. Enfin, il avait des allures de « loup de mer », et il devait être de l'école de cet amiral français – un brave à toute épreuve – qui, au moment du combat, criait invariablement à ses hommes : « Allons, enfants, ne bronchez pas, car vous savez que j'ai l'habitude de me faire sauter ! »

En dehors de cet état-major, les machines étaient sous le commandement d'un chef ingénieur, aidé de huit ou dix officiers mécaniciens. Sous ses ordres manœuvrait un bataillon de deux cent cinquante hommes, tant soutiers que chauffeurs ou graisseurs, qui ne quittaient guère les profondeurs du bâtiment.

D'ailleurs, avec dix chaudières ayant dix fourneaux chacune, soit cent feux à conduire, ce bataillon était occupé nuit et jour.

Quant à l'équipage proprement dit du steam-ship, maîtres, quartiers-maîtres, gabiers, timoniers et mousses, il comprenait environ cent hommes. De plus, deux cents stewards étaient affectés au service des passagers.

Tout le monde se trouvait donc à son poste. Le pilote qui devait « sortir » le *Great-Eastern* des passes de la Mersey était à bord depuis la veille. J'aperçus aussi un pilote français, de l'île de Molène, près d'Ouessant, qui devait faire avec nous la traversée de Liverpool à New York, et, au retour, rentrer le steam-ship dans la rade de Brest.

« Je commence à croire que nous partirons aujourd'hui ? dis-je au lieutenant H…

– Nous n'attendons plus que nos voyageurs, me répondit mon compatriote.

– Sont-ils nombreux ?

– Douze ou treize cents. »

C'était la population d'un gros bourg.

A onze heures et demie, on signala le tender, encombré de passagers enfouis dans les chambres, accrochés aux passerelles, étendus sur les tambours, juchés sur les montagnes de colis qui surmontaient le pont. C'était, comme je l'appris ensuite, des Californiens, des Canadiens, des Yankees, des Péruviens, des Américains du Sud, des Anglais, des Allemands, et deux ou trois Français. Entre tous se distinguaient le célèbre Cyrus Field, de New York; l'honorable John Rose, du Canada; l'honorable Mac Alpine, de New York; Mr. et Mrs. Alfred Cohen, de San-Francisco; Mr. et Mrs. Withney, de Mont-Réal; le capitaine Mac Ph... et sa femme. Parmi les Français se trouvait le fondateur de la *Société des Affréteurs du Great-Eastern,* M. Jules D..., représentant de cette *Telegraph construction and maintenance Company,* qui avait apporté dans l'affaire une contribution de vingt mille livres.

Le tender se rangea au pied de l'escalier de tribord. Alors commença l'interminable ascension des bagages et des passagers, mais sans hâte, sans cris, ainsi que font des gens qui restent tranquillement chez eux. Des Français, eux, auraient cru devoir monter là comme à l'assaut, et se comporter en véritables zouaves.

Dès que chaque passager avait mis le pied sur le pont du steam-ship, son premier soin était de descendre dans les salles à manger et d'y-marquer la place de son couvert. Sa carte ou son nom, crayonné sur un bout de papier, suffisait à lui assurer sa prise de possession. D'ailleurs, un lunch était servi en ce moment, et, en quelques instants, toutes les tables furent garnies de convives, qui, lorsqu'ils sont Anglo-Saxons, savent parfaitement combattre à coups de fourchette les ennuis d'une traversée.

J'étais resté sur le pont afin de suivre tous les détails de l'embarquement. A midi et demi, les bagages étaient transbordés. Je vis là, pêle-mêle, mille colis de toutes formes, de toutes grandeurs, des caisses aussi grosses que des wagons, qui pouvaient contenir un mobilier, de petites trousses de voyage d'une élégance parfaite, des sacs aux angles capricieux, et ces malles américaines ou anglaises, si reconnaissables au luxe de leurs courroies, à leur bouclage multiple, à l'éclat de leurs cuivres, à leurs épaisses couvertures de toiles, sur lesquelles se détachaient deux ou trois grandes initiales brossées à travers des découpages de fer-blanc. Bientôt tout ce fouillis eut disparu dans les magasins, j'allais dire dans les gares de l'entrepont, et les derniers manœuvres, porteurs ou guides, redescendirent sur le tender, qui déborda après avoir encrassé les pavois du *Great-Eastern* des scories de sa fumée.

Je retournais vers l'avant, quand soudain je me trouvai en présence de ce jeune homme que j'avais entrevu sur le quai de New-Prince. Il s'arrêta en m'apercevant, et me tendit une main que je serrai aussitôt avec affection,

« Vous, Fabian ! m'écriai-je, vous, ici ?

— Moi-même, cher ami.

— Je ne m'étais donc pas trompé, c'est bien vous que j'ai entrevu, il y a quelques jours, sur la cale de départ ?

— C'est probable, me répondit Fabian, mais je ne vous ai pas aperçu.

— Et vous venez en Amérique ?

— Sans doute ! Un congé de quelques mois, peut-on le mieux passer qu'à courir le monde ?

— Heureux le hasard qui vous a fait choisir le *Great-Eastern* pour cette promenade de touriste.

— Ce n'est point un hasard, mon cher camarade. J'ai lu dans un journal que vous preniez passage à bord du *Great-Eastern,* et, comme nous ne nous étions pas rencontrés depuis quelques années, je suis venu trouver le *Great-Eastern* pour faire la traversée avec vous.

— Vous arrivez de l'Inde ?

— Par le *Godavery,* qui m'a débarqué avant-hier à Liverpool.

— Et vous voyagez, Fabian ?... lui demandai-je en observant sa figure pâle et triste.

— Pour me distraire, si je le puis », répondit, en me pressant la main avec émotion, le capitaine Fabian Mac Elwin.

IV

Fabian m'avait quitté pour surveiller son installation dans la cabine 73, de la série du grand salon, dont le numéro était porté sur son billet. En ce moment, de grosses volutes de fumée tourbillonnaient à l'orifice des larges cheminées du steam-ship. On entendait frémir la coque des chaudières jusque dans les profondeurs du navire. La vapeur assourdissante fusait par les tuyaux d'échappement et retombait en pluie fine sur le pont. Quelques remous bruyants annonçaient que les machines s'essayaient. L'ingénieur avait de la pression. On pouvait partir.

Il fallut d'abord lever l'ancre. Le flot montait encore, et le *Great-Eastern,* évité sous sa poussée, lui présentait l'avant. Il était donc tout paré pour descendre la rivière. Le capitaine Anderson avait dû choisir ce moment pour appareiller, car la longueur du *Great-Eastern* ne lui permettait pas d'évoluer dans la Mersey. N'étant point entraîné par le jusant, mais, au contraire, refoulant le flot trop rapide, il était plus maître de son navire et plus certain de manœuvrer habilement au milieu des bâtiments nombreux qui sillonnaient la rivière. Le moindre attouchement de ce colosse eût été désastreux.

Lever l'ancre dans ces conditions exigeait des efforts considérables. En effet, le steam-ship, poussé par le courant, tendait les chaînes sur lesquelles il était affourché. De plus, un vent violent du sud-ouest trouvait prise sur sa masse et joignait son action à celle du flux. Il fallait donc employer de puissants engins pour arracher les ancres pesantes de leur fond de vase. Un « anchorboat », sorte de bateau destiné à cette opération, était venu se bosser sur les chaînes ; mais ses cabestans ne suffirent pas, et l'on dut se servir des appareils mécaniques que le *Great-Eastern* avait à sa disposition.

A l'avant, une machine de la force de soixante-dix chevaux était disposée pour le hissage des ancres. Il suffisait d'envoyer la vapeur des chaudières dans ses cylindres pour obtenir immédiatement une force considérable, qu'on pouvait directement appliquer au cabestan sur lequel les chaînes étaient garnies. Ce fut fait. Mais, si puissante qu'elle fût, la machine se trouva insuffisante. Il fallut donc lui venir en aide. Le capitaine Anderson fit mettre les barres, et une cinquantaine d'hommes de l'équipage vinrent virer au cabestan.

Le steam-ship commença de venir sur ses ancres. Mais le travail se faisait lentement ; les maillons cliquetaient, non sans peine, dans les écubiers de l'étrave, et, à mon avis, on aurait pu soulager les chaînes en donnant quelques tours de roues, de manière à les embraquer plus aisément.

J'étais en ce moment sur la dunette de l'avant, avec un certain nombre de passagers. Nous observions tous les détails de l'opération et les progrès de l'appareillage. Près de moi, un voyageur, impatienté sans doute des lenteurs de la manœuvre, haussait fréquemment les épaules, et n'épargnait pas à l'impuissante machine ses moqueries incessantes. C'était un petit homme maigre, nerveux, à mouvements fébriles, dont on voyait à peine les yeux sous le plissement de leurs paupières. Un physionomiste eût reconnu, dès l'abord, que les choses de la vie devaient apparaître par leur côté plaisant à ce philosophe de l'école de Démocrite, dont les muscles zygomatiques, nécessaires à l'action du rire, ne restaient jamais en repos. Au demeurant - je le vis plus tard -, un aimable compagnon de voyage.

« Monsieur, me dit-il, jusqu'ici j'avais cru que les machines étaient faites pour aider les hommes, et non les hommes pour aider les machines ! »

J'allais répondre à cette juste observation, quand des cris retentirent. Mon interlocuteur et moi, nous étions précipités vers l'avant. Sans exception, tous les hommes disposés sur les barres avaient été renversés ; les uns se relevaient ; d'autres gisaient sur le pont. Un pignon de la machine ayant cassé, le cabestan avait dérivé irrésistiblement sous la traction effroyable des chaînes. Les hommes, pris à revers, avaient été frappés avec une violence extrême à la tête ou à la poitrine. Dégagées de leurs rabans cassés, les barres, faisant mitraille autour d'elles, venaient de tuer quatre matelots et d'en blesser douze. Parmi ces derniers, le maître d'équipage, un Écossais de Dundee.

Tous les hommes disposés sur les barres avaient été renversés.

On se précipita vers ces malheureux. Les blessés furent conduits au poste des malades, situé à l'arrière. Quant aux quatre morts, on s'occupa de les débarquer immédiatement. D'ailleurs, les Anglo-Saxons ont une telle indifférence pour la vie des gens, que cet événement ne provoqua qu'une médiocre impression à bord. Ces infortunés, tués ou blessés, n'étaient que les dents d'un rouage que l'on pouvait remplacer à peu de frais. On fit le signal de revenir au tender, déjà éloigné. Quelques minutes après, il accostait le navire.

Je me dirigeai vers la coupée. L'escalier n'avait pas encore été relevé. Les quatre cadavres, enveloppés de couvertures, furent descendus et déposés sur le pont du tender. Un des médecins du bord s'embarqua afin de les accompagner jusqu'à Liverpool, avec recommandation de rejoindre ensuite le *Great-Eastern* en toute diligence. Le tender s'éloigna aussitôt, et les matelots allèrent à l'avant laver les plaques de sang qui tachaient le pont.

Je dois dire aussi qu'un passager, légèrement endommagé par un éclat de barre, profita de la circonstance pour s'en retourner par le tender. Il avait déjà assez du *Great-Eastern*.

Cependant, je regardais le petit boat s'éloigner à toute vapeur. Lorsque je me retournai, mon compagnon à figure ironique murmura derrière moi ces paroles :

« Un voyage qui commence bien !

– Bien mal, monsieur, répondis-je. A qui ai-je l'honneur de parler ?

– Au docteur Dean Pitferge. »

V

L'opération avait été reprise. Avec l'aide de l'anchorboat, les chaînes furent soulagées, et les ancres quittèrent enfin leur fond tenace. Une heure un quart sonnait aux clochers de Birkenhead. Le départ ne pouvait être différé, si l'on tenait à utiliser la marée pour la sortie du steam-ship. Le capitaine et le pilote montèrent sur la passerelle. Un lieutenant se posta près de l'appareil à signaux de l'hélice, un autre près de l'appareil à signaux des aubes. Le timonier se tenait entre eux, près de la petite roue destinée à mouvoir le gouvernail. Par prudence, au cas où la machine à vapeur eût manqué, quatre autres timoniers veillaient à l'arrière, prêts à manœuvrer les grandes roues qui se dressaient sur le caillebotis. Le *Great-Eastern,* faisant tête au courant, était tout évité, et il n'avait plus que le flot à refouler pour descendre la rivière.

L'ordre du départ fut donné. Les pales frappèrent lentement les premières couches d'eau, l'hélice « patouilla » à l'arrière, et l'énorme vaisseau commença à se déplacer.

La plupart des passagers, montés sur la dunette de l'avant, regardaient le double paysage hérissé de cheminées d'usines, que présentaient, à droite, Liverpool, à gauche, Birkenhead. La Mersey, encombrée de navires, les uns mouillés, les autres montant ou descendant, n'offrait à notre steam-ship que de sinueux passages. Mais, sous la main de son pilote, sensible aux moindres volontés de son gouvernail, il se glissait dans les passes étroites, évoluant comme une baleinière sous l'aviron d'un vigoureux timonier. Un instant, je crus que nous allions aborder un trois-mâts qui dérivait le travers au courant, et dont le bout-dehors vint raser la coque du *Great-Eastern* ; mais le choc fut évité ; et quand, du haut des rouffles, je regardai ce navire qui ne jaugeait pas moins de sept ou huit cents tonneaux, il m'apparut comme un de ces petits bateaux que les enfants lancent sur les bassins de Green-Park, ou de la Serpentine-River.

Bientôt le *Great-Eastern* se trouva par le travers des cales d'embarquement de Liverpool. Les quatre canons qui devaient saluer la ville se turent, par respect pour ces morts que le tender débarquait en ce moment. Mais des hurrahs formidables remplacèrent ces détonations qui sont la dernière expression de la politesse nationale. Aussitôt les mains de battre, les bras de s'agiter, les mouchoirs de se déployer avec cet enthousiasme dont les Anglais sont si prodigues au départ de tout navire, ne fût-ce qu'un simple canot qui va faire une promenade en baie. Mais comme on répondait à ces saluts ! Quels échos ils provoquaient sur les quais ! Des milliers de curieux couvraient les murs de Liverpool et de Birkenhead. Les boats, chargés de spectateurs, fourmillaient sur la Mersey. Les marins du *Lord Clyde,* navire de guerre, mouillé devant les bassins, s'étaient dispersés sur les hautes vergues et saluaient le géant de leurs acclamations. Du haut des dunettes des vaisseaux ancrés dans la rivière, les musiques nous envoyaient des harmonies terribles que le bruit des hurrahs ne pouvait couvrir. Les pavillons montaient et descendaient incessamment en l'honneur du *Great-Eastern.* Mais bientôt les cris commencèrent à s'éteindre dans l'éloignement. Notre steam-ship rangea de près le *Tripoli,* un paquebot de la ligne Cunard, affecté au transport des émigrants, et qui, malgré sa jauge de deux mille tonneaux, paraissait n'être qu'une simple barque. Puis, sur les deux rives, les maisons se firent de plus en plus rares. Les fumées cessèrent de noircir le paysage. La campagne trancha sur les murs de briques. Encore quelques longues et uniformes rangées de maisons ouvrières. Enfin des villas apparurent, et sur la rive gauche de la Mersey, de la plate-forme du phare et de l'épaulement du bastion, quelques derniers hurrahs nous saluèrent une dernière fois.

A trois heures, le *Great-Eastern* avait franchi les passes de la Mersey, et il donnait dans le canal Saint-Georges. Le vent du sud-ouest soufflait en grande brise. Nos pavillons, rigidement tendus, ne faisaient pas un pli. La mer se gonflait déjà de quelques houles, mais le steam-ship ne les ressentait pas.

Vers quatre heures, le capitaine Anderson fit stopper. Le tender forçait de vapeur pour nous rejoindre. Il nous ramenait le second médecin du bord. Lorsque le boat eut accosté, on lança une échelle de corde par laquelle ce personnage embarqua, non sans peine. Plus agile que lui, notre pilote s'affala par le même chemin jusqu'à son canot, qui l'attendait, et dont chaque rameur était muni d'une ceinture natatoire en liège. Quelques instants après, il rejoignait une charmante petite goélette qui l'attendait sous le vent.

La route fut aussitôt reprise. Sous la poussée de ses aubes et de son hélice, la vitesse du *Great-Eastern* s'accéléra. Malgré le vent debout, il n'éprouvait ni roulis ni tangage. Bientôt l'ombre couvrit la mer, et la côte du comté de Galles, marquée par la pointe d'Holy-Head, se perdit enfin dans la nuit.

VI

Le lendemain, 27 mars, le *Great-Eastern* prolongeait par tribord la côte accidentée de l'Irlande. J'avais choisi ma cabine sur le premier rang en abord. C'était une petite chambre, bien éclairée par deux larges hublots. Une seconde rangée de cabines la séparait du premier salon de l'avant, de telle sorte que ni le bruit des conversations ni le fracas des pianos, qui ne manquaient pas à bord, n'y pouvaient parvenir. C'était une cabane isolée à l'extrémité d'un faubourg. Un canapé, une couchette, une toilette la meublaient suffisamment.

A sept heures du matin, après avoir traversé les deux premières salles, j'arrivai sur le pont. Quelques passagers arpentaient déjà les rouffles. Un roulis presque insensible balançait légèrement le steamer. Le vent cependant soufflait en grande brise, mais la mer, couverte par la côte, ne pouvait se faire. Néanmoins, j'augurais bien de l'indifférence du *Great-Eastern*.

Arrivé sur la dunette de la smoking-room, j'aperçus cette longue étendue de côte, élégamment profilée, à laquelle son éternelle verdure a valu d'être nommée, « Côte d'émeraude ». Quelques maisons solitaires, le lacet d'une route de douaniers, un panache de vapeur blanche marquant le passage d'un train entre deux collines, un sémaphore isolé faisant des gestes grimaçants aux navires du large, l'animaient çà et là.

Entre la côte et nous, la mer présentait une nuance d'un vert sale, comme une plaque irrégulièrement tachée de sulfate de cuivre. Le vent tendait encore à fraîchir ; quelques embruns volaient comme une poussière ; de nombreux bâtiments, bricks ou goélettes, cherchaient à s'élever de la terre ; des steamers passaient en crachant leur fumée noire ; le *Great-Eastern*, bien qu'il ne fût pas encore animé d'une grande vitesse, les distançait sans peine.

Bientôt nous eûmes connaissance de Queen's-Town, petit port de relâche devant lequel manœuvrait une flottille de pêcheurs. C'est là que tout navire, venant de l'Amérique ou des mers du Sud - bateau à vapeur ou bateau à voiles, transatlantique ou bâtiment de commerce -, jette en passant ses sacs à dépêches. Un express, toujours en pression, les emporte à Dublin en quelques heures. Là, un paquebot, toujours fumant, un steamer pur-sang, tout en machines, vrai fuseau à roues qui passe au travers des lames, bateau de course autrement utile que *Gladiateur* ou *Fille de l'air*, prend ces lettres, et, traversant le détroit avec une vitesse de dix-huit milles à l'heure, il les dépose à Liverpool. Les dépêches, ainsi entraînées, gagnent un jour sur les plus rapides transatlantiques.

Vers neuf heures, le *Great-Eastern* remonta d'un quart dans l'ouest-nord-ouest. Je venais de descendre sur le pont, lorsque je fus rejoint par le capitaine Mac Elwin. Un de ses amis l'accompagnait, un homme de six pieds, à barbe blonde, dont les longues moustaches, perdues au milieu des favoris, laissaient le menton à découvert, suivant la mode du jour. Ce grand garçon présentait le type de l'officier anglais ; il avait la tête haute, mais sans raideur, le regard assuré, les épaules dégagées, aisance et liberté dans sa marche, en un mot tous les symptômes de ce courage si rare qu'on peut appeler le « courage sans colère ». Je ne me trompais pas sur sa profession.

« Mon ami Archibald Corsican, me dit Fabian, comme moi capitaine au 22e régiment de l'armée des Indes. »

Bientôt nous eûmes connaissance de Queen's-Town.

Ainsi présentés, le capitaine Corsican et moi nous nous saluâmes.

« C'est à peine si nous nous sommes vus hier soir, mon cher Fabian, dis-je au capitaine Mac Elwin, dont je serrai la main. Nous étions dans le coup de feu de départ. Je sais seulement que ce n'est point par hasard que je dois de vous rencontrer à bord du *Great-Eastern*. J'avoue que si je suis pour quelque chose dans la décision que vous avez prise...

– Sans doute, mon cher camarade, me répondit Fabian. Le capitaine Corsican et moi, nous arrivions à Liverpool avec l'intention de prendre passage à bord du *China*, de la ligne Cunard, quand nous apprîmes que le *Great-Eastern* allait tenter une nouvelle traversée entre l'Angleterre et l'Amérique : c'était une occasion. J'appris que vous étiez à bord : c'était un plaisir. Nous ne nous étions pas revus depuis trois ans, depuis notre beau voyage dans les États scandinaves. Je n'hésitai pas, et voilà pourquoi le tender nous a déposés hier en votre présence.

– Mon cher Fabian, répondis-je, je crois que ni le capitaine Corsican ni vous ne regretterez votre décision. Une traversée de l'Atlantique sur ce grand bateau ne peut manquer d'être fort intéressante, même pour vous, si peu marins que vous soyez. Il faut avoir vu cela. Mais parlons de vous. Votre dernière lettre – et elle n'a pas six semaines de date – portait le timbre de Bombay. J'avais le droit de vous croire encore à votre régiment.

– Nous y étions il y a trois semaines, répondit Fabian. Nous y menions cette existence moitié militaire, moitié campagnarde des officiers indiens, pendant laquelle on fait plus de chasses que de razzias. Je vous présente même le capitaine Archibald comme un grand destructeur de tigres. C'est la terreur des Jungles. Cependant, bien que nous soyons garçons et sans famille, l'envie nous a pris de laisser un peu de repos à ces pauvres carnassiers de la péninsule, et de venir respirer quelques molécules de l'air européen. Nous avons obtenu un congé d'un an, et, aussitôt, par la mer Rouge, par Suez, par la France, nous sommes arrivés avec la rapidité d'un express dans notre vieille Angleterre.

– Notre vieille Angleterre ! répondit en souriant le capi-

Le capitaine Corsican et moi nous nous saluâmes.

taine Corsican, nous n'y sommes déjà plus, Fabian. C'est un navire anglais qui nous emporte, mais il est affrété par une compagnie française, et il nous conduit en Amérique. Trois pavillons différents flottent sur notre tête, et prouvent que nous foulons du pied un sol franco-anglo-américain.

— Qu'importe ! répondit Fabian, dont le front se rida un instant sous une impression douloureuse, qu'importe, pourvu que notre congé se passe ! Il nous faut du mouvement. C'est la vie. Il est si bon d'oublier le passé, et de tuer le présent par le renouvellement des choses autour de soi ! Dans quelques jours, nous serons à New York, où j'embrasserai ma sœur et ses enfants que je n'ai pas vus depuis plusieurs années. Puis nous visiterons les Grands Lacs. Nous redescendrons le Mississippi jusqu'à La Nouvelle-Orléans. Nous ferons une battue sur l'Amazone. De l'Amérique nous sauterons en Afrique, où les lions et les éléphants se sont donné rendez-vous au Cap, pour fêter l'arrivée du capitaine Corsican, et de là, nous reviendrons imposer aux Cypayes les volontés de la métropole ! »

Fabian parlait avec une volubilité nerveuse, et sa poitrine se gonflait de soupirs. Il y avait évidemment dans sa vie un malheur que j'ignorais encore, et que ses lettres mêmes ne m'avaient pas laissé pressentir. Archibald Corsican me parut être au courant de cette situation. Il montrait une très vive amitié pour Fabian, plus jeune que lui de quelques années. Il semblait être le frère aîné de Mac Elwin, ce grand capitaine anglais, dont le dévouement, à l'occasion, pouvait être porté jusqu'à l'héroïsme.

En ce moment notre conversation fut interrompue. La trompette retentit à bord. C'était un steward joufflu qui annonçait, un quart d'heure d'avance, le lunch de midi et demi. Quatre fois par jour, à la grande satisfaction des passagers, ce rauque cornet résonnait ainsi : à huit heures et demie pour le déjeuner, à midi et demi pour le lunch, à quatre heures pour le dîner, à sept heures et demie pour le thé. En peu d'instants les longs boulevards furent déserts, et bientôt tous les convives étaient attablés dans les vastes salons, où je parvins à me placer près de Fabian et du capitaine Corsican.

Quatre rangs de tables meublaient ces salles à manger. Au-dessus, les verres et les bouteilles, disposées sur leurs planchettes de roulis, gardaient une immobilité et une perpendicularité parfaites. Le steam-ship ne ressentait aucunement les ondulations de la houle. Les convives, hommes, femmes ou enfants, pouvaient luncher sans crainte. Les plats, finement préparés, circulaient. De nombreux stewards s'empressaient à servir. A la demande de chacun, mentionnée sur une petite carte *ad hoc*, ils fournissaient les vins, liqueurs, ou ales, qui faisaient l'objet d'un compte à part. Entre tous, les Californiens se distinguaient par leur aptitude à boire du champagne. Il y avait là, près de son mari, ancien douanier, une blanchisseuse enrichie dans les lavages de San Francisco, qui buvait du cliquot à trois dollars la bouteille. Deux ou trois jeunes missess, frêles et pâles, dévoraient des tranches de bœuf saignant. De longues mistress, à défenses d'ivoire, vidaient dans leurs petits verres le contenu d'un œuf à la coque. D'autres dégustaient avec une évidente satisfaction les tartes à la rhubarbe ou les céleris du dessert. Chacun fonctionnait avec entrain. On se serait cru dans un restaurant des boulevards, en plein Paris, non en plein Océan.

Le lunch terminé, les rouffles se peuplèrent de nouveau. Les gens se saluèrent au passage ou s'abordaient comme des promeneurs d'Hyde-Park. Les enfants jouaient, couraient, lançaient leurs ballons, poussaient leurs cerceaux, ainsi qu'ils l'eussent fait sur le sable des Tuileries. La plupart des hommes fumaient en se promenant. Les dames, assises sur des pliants, travaillaient, lisaient ou causaient ensemble. Les gouvernantes et les bonnes surveillaient les bébés. Quelques gros Américains pansus se balançaient sur leurs chaises à bascule. Les officiers du bord allaient et venaient, les uns faisant leur quart sur les passerelles et surveillant le compas, les autres répondant aux questions souvent ridicules des passagers. On entendait aussi, à travers les accalmies de la brise, les sons d'un orgue placé dans le grand rouffle de l'arrière, et les accords de deux ou trois pianos de Pleyel qui se faisaient une déplorable concurrence dans les salons inférieurs.

Vers trois heures, de bruyants hurrahs éclatèrent. Les passagers envahirent les dunettes. Le *Great-Eastern* rangeait à deux encablures un paquebot qu'il avait gagné main sur main. C'était le *Propontis*, faisant route sur New York, qui salua le géant des mers en passant, et le géant des mers lui rendit son salut.

A quatre heures et demie, la terre était toujours en vue et nous restait à trois milles sur tribord. On la voyait à peine à travers les embruns d'un grain qui s'était subitement déclaré. Bientôt un feu apparut. C'était le phare de Fastenet, placé sur un roc isolé, et la nuit ne tarda pas à se faire, pendant laquelle nous devions doubler le cap Clear, dernière pointe avancée de la côte d'Irlande.

VII

J'ai dit que la longueur du *Great-Eastern* dépassait deux hectomètres. Pour les esprits friands de comparaisons, je dirai qu'il est d'un tiers plus long que le pont des Arts. Il n'aurait donc pu évoluer dans la Seine. D'ailleurs, vu son tirant d'eau, il n'y flotterait pas plus que ne flotte le pont des Arts. En réalité, ce steam-ship mesure deux cent sept mètres cinquante à la ligne de flottaison entre ses perpendiculaires. Il a deux cent dix mètres vingt-cinq sur le pont supérieur, de tête en tête, c'est-à-dire que sa longueur est double de celle des plus grands paquebots transatlantiques. Sa largeur est de vingt-cinq mètres trente à son maître-couple, et de trente-six mètres soixante-cinq en dehors des tambours.

La coque du *Great-Eastern* est à l'épreuve des plus formidables coups de mer. Elle est double et se compose d'une agrégation de cellules disposées entre bord et serre, qui ont quatre-vingt-six centimètres de hauteur. De plus, treize compartiments, séparés par des cloisons étanches, accroissent sa sécurité au point de vue de la voie d'eau et de l'incendie. Dix mille tonneaux de fer ont été employés à la construction de cette coque, et, trois millions de rivets, rabattus à chaud, assurent le parfait assemblage des plaques de son bordé.

Le *Great-Eastern* déplace vingt-huit mille cinq cents tonneaux, quand il tire trente pieds d'eau. Lège, il ne cale que six mètres dix. Il peut transporter dix mille passagers. Des trois cent soixante-treize chefs-lieux d'arrondissement de la France, deux cent soixante-quatorze sont moins peuplés que ne le serait cette sous-préfecture flottante avec son maximum de passagers.

Les lignes du *Great-Eastern* sont très allongées. Son étrave droite est percée d'écubiers par lesquels filent les chaînes des ancres. Son avant, très pincé, ne présentant ni creux ni bosses, est fort réussi. Son arrière rond tombe un peu et dépare l'ensemble.

De son pont s'élèvent six mâts et cinq cheminées. Les trois premiers mâts sur l'avant sont le « fore-gigger » et le « fore-mast », tous deux mâts de misaines, et le « main-mast », ou grand mât. Les trois derniers sur l'arrière sont appelés « after-main-mast », « mizenne-mast » et « after-gigger ». Le « fore-mast » et le « main-mast » portent des goélettes, des huniers et des perroquets. Les quatre autres mâts ne sont gréés que de voiles en pointe ; le tout formant cinq mille quatre cents mètres carrés de surface de voilure, en bonne toile de la fabrique royale d'Édimbourg. Sur les vastes hunes du second et du troisième mât, une compagnie de soldats pourrait manœuvrer à l'aise. De ces six mâts, maintenus par des haubans et des gal-haubans métalliques, le second, le troisième et le quatrième sont faits de tôles boulonnées, véritables chefs-d'œuvre de chaudronnerie. A l'étambrai, ils mesurent un mètre dix de diamètre, et le plus grand, le « main-mast », s'élève à une hauteur de deux cent sept pieds français, qui est supérieure à celle des tours de Notre-Dame.

Quant aux cheminées, deux en avant des tambours desservent la machine à aubes, trois en arrière desservent la machine à hélice ; ce sont d'énormes cylindres, hauts de trente mètres cinquante, maintenus par des chaînes frappées sur les rouffles.

A l'intérieur du *Great-Eastern*, l'aménagement de sa vaste coque a été judicieusement compris. L'avant renferme les buanderies à vapeur et le poste de l'équipage. Viennent ensuite un salon de dames et un grand salon décoré de lustres, de lampes à roulis, de peintures recouvertes de glaces. Ces magnifiques pièces reçoivent le jour à travers des claires-voies latérales, supportées sur d'élégantes colonnettes dorées, et elles communiquent avec le pont supérieur par de larges escaliers à marches métalliques et à rampes d'acajou. En abord sont disposés quatre rangs de cabines que sépare un couloir, les unes communiquant par un palier, les autres placées à l'étage inférieur, auxquelles donne accès un escalier spécial. Sur l'arrière, les trois vastes « dining-rooms » présentaient la même disposition pour les cabines. Des salons de l'avant à ceux de l'arrière, on passait en suivant une coursive dallée qui contourne la machine des roues entre ses parois de tôle et les offices du bord.

Les machines du *Great-Eastern* sont justement considérées comme des chefs-d'œuvres, - j'allais dire des chefs-d'œuvre d'horlogerie. Rien de plus étonnant que de voir ces énormes rouages fonctionner avec la précision et la douceur d'une montre. La puissance nominale de la machine à aubes est de mille chevaux. Cette machine se compose de quatre cylindres oscillants, d'un diamètre de deux mètres vingt-six, accouplés par paires, et développant quatre mètres vingt-sept de course au moyen de leurs pistons directement articulés sur les bielles. La pression moyenne est de vingt livres par pouce, environ un kilogramme soixante-seize par centimètre carré, soit une atmosphère deux tiers. La surface de chauffe des quatre chaudières réunies est de sept cent quatre-vingts mètres carrés. Cet « engine-paddle » marche avec un calme majestueux ; son excentrique, entraîné par l'arbre de couche, semble s'enlever comme un ballon dans l'air. Il peut donner douze tours de roues par minute, et contraste singulièrement avec la machine de l'hélice, plus rapide, plus rageuse, qui s'emporte sous la poussée de ses seize cents chevaux-vapeur.

Et « engine-screw » compte quatre cylindres fixes, disposés horizontalement. Ils se font tête deux par deux, et leurs pistons, dont la course est de un mètre vingt-quatre, agissent directement sur l'arbre de l'hélice. Sous la pression produite par ses six chaudières, dont la surface de chauffe est de onze cent soixante-quinze mètres carrés, l'hélice, pesant soixante tonneaux, peut donner jusqu'à quarante-huit révolutions par minute ; mais alors, haletante, pressée, éperdue, cette machine vertigineuse s'emporte, et ses longs cylindres semblent s'attaquer à coups de piston, comme d'énormes ragots à coups de défense.

Indépendamment de ces deux appareils, le *Great-Eastern* possède encore six autres machines auxiliaires pour l'alimentation, les mises en train et les cabestans. La vapeur, on le voit, joue à bord un rôle important dans toutes les manœuvres.

Tel est ce steam-ship sans pareil et reconnaissable entre tous. Ce qui n'empêcha pas un capitaine français de porter un jour cette mention naïve sur son livre de bord : « Rencontré navire à six mâts et cinq cheminées. Supposé *Great-Eastern*. »

VIII

La nuit du mercredi au jeudi fut assez mauvaise. Mon cadre s'agita extraordinairement, et je dus m'accoter des genoux et des coudes contre sa planche de roulis. Sacs et valises allaient et venaient dans sa cabine. Un tumulte insolite emplissait le salon voisin, au milieu duquel deux ou trois cents colis, provisoirement déposés, roulaient d'un bord à l'autre, heurtant avec fracas les bancs et les tables. Les portes battaient, les ais craquaient, les cloisons poussaient ces gémissements particuliers au bois de sape, les verres et les bouteilles s'entrechoquaient dans leurs suspensions mobiles, et des cataractes de vaisselles se précipitaient sur le plancher des offices. J'entendais aussi les ronflements irréguliers de l'hélice et le battement des roues qui, alternativement émergées, frappaient l'air de leurs palettes. A tous ces symptômes, je compris que le vent avait fraîchi et que le steam-ship ne restait plus indifférent aux lames du large qui le prenaient par le travers.

A six heures du matin, après une nuit de sommeil, je me levai. Cramponné d'une main à mon cadre, de l'autre je m'habillai tant bien que mal. Mais, sans point d'appui, je n'aurais pu tenir debout, et je dus lutter sérieusement avec mon paletot pour l'endosser. Puis je quittai ma cabine, je traversai le salon, m'aidant des pieds et des mains, au milieu de cette houle de colis. Je montai l'escalier sur les genoux comme un paysan romain qui gravit les degrés de la *Scala santa* de Ponce Pilate, et enfin j'arrivai sur le pont, où je m'accrochai vigoureusement à un taquet de tournage.

Plus de terre en vue. Le cap Clear avait été doublé dans la nuit. Autour de nous cette vaste circonférence tracée par la ligne d'eau sur le fond du ciel. La mer, couleur d'ardoise, se gonflait en longues lames qui ne déferlaient pas. Le *Great-Eastern*, pris par le travers, et qu'aucune voile n'appuyait, roulait effroyablement. Ses mâts, comme de longues pointes de compas, décrivaient dans l'air d'immenses arcs de cercle. Le tangage était peu sensible, j'en conviens, mais le roulis était insoutenable. Impossible de se tenir debout. L'officier de quart, cramponné à la passerelle, semblait balancé dans une escarpolette.

De taquets en taquets, je parvins à gagner le tambour de tribord. Le pont, mouillé par la brume, était très glissant. Je me préparais donc à m'accoter contre une des épontilles de la passerelle, quand un corps vint rouler à mes pieds.

C'était celui du docteur Dean Pitferge. Mon original se redressa aussitôt sur les genoux, et me regardant :

« C'est bien cela, dit-il. L'amplitude de l'arc décrit par les parois du *Great-Eastern* est de 40°, soit vingt au-dessous de l'horizontale et vingt au-dessus.

– Vraiment ! m'écriai-je, riant, non de l'observation, mais des conditions dans lesquelles elle était faite.

– Vraiment, reprit le docteur. Pendant l'oscillation, la vitesse des parois est d'un mètre sept cent quarante-quatre millimètres par seconde. Un transatlantique, qui est moitié moins large, ne met que ce temps à revenir d'un bord sur l'autre.

– Alors, répondis-je, puisque le *Great-Eastern* reprend si vite sa perpendiculaire, c'est qu'il y a excès de stabilité.

– Pour lui, oui, mais non pour ses passagers ! répliqua gaiement Dean Pitferge, car eux, vous le voyez, reviennent à l'horizontale, et plus vite qu'ils ne le veulent. »

Le docteur, enchanté de sa repartie, s'était relevé, et, nous soutenant mutuellement, nous pûmes gagner un des bancs de la dunette. Dean Pitferge en était quitte pour quelques écorchures, et je l'en félicitai, car il aurait pu se briser la tête.

« Oh ! ce n'est pas fini, me répondit-il, et avant peu il nous arrivera malheur.

– A nous ?

– Au steam-ship, et par conséquent, à moi, à nous, à tous les passagers.

– Si vous parlez sérieusement, demandai-je, pourquoi vous êtes-vous embarqué à bord ?

– Pour voir ce qui arrivera, car il ne me déplairait pas de faire naufrage ! répondit le docteur, me regardant d'un air entendu.

– Est-ce la première fois que vous naviguez sur le *Great-Eastern* ?

– Non. J'ai déjà fait plusieurs traversées... en curieux.

– Il ne faut pas vous plaindre alors.

– Je ne me plains pas. Je constate les faits, et j'attends patiemment l'heure de la catastrophe. »

Le docteur se moquait-il de moi ? Je ne savais que penser. Ses petits yeux me paraissaient bien ironiques. Je voulus le pousser plus loin.

« Docteur, lui dis-je, je ne sais sur quels faits reposent vos fâcheux pronostics ; mais permettez-moi de vous rappeler que le *Great-Eastern* a déjà franchi vingt fois l'Atlantique, et que l'ensemble de ses traversées a été satisfaisant.

– N'importe ! répondit Pitferge. Ce navire « a reçu un

sort », pour employer l'expression vulgaire. Il n'échappera pas à sa destinée. On le sait et on n'a pas confiance en lui. Rappelez-vous quelles difficultés les ingénieurs ont éprouvées pour le lancer. Il ne voulait pas plus aller à l'eau que l'hôpital de Greenwich. Je crois même que Brunnel, qui l'a construit, est mort « des suites de l'opération », comme nous disons en médecine.

— Ah ça ! docteur, repris-je, est-ce que vous seriez matérialiste ?

— Pourquoi cette question ?

— Parce que j'ai remarqué que bien des gens qui ne croient pas en Dieu, croient à tout le reste, même au mauvais œil.

— Plaisantez, monsieur, reprit le docteur, mais laissez-moi continuer mon argumentation. Le *Great-Eastern* a déjà ruiné plusieurs compagnies. Construit pour le transport des émigrants et le trafic des marchandises en Australie, il n'a jamais été en Australie. Combiné pour donner une vitesse supérieure à celle des paquebots transocéaniens, il leur est resté inférieur.

— De là, dis-je, à conclure que...

— Attendez, répondit le docteur. Un des capitaines du *Great-Eastern* s'est déjà noyé, et c'était l'un des plus habiles, car, en le tenant à peu près debout à la lame, il savait éviter cet intolérable roulis.

— Eh bien, dis-je, il faut regretter la mort de cet homme habile, et voilà tout.

— Puis, reprit Dean Pitferge, sans se soucier de mon incrédulité, on raconte des histoires sur ce steam-ship. On dit qu'un passager qui s'est égaré dans ses profondeurs, comme un pionnier dans les forêts d'Amérique, n'a jamais pu être retrouvé.

— Ah ! fis-je ironiquement, voilà un fait !

— On raconte aussi, reprit le docteur, que, pendant la construction des chaudières, un mécanicien a été soudé, par mégarde, dans la boîte à vapeur.

— Bravo ! m'écriai-je. Le mécanicien soudé ! *E ben trovato*. Vous y croyez, docteur ?

— Je crois, me répondit Pitferge, je crois très sérieusement que notre voyage a mal commencé et qu'il finira mal.

– Mais le *Great-Eastern* est un bâtiment solide, répliquai-je, et d'une rigidité de construction qui lui permet de résister comme un bloc plein, et de défier les mers les plus furieuses !

– Sans doute, il est solide, reprit le docteur, mais laissez-le tomber dans le creux des lames, et vous verrez s'il s'en relève. C'est un géant, soit, mais un géant dont la force n'est pas en proportion avec la taille. Les machines sont trop faibles pour lui. Avez-vous entendu parler de son dix-neuvième voyage entre Liverpool et New York ?

– Non, docteur.

– Eh bien, j'étais à bord. Nous avions quitté Liverpool, le 10 décembre, un mardi. Les passagers étaient nombreux, et tous plein de confiance. Les choses allèrent bien, tant que nous fûmes abrités des lames du large par la côte d'Irlande. Pas de roulis, pas de malades. Le lendemain, même indifférence à la mer. Même enchantement des passagers. Le 12, vers le matin, le vent fraîchit. La houle du large nous prit par le travers, et le *Great-Eastern* de rouler. Les passagers, hommes et femmes, disparurent dans les cabines. A quatre heures, le vent soufflait en tempête. Les meubles entrèrent en danse. Une des glaces du salon est brisée d'un coup de la tête de votre serviteur. Toute la vaisselle se casse. Un vacarme épouvantable ! Huit embarcations sont arrachées de leurs portemanteaux dans un coup de mer. En ce moment la situation devient grave. La machine des roues a dû être arrêtée. Un énorme morceau de plomb, déplacé par le roulis, menaçait de s'engager dans ses organes. Cependant l'hélice continuait de nous pousser en avant. Bientôt les roues reprennent à demi-vitesse ; mais l'une d'elles, pendant son arrêt, a été faussée ; ses rayons et ses pales raclent la coque du navire. Il faut arrêter de nouveau la machine et se contenter de l'hélice pour tenir la cape. La nuit fut horrible. La tempête avait redoublé. Le *Great-Eastern* était tombé dans le creux des lames et ne pouvait s'en relever. Au point du jour, il ne restait pas une ferrure des roues. On hissa quelques voiles pour évoluer et remettre le navire debout à la mer. Voiles aussitôt emportées que tendues. La confusion règne partout. Les chaînes-câbles, arrachées de leur puits, roulent d'un bord à l'autre. Un parc à bestiaux est défoncé, et une vache tombe dans le salon des dames à travers l'écoutille. Nouveau malheur ! la mèche du gouvernail se rompt. On ne gouverne plus. Des chocs épouvantables se font entendre. C'est un réservoir à huile, pesant trois mille kilos, dont les saisines se sont brisées, et qui, balayant l'entrepont, frappe alternativement les flancs intérieurs qu'il va défoncer peut-être ! Le samedi se passe au milieu d'une épouvante générale. Toujours dans le creux des lames. Le dimanche seulement, le vent commence à mollir. Un ingénieur américain, passager à bord, parvint à frapper des chaînes sur le safran du gouvernail. On évolue peu à peu. Le grand *Great-Eastern* se remet debout à la mer, et huit jours après avoir quitté Liverpool, nous rentrions à Queen's town. Or, qui sait, monsieur, où nous serons dans huit jours ! »

IX

Il faut l'avouer, le docteur Dean Pitferge n'était pas rassurant. Les passagères ne l'auraient pas entendu sans frémir. Plaisantait-il ou parlait-il sérieusement ? Était-il vrai qu'il suivît le *Great-Eastern* dans toutes ses traversées pour assister à quelque catastrophe ? Tout est possible de la part d'un excentrique, surtout quand il est Anglais.

Cependant le steam-ship continuait sa route, en roulant comme un canot. Il gardait imperturbablement la ligne loxodromique des bateaux à vapeur. On sait que, sur une surface plane, le plus court chemin d'un point à un autre, c'est la ligne droite. Sur une sphère, c'est la ligne courbe formée par la circonférence des grands cercles. Les navires, pour abréger la traversée, ont donc intérêt à suivre cette route. Mais les bâtiments à voiles ne peuvent garder cette ligne, quand ils ont le vent debout. Seuls, les steamers sont maîtres de se maintenir suivant une direction rigoureuse, et ils prennent la route des grands cercles. C'est ce que fit le *Great-Eastern* en s'élevant un peu vers le nord-ouest.

Le roulis continuait. Cet horrible mal de mer, à la fois contagieux et épidémique, faisait de rapides progrès. Quelques passagers, hâves, exsangues, le nez pincé, les joues creuses, les tempes serrées, demeuraient quand même sur le pont pour y humer le grand air. Pour la plupart, ils étaient furieux contre le malencontreux steam-ship qui se comportait comme une véritable bouée, et contre la *Société des Affréteurs*, dont les prospectus portaient que le mal de mer « était inconnu à bord ».

Vers neuf heures du matin, un objet fut signalé à trois ou quatre milles par la hanche de bâbord. Était-ce une épave, une carcasse de baleine ou une carcasse de navire ? On ne pouvait le distinguer encore. Un groupe de passagers valides, réunis sur le rouffle de l'avant, observait ce débris qui flottait à trois cents milles de la côte la plus rapprochée.

Cependant le *Great-Eastern* avait laissé porter vers l'objet signalé. Les lorgnettes manœuvraient avec ensemble. Les appréciations allaient grand train, et entre ces Américains et ces Anglais pour lesquels tout prétexte à gageure est bon, les enjeux commençaient à monter. Parmi ces parieurs enragés, je remarquai un homme de haute taille, dont la physionomie me frappa par des signes non équivoques d'une profonde duplicité. Cet individu avait un sentiment de haine générale stéréotypé sur ses traits, auquel ne se fussent mépris ni les physionomistes ni les physiologistes ; le front plissé par une ride verticale, le regard à la fois audacieux et inattentif, l'œil sec, les sourcils très rapprochés, les épaules hautes, la tête au vent, enfin tous les indices d'une rare impudence jointe à une rare fourberie. Quel était cet homme ? Je l'ignorais, mais il me déplut singulièrement. Il parlait haut et de ce ton qui semble contenir une insulte. Quelques acolytes, dignes de lui, riaient à ses plaisanteries de mauvais goût. Ce personnage prétendait reconnaître dans l'épave une carcasse de baleine, et il appuyait son dire de paris importants qui trouvaient immédiatement des teneurs.

Ces paris, qui se montèrent à plusieurs centaines de

dollars, il les perdit tous. En effet, cette épave était une coque de navire. Le steam-ship s'en approchait rapidement. On pouvait déjà voir le cuivre verdegrisé de sa carène. C'était un trois-mâts, rasé de sa mâture et couché sur le flanc. Il devait jauger cinq ou six cents tonneaux. A ses porte-haubans pendaient des cadènes brisées.

Ce navire avait-il été abandonné par son équipage ? C'était la question, ou, pour employer l'expression anglaise, la « great attraction » du moment. Cependant, personne ne se montrait sur cette coque. Peut-être les naufragés s'étaient-ils réfugiés à l'intérieur ! Armé de ma lunette, je voyais depuis quelques instants un objet remuer sur l'avant du navire ; mais je reconnus bientôt que c'était un reste de foc que le vent agitait.

A la distance d'un demi-mille, tous les détails de cette coque devinrent visibles. Elle était neuve et dans un parfait état de conservation. Son chargement, qui avait glissé sous le vent, l'obligeait à conserver la bande sur tribord. Évidemment, ce bâtiment, engagé dans un moment critique, avait dû sacrifier sa mâture.

Le *Great-Eastern* s'en approcha. Il en fit le tour. Il signala sa présence par de nombreux coups de sifflet. L'air en était déchiré. Mais l'épave demeura muette et inanimée. Dans tout cet espace de mer circonscrit par l'horizon, rien en vue. Pas une embarcation aux flancs du bâtiment naufragé.

L'équipage avait eu sans doute le temps de s'enfuir. Mais avait-il pu regagner la terre, distante de trois cents milles ? De frêles canots pouvaient-ils résister aux lames qui balançaient si effroyablement le *Great-Eastern* ? A quelle date d'ailleurs remontait cette catastrophe ? Par ces vents régnants, ne fallait-il pas chercher plus loin, dans l'ouest, le théâtre du naufrage ? Cette coque ne dérivait-elle pas depuis longtemps déjà sous la double influence des courants et des brises ? Toutes ces questions devaient rester sans réponse.

Lorsque le steam-ship rangea l'arrière du navire naufragé, je lus distinctement sur son tableau le nom de *Lérida*, mais la désignation de son port d'attache n'était pas indiquée. A sa forme, à ses façons relevées, à l'élancement particulier de

Cette épave était une coque de navire.

son étrave, les matelots du bord le déclaraient de construction américaine.

Un bâtiment de commerce, un vaisseau de guerre, n'eût point hésité à amariner cette coque, qui renfermait sans doute une cargaison de prix. On sait que, dans ces cas de sauvetage, les ordonnances maritimes attribuent aux sauveteurs le tiers de la valeur. Mais le *Great-Eastern,* chargé d'un service régulier, ne pouvait prendre cette épave à sa remorque pendant des milliers de milles. Revenir sur ses pas pour la conduire au port le plus voisin était également impossible. Il fallut donc l'abandonner, au grand regret des matelots, et bientôt ce débris ne fut plus qu'un point de l'espace qui disparut à l'horizon. Le groupe des passagers se dispersa. Les uns regagnèrent leurs salons, les autres leurs cabines, et la trompette du lunch ne parvint même pas à réveiller tous ces endormis, abattus par le mal de mer.

Vers midi, le capitaine Anderson fit installer les deux misaines goélettes et la misaine d'artimon. Le navire, mieux appuyé, roula moins. Les matelots essayèrent aussi d'établir la brigantine enroulée sur son gui, d'après un nouveau système. Mais le système était « trop nouveau », sans doute, car on ne put l'utiliser, et cette brigantine ne servit pas de tout le voyage.

X

Malgré les mouvements désordonnés du navire, la vie du bord s'organisait. Avec l'Anglo-Saxon, rien de plus simple. Ce paquebot, c'est son quartier, sa rue, sa maison qui se déplacent, et il est chez lui. Le Français au contraire a toujours l'air de voyager, – quand il voyage.

Lorsque le temps le permettait, la foule affluait sur les boulevards. Tous ces promeneurs, qui tenaient leur perpendiculaire malgré les inclinaisons du roulis, avaient l'air d'hommes ivres, chez lesquels l'ivresse eût provoqué au même moment les mêmes allures. Quand les passagères ne montaient pas sur le pont, elles restaient soit dans leur salon particulier, soit dans le grand salon. On entendait alors les tapageuses harmonies qui s'échappaient des pianos. Il faut dire que ces instruments, « très houleux » comme la mer, n'eussent pas permis au talent d'un Liszt de s'exercer purement. Les basses manquaient quand ils se portaient sur bâbord, et les hautes, quand ils penchaient sur tribord. De là des trous dans l'harmonie ou des vides dans la mélodie, dont ces oreilles saxonnes ne se préoccupaient guère. Entre tous ces virtuoses, je remarquai une grande femme osseuse qui devait être bien bonne musicienne ! En effet, pour faciliter la lecture de son morceau, elle avait marqué toutes les notes d'un numéro et toutes les touches du piano d'un numéro correspondant. La note était-elle cotée vingt-sept, elle frappait la touche vingt-sept. Était-ce la note cinquante-trois, elle attaquait la touche cinquante-trois. Et cela, sans se soucier du bruit qui se faisait autour d'elle, ni des autres pianos résonnant dans les salons voisins, ni des maussades enfants qui venaient à coups de poing écraser des accords sur ses octaves inoccupées !

Pendant ce concert, les assistants prenaient au hasard des livres épars çà et là sur les tables. Un d'eux y rencontrait-il un passage intéressant, il le lisait à voix haute, et ses auditeurs, écoutant avec complaisance, le saluaient d'un murmure flatteur. Quelques journaux traînaient sur les canapés, de ces journaux anglais, ou américains, qui ont toujours l'air vieux, bien qu'ils ne soient jamais coupés. C'est une opération incommode que de déployer ces immenses feuillets qui couvraient une superficie de plusieurs mètres carrés. Mais la mode étant de ne pas couper, on ne coupe pas. Un jour, j'eus la patience de lire le *New York Herald* dans ces conditions, et de le lire jusqu'au bout. Mais que l'on juge si je fus payé de ma peine en relevant cet entrefilet, sous la rubrique « personnal » : « M. X... prie la jolie miss Z..., qu'il a rencontrée hier dans l'omnibus de la vingt-cinquième rue, de venir le trouver demain, dans la chambre 17 de l'hôtel Saint-Nicolas. Il désirerait causer mariage avec elle. » Qu'a fait la jolie miss Z... ? Je ne veux même pas le savoir.

Je passai tout cet après-dîner dans le grand salon, observant et causant. La conversation ne pouvait manquer d'être intéressante, car mon ami Dean Pitferge était venu s'asseoir auprès de moi.

« Êtes-vous remis de votre chute ? lui demandai-je.
— Parfaitement, me répondit-il. Mais cela ne marche pas.
— Qu'est-ce qui ne marche pas ? Vous ?
— Non, notre steam-ship. Les chaudières de l'hélice fonctionnent mal. Nous ne pouvons obtenir assez de pression.
— Vous êtes donc très désireux d'arriver à New York ?
— Nullement ! Je parle en mécanicien, voilà tout. Je me trouve fort bien ici, et je regretterai sincèrement de quitter cette collection d'originaux que le hasard a réunis à bord... pour mon plaisir.
— Des originaux ! m'écriai-je, en regardant les passagers qui affluaient dans le salon. Mais tous ces gens-là se ressemblent !
— Bah ! fit le docteur, on voit que vous ne les connaissez guère. L'espèce est la même, j'en conviens, mais dans cette espèce, que de variétés ! Considérez, là-bas, ce groupe d'hommes sans gêne, les jambes étendues sur les divans, le chapeau vissé sur la tête. Ce sont des Yankees, de purs Yankees des petits États du Maine, du Vermont ou du Connecticut, des produits de la Nouvelle-Angleterre, hommes d'intelligence et d'action, un peu trop influencés par les révérends, mais qui ont le tort de ne pas mettre leur main devant leur bouche quand ils éternuent. Ah ! cher monsieur, ce sont là de vrais Saxons, des natures âpres au gain et habiles donc ! Enfermez deux Yankees dans une chambre, au bout d'une heure, chacun d'eux aura gagné dix dollars à l'autre !
— Je ne vous demanderai pas comment, répondis-je en riant au docteur, mais parmi eux, je vois un petit homme, le nez au vent, une vraie girouette. Il est vêtu d'une longue redingote et d'un pantalon noir un peu court. Quel est ce monsieur ?

— C'est un ministre protestant, un homme *considérable* du Massachusetts. Il va rejoindre sa femme, une ex-institutrice très avantageusement compromise dans un procès célèbre.

— Et cet autre, grand et lugubre, qui paraît absorbé dans ses calculs ?

— Cet homme calcule, en effet, dit le docteur. Il calcule toujours et toujours.

— Des problèmes ?

— Non, sa fortune. C'est un homme *considérable*. A toute heure il sait à un centime près ce qu'il possède. Il est riche. Un quartier de New York est bâti sur ses terrains. Il y a un quart d'heure, il avait un million six cent vingt-cinq mille trois cent soixante-sept dollars et demi ; mais maintenant, il n'a plus qu'un million six cent vingt-cinq mille trois cent soixante-sept dollars un quart.

— Pourquoi cette différence dans sa fortune ?

— Parce qu'il vient de fumer un cigare de trente sols. »

Le docteur Dean Pitferge avait des reparties si inattendues que je le poussai encore. Il m'amusait. Je lui désignai un autre groupe casé dans une autre partie du salon.

« Ceux-là, me dit-il, ce sont les gens du Far-West. Le plus grand, qui ressemble à un maître-clerc, c'est un homme *considérable,* le gouverneur de la Banque de Chicago. Il a toujours sous le bras un album représentant les principales vues de sa ville bien-aimée. Il en est fier, et avec raison : une ville fondée en 1836 dans un désert, et qui compte aujourd'hui quatre cent mille âmes, y compris la sienne ! Près de lui, vous voyez un couple californien. La jeune femme est délicate et charmante. Le mari, fort décrassé, est un ancien garçon de charrue qui, un beau jour, a labouré des pépites. Ce personnage...

— Est un homme *considérable,* dis-je.

— Sans doute, répondit le docteur, car son actif se chiffre par millions.

— Et ce grand individu qui remue toujours la tête du haut en bas, comme un nègre d'horloge ?

— Ce personnage, répondit le docteur, c'est le célèbre Cokburn, de Rochester, le statisticien universel, qui a tout pesé, tout mesuré, tout dosé, tout compté. Interrogez ce maniaque inoffensif. Il vous dira ce qu'un homme de cinquante ans a mangé de pain dans sa vie, et le nombre de mètres cubes d'air qu'il a respirés. Il vous dira combien de volumes *in-quarto* rempliraient les paroles d'un avocat de Temple-Bar, et combien de milles fait journellement un facteur, rien qu'en portant des lettres d'amour. Il vous dira le chiffre des veuves qui passent en une heure sur le pont de Londres, et quelle serait la hauteur d'une pyramide bâtie avec les sandwiches consommés en un an par les citoyens de l'Union. Il vous dira... »

Le docteur, lancé à toute vitesse, eût longtemps continué sur ce ton, mais d'autres passagers défilaient devant nos yeux et provoquaient de nouvelles remarques de l'intarissable docteur. Que de types divers dans cette foule de passagers ! Pas un flâneur pourtant, car on ne se déplace pas d'un continent à l'autre sans un motif sérieux. La plupart allaient sans doute chercher fortune sur cette terre américaine, oubliant qu'à vingt ans, un Yankee a fait sa position, et qu'à vingt-cinq, il est déjà trop vieux pour entrer en lutte.

Parmi ces aventuriers, ces inventeurs, ces coureurs de chances, Dean Pitferge m'en montra quelques-uns qui ne laissaient pas d'être intéressants. Celui-ci, un savant chimiste, un rival du docteur Liebig, prétendait avoir trouvé le moyen de condenser tous les éléments nutritifs d'un bœuf dans une tablette de viande grande comme une pièce de cinq francs, et il allait battre monnaie sur les ruminants des Pampas. Celui-là, inventeur du moteur portatif – un cheval-vapeur dans un boîtier de montre –, courait exploiter son brevet dans la Nouvelle-Angleterre. Cet autre, un Français de la rue Chapon, emportait trente mille bébés de carton qui disaient « papa » avec un accent américain très réussi, il ne doutait pas que sa fortune ne fût faite.

Et, sans compter ces originaux, que d'autres encore dont on ne pouvait soupçonner les secrets ! Peut-être, parmi eux, quelque caissier fuyait-il sa caisse vide, et quelque « détective », se faisant son ami, n'attendait-il que l'arrivée du *Great-Eastern* à New York pour lui mettre la main au collet ? Peut-être aussi eût-on reconnu dans cette foule quelques-uns de ces lanceurs d'affaires interlopes qui trouvent toujours des actionnaires crédules, même quand ces affaires s'appellent *Compagnie océanienne pour l'éclairage au gaz de la Polynésie,* ou *Société générale des charbons incombustibles.*

Mais, en ce moment, mon attention fut distraite par l'entrée d'un jeune ménage qui semblait être sous l'impression d'un précoce ennui.

« Ce sont des Péruviens, mon cher monsieur, me dit le docteur, un couple marié depuis un an, qui a promené sa lune de miel sur tous les horizons du monde. Ils ont quitté Lima le soir des noces. Ils se sont adorés au Japon, aimés en Australie, supportés en France, disputés en Angleterre, et ils se sépareront sans doute en Amérique !

— Et, dis-je, quel est cet homme de grande taille et de figure un peu hautaine, qui entre en ce moment ? A sa moustache noire, je le prendrais pour un officier.

— C'est un Mormon, me répondit le docteur, un Helder, Mr. Hatch, un des grands prédicateurs de la Cité des Saints. Quel beau type d'homme ! Voyez cet œil fier, cette physionomie digne, cette tenue si différente de celle du Yankee. Mr. Hatch revient de l'Allemagne et de l'Angleterre, où il a prêché le mormonisme avec succès, car cette secte compte, en Europe, un grand nombre d'adhérents, auxquels elle permet de se conformer aux lois de leur pays.

— En effet, dis-je, je pense bien qu'en Europe la polygamie leur est interdite.

— Sans doute, mon cher monsieur, mais ne croyez pas que la polygamie soit obligatoire pour les Mormons. Brigham Young possède un harem, parce que cela lui convient ; mais tous ses adeptes ne l'imitent pas sur les bords du lac Salé.

— Vraiment ! et Mr. Hatch ?

— Mr. Hatch n'a qu'une femme, et il trouve que c'est assez. D'ailleurs, il se propose de nous expliquer son système dans une conférence qu'il fera un soir ou l'autre.

— Le salon sera plein, dis-je.

— Oui, répondit Pitferge, si le jeu ne lui enlève pas trop d'auditeurs. Vous savez que l'on joue dans le rouffle de l'avant. Il y a là un Anglais de figure mauvaise et désagréable, qui me paraît mener ce monde de joueurs. C'est un méchant homme dont la réputation est détestable. L'avez-vous remarqué ? »

Quelques détails ajoutés par le docteur me firent reconnaître l'individu qui, le matin même, s'était signalé par ses paris insensés à propos de l'épave. Mon diagnostic ne m'avait pas trompé. Dean Pitferge m'apprit qu'il se nommait Harry Drake. C'était le fils d'un négociant de Calcutta, un joueur, un débauché, un duelliste, à peu près ruiné, et qui allait probablement en Amérique tenter une vie d'aventures.

« Ces gens-là, ajouta le docteur, trouvent toujours des flatteurs qui les prônent, et celui-ci a déjà son cercle de gredins dont il forme le point central. Parmi eux, j'ai remarqué un petit homme court, figure ronde, nez busqué, grosses lèvres, lunettes d'or, qui doit être un juif allemand mâtiné de bordelais. Il se dit docteur, en route pour Québec, mais je vous le donne pour un farceur de bas étage et un admirateur du Drake. »

En ce moment, Dean Pitferge, qui sautait facilement d'un sujet à un autre, me poussa le coude. Je regardai la porte du salon. Un jeune homme de vingt-deux ans et une jeune fille de dix-sept ans entraient en se donnant le bras.

« Deux nouveaux mariés ? demandai-je.

— Non, me répondit le docteur d'un ton à demi attendri, deux vieux fiancés qui n'attendent que leur arrivée à New York pour se marier. Ils viennent de faire le tour de l'Europe – avec l'autorisation de la famille, s'entend –, et ils savent maintenant qu'ils sont faits l'un pour l'autre. Braves jeunes gens ! c'est plaisir de les regarder ! Je les vois souvent penchés sur l'écoutille de la machine, et là, ils comptent les tours de roues, qui ne marchent pas assez vite à leur gré ! Ah ! monsieur, si nos chaudières étaient chauffées à blanc comme ces deux jeunes cœurs, voilà qui ferait monter la pression ! »

« Je les vois souvent penchés sur l'écoutille. »

XI

Ce jour-là, à midi et demi, à la porte du grand salon, un timonier afficha la note suivante :

Lat. 51° 15' N.
Long. 18° 13' W
Dist. : Fastenet, 323 milles.

Ce qui signifiait qu'à midi, nous étions à 323 milles du feu de Fastenet, le dernier qui nous fût apparu sur la côte d'Irlande, et par 51° 15' de latitude nord et 18° 13' de longitude à l'ouest du méridien de Greenwich. C'était son point que le capitaine faisait ainsi connaître et que chaque jour les passagers lurent à la même place. Ainsi, en consultant cette note et en reportant ces relèvements sur une carte, on pouvait suivre la route du *Great-Eastern*. Jusqu'ici, ce steam-ship n'avait fait que 323 milles en trente-six heures. C'était insuffisant et un paquebot qui se respecte ne doit pas franchir en vingt-quatre heures moins de 300 milles.

Après avoir quitté le docteur, je passai le reste de la journée avec Fabian. Nous nous étions réfugiés à l'arrière, ce que Pitferge appelait « aller se promener dans les champs ». Là, isolés et appuyés sur le couronnement, nous regardions cette mer immense. De pénétrantes senteurs, distillées dans l'embrun des lames, s'élevaient jusqu'à nous. Les petits arcs-en-ciel, produits par les rayons réfractés, se jouaient à travers l'écume. L'hélice bouillonnait à quarante pieds sous nos yeux, et, quand elle émergeait, ses branches battaient les flots avec plus de furie, en faisant étinceler son cuivre. La mer semblait être une vaste agglomération d'émeraudes liquéfiées. Le cotonneux sillage s'en allait à perte de vue, confondant dans une même voie lactée les bouillonnements de l'hélice et des aubes. Cette blancheur, sur laquelle couraient des dessins plus accentués, m'apparaissait comme une immense voilette de point d'Angleterre jetée sur un fond bleu. Lorsque les mauves, aux ailes blanches festonnées de noir, volaient au-dessus, leur plumage chatoyait et s'éclairait de reflets rapides.

Fabian regardait toute cette magie des flots sans parler. Que voyait-il dans ce liquide miroir qui se prête aux plus étranges caprices de l'imagination ? Passait-il, à ses yeux, quelque fugitive image qui lui jetait un adieu suprême ? Apercevait-il quelque ombre noyée dans ces remous ? Il me parut encore plus triste que d'habitude, et je n'osai pas lui demander la cause de sa tristesse.

Après cette longue séparation qui nous avait éloignés l'un de l'autre, c'était à lui de se confier à moi, à moi d'attendre ses confidences. Il m'avait dit de sa vie passée ce qu'il voulait que j'en apprisse, son existence de garnison dans les Indes, ses chasses, ses aventures ; mais sur les émotions qui lui gonflaient le cœur, sur la cause des soupirs qui soulevaient sa poitrine, il se taisait. Sans doute, Fabian n'était pas de ceux qui cherchent à soulager leurs douleurs en les racontant, et il ne devait qu'en souffrir davantage.

Nous restions donc ainsi penchés sur la mer, et, lorsque je me retournais, j'apercevais les grandes roues émergeant tour à tour sous l'action du roulis.

A un certain moment, Fabian me dit :

« Ce sillage est vraiment magnifique, on croirait que les ondulations se plaisent à y tracer des lettres ! Voyez ! des *l*, des *e* ! Est-ce que je me trompe ? Non ! ce sont bien ces lettres ! Toujours les mêmes ! »

L'imagination surexcitée de Fabian voyait dans ce remous ce qu'elle voulait y voir. Mais ces lettres, que pouvaient-elles signifier ? Quel souvenir évoquaient-elles dans le cœur de Fabian ? Celui-ci avait repris sa contemplation silencieuse. Puis, brusquement, il me dit :

« Venez ! venez ! cet abîme m'attire !

– Qu'avez-vous, Fabian ? lui demandai-je en lui prenant les deux mains, qu'avez-vous, mon ami ?

– J'ai là, dit-il en pressant sa poitrine, j'ai un mal qui me tuera !

– Un mal ? lui dis-je, un mal sans espoir de guérison ?
– Sans espoir. »
Et sur ce mot, Fabian descendit au salon et rentra dans sa cabine.

XII

Le lendemain, samedi 30 mars, le temps était beau. Brise faible, mer calme. Les feux, activement poussés, avaient fait monter la pression. L'hélice donnait trente-six tours à la minute. La vitesse du *Great-Eastern* dépassait alors douze nœuds.

Le vent avait halé le sud. Le second fit établir les deux misaines-goélettes et la misaine d'artimon. Le steam-ship, mieux appuyé, n'éprouvait plus aucun roulis. Par ce beau ciel tout ensoleillé, les rouffles s'animèrent ; les dames parurent en toilettes fraîches ; les unes se promenaient, les autres s'assirent, – j'allais dire sur les pelouses, à l'ombre des arbres ; les enfants reprirent leurs jeux interrompus depuis deux jours, et de fringants attelages de bébés circulèrent au grand galop. Avec quelques troupiers en uniforme, les mains dans les poches et le nez au vent, on se serait cru sur une promenade française.

A midi moins un quart, le capitaine Anderson et deux officiers montèrent sur les passerelles. Le temps étant très favorable aux observations, ils venaient prendre la hauteur du soleil. Chacun d'eux tenait à la main un sextant à lunette, et, de temps en temps, ils visaient l'horizon du sud, vers lequel les miroirs inclinés de leur instrument devaient ramener l'astre du jour.

« Midi », dit bientôt le capitaine.

Aussitôt un timonier piqua l'heure à la cloche de la passerelle, et toutes les montres du bord se réglèrent sur ce soleil dont le passage au méridien venait d'être relevé.

Une demi-heure après, on affichait l'observation suivante :

Lat. 51° 10' N.
Long. 24° 13' W.
Course : 227 milles. Distance : 550.

Nous avions donc fait deux cent vingt-sept milles depuis la veille, à midi. Il était en ce moment une heure quarante-neuf minutes à Greenwich, et le *Great-Eastern* se trouvait à cent cinquante-cinq milles de Fastenet.

Je ne vis pas Fabian de toute cette journée. Plusieurs fois, inquiet de son absence, je m'approchai de sa cabine, et je m'assurai qu'il ne l'avait pas quittée.

Cette foule qui encombrait le pont devait lui déplaire. Évidemment, il fuyait ce tumulte et recherchait l'isolement. Mais je rencontrai le capitaine Corsican, et, pendant une heure, nous nous promenâmes sur les dunettes. Il fut souvent question de Fabian. Je ne pus m'empêcher de raconter au capitaine ce qui s'était passé la veille entre le capitaine Mac Elwin et moi.

« Oui, me répondit Corsican avec une émotion qu'il ne cherchait point à déguiser, voilà deux ans, Fabian avait le droit de se croire le plus heureux des hommes, et maintenant il en est le plus malheureux ! »

Archibald Corsican m'apprit, en quelques mots, que Fabian avait connu à Bombay une jeune fille charmante, miss Hodges. Il l'aimait, il en était aimé. Rien ne semblait s'opposer à ce qu'un mariage unît miss Hodges et le capitaine Mac Elwin, quand la jeune fille, du consentement de son père, fut recherchée par le fils d'un négociant de Calcutta. C'était une affaire, oui, « une affaire » arrêtée de longue date. Hodges, homme positif, dur, peu accessible aux sentiments, se trouvait alors dans une situation délicate vis-à-vis de son correspondant de Calcutta. Ce mariage pouvait arranger bien des choses, et il sacrifia le bonheur de sa fille aux intérêts de sa fortune. La pauvre enfant ne put résister. On mit sa main dans la main d'un homme qu'elle n'aimait pas, qu'elle ne pouvait pas aimer, et qui vraisemblablement ne l'aimait pas lui-même. Pure affaire, mauvaise affaire et déplorable action. Le mari emmena sa femme le lendemain du mariage, et depuis lors, Fabian, fou de douleur, malade à en mourir, n'avait jamais revu celle qu'il aimait toujours.

Ce récit achevé, je compris qu'en effet le mal dont souffrait Fabian était grave.

« Comment se nommait cette jeune fille ? demandai-je au capitaine Archibald.

– Ellen Hodges », me répondit-il.

Ellen ! Ce nom m'expliquait les lettres que Fabian avait cru voir hier dans le sillage du navire.

« Et comment s'appelle le mari de cette pauvre femme ? dis-je au capitaine.

– Harry Drake.

– Drake ! m'écriai-je, mais cet homme est à bord !

– Lui ! Ici ! répéta Corsican, m'arrêtant de la main et me regardant en face.

– Oui, répétai-je, à bord.

– Fasse le Ciel, dit gravement le capitaine, que Fabian et lui ne se rencontrent pas ! Heureusement, ils ne se connaissent ni l'un ni l'autre, ou, du moins, Fabian ne connaît pas Harry Drake. Mais ce nom prononcé devant lui suffirait à provoquer une explosion ! »

Je racontai alors au capitaine Corsican ce que je savais sur le compte d'Harry Drake, c'est-à-dire ce que m'en avait appris le docteur Dean Pitferge. Je lui dépeignis tel qu'il était, cet aventurier, insolent et tapageur, déjà ruiné par le jeu et les débauches, et prêt à tout faire pour ressaisir la fortune. En ce moment, Harry Drake passa près de nous. Je le montrai au capitaine. Les yeux de Corsican s'animèrent soudain. Il eut un geste de colère que j'arrêtai.

« Oui, me dit-il, c'est bien là une physionomie de coquin. Mais où va-t-il ?

– En Amérique, dit-on, pour demander au hasard ce qu'il ne veut pas demander au travail.

– Pauvre Ellen ! murmura le capitaine. Où est-elle en ce moment ?

– Peut-être ce misérable l'a-t-il abandonnée ?

Il eut un geste de colère que j'arrêtai.

— Pourquoi ne serait-elle pas à bord ? » dit Corsican en me regardant.

Cette idée traversa mon esprit pour la première fois, mais je la repoussai. Non. Ellen n'était pas, ne pouvait pas être à bord. Elle n'eût pas échappé au regard inquisiteur du docteur Pitferge. Non ! Elle n'accompagnait pas Drake pendant cette traversée !

« Puissiez-vous dire vrai, monsieur, me répondit le capitaine Corsican, car la vue de cette pauvre victime, réduite à tant de misère, porterait un coup terrible à Fabian. Je ne sais ce qui arriverait. Fabian est homme à tuer Drake comme un chien. En tout cas, puisque vous êtes l'ami de Fabian comme je le suis moi-même, je vous demanderai une preuve de cette amitié. Ne le perdons jamais de vue, et, le cas échéant, que l'un de nous soit toujours prêt à se jeter entre son rival et lui. Vous le comprenez, une rencontre par les armes ne peut avoir lieu entre ces deux hommes. Ici, hélas ! ni même ailleurs, une femme ne peut épouser le meurtrier de son mari, si indigne qu'ait été ce mari. »

Je compris le raisonnement du capitaine Corsican. Fabian ne pouvait pas être son propre justicier. C'était prévoir de bien loin les événements à venir ! Et cependant, ce peut-être, ce contingent des choses humaines, pourquoi n'en pas tenir compte ? Mais un pressentiment m'agitait. Serait-il possible que, dans cette existence commune du bord, dans ce coudoiement de chaque jour, la personnalité bruyante de Drake échappât à Fabian ? Un incident, un détail, un nom prononcé, un rien, ne les mettrait-il pas fatalement l'un en présence de l'autre ? Ah ! que j'aurais voulu hâter la marche de ce steam-ship qui les portait tous deux ! Avant de quitter le capitaine Corsican, je lui promis de veiller sur notre ami et d'observer Drake, qu'il s'engagea de son côté à ne pas perdre de vue. Puis, il me serra la main et nous nous séparâmes.

Vers le soir, le vent du sud-ouest condensa quelques brumes sur l'océan. L'obscurité était grande. Les salons, brillamment éclairés, contrastaient avec ces ténèbres profondes. On entendait les valses et les romances retentir tour à tour. Des applaudissements frénétiques les accueillaient invariablement, et les hurrahs eux-mêmes ne manquèrent pas, quand ce farceur de T..., s'étant mis au piano, y « siffla » des chansons avec l'aplomb d'un cabotin.

XIII

Le lendemain, 31 mars, était un dimanche. Comment se passerait ce jour à bord ? Serait-ce le dimanche anglais ou américain, qui ferme les « taps » et les « bars » pendant l'heure des offices ; qui retient le couteau du boucher sur la tête de sa victime ; qui arrête la pelle du boulanger sur le seuil du four ; qui suspend les affaires ; qui éteint le foyer des usines et condense la fumée des fabriques ; qui ferme les boutiques, ouvre les églises et enraye le mouvement des trains sur les rails-roads, contrairement à ce qui se fait en France ? Oui, il en devait être ainsi, ou à peu près.

Et, d'abord, pour l'observance dominicale, bien que le temps fût magnifique et le vent favorable, le capitaine ne fit point hisser les voiles. On y aurait gagné quelques nœuds, mais c'eût été « improper ». Je m'estimai fort heureux que l'on permît aux roues et à l'hélice d'opérer leurs révolutions quotidiennes. Et quand je demandai la raison de cette tolérance à un farouche puritain du bord :

« Monsieur, me répondit-il gravement, il faut respecter ce qui vient directement de Dieu. Le vent est dans sa main, la vapeur est dans la main des hommes ! »

Je voulus bien me contenter de cette raison, et j'observai ce qui se passait à bord.

Tout l'équipage était en grande tenue et vêtu avec une extrême propreté. On ne m'eût pas étonné en me disant que les chauffeurs travaillaient en habit noir. Les officiers et les ingénieurs portaient leur plus bel uniforme à boutons d'or. Les souliers reluisaient d'un éclat britannique et rivalisaient avec l'intense irradiation des casquettes cirées. Tous ces braves gens semblaient chaussés et coiffés d'étoiles. Le capitaine et son second donnaient l'exemple, et gantés de frais, boutonnés militairement, luisants et parfumés, ils se promenaient sur les passerelles en attendant l'heure de l'office.

La mer était magnifique et resplendissait sous les premiers rayons du printemps. Aucune voile en vue. Le *Great-Eastern* occupait seul le centre mathématique de cet immense horizon. A dix heures, la cloche du bord tinta lentement et à intervalles réguliers. Le sonneur, un timonier en grande tenue, obtenait de cette cloche une sorte de sonorité religieuse, et non plus ces éclats métalliques dont elle accompagnait le sifflet des chaudières, quand le steam-ship naviguait au milieu des brumes. On cherchait involontairement du regard le clocher du village qui vous appelait à la messe.

En ce moment, de nombreux groupes apparurent aux portes des capots de l'avant et de l'arrière. Hommes, femmes, enfants s'étaient soigneusement habillés pour la circonstance. Les boulevards furent bientôt remplis. Les promeneurs échangeaient entre eux des saluts discrets. Chacun tenait à la main son livre de prières, et tous attendaient que les derniers tintements eussent annoncé le commencement de l'office. En ce moment, je vis passer un monceau de Bibles entassées sur le plateau qui servait ordinairement aux sandwiches. Ces Bibles furent distribuées sur les tables du temple.

Le temple, c'était la grande salle à manger, formée par le rouffle de l'arrière, et qui, extérieurement, rappelait par sa longueur et sa régularité l'hôtel du ministère des Finances sur la rue de Rivoli. J'entrai. Les fidèles « attablés » étaient déjà nombreux. Un profond silence régnait dans l'assistance. Les officiers occupaient le chevet du temple. Au milieu d'eux, le capitaine Anderson trônait comme un pasteur. Mon ami Dean Pitferge s'était placé près de moi. Ses petits yeux ardents couraient sur toute cette assemblée. Il était là, j'ose le croire, plutôt en curieux qu'en fidèle.

A dix heures et demie, le capitaine se leva et commença l'office. Il lut en anglais un chapitre de l'Ancien Testament, le dixième de l'Exode. Après chaque verset, les assistants murmuraient le verset suivant. On entendait distinctement le soprano aigu des enfants et le mezzo-soprano des femmes se détachant sur le baryton des hommes. Ce dialogue biblique dura une demi-heure environ. Cette cérémonie, très simple et très digne à la fois, s'accomplissait avec une gravité toute puritaine, et le capitaine Anderson, le « maître après Dieu », faisant les fonctions de ministre à bord, au milieu de cet immense océan, et parlant à cette foule suspendue sur un abîme, avait droit au respect même des plus indifférents. Si l'office s'était borné à cette lecture, c'eût été bien ; mais au capitaine succéda un orateur, qui ne pouvait manquer d'apporter la passion et la violence là où devaient régner la tolérance et le recueillement.

C'était le révérend dont il a été question, ce petit homme remuant, cet intrigant Yankee, un de ces ministres dont l'influence est si grande dans les États de la Nouvelle-Angleterre. Son sermon était tout préparé, et l'occasion étant bonne, il voulait l'utiliser. L'aimable Yorick n'en eût-il pas fait autant ? Je regardai le docteur Pitferge. Le docteur Pitferge ne sourcilla pas, et sembla disposé à essuyer le feu du prédicateur.

Celui-ci boutonna gravement sa redingote noire, posa son chapeau de soie sur la table, tira son mouchoir avec lequel il toucha légèrement ses lèvres, et enveloppant l'assemblée d'un regard circulaire :

« Au commencement, dit-il, Dieu créa l'Amérique en six jours et se reposa le septième. »

Là-dessus, moi, je gagnai la porte.

XIV

Pendant le lunch, Dean Pitferge m'apprit que le révérend avait admirablement développé son texte. Les monitors, les béliers de guerre, les forts cuirassés, les torpilles sous-marines, tous ces engins avaient manœuvré dans son discours. Lui-même, il s'était fait grand de toute la grandeur de l'Amérique. S'il plaît à l'Amérique d'être prônée ainsi, je n'ai rien à dire.

En rentrant au grand salon, je lus la note suivante :

> *Lat. 50° 8' N.*
> *Long. 30° 44' W.*
> *Course : 255 milles.*

Toujours le même résultat. Nous n'avions encore fait que onze cents milles, en comprenant les trois cent dix milles qui séparent Fastenet de Liverpool. Environ le tiers du voyage. Pendant toute la journée, officiers, matelots, passagers et passagères continuèrent de se reposer « comme le Seigneur après la création de l'Amérique ». Pas un piano ne résonna dans les salons silencieux. Les échecs ne quittèrent pas leur boîte, ni les cartes leur étui. Le salon de jeu demeura désert. J'eus l'occasion, ce jour-là, de présenter le docteur Pitferge au capitaine Corsican. Mon original amusa beaucoup le capitaine en lui racontant la chronique secrète du *Great-Eastern*. Il tint à lui prouver que c'était un navire condamné, ensorcelé, auquel il arriverait fatalement malheur. La légende du « mécanicien soudé » plut beaucoup à Corsican, qui, en sa qualité d'Écossais, était grand amateur du merveilleux, mais il ne put, cependant, retenir un sourire d'incrédulité.

« Je vois, répondit le docteur Pitferge, que le capitaine ne croit pas beaucoup à mes légendes ?

— Beaucoup !... c'est beaucoup dire ! répliqua Corsican.

— Me croirez-vous davantage, capitaine, demanda le docteur d'un ton plus sérieux, si je vous atteste que ce navire est hanté pendant la nuit ?

— Hanté ! s'écria le capitaine. Comment ! Voici les revenants qui s'en mêlent ? Et vous y croyez.

— Je crois, répondit Pitferge, je crois ce que racontent des personnes dignes de foi. Or, je tiens des officiers de quart et de quelques matelots, unanimes sur ce point, que pendant

« Je vois », répondit le docteur.

les nuits profondes une ombre, une forme vague, se promène sur le navire. Comment y vient-elle ? On ne sait. Comment disparaît-elle ? On ne le sait pas davantage.

— Par saint Dunstan ! s'écria le capitaine Corsican, nous la guetterons ensemble.

— Cette nuit ? demanda le docteur.

— Cette nuit, si vous voulez. Et vous, monsieur, ajouta le capitaine, en se retournant vers moi, nous tiendrez-vous compagnie ?

— Non, dis-je, je ne veux point troubler l'incognito de ce fantôme. D'ailleurs, j'aime mieux penser que notre docteur plaisante.

— Je ne plaisante point, répondit l'entêté Pitferge.

— Voyons, docteur, dis-je. Est-ce que vous croyez sérieusement aux morts qui reviennent sur le pont des navires ?

— Je crois bien aux morts qui ressuscitent, répondit le docteur, et cela est d'autant plus étonnant, que je suis médecin.

— Médecin ! fit le capitaine Corsican, en se reculant comme si ce mot l'eût inquiété.

— Rassurez-vous, capitaine, répondit le docteur, souriant d'un air aimable, je n'exerce pas en voyage ! »

XV

Le lendemain, premier jour d'avril, l'océan avait un aspect printanier. Il verdissait comme une prairie sous les premiers rayons du soleil. Ce lever d'avril sur l'Atlantique fut superbe. Les lames se déroulaient voluptueusement, et quelques marsouins bondissaient comme des clowns dans le laiteux sillage du navire.

Lorsque je rencontrai le capitaine Corsican, il m'apprit que le revenant annoncé par le docteur n'avait point jugé à propos d'apparaître. La nuit, sans doute, n'avait pas été assez sombre pour lui. L'idée me vint alors que c'était une mystification de Pitferge, autorisée par ce premier jour d'avril, car en Amérique et en Angleterre, comme en France, cette coutume est fort suivie. Mystificateurs et mystifiés ne manquèrent pas. Les uns riaient, les autres se fâchaient. Je crois même que quelques coups de poing furent échangés, mais, entre Saxons, ces coups de poing ne finissent jamais par des coups d'épée. On sait, en effet, qu'en Angleterre, le duel entraîne des peines très sévères. Officiers et soldats n'ont pas même la permission de se battre, sous quelque prétexte que ce soit. Le meurtrier est condamné aux peines afflictives et infamantes les plus graves, et je me rappelle que le docteur me cita le nom d'un officier qui est au bagne depuis dix ans pour avoir blessé mortellement son adversaire dans une rencontre très loyale, cependant. On comprend donc qu'en présence de cette loi excessive, le duel ait complètement disparu des mœurs britanniques.

Par ce beau soleil, l'observation de midi fut très bonne. Elle donna en latitude 48° 47', en longitude 36° 48', et comme parcours deux cent cinquante milles seulement. Le moins rapide des transatlantiques aurait eu le droit de nous offrir une remorque. Cela contrariait fort le capitaine Anderson. L'ingénieur attribuait le manque de pression à l'insuffisante ventilation des nouveaux foyers. Moi, je pensais que ce défaut de marche provenait surtout des roues, dont le diamètre avait été imprudemment diminué.

Cependant, ce jour-là, vers deux heures, une amélioration se produisit dans la vitesse du steam-ship. Ce fut l'attitude des deux jeunes fiancés qui me révéla ce changement. Appuyés près des bastingages de tribord, ils murmuraient quelques joyeuses paroles et battaient des mains. Ils regardaient en souriant les tuyaux d'échappement qui s'élevaient le long des cheminées du *Great-Eastern,* et dont l'orifice se couronnait d'une légère vapeur blanche. La pression avait monté dans les chaudières de l'hélice, et le puissant agent forçait ses soupapes qu'un poids de vingt et une livres par pouce carré ne pouvait plus maintenir. Ce n'était encore qu'une faible expiration, une vague haleine, un souffle, mais nos jeunes gens la buvaient du regard. Non ! Denis Papin ne fut pas plus heureux, quand il vit la vapeur soulever à demi le couvercle de sa célèbre marmite !

« Elles fument ! Elles fument ! s'écria la jeune miss, tandis qu'une légère vapeur s'échappait aussi de ses lèvres entrouvertes.

– Allons voir la machine ! » répondit le jeune homme en pressant sous son bras le bras de sa fiancée.

Dean Pitferge m'avait rejoint. Nous suivîmes l'amoureux couple jusque sur le grand rouffle.

« Que c'est beau ! la jeunesse, me répétait-il.

– Oui, disais-je, la jeunesse à deux ! »

Bientôt, nous aussi nous étions penchés sur l'écoutille de la machine à hélice. Là, au fond de ce vaste puits, à soixante pieds sous nos yeux, nous apercevions les quatre longs pistons horizontaux qui se précipitaient l'un vers l'autre, en s'humectant à chaque mouvement d'une goutte d'huile lubrifiante.

Cependant, le jeune homme avait tiré sa montre, et la jeune fille, penchée sur son épaule, suivait la trotteuse qui mesurait les secondes. Tandis qu'elle la regardait, son fiancé comptait les tours d'hélice.

« Une minute ! dit-elle.

– Trente-sept tours ! répondit le jeune homme.

– Trente-sept tours et demi, fit observer le docteur qui avait contrôlé l'opération.

– Et demi ! s'écria la jeune miss. Vous l'entendez, Edward ! Merci, monsieur », ajouta-t-elle en adressant au digne Pitferge son plus aimable sourire.

XVI

En rentrant dans le grand salon, je vis ce programme affiché à la porte :

THIS NIGHT

FIRST PART

Ocean Time	Mr. Mac Alpine.
Song : *Beautiful isle of the sea*	Mr. Ewing.
Reading	Mr. Affleet.
Piano solo : *Chant du berger* . .	Mrs. Alloway.
Scotch song	Docteur T...

Intermission of ten minutes.

PART SECOND

Piano solo	Mr. Paul V...
Burlesque. *Lady of Lyons* . . .	Doctor T...
Entertainment	Sir James Anderson.
Song : *Happy moment*	Mr. Norville.
Song : *You remember*	Mr. Ewing.

FINALE

God save the Queen.

C'était, on le voit, un concert complet, avec première partie, entracte, seconde partie et finale. Cependant, paraît-il, quelque chose manquait à ce programme, car j'entendis murmurer derrière moi :

« Bon ! Pas de Mendelssohn ! »

Je me retournai. C'était un simple steward qui protestait ainsi contre l'omission de sa musique favorite.

Je remontai sur le pont, et je me mis à la recherche de Mac Elwin. Corsican venait de m'apprendre que Fabian avait quitté sa cabine, et je voulais, sans l'importuner toutefois, le tirer de son isolement. Je le rencontrai sur l'avant du steam-ship. Nous causâmes pendant quelque temps, mais il ne fit aucune allusion à sa vie passée. A de certains moments, il restait muet et pensif, absorbé en lui-même, ne m'entendant plus, et pressant sa poitrine comme pour y comprimer un spasme douloureux. Pendant que nous nous promenions ensemble, Harry Drake nous croisa à plusieurs reprises. Toujours le même homme, bruyant et gesticulant, gênant comme serait un moulin en mouvement dans une salle de danse ! Me trompai-je ? je ne saurais le dire, car mon esprit était prévenu, mais il me sembla qu'Harry Drake observait Fabian avec une certaine insistance. Fabian dut s'en apercevoir, car il me dit :

« Quel est cet homme ?
— Je ne sais, répondis-je.
— Il me déplaît ! » ajouta Fabian.

Mettez deux navires en pleine mer, sans vent, sans courant, et ils finiront par s'accoster. Jetez deux planètes immobiles dans l'espace, et elles tomberont l'une sur l'autre. Placez deux ennemis au milieu d'une foule, et ils se rencontreront inévitablement. C'est fatal. Une question de temps, voilà tout.

Le soir arrivé, le concert eut lieu selon le programme. Le grand salon, rempli d'auditeurs, était brillamment éclairé. A travers les écoutilles entrouvertes passaient les larges figures basanées et les grosses mains noires des matelots. On eût dit des masques engagés dans les volutes du plafond. L'entre-bâillement des portes fourmillait de stewards. La plupart des spectateurs, hommes et femmes, étaient assis, en abord, sur les divans latéraux, et au milieu, sur les fauteuils, les pliants et les chaises. Tous faisaient face au piano fortement boulonné entre les deux portes qui s'ouvraient sur le salon des dames. De temps en temps, un mouvement de roulis agitait l'assistance ; les chaises et les pliants glissaient ; une sorte de houle donnait une même ondulation à toutes ces têtes ; on se cramponnait les uns aux autres, silencieusement, sans plaisanter. Mais, en somme, pas de chute à craindre, grâce au tassement.

On débuta par l'*Ocean-Time*. L'*Ocean-Time* était un journal quotidien, politique, commercial et littéraire, que certains passagers avaient fondé pour les besoins du bord. Américains et Anglais prirent fort ce genre de passe-temps. Ils rédigent leur feuille pendant la journée. Disons que si les rédacteurs ne sont pas difficiles sur la qualité des articles, les lecteurs ne le sont pas davantage. On se contente de peu, et même de « pas assez ».

Ce numéro du Ier avril contenait un premier *Great-Eastern* assez pâteux sur la politique générale, des faits divers qui n'auraient pas déridé un Français, des cours de bourse peu drôles, des télégrammes fort naïfs, et quelques pâles nouvelles à la main. Après tout, ces sortes de plaisanteries ne charment guère que ceux qui les font. L'honorable Mac Alpine, un Américain dogmatique, lut avec conviction ses élucubrations peu plaisantes, au grand applaudissement des spectateurs, et il termina sa lecture par les nouvelles suivantes :

« On annonce que le président Johnson a abdiqué en faveur du général Grant.

« – On donne comme certain que le pape Pie IX a désigné le Prince impérial pour son successeur.

« – On dit que Fernand Cortez vient d'attaquer en contrefaçon l'Empereur Napoléon III pour sa conquête du Mexique. »

Quand l'*Ocean-Time* eut été suffisamment applaudi, l'honorable Mr. Ewing, un ténor fort joli garçon, soupira *La Belle île de la mer,* avec toute la rudesse d'un gosier anglais.

Le « reading », la lecture, me parut avoir un attrait contestable. Ce fut tout simplement un digne Texien qui lut deux ou trois pages d'un livre dont il avait commencé la lecture à voix basse, et qu'il continua à voix haute. Il fut très applaudi.

Le *Chant du berger* pour piano solo, par Mrs. Alloway, une Anglaise qui jouait « en blond mineur », eût dit Théophile Gautier, et une farce écossaise du docteur T... terminèrent la première partie du programme.

Après dix minutes d'un entracte pendant lequel aucun auditeur ne consentit à quitter sa place, la seconde partie du concert commença. Le Français Paul V... fit entendre deux charmantes valses, inédites, qui furent applaudies bruyamment. Le docteur du bord, un jeune homme brun, fort suffisant, récita une scène burlesque, sorte de parodie de la *Dame de Lyon,* drame fort à la mode en Angleterre.

Au « burlesque » succéda « l'entertainment ». Que préparait sous ce nom sir James Anderson ? Était-ce une conférence ou un sermon ? Ni l'un ni l'autre. Sir James Anderson se leva, toujours souriant, tira un jeu de cartes de sa poche, retroussa ses manchettes blanches et fit des tours dont sa grâce rachetait la naïveté. Hurrahs et applaudissements.

Après le *Happy moment* de Mr. Norville et le *You remember* de Mr. Ewing, le programme annonçait le *God save the Queen.* Mais quelques Américains prièrent Paul V..., en sa qualité de Français, de leur jouer le chant national de la France. Aussitôt, mon docile compatriote de commencer l'inévitable *Partant pour la Syrie.* Réclamations énergiques d'un groupe de Nordistes qui voulaient entendre *La Marseillaise.* Et, sans se faire prier, l'obéissant pianiste, avec une condescendance qui dénotait plus de facilité musicale que de convictions politiques, attaqua vigoureusement le chant de Rouget de l'Isle. Ce fut le grand succès du concert. Puis l'assemblée, debout, entonna lentement ce cantique national qui « prie Dieu de conserver la reine ».

En somme, cette soirée valait ce que valent les soirées d'amateurs, c'est-à-dire qu'elle eut surtout du succès pour les auteurs et leurs amis. Fabian ne s'y montra pas.

XVII

Pendant la nuit du lundi au mardi, la mer fut très houleuse. Les cloisons recommencèrent leurs gémissements et les colis reprirent leur course à travers les salons. Lorsque je montai sur le pont, vers sept heures du matin, la pluie tombait. Le vent vint à fraîchir. L'officier de quart fit serrer les voiles. Le steam-ship, n'étant plus appuyé, roula prodigieusement. Pendant cette journée du 2 avril, le pont resta désert. Les salons eux-mêmes étaient abandonnés. Les passagers s'étaient réfugiés dans les cabines, et les deux tiers des convives manquèrent au lunch et au dîner. Le whist fut impossible, car les tables fuyaient sous la main des joueurs. Les échecs étaient impraticables. Quelques intrépides, étendus sur les canapés, lisaient ou dormaient. Autant valait braver la pluie sur le pont. Là, les matelots vêtus de suroît et de casaques cirées se promenaient philosophiquement. Le second, juché sur la passerelle, bien enveloppé de son caoutchouc, faisait le quart. Sous cette averse, au milieu de ces rafales, ses petits yeux brillaient de plaisir. Il aimait cela, cet homme, et le steam-ship roulait à son gré !

Les eaux du ciel et de la mer se confondaient dans la brume à quelques encablures du navire. L'atmosphère était grise. Quelques oiseaux passaient en criant à travers cet humide brouillard. A dix heures, par tribord devant, on signala un trois-mâts-barque qui courait vent arrière ; mais sa nationalité ne put être reconnue.

Vers onze heures, le vent mollit et tourna de deux quarts. La brise hala le nord-ouest. La pluie cessa presque subitement. L'azur du ciel se montra à travers quelques trouées de nuages. Le soleil apparut dans une éclaircie et permit de faire une observation plus ou moins parfaite. La notice porta les chiffres suivants :

Lat. 46° 29' N.
Long. 42° 25' W.
Distance : 256 milles.

Ainsi donc, bien que la pression eût monté dans les chaudières, la vitesse du navire ne s'était pas accrue. Mais il fallait en accuser le vent d'ouest, qui, prenant le steam-ship debout, devait considérablement retarder sa marche.

A deux heures, le brouillard s'épaissit de nouveau. La brise retombait et fraîchissait à la fois. L'opacité des brumes était si intense, que les officiers postés sur les passerelles ne voyaient plus les hommes à l'avant du navire. Ces vapeurs accumulées sur les flots constituent le plus grand danger de la navigation ; elles causent des abordages impossibles à éviter, et l'abordage en mer est plus à craindre encore que l'incendie.

Aussi, au milieu des brumes, officiers et matelots veillaient avec le plus grand soin, surveillance qui ne fut pas inutile, car, subitement, vers trois heures, un trois-mâts apparut à moins de deux cents mètres du *Great-Eastern,* ses voiles masquées par une saute de vent, ne gouvernant plus. Le *Great-Eastern* évolua à temps et l'évita, grâce à la promptitude avec laquelle les hommes de quart l'avaient signalé au timonier. Ces signaux, fort bien réglés, se faisaient au moyen d'une cloche disposée sur la dunette de l'avant. Un coup signifiait : navire devant. Deux coups : navire par tribord. Trois coups : navire par bâbord. Et aussitôt l'homme de barre gouvernait de manière à éviter l'abordage.

Le vent fraîchit jusqu'au soir. Cependant le roulis diminua, parce que la mer, déjà couverte au large par les hauts-fonds de Terre-Neuve, ne pouvait se faire. Aussi un nouvel « entertainment » de Sir James Anderson fut-il annoncé pour ce jour-là. A l'heure dite, les salons se remplirent. Mais cette fois il ne s'agissait plus de tours de cartes. James Anderson raconta l'histoire de ce câble transatlantique qu'il avait posé lui-même. Il montra des épreuves photographiques représentant les divers engins inventés pour l'immersion. Il fit circuler le modèle des épissures qui servirent au rajustement des morceaux du câble. Enfin, il mérita très justement les trois hurrahs qui accueillirent sa conférence, et dont une grande part revint au promoteur de cette entreprise, l'honorable Cyrus Field, présent à cette soirée.

XVIII

Le lendemain, 3 avril, dès les premières heures du jour, l'horizon offrait cette teinte particulière que les Anglais appellent « blinck ». C'était une réverbération blanchâtre qui annonçait des glaces peu éloignées. En effet, le *Great-Eastern* naviguait alors dans ces parages où flottent les premiers icebergs, détachés de la banquise, qui sortent du détroit de Davis. Une surveillance spéciale fut organisée pour éviter les rudes attouchements de ces énormes blocs.

Il ventait alors une très forte brise de l'ouest. Des lambeaux de nuages, véritables haillons de vapeurs, balayaient la surface de la mer. A travers leurs trous, on distinguait l'azur du ciel. Un sourd clapotis sortait des vagues échevelées par le vent, et les gouttes d'eau pulvérisées s'en allaient en écume.

Ni Fabian, ni le capitaine Corsican, ni le docteur Pitferge n'étaient encore montés sur le pont. Je me dirigeai vers l'avant du navire. Là, le rapprochement des parois formait un angle confortable, une sorte de retraite, dans laquelle un ermite se fût volontiers retiré du monde. Je m'accotai dans ce coin, assis sur une claire-voie, mes pieds reposant sur une énorme poulie. Le vent, prenant le navire debout et butant contre l'étrave, passait par-dessus ma tête sans l'effleurer. La place était bonne pour y rêver. De là, mes regards embrassaient toute l'immensité du navire. Je pouvais suivre ses longues lignes légèrement torturées qui se relevaient vers l'arrière. Au premier plan, un gabier, accroché dans les haubans de la misaine, se tenait d'une main et travaillait de l'autre avec une adresse remarquable. Au-dessous, sur le rouffle, se promenait le matelot de quart, allant et venant, les jambes écartées, et jetant un regard clair à travers ses paupières éraillées par les embruns. En arrière, sur les passerelles, j'entrevoyais un officier qui, le dos rond, la tête encapuchonnée, résistait aux assauts du vent. De la mer je ne distinguais rien, si ce n'est une petite ligne d'horizon bleuâtre, tracée en arrière des tambours. Emporté par ses puissantes machines, le steam-ship, tranchant les flots de son étrave aiguë, frissonnait comme les flancs d'une chaudière dont les feux sont activement poussés. Quelques tourbillons de vapeur, arrachés par cette brise qui les condensait avec une extême rapidité, se tordaient à l'extrémité des tuyaux d'échappement. Mais le colossal navire, debout au vent et porté sur trois lames, ressentait à peine les agitations de cette mer, sur laquelle, moins indifférent aux ondulations, un transatlantique eût été secoué par les coups de tangage.

A midi et demi, le point affiché ne donna en latitude que 44° 53' nord, et en longitude 47° 6' ouest. Deux cent vingt-sept milles seulement depuis vingt-quatre heures ! Les jeunes fiancés devaient maudire ces roues qui ne tournaient pas, cette hélice dont les mouvements languissaient, et cette insuffisante vapeur qui n'agissait pas au gré de leurs désirs !

Vers trois heures, le ciel, nettoyé par le vent, resplendit. Les lignes de l'horizon, formées d'un trait net, semblèrent s'élargir autour de ce point central que le *Great-Eastern* occupait. La brise mollit, mais la mer se souleva longtemps en larges lames, étrangement vertes et festonnées d'écume. Si peu de vent ne comportait pas tant de houle. Ces ondulations étaient disproportionnées. On peut dire que l'Atlantique boudait encore.

A trois heures trente-cinq minutes, un trois-mâts fut signalé sur bâbord. Il envoya son numéro. C'était un Américain, *L'Illinois,* faisant route pour l'Angleterre.

En ce moment, le lieutenant H... m'apprit que nous passions sur la queue du banc de New-Found-Land, nom que les Anglais donnent aux hauts-fonds de Terre-Neuve. Ce sont les riches parages où se fait la pêche de ces morues, dont trois suffiraient à alimenter l'Angleterre et l'Amérique, si tous leurs œufs éclosaient.

La journée se passa sans incident. Le pont fut fréquenté par ses promeneurs accoutumés. Jusqu'ici, aucun hasard n'avait mis en présence Fabian et Harry Drake, que le capitaine Archibald et moi, nous ne perdions pas de vue. Le soir réunit au grand salon ses dociles habitués. Toujours mêmes exercices, lectures et chants, provoquant les mêmes bravos prodigués par les mêmes mains aux mêmes virtuoses, que je finissais par trouver moins médiocres. Une discussion assez vive éclata, par extraordinaire, entre un Nordiste et un Texien. Celui-ci demandait « un empereur » pour les États du Sud. Fort heureusement, cette discussion politique, qui menaçait de dégénérer en querelle, fut interrompue par

Le dos rond, la tête encapuchonnée.

l'arrivée d'une dépêche imaginaire, adressée à L'*Ocean-Time* et conçue en ces termes : « Le capitaine Semmes, ministre de la guerre, a fait payer par le Sud les ravages de l'*Alabama* ! »

XIX

En quittant le salon vivement éclairé, je remontai sur le pont avec le capitaine Corsican. La nuit était profonde. Pas une constellation au firmament. Autour du navire, une ombre impénétrable. Les fenêtres des rouffles brillaient comme des gueules de four. A peine voyait-on les hommes de quart qui arpentaient pesamment les dunettes. Mais on respirait le grand air, et le capitaine humait ses fraîches molécules à pleins poumons.

« J'étouffais dans ce salon, me dit-il. Ici, au moins je nage en pleine atmosphère ! Voilà une absorption vivifiante. Il me faut mes cent mètres cubes d'air pur par vingt-quatre heures ou je suis à demi asphyxié.

– Respirez, capitaine, respirez à votre aise, lui répondis-je. Il y a de l'air ici pour tout le monde, et la brise ne vous chicane pas votre contingent. C'est une bonne chose que l'oxygène, et il faut bien avouer que nos Parisiens ou nos Londoniens ne le connaissent que de réputation.

– Oui ! répliqua le capitaine, ils lui préfèrent l'acide carbonique. Chacun son goût. Pour mon compte, je le déteste, même dans le vin de Champagne ! »

Tout en causant, nous longions le boulevard de tribord, abrités du vent par la haute paroi des rouffles. De gros tourbillons de fumée, constellés d'étincelles, s'échappaient des cheminées noires. Le ronflement des machines accompagnait le sifflement de la brise dans les haubans de fer qui résonnaient comme les cordes d'une harpe. A ce brouhaha se mêlait de quart d'heure en quart d'heure le cri des

matelots de bordée : *All's well ! All's well !* Tout va bien !
Tout va bien !

En effet, aucune précaution n'avait été négligée pour assurer la sécurité du navire au milieu de ces parages fréquentés par les glaces. Le capitaine faisait puiser un seau d'eau, chaque demi-heure, afin d'en reconnaître la température, et si cette température fût tombée à un degré inférieur, il n'eût pas hésité à changer sa route. Il savait, en effet, que, quinze jours avant, le *Péreire* s'était vu bloqué par les icebergs sous cette latitude, danger qu'il fallait éviter. Du reste, son ordre de nuit prescrivit une surveillance rigoureuse. Lui-même ne se coucha pas. Deux officiers restèrent à ses côtés sur la passerelle, l'un aux signaux de roues, l'autre aux signaux de l'hélice. De plus, un lieutenant et deux hommes firent le quart sur la dunette de l'avant, tandis qu'un quartier-maître et un matelot se tenaient à l'étrave du steam-ship. Les passagers pouvaient être tranquilles.

Après avoir observé ces dispositions, le capitaine Corsican et moi, nous revînmes vers l'arrière. L'idée nous prit de passer encore quelque temps sur le grand rouffle, avant de regagner nos cabines, comme feraient de paisibles citadins sur la grande place de leur ville.

L'endroit nous parut désert. Bientôt, cependant, nos yeux étant faits à cette obscurité, nous aperçûmes un homme accoudé sur le garde-fou, dans une complète immobilité. Corsican, après l'avoir regardé attentivement, me dit :

« C'est Fabian ! »

C'était Fabian, en effet. Nous le reconnûmes ; mais perdu dans une muette contemplation, il ne nous vit pas. Ses regards semblaient fixés sur un angle du rouffle, et je les voyais briller dans l'ombre. Que regardait-il ainsi ? Comment pouvait-il percer cette obscurité profonde ? Je pensais que mieux valait le laisser à ses réflexions. Mais le capitaine Corsican s'approchant :

« Fabian ? » dit-il.

Fabian ne répondit pas. Il n'avait pas entendu. Corsican l'appela de nouveau. Fabian tressaillit, tourna la tête un instant et prononça ce seul mot :

« Chut ! »

Puis, de la main, il désigna une ombre qui se mouvait lentement à l'extrémité du rouffle. C'était une forme à peine visible que regardait Fabian. Puis, souriant tristement :

« La dame noire ! » murmura-t-il.

Un tressaillement m'agita. Le capitaine Corsican m'avait pris le bras et je sentis qu'il tressaillait aussi. La même pensée nous avait frappés tous deux. Cette ombre, c'était l'apparition annoncée par le docteur Pitferge.

Fabian était retombé dans sa rêveuse contemplation. Moi, la poitrine oppressée, l'œil trouble, je regardais cette forme humaine, à peine estompée dans l'ombre, qui bientôt se profila plus nettement à nos regards. Elle s'avançait, hésitait, allait, s'arrêtait, reprenait sa marche, semblant plutôt glisser que marcher. Une âme errante ! A dix pas de nous, elle demeura immobile. Je pus distinguer alors la forme d'une femme élancée, drapée étroitement dans une sorte de burnous brun, le visage couvert d'un voile épais.

« Une folle ! une folle ! n'est-ce pas ? » murmura Fabian.

Et c'était une folle, en effet. Mais Fabian ne nous interrogeait pas. Il se parlait à lui-même.

Cependant, cette pauvre créature s'approcha plus près encore. Je crus voir ses yeux briller à travers son voile, quand ils se fixèrent sur Fabian. Elle vint jusqu'à lui. Fabian se redressa, électrisé. La femme voilée lui mit la main sur le cœur comme pour en compter les battements... Puis, s'échappant, elle disparut par l'arrière du rouffle.

Fabian retomba, presque agenouillé, les mains tendues.

« Elle ! » murmura-t-il.

Puis, secouant la tête :

« Quelle hallucination ! » ajouta-t-il.

Le capitaine Corsican lui prit alors la main :

« Viens, Fabian, viens », dit-il, et il entraîna son malheureux ami.

XX

Corsican et moi, nous ne pouvions plus douter. C'était Ellen, la fiancée de Fabian, la femme d'Harry Drake. La fatalité les avait réunis tous trois sur le même navire.

Fabian ne l'avait pas reconnue, bien qu'il se fût écrié : Elle ! elle ! Et comment aurait-il pu la reconnaître ? Mais il ne s'était pas trompé en disant : Une folle ! Ellen était folle, et sans doute, la douleur, le désespoir, son amour tué dans son cœur, le contact de l'homme indigne qui l'avait arrachée à Fabian, la ruine, la misère, la honte avaient brisé son âme ! Voilà ce dont je parlais le lendemain matin avec Corsican. Nous n'avions d'ailleurs aucun doute sur l'identité de cette jeune femme. C'était Ellen qu'Harry Drake entraînait avec lui vers ce continent américain, et qu'il associait encore à sa vie d'aventures. Le regard du capitaine s'allumait d'un feu sombre en songeant à ce misérable. Moi, je sentais mon cœur bondir. Que pouvions-nous contre lui, le mari, le maître ? Rien. Mais le point le plus important, c'était d'empêcher une nouvelle rencontre entre Fabian et Ellen, car Fabian finirait par reconnaître sa fiancée, ce qui amènerait la catastrophe que nous voulions éviter. Toutefois, on pouvait espérer que ces deux pauvres êtres ne se reverraient pas. La malheureuse Ellen ne paraissait jamais pendant le jour, ni dans les salons, ni sur le pont du navire. La nuit seulement, trompant son geôlier sans doute, elle venait se baigner dans cet air humide et demander à la brise un apaisement passager ! Dans quatre jours, au plus tard, le *Great-Eastern* aurait atteint les passes de New York. Nous pouvions donc croire que le hasard ne déjouerait pas notre surveillance, et que Fabian ne serait pas instruit de la présence d'Ellen pendant cette traversée de l'Atlantique ! Mais nous comptions sans les événements.

La direction du steam-ship avait été modifiée pendant la nuit. Trois fois, le navire, trouvant l'eau à 27° Farenheit, c'est-à-dire de 3 à 4° centigrades au-dessous de zéro, était descendu vers le sud. On ne pouvait mettre en doute la présence de glaces très rapprochées. En effet, ce matin-là, le ciel présentait un éclat particulier ; l'atmosphère était blanche ; tout le nord s'éclairait d'une intense réverbération, évidemment produite par le pouvoir réfléchissant des icebergs. Une brise piquante traversait l'air, et vers dix heures, une petite neige très fine vint subitement poudrer à blanc le steam-ship. Puis un banc de brumes se leva, au milieu duquel nous signalions notre présence par de nombreux coups de sifflets ; bruit assourdissant qui effaroucha des volées de mouettes posées sur les vergues du navire.

A dix heures et demie, le brouillard s'étant levé, un steamer à hélice parut à l'horizon sur tribord. L'extrémité blanche de sa cheminée indiquait qu'il appartenait à la compagnie Inman, faisant le transport des émigrants de Liverpool sur New York. Ce bâtiment nous envoya son numéro. C'était le *City of Limerick,* de quinze cent trente tonneaux de jauge, et de deux cent cinquante-six chevaux de force. Il avait quitté New York samedi, et, par conséquent, il se trouvait en retard.

Avant le lunch, quelques passagers organisèrent une poule qui ne pouvait manquer de plaire à ces amateurs de jeux et de paris. Le résultat de cette poule ne devait pas être connu avant quatre jours. C'était ce qu'on appelle la « poule du pilote ». Lorsqu'un navire arrive sur les atterrages, personne n'ignore qu'un pilote monte à son bord. On divise donc les vingt-quatre heures du jour et de la nuit en quarante-huit demi-heures ou quatre-vingt-seize quarts d'heure, suivant le nombre de passagers. Chaque joueur met un enjeu d'un dollar, et le sort lui attribue l'une de ces demi-heures ou l'un de ces quarts d'heure. Le gagnant des quarante-huit ou quatre-vingt-seize dollars est celui pendant le quart d'heure duquel le pilote met le pied sur le navire. On le voit, le jeu est peu compliqué. Ce ne sont plus des courses de chevaux ; ce sont des courses de quarts d'heure.

Ce fut un Canadien, l'honorable Mac Alpine, qui prit la direction de l'affaire. Il réunit facilement quatre-vingt-seize parieurs, parmi lesquels quelques parieuses et non les moins âpres au jeu. Je suivis le courant et j'engageai mon dollar. Le sort me désigna le soixante-quatrième quart d'heure. C'était un mauvais numéro dont je n'avais aucune chance de me défaire avec profit. En effet, ces divisions du temps sont comptées d'un midi au midi suivant. Il y a donc des quarts d'heure de jour et des quarts de nuit. Ces derniers n'ont aucune valeur aléatoire, car il est rare que les navires s'aventurent sur les atterages au milieu de l'obscurité, et, par conséquent, les chances de recevoir un pilote à bord pendant la nuit sont très diminuées. Je me consolai aisément.

En redescendant au salon, je vis qu'une lecture avait été affichée pour le soir. Le missionnaire de l'Utah annonçait une conférence sur le Mormonisme. Bonne occasion de s'initier aux mystères de la Cité des Saints. D'ailleurs, cet Elder, Mr. Hatch, devait être un orateur et un orateur convaincu. L'exécution ne pouvait donc manquer d'être digne de l'œuvre. Les passagers accueillirent favorablement l'annonce de cette conférence.

Le point affiché avait donné les chiffres suivants :

Lat. 42° 32' N.
Long. 51° 59' W.
Course : 254 milles.

Vers trois heures de l'après-midi, les timoniers signalèrent l'approche d'un grand steamer à quatre mâts. Ce navire modifia légèrement sa route afin de se rapprocher du *Great-Eastern,* dans l'intention de lui donner son numéro. De son côté, le capitaine laissa porter un peu, et bientôt le steamer lui envoya son nom. C'était L'*Atlanta,* un de ces grands bâtiments qui font le service de Londres à New York en touchant à Brest. Il nous salua au passage, et nous lui rendîmes son salut. Peu de temps après, comme il courait à contre-bord, il avait disparu.

En ce moment, Dean Pitferge m'apprit, non sans déplaisir, que la conférence de Mr. Hatch était interdite. Les puritaines du bord n'avaient pas permis à leurs maris de s'initier aux mystères du Mormonisme !

XXI

A quatre heures, le ciel, qui avait été voilé jusqu'alors, se dégagea. La mer s'était apaisée. Le navire ne roulait plus. On aurait pu se croire en terre ferme. Cette immobilité du *Great-Eastern* donna aux passagers l'idée d'organiser des courses. Le turf d'Epsom n'eût pas offert une piste meilleure, et quant aux chevaux à défaut de *Gladiator* ou de *La Touque,* ils devaient être remplacés par des Écossais pur sang qui les valaient bien. La nouvelle ne tarda pas à se répandre. Aussitôt les sportsmen d'accourir, les spectateurs de quitter les salons et les cabines. Un Anglais, l'honorable Mac Karthy, fut nommé commissaire, et les coureurs se présentèrent sans retard. C'étaient une demi-douzaine de matelots, sorte de centaures, à la fois chevaux et jockeys, tout prêts à disputer le grand prix du *Great-Eastern.*

Les deux boulevards formaient le champ de courses. Les coureurs devaient faire trois fois le tour du navire, et franchir ainsi un parcours de treize cents mètres environ. C'était suffisant. Bientôt les tribunes, je veux dire les dunettes, furent envahies par la foule des curieux, armés de lorgnettes, et dont quelques-uns avaient arboré « le voile vert », pour se protéger sans doute contre la poussière de l'Atlantique. Les équipages manquaient, j'en conviens, mais non la place pour les ranger en files. Les dames en grande toilette se pressaient principalement sur les rouffles de l'arrière. Le coup d'œil était charmant.

Fabian, le capitaine Corsican, le docteur Dean Pitferge et moi, nous nous étions postés sur la dunette de l'avant. C'était là ce qu'on pouvait appeler l'enceinte du pesage. Là s'étaient réunis les véritables gentlemen-riders. Devant nous se dressait le poteau de départ et d'arrivée. Les paris ne tardèrent pas à s'engager avec un entrain britannique. Des sommes considérables furent risquées, rien que sur la mine des coureurs, dont les hauts faits, cependant, n'étaient pas encore inscrits au « stud-book ». Je ne vis pas sans inquiétude Harry Drake se mêler de ces préparatifs avec son aplomb accoutumé, discutant, disputant, tranchant d'un ton qui n'admettait pas de réplique. Très heureusement, Fabian, bien qu'il eût engagé quelques livres dans la course, me parut assez indifférent à tout le tapage. Il se tenait à l'écart, le front toujours au loin.

Parmi les coureurs qui se présentèrent, deux avaient plus particulièrement attiré l'attention publique. L'un, un Écossais de Dundee, nommé Wilmore, petit homme maigre, dératé, désossé, la poitrine large, l'œil ardent, passait pour être un des favoris. L'autre, grand diable bien découplé, un Irlandais du nom d'O'Kelly, long comme un cheval de course, balançait aux yeux des connaisseurs les chances de Wilmore. On le demandait à un contre trois, et pour mon compte, partageant l'engouement général, j'allais risquer sur lui quelques dollars, quand le docteur me dit :

« Prenez le petit, croyez-moi. Le grand est disqualifié.

– Que voulez-vous dire ?

– Je veux dire, répondit sérieusement le docteur, que ce n'est pas un pur-sang. Il peut avoir une certaine vitesse initiale, mais il n'a pas de fonds. Le petit, au contraire, l'Écossais, a de la race. Voyez son corps maintenu bien droit sur ses jambes, et son poitrail bien ouvert, sans raideur. C'est un sujet qui a dû s'entraîner plus d'une fois dans la course sur place, c'est-à-dire en sautant d'un pied sur l'autre de manière à produire au moins deux cents mouvements par minute. Pariez pour lui, vous dis-je, vous n'aurez pas à la regretter. »

Je suivis le conseil de mon savant docteur, et je pariai pour Wilmore. Quant aux quatre autres coureurs, ils n'étaient même pas en discussion.

Les places furent tirées. Le sort favorisa l'Irlandais, qui eut la corde. Les six coureurs se placèrent en ligne sur la limite du poteau. Pas de faux départ à craindre, ce qui simplifiait le mandat du commissaire.

Le signal fut donné. Un hurrah accueillit le départ. Les connaisseurs reconnurent immédiatement que Wilmore et O'Kelly étaient des coureurs de profession. Sans se préoccuper de leurs rivaux qui les devançaient en s'essoufflant, ils allaient, le corps un peu penché, la tête bien droite, l'avant-bras collé au sternum, les poignets légèrement portés en avant et accompagnant chaque mouvement du pied opposé par un mouvement alternatif. Ils étaient pieds nus.

Leur talon, ne touchant jamais le sol, leur laissait l'élasticité nécessaire pour conserver la force acquise. En un mot, tous les mouvements de leur personne se rapportaient et se complétaient.

Au second tour, O'Kelly et Wilmore, toujours sur la même ligne, avaient distancé leurs adversaires époumonés. Ils démontraient avec évidence la vérité de cet axiome que me répétait le docteur :

« Ce n'est pas avec les jambes que l'on court, c'est avec la poitrine ! Du jarret, c'est bien ; mais des poumons, c'est mieux ! »

A l'avant-dernier tournant, les cris des spectateurs saluèrent de nouveau leurs favoris. Les excitations, les hurrahs, les bravos éclataient de toutes parts.

« Le petit gagnera, me dit Pitferge. Voyez, il ne souffle pas. Son rival est haletant. »

En effet, Wilmore avait la figure calme et pâle. O'Kelly fumait comme un feu de paille mouillée. Il était « au fouet », pour employer une expression de l'argot des sportsmen. Mais tous deux se maintenaient en ligne. Enfin, ils dépassèrent le grand rouffle ; ils dépassèrent l'écoutille de la machine ; ils dépassèrent le poteau d'arrivée...

« Hurrah ! Hurrah ! pour Wilmore ! crièrent les uns.

— Hurrah ! pour O'Kelly, répondaient les autres.

— Wilmore a gagné.

— Non, ils sont « ensemble ».

La vérité est que Wilmore avait gagné, mais d'une demi-tête à peine. C'est ce que décida l'honorable Mac Karthy. Cependant la discussion se prolongea et l'on en vint aux grosses paroles. Les partisans de l'Irlandais, et particulièrement Harry Drake, soutenaient qu'il y avait un « dead head », que c'était une course morte, qu'il y avait lieu de la recommencer.

Mais, à ce moment, entraîné par un mouvement involontaire, Fabian, s'étant approché de Harry Drake, lui dit froidement :

« Vous avez tort, monsieur. Le vainqueur est le matelot écossais ! »

Drake s'avança vivement sur Fabian.

« Vous dites ? lui demanda-t-il d'un ton menaçant.

Il traita Drake avec une dureté...

– Je dis que vous avez tort, répondit tranquillement Fabian.

– Sans doute, riposta Drake, parce que vous avez parié pour Wilmore ?

– J'ai parié comme vous pour O'Kelly, répondit Fabian. J'ai perdu et je paie.

– Monsieur, s'écria Drake, prétendez-vous m'apprendre ?... »

Mais il n'acheva pas sa phrase. Le capitaine Corsican s'était interposé entre Fabian et lui avec l'intention avouée de prendre la querelle pour son compte. Il traita Drake avec une dureté et un mépris très significatifs. Mais évidemment, Drake ne voulait pas avoir affaire à lui. Aussi, lorsque Corsican eut achevé, Drake se croisant les bras et s'adressant à Fabian :

« Monsieur, dit-il avec un mauvais sourire, monsieur a donc besoin de ses amis pour le défendre ? »

Fabian pâlit. Il se précipita sur Harry Drake. Mais je le retins. D'autre part, des compagnons de ce coquin l'entraînèrent, non sans qu'il eût jeté sur son adversaire un haineux regard.

Le capitaine Corsican et moi, nous descendîmes avec Fabian, qui se contenta de dire d'une voix calme :

« A la première occasion, je souffletterai ce grossier personnage. »

XXII

Pendant la nuit du vendredi au samedi, le *Great-Eastern* traversa le courant du Gulfstream, dont les eaux plus foncées et plus chaudes tranchaient sur les couches ambiantes. La surface de ce courant pressé entre les flots de l'Atlantique est même légèrement convexe. C'est donc un fleuve véritable qui coule entre deux rives liquides, et l'un des plus considérables du globe, car il réduit au rang de ruisseau l'Amazone ou le Mississippi. L'eau puisée pendant la nuit était remontée de 27° Farenheit à 51°, ce qui donne en centigrades 12°.

Cette journée du 5 avril débuta par un magnifique lever de soleil. Les longues lames de fond resplendissaient. Une chaude brise du sud-ouest passait dans le gréement. C'étaient les premiers beaux jours. Ce soleil, qui eût reverdi les campagnes du continent, fit éclore ici de fraîches toilettes. La végétation retarde quelquefois, la mode jamais. Bientôt les boulevards comptèrent de nombreux groupes de promeneurs. Tels les Champs-Élysées, un dimanche, par un beau soleil de mai.

Pendant cette matinée, je ne vis pas le capitaine Corsican. Désirant avoir des nouvelles de Fabian, je me rendis à la cabine que celui-ci occupait en abord du grand salon. Je frappai à la porte de cette cabine, mais je n'obtins pas de réponse. Je poussai la porte. Fabian n'y était pas.

Je remontai alors sur le pont. Parmi les passants je ne remarquai ni mes amis ni mon docteur. Il me vint alors à la pensée de chercher en quel endroit du steam-ship était confinée la malheureuse Ellen. Quelle cabine occupait-elle ? Où Harry Drake l'avait-il reléguée ? A quelles mains était confiée cette infortunée que son mari abandonnait pendant des jours entiers ? Sans doute aux soins intéressés de quelque femme de chambre du bord, à quelque indifférente garde-malade ? Je voulus savoir ce qui en était, non par un vain motif de curiosité, mais dans l'intérêt d'Ellen et de Fabian, ne fût-ce que pour prévenir une rencontre toujours à craindre.

Je commençai ma recherche par les cabines du grand salon des dames et je parcourus les couloirs des deux étages qui desservent cette portion du navire. Cette inspection était assez facile, parce que le nom des passagers, inscrit sur une pancarte, se lisait à la porte de chaque cabine, ce qui simplifiait le service des stewards. Je ne trouvai pas le nom d'Harry Drake, ce qui me surprit peu, car cet homme avait dû préférer la situation des cabines disposées, à l'arrière du *Great-Eastern,* sur des salons moins fréquentés. Il n'existait, d'ailleurs, au point de vue du confort, aucune différence entre les aménagements de l'avant et ceux de l'arrière, car la

Société des Affréteurs n'avait admis qu'une seule classe de passagers.

Je me dirigeai donc vers les salles à manger, et je suivis attentivement les couloirs latéraux qui circulaient entre le double rang des cabines. Toutes ces chambres étaient occupées, toutes portaient le nom d'un passager, et le nom d'Harry Drake manquait encore. Cette fois, l'absence de ce nom m'étonna, car je croyais avoir visité notre ville flottante tout entière, et je ne connaissais pas d'autre « quartier » plus reculé que celui-ci. J'interrogeai donc un steward, qui m'apprit ce que j'ignorais, c'est qu'une centaine de cabines existaient encore en arrière des « dining-rooms ».

« Comment y descend-on ? demandai-je.
– Par un escalier qui aboutit au pont, sur le côté du grand rouffle.
– Bien, mon ami. Et savez-vous quelle cabine occupe M. Harry Drake ?
– Je l'ignore, monsieur », me répondit le steward.

Je remontai alors sur le pont, et, suivant le rouffle, j'arrivai à la porte qui fermait l'escalier indiqué. Cet escalier conduisait, non plus à de vastes salons, mais à un simple carré demi-obscur, autour duquel était disposée une double rangée de cabines. Harry Drake, voulant isoler Ellen, n'avait pu choisir un endroit plus propice à son dessein.

La plupart de ces cabines étaient inoccupées. Je parcourus le carré et les couloirs latéraux porte à porte. Quelques noms étaient inscrits sur les pancartes, deux ou trois au plus, mais non celui d'Harry Drake. Cependant, j'avais fait une minutieuse inspection de ce compartiment, et fort désappointé, j'allais me retirer, quand un murmure vague, presque insaisissable, frappa mon oreille. Ce murmure se produisait au fond du couloir de gauche. Je me dirigeai de ce côté. Les sons, à peine perceptibles, s'accentuèrent davantage. Je reconnus une sorte de chant plaintif, ou plutôt une mélopée traînante, dont les paroles ne parvenaient pas jusqu'à moi.

J'écoutai. C'était une femme qui chantait ainsi ; mais dans cette voix inconsciente on sentait une douleur profonde. Cette voix devait être celle de la pauvre folle. Mes pressentiments ne pouvaient me tromper. Je m'approchai doucement de la cabine qui portait le numéro 775. C'était la dernière de

Fabian arriva près de la cabine.

ce couloir obscur, et elle devait être éclairée par un des hublots inférieurs évidés dans la coque du *Great-Eastern*. Sur la porte de cette cabine, aucun nom. En effet, Harry Drake n'avait pas intérêt à faire connaître l'endroit où il confinait Ellen.

La voix de l'infortunée arrivait alors distinctement jusqu'à moi. Son chant n'était qu'une suite de phrases fréquemment interrompues, quelque chose de suave et de triste à la fois. On eût dit des stances étrangement coupées, telles que les réciterait une personne endormie du sommeil magnétique.

Non ! bien que je n'eusse aucun moyen de reconnaître son identité, je ne doutais pas que ce fût Ellen qui chantât ainsi.

Pendant quelques minutes, j'écoutai, et j'allais me retirer, quand j'entendis marcher dans le carré central. Était-ce Harry Drake ? Dans l'intérêt d'Ellen et de Fabian, je ne voulais pas être surpris à cette place. Heureusement, le couloir, contournant la double rangée de cabines, me permettait de remonter sur le pont sans être aperçu. Cependant, je tenais à savoir quelle était la personne dont j'entendais le pas. La demi-obscurité me protégeait, et, en me plaçant dans l'angle du couloir, je pouvais voir sans être vu.

Cependant, le bruit avait cessé. Bizarre coïncidence, avec lui s'était tu le chant d'Ellen. J'attendis. Bientôt le chant recommença, et le plancher gémit de nouveau sous la pression d'un pas lent. Je penchai la tête, et au fond du couloir, dans une vague clarté qui filtrait à travers l'imposte des cabines, je reconnus Fabian.

C'était mon malheureux ami ! Quel instinct le conduisait en ce lieu ? Avait-il donc, et avant moi, découvert la retraite de la jeune femme ? Je ne savais que penser. Fabian s'avançait lentement, longeant les cloisons, écoutant, suivant comme un fil cette voix qui l'attirait, malgré lui peut-être, et sans qu'il en eût conscience. Et pourtant, il me semblait que le chant s'affaiblissait à son approche, et que ce fil si ténu allait se rompre... Fabian arriva près de la cabine et s'arrêta.

Comme son cœur devait battre à ces tristes accents ! Comme tout son être devait frémir ! il était impossible que, dans cette voix, il ne retrouvât pas quelque ressouvenir du passé. Et cependant, ignorant la présence d'Harry Drake à bord, comment aurait-il même soupçonné la présence d'Ellen ? Non ! C'était impossible, et il n'était attiré que parce que ces accents maladifs répondaient, sans qu'il s'en doutât, à l'immense douleur qu'il portait en lui.

Fabian écoutait toujours. Qu'allait-il faire ? Appellerait-il la folle ? Et si Ellen apparaissait soudain ? Tout était possible, et tout était danger dans cette situation ! Cependant, Fabian se rapprocha encore de la porte de la cabine. Le chant, qui diminuait peu à peu, mourut soudain ; puis un cri déchirant ce fit entendre.

Ellen, par une communication magnétique, avait-elle senti si près d'elle celui qu'elle aimait ? L'attitude de Fabian était effrayante. Il était comme ramassé sur lui-même. Allait-il donc briser cette porte ? Je le crus et je me précipitai vers lui.

Il me reconnut. Je l'entraînai. Il se laissait faire. Puis, d'une voix sourde :

« Savez-vous quelle est cette infortunée ? me demanda-t-il.

— Non, Fabian, non.

— C'est la folle ! dit-il. On dirait une voix de l'autre monde. Mais cette folie n'est pas sans remède. Je sens qu'un peu de dévouement, un peu d'amour guérirait cette pauvre femme !

— Venez, Fabian, dis-je, venez ! »

Nous étions remontés sur le pont. Fabian, sans ajouter une parole, me quitta presque aussitôt ; mais je ne le perdis pas de vue avant qu'il eût regagné sa cabine.

XXIII

Quelques instants plus tard, je rencontrai le capitaine Corsican. Je lui racontai la scène à laquelle je venais d'assister. Il comprit, comme moi, que cette grave situation se compliquait. Pourrions-nous en prévenir les dangers ? Ah ! que j'aurais voulu hâter la marche de ce *Great-Eastern,* et mettre un océan tout entier entre Harry Drake et Fabian !

En nous quittant, le capitaine Corsican et moi, nous convînmes de surveiller plus sévèrement que jamais les acteurs de ce drame, dont le dénouement pouvait à chaque instant éclater malgré nous !

Ce jour-là, on attendait l'*Australasian,* paquebot de la compagnie Cunard, jaugeant deux mille sept cent soixante tonneaux, qui dessert la ligne de Liverpool à New York. Il avait dû quitter l'Amérique le mercredi matin, et il ne pouvait tarder à paraître. On le guettait au passage, mais il ne passa pas.

Vers onze heures, des passagers anglais organisèrent une souscription en faveur des blessés du bord, dont quelques-uns n'avaient pas encore pu quitter le poste des malades, entre autres le maître d'équipage, menacé d'une claudication incurable. Cette liste se couvrit de signatures, non sans avoir soulevé quelques difficultés de détail qui amenèrent un échange de paroles malsonnantes.

A midi, le soleil permit d'obtenir une observation très exacte :

Long. 58° 37' W.
Lat. 41° 41' 11" N.
Course : 257 milles.

Nous avions la latitude à une seconde près. Les jeunes fiancés, qui vinrent consulter la notice, firent une moue de déconvenue. Décidément, ils avaient à se plaindre de la vapeur.

Avant le lunch, le capitaine Anderson voulut distraire ses passagers des ennuis d'une traversée si longue. Il organisa donc des exercices de gymnastique qu'il dirigea en personne. Une cinquante de désœuvrés, armés comme lui d'un bâton, imitèrent tous ses mouvements avec une exactitude simiesque. Ces gymnastes improvisés « travaillaient » méthodiquement, sans desserrer les lèvres, comme des riflemens de la parade.

Un nouvel « entertainment » fut annoncé pour le soir. Je

n'y assistai point. Ces mêmes plaisanteries, incessamment renouvelées, me fatiguaient. Un second journal, rival de l'*Ocean-Time,* avait été fondé. Ce soir-là, paraît-il, les deux feuilles fusionnèrent.

Pour moi, je passai sur le pont les premières heures de la nuit. La mer se soulevait et annonçait du mauvais temps, bien que le ciel fût encore admirable. Aussi le roulis commençait-il à s'accentuer. Couché sur un des bancs du rouffle, j'admirais ces constellations qui s'écartelaient au firmament. Les étoiles fourmillaient au zénith, et bien que l'œil nu n'en puisse apercevoir que cinq mille sur toute l'étendue de la sphère céleste, ce soir-là, il eût cru les compter par millions. Je voyais traîner à l'horizon la queue de Pégase dans toute sa magnificense zodiacale, comme la robe étoilée d'une reine de féerie. Les Pléiades montaient vers les hauteurs du ciel, en même temps que ces Gémeaux qui, malgré leur nom, ne se lèvent pas l'un après l'autre, comme les héros de la Fable. Le Taureau me regardait de son gros œil ardent. Au sommet de la voûte brillait Wéga, notre future étoile polaire, et non loin s'arrondissait cette rivière de diamants qui forme la Couronne boréale. Toutes ces constellations immobiles semblaient, cependant, se déplacer au roulis du navire, et pendant son oscillation, je voyais le grand mât décrire un arc de cercle, nettement dessiné, depuis β de la grande Ourse jusqu'à Altaïr de l'Aigle, tandis que la lune, déjà basse, trempait à l'horizon l'extrémité de son croissant.

XXIV

La nuit fut mauvaise. Le steam-ship, effroyablement battu par le travers, roula sans désemparer. Les meubles se déplacèrent avec fracas, et la faïencerie des toilettes recommença son vacarme. Le vent avait évidemment beaucoup fraîchi. Le *Great-Eastern* naviguait d'ailleurs dans ces parages féconds en sinistres, où la mer est toujours mauvaise.

A six heures du matin, je me traînai jusqu'à l'escalier du grand rouffle. Me cramponnant aux rampes, et profitant d'une oscillation sur deux, je parvins à gravir les marches, et j'arrivai sur le pont. De là, je me halai non sans peine jusqu'à la dunette de l'avant. L'endroit était désert, si toutefois on peut qualifier ainsi un endroit où se trouve le docteur Dean Pitferge. Ce digne homme, solidement appuyé, courbait le dos au vent, et sa jambe droite entourait un des montants du garde-fou. Il me fit signe de le rejoindre – signe de tête, cela va sans dire –, car il ne pouvait disposer de ses bras qui le maintenaient contre les violences de la tempête. Après quelques mouvements de reptation, me tordant comme un annélide, j'arrivai sur le rouffle, et là je m'arc-boutai à la façon du docteur.

« Allons ! me cria-t-il, cela continue ! Hein ! Ce *Great-Eastern* ! Juste au moment d'arriver, un cyclone, un vrai cyclone, spécialement commandé pour lui ! »

Le docteur ne prononçait que des phrases entrecoupées. Le vent lui mangeait la moitié de ses paroles. Mais je l'avais compris. Le mot cyclone porte sa définition avec lui.

On sait que ce sont ces tempêtes tournantes, nommées ouragans dans l'océan Indien et dans l'Atlantique, tornades sur la côte africaine, simouns dans le désert, typhons dans les mers de la Chine, tempêtes dont la puissance formidable met en péril les plus gros navires.

Or, le *Great-Eastern* était pris dans un cyclone. Comment ce géant allait-il lui tenir tête ?

« Il lui arrivera malheur, me répétait Dean Pitferge. Voyez, comme il met le nez dans la plume ! »

Cette métaphore maritime s'appropriait excellemment à la situation du steam-ship. Son étrave disparaissait sous les montagnes d'eau qui l'attaquaient par bâbord devant. Au loin, plus de vue possible. Tous les symptômes d'un ouragan ! Vers sept heures, la tempête se déclara. La mer devint monstrueuse. Ces petites ondulations intermédiaires, qui marquent le dénivellement des grandes lames, disparurent sous l'écrasement du vent. L'océan se gonflait en longues vagues dont la cime déferlait avec un échevellement indescriptible. Avec chaque minute, la hauteur des lames s'accroissait, et le *Great-Eastern,* les recevant par le travers, roulait épouvantablement.

« Il n'y a que deux partis à prendre, me dit le docteur avec l'aplomb d'un marin. Ou recevoir la lame debout, en capéyant sous petite vapeur, ou prendre la fuite et ne pas s'obstiner contre cette mer démontée ! Mais le capitaine Anderson ne fera ni l'une ni l'autre de ces deux manœuvres.

– Pourquoi ? demandai-je.

– Parce que !... répondit le docteur, parce qu'il faut qu'il arrive quelque chose ! »

En me retournant, j'aperçus le capitaine, le second et le premier ingénieur, encapuchonnés dans leurs suroîts, et cramponnés aux garde-fous des passerelles. L'embrun des lames les enveloppait de la tête aux pieds. Le capitaine souriait selon sa coutume. Le second riait et montrait ses dents blanches en voyant son navire rouler à faire croire que les mâts et les cheminées allaient venir en bas !

Cependant, cette obstination, cet entêtement du capitaine à lutter contre la mer, m'étonnaient. A sept heures et demie, l'aspect de l'Atlantique était effrayant. A l'avant, les lames couvraient le navire en grand. Je regardais ce sublime spectacle, ce combat du colosse contre les flots. Je comprenais, jusqu'à un certain point, cette opiniâtreté du « maître après Dieu » qui ne voulait pas céder. Mais j'oubliais que la puissance de la mer est infinie, et que rien ne peut lui résister de ce qui est fait de la main de l'homme ! Et, en effet, si puissant qu'il fût, le géant devait bientôt fuir devant la tempête.

Tout à coup, vers huit heures, un choc se produisit. C'était un formidable paquet de mer qui venait de frapper le navire par bâbord devant.

« Ça, me dit le docteur, ce n'est pas une gifle, c'est un coup de poing sur la figure. »

En effet, le « coup de poing » nous avait meurtris. Des morceaux d'épaves apparaissaient sur la crête des lames. Était-ce une partie de notre chair qui s'en allait ainsi, ou les débris d'un corps étranger ? Sur un signe du capitaine, le *Great-Eastern* évolua d'un quart pour éviter ces fragments qui menaçaient de s'engager dans ses aubes. En regardant avec plus d'attention, je vis que le coup de mer venait d'emporter les pavois de bâbord, qui, cependant, s'élevaient à cinquante pieds au-dessus de la surface des flots. Les jambettes étaient brisées, les ferrures arrachées ; quelques débris de virures tremblaient encore dans leur encastrement. Le *Great-Eastern* avait tressailli au choc, mais il continuait sa route avec une imperturbable audace. Il fallait enlever au plus tôt les débris qui encombraient l'avant, et, pour cela, fuir devant la mer devenait indispensable. Mais le steamship s'opiniâtra à tenir tête. Toute la fougue de son capitaine l'animait. Il ne voulait pas céder. Il ne céderait pas. Un officier et quelques hommes furent envoyés sur l'avant pour déblayer le pont.

« Attention, me dit le docteur, le malheur n'est pas loin ! »

Les marins s'avancèrent vers l'avant. Nous nous étions accotés au second mât. Nous regardions à travers les embruns qui, nous prenant d'écharpe, jetaient à chaque lame une averse sur le pont. Soudain, un autre coup de mer, plus violent que le premier, passa par la brèche ouverte dans les bastingages, arracha une énorme plaque de fonte qui recouvrait la bitte de l'avant, démolit le massif capot situé au-dessus du poste de l'équipage, et, battant de plein fouet les parois de tribord, il les déchira, il les emporta comme les morceaux d'une toile tendue au vent.

Les hommes avaient été renversés. L'un d'eux, un officier, à demi noyé, secoua ses favoris roux et se releva. Puis, voyant un des matelots étendu, sans connaissance, sur la patte d'une ancre, il se précipita vers lui, le chargea sur ses épaules et l'emporta. En ce moment, les gens de l'équipage s'échappaient à travers le capot brisé. Il y avait trois pieds d'eau dans l'entrepont. De nouveaux débris couvraient la mer, et entre autres quelques milliers de ces poupées que mon compatriote de la rue Chapon comptait acclimater en Amérique ! Tous ces petits corps, arrachés de leur caisse par le coup de mer, sautaient sur le dos des lames, et cette scène

Un des matelots étendu sans connaissance.

eût certainement prêté à rire en de moins graves conjonctures. Cependant l'inondation nous gagnait. Des masses liquides se précipitaient par les ouvertures, et l'envahissement de la mer fut tel, que, suivant le rapport de l'ingénieur, le *Great-Eastern* embarqua plus de deux mille tonnes d'eau, de quoi couler par le fond une frégate de premier rang.

« Bon ! » fit le docteur, dont le chapeau s'envola dans une rafale.

Se maintenir dans cette situation devenait impossible. Tenir plus longtemps, c'eût été l'œuvre d'un fou. Il fallait prendre l'allure de fuite. Le steam-ship présentant l'étrave à la mer avec son avant défoncé, c'était un homme qui s'entêterait à nager entre deux eaux, la bouche ouverte.

Le capitaine Anderson le comprit enfin. Je le vis courir lui-même à la petite roue de la passerelle, qui commandait les évolutions du gouvernail. Aussitôt la vapeur se précipita dans les cylindres de l'arrière ; la barre fut mise au vent, et le colosse, évoluant comme un canot, porta le cap au nord et s'enfuit devant la tempête.

A ce moment, le capitaine, ordinairement si calme, si maître de lui, s'écria avec colère :

« Mon navire est déshonoré ! »

XXV

A peine le *Great-Eastern* eut-il viré de bord, à peine eut-il présenté l'arrière à la lame, qu'il ne ressentit plus aucun roulis. C'était l'immobilité absolue succédant à l'agitation. Le déjeuner était servi. La plupart des passagers, rassurés par la tranquillité du navire, descendirent aux « dining-rooms » et purent prendre leur repas sans ressentir ni une secousse ni un choc. Pas une assiette ne glissa à terre, pas un verre ne répandit son contenu sur les nappes. Et cependant, les tables de roulis n'avaient même pas été dressées. Mais, trois quarts d'heure plus tard, les meubles recommençaient leur branle, les suspensions se balançaient dans l'air, les porcelaines s'entrechoquaient sur la planche des offices. Le *Great-Eastern* venait de reprendre vers l'ouest sa marche un instant interrompue.

Je remontai sur le pont avec le docteur Pitferge. Il rencontra l'homme aux poupées.

« Monsieur, lui dit-il, tout votre petit monde a été bien éprouvé. Voilà des bébés qui ne bavarderont pas dans les États de l'Union.

— Bah ! répondit l'industriel parisien, la pacotille était assurée, et mon secret ne s'est pas noyé avec elle. Nous en referons, de ces bébés-là. »

Mon compatriote n'était point homme à désespérer, on le voit. Il nous salua d'un air aimable, et nous allâmes vers l'arrière du steam-ship. Là, un timonier nous apprit que les chaînes du gouvernail avaient été engagées pendant l'intervalle qui avait séparé les deux coups de mer.

« Si cet accident s'était produit au moment de l'évolution, me dit Pitferge, je ne sais trop ce qui serait arrivé, car la mer se précipitait à torrent dans le navire. Déjà les pompes à vapeur ont commencé à épuiser l'eau. Mais tout n'est pas fini.

— Et ce malheureux matelot ? demandai-je au docteur.

— Il est grièvement blessé à la tête. Pauvre garçon ! C'est un jeune pêcheur, marié, père de deux enfants, qui fait son premier voyage d'outre-mer. Le médecin du bord en répond, et c'est ce qui me fait craindre pour lui. Enfin, nous verrons bien. Le bruit s'est aussi répandu que plusieurs hommes avaient été emportés, mais, fort heureusement, il n'en est rien.

— Enfin, dis-je, nous avons repris notre route ?

— Oui, répondit le docteur, la route à l'ouest, contre vent et marée. On le sent bien, ajouta-t-il en saisissant un taquet pour ne pas rouler sur le pont. Savez-vous, mon cher monsieur, ce que je ferais du *Great-Eastern* s'il m'appartenait ? Non ? Eh bien, j'en ferais un bateau de luxe à dix mille francs la place. Il n'y aurait que des millionnaires à bord, des gens qui ne seraient pas pressés. On mettrait un mois ou six semaines à faire la traversée de l'Angleterre à l'Amérique. Jamais de lame par le travers. Toujours vent debout ou vent arrière. Mais aussi, jamais de roulis ni de tangage. Mes passagers seraient assurés contre le mal de mer, et je leur payerais cent livres par nausée.

– Voilà une idée pratique, répondis-je.

– Oui ! répliqua Dean Pitferge, il y aurait là de l'argent à gagner... ou à perdre ! »

Cependant, le steam-ship continuait sa route à petite vitesse, battant cinq ou six tours de roues au plus, de manière à se maintenir. La houle était effrayante, mais l'étrave coupait normalement les lames, et le *Great-Eastern* n'embarquait aucun paquet de mer. Ce n'était plus une montagne de métal marchant contre une montagne d'eau, mais un rocher sédentaire, recevant avec indifférence le clapotis des vagues. D'ailleurs, une pluie torrentielle vint à tomber, ce qui nous obligea de chercher un refuge sous le capot du grand salon. Cette averse eut pour effet d'apaiser le vent et la mer. Le ciel s'éclaircit dans l'ouest et les derniers gros nuages se fondirent à l'horizon opposé. A dix heures, l'ouragan nous jetait son dernier souffle.

A midi, le point put être fait avec une certaine exactitude ; il donnait :

Lat. 41° 50' N.
Long. 61° 57' W.
Course : 193 milles.

Cette diminution considérable dans le chemin parcouru ne devait être attribuée qu'à la tempête qui, pendant la nuit et la matinée, avait incessamment battu le navire, tempête si terrible, qu'un des passagers – véritable habitant de cet Atlantique qu'il traversait pour la quarante-quatrième fois – n'en avait jamais vu de telle. L'ingénieur avoua même que, lors de cet ouragan pendant lequel le *Great-Eastern* resta trois jours dans le creux des lames, le navire n'avait pas été atteint avec violence. Mais, il faut le répéter, cet admirable steam-ship, s'il marche médiocrement, s'il roule trop, présente contre les fureurs de la mer une complète sécurité. Il résiste comme un bloc plein, et cette rigidité, il la doit à la parfaite homogénéité de sa construction, à sa double coque et au rivage merveilleux de son bordé. Sa résistance à l'arc est absolue.

Mais répétons-le aussi. Quelle que soit sa puissance, il ne faut pas l'opposer sans raison à une mer démontée. Si grand qu'il soit, si fort qu'on le suppose, un navire n'est pas « déshonoré » parce qu'il fuit devant la tempête. Un commandant ne doit jamais oublier que la vie d'un homme vaut plus qu'une satisfaction d'amour-propre. En tout cas, s'obstiner est dangereux, s'entêter est blâmable, et un exemple récent, une déplorable catastrophe, survenue à l'un des paquebots transocéaniens, prouve qu'un capitaine ne doit pas lutter outre mesure contre la mer, même quand il sent sur ses talons le navire d'une compagnie rivale.

XXVI

Les pompes, cependant, continuaient d'épuiser ce lac qui s'était formé à l'intérieur du *Great-Eastern,* comme un lagon au milieu d'une île. Puissantes et rapidement manœuvrées par la vapeur, elles restituèrent à l'Atlantique ce qui lui appartenait. La pluie avait cessé ; le vent fraîchissait de nouveau ; le ciel, balayé par la tempête, était pur. Lorsque la nuit se fit, je restai pendant quelques heures à me promener sur le pont. Les salons jetaient de grands épanouissements de lumière par leurs écoutilles entrouvertes. A l'arrière, jusqu'aux limites du regard, s'allongeait un remous phosphorescent, rayé çà et là par la crête lumineuse des lames. Les étoiles, réfléchies dans ces nappes lactescentes, apparaissaient et disparaissaient comme elles font au milieu de nuages chassés par une forte brise. Tout autour et tout au loin s'étendait la sombre nuit. A l'avant grondait le tonnerre des roues, et, au-dessous de moi, j'entendais le cliquetis des chaînes du gouvernail.

En revenant vers le capot du grand salon, je fus assez surpris d'y voir une foule compacte de spectateurs. Les applaudissements éclataient. Malgré les désastres de la journée, l'« entertainment » accoutumé déroulait les surprises de son programme. Du matelot si grièvement blessé, mourant peut-être, il n'était plus question. La fête paraissait animée. Les passagers accueillaient avec de grandes démonstrations les débuts d'une troupe de « minstrels » sur les planches du *Great-Eastern*. On sait ce que sont ces minstrels, des chanteurs ambulants, noirs ou noircis suivant leur origine, qui courent les villes anglaises en y donnant des concerts grotesques. Les chanteurs, cette fois, n'étaient autres que des matelots ou des stewards frottés de cigare. Ils avaient revêtu des loques de rebut, ornées de boutons en biscuit de mer ; ils portaient des lorgnettes faites de deux bouteilles accouplées, et des guimbardes composées de boyaux tendus sur une vessie. Ces gaillards, assez drôles en somme, chantaient des refrains burlesques et improvisaient des discours mêlés de coq-à-l'âne et de calembours. On les applaudissait à outrance, et ils redoublaient leurs contorsions et grimaces. Enfin, pour terminer, un danseur, agile comme un singe, exécuta une double gigue qui enleva l'assemblée.

Cependant, si intéressant que fût ce programme des minstrels, il n'avait pas rallié tous les passagers. D'autres hantaient en grand nombre la salle de l'avant et se pressaient autour des tables. Là, on jouait gros jeu. Les gagnants défendaient le gain acquis pendant la traversée ; les perdants, que le temps pressait, cherchaient à maîtriser le sort par des coups d'audace. Un tumulte violent sortait de cette salle. On entendait la voix du banquier criant les coups, les imprécations des perdants, le tintement de l'or, le froissement des dollars-papier. Puis il se faisait un profond silence ; quelque coup hardi suspendait le tumulte, et, le résultat connu, les exclamations redoublaient.

Je fréquentais peu ces habitués de la « smoking-room ». J'ai horreur du jeu. C'est un plaisir toujours grossier, souvent malsain. L'homme atteint de la maladie du jeu n'a pas que ce mal ; il n'est guère possible que d'autres ne lui

Des chanteurs ambulants.

fassent pas cortège. C'est un vice qui ne va jamais seul. Il faut dire aussi que la société des joueurs, toujours et partout mêlée, ne me plaît pas. Là dominait Harry Drake au milieu de ses fidèles. Là préludaient à cette vie de hasards quelques aventuriers qui allaient chercher fortune en Amérique. J'évitais le contact de ces gens bruyants. Ce soir-là, je passais donc devant la porte du rouffle sans y entrer, quand une violente explosion de cris et d'injures m'arrêta. J'écoutai, et, après un moment de silence, je crus, à mon profond étonnement, distinguer la voix de Fabian. Que faisait-il en ce lieu ? Allait-il y chercher son ennemi ? La catastrophe, jusqu'alors évitée, était-elle près d'éclater ?

Je poussai vivement la porte. En ce moment, le tumulte était au comble. Au milieu de la foule des joueurs, je vis Fabian. Il était debout et faisait face à Drake, debout comme lui. Je me précipitai vers Fabian. Sans doute Harry Drake venait de l'insulter grossièrement, car la main de Fabian se leva sur lui, et si elle ne l'atteignit pas au visage, c'est que Corsican, apparaissant soudain, l'arrêta d'un geste rapide.

Mais Fabian, s'adressant à son adversaire, lui dit de sa voix froidement railleuse :

« Tenez-vous ce soufflet pour reçu ?

— Oui, répondit Drake, et voici ma carte ! »

Ainsi, l'inévitable fatalité avait, malgré nous, mis ces deux mortels ennemis en présence. Il était trop tard pour les séparer. Les choses ne pouvaient plus que suivre leur cours. Le capitaine Corsican me regarda et je surpris dans ses yeux plus de tristesse encore que d'émotion.

Cependant Fabian avait relevé la carte que Drake venait de jeter sur la table. Il la tenait du bout des doigts comme un objet qu'on ne sait par où prendre. Corsican était pâle. Mon cœur battait. Cette carte, Fabian la regarda enfin. Il lut le nom qu'elle portait. Ce fut comme un rugissement qui s'échappa de sa poitrine.

« Harry Drake ! s'écria-t-il. Vous ! vous ! vous !

— Moi-même, capitaine Mac Elwin », répondit tranquillement le rival de Fabian.

Nous ne nous étions pas trompés. Si Fabian avait ignoré

« Tenez-vous ce soufflet pour reçu ? »

jusque-là le nom de Drake, celui-ci n'était que trop informé de la présence de Fabian sur le *Great-Eastern* !

XXVII

Le lendemain, dès l'aube, je courus à la recherche du capitaine Corsican. Je le rencontrai dans le grand salon. Il avait passé la nuit près de Fabian. Fabian était encore sous le coup de l'émotion terrible que lui avait causée le nom du mari d'Ellen. Une secrète intuition lui avait-elle donné à penser que Drake n'était pas seul à bord ? La présence d'Ellen lui était-elle révélée par la présence de cet homme ? Devinait-il enfin que cette pauvre folle, c'était la jeune fille qu'il chérissait depuis de longues années ? Corsican ne put me l'apprendre, car Fabian n'avait pas prononcé un seul mot pendant toute cette nuit.

Corsican ressentait pour Fabian une sorte de passion fraternelle. Cette nature intrépide l'avait dès l'enfance irrésistiblement séduit. Il était désespéré.

« Je suis intervenu trop tard, me dit-il. Avant que la main de Fabian se fût levée sur lui, j'aurais dû souffleter ce misérable.

— Violence inutile, répondis-je. Harry Drake ne vous aurait pas suivi sur le terrain où vous vouliez l'entraîner. C'est à Fabian qu'il en avait, et une catastrophe était devenue inévitable.

— Vous avez raison, me dit le capitaine. Ce coquin en est arrivé à ses fins. Il connaissait Fabian, tout son passé, tout son amour. Peut-être Ellen, privée de raison, a-t-elle livré ses secrètes pensées ? Ou plutôt Drake n'a-t-il pas appris de la loyale jeune femme, avant son mariage même, tout ce qu'il ignorait de sa vie de jeune fille ? Poussé par ses méchants instincts, se trouvant en contact avec Fabian, il a cherché cette affaire en s'y réservant le rôle de l'offensé. Ce gueux doit être un duelliste redoutable.

– Oui, répondis-je, il compte déjà trois ou quatre malheureuses rencontres de ce genre.

– Mon cher monsieur, répondit Corsican, ce n'est pas le duel en lui-même que je redoute pour Fabian. Le capitaine Mac Elwin est de ceux qu'aucun danger ne trouble. Mais ce sont les suites de cette rencontre qu'il faut craindre. Que Fabian tue cet homme, si vil qu'il soit, et c'est un infranchissable abîme entre Ellen et lui. Dieu sait pourtant si, dans l'état où elle est, la malheureuse femme aurait besoin d'un soutien comme Fabian !

– En vérité, dis-je, en dépit de tout ce qui peut en résulter, nous ne pouvons souhaiter qu'une chose et pour Ellen et pour Fabian, c'est que cet Harry Drake succombe. La justice est de notre côté.

– Certes, répondit le capitaine, mais il est permis de trembler pour les autres, et je suis navré de n'avoir pu, fût-ce au prix de ma vie, éviter cette rencontre à Fabian.

– Capitaine, répondis-je en prenant la main de cet ami dévoué, nous n'avons pas encore reçu la visite des témoins de Drake. Aussi, bien que toutes les circonstances vous donnent raison, je ne puis désespérer encore.

– Connaissez-vous un moyen d'empêcher cette affaire ?

– Aucun jusqu'ici. Toutefois, ce duel, s'il doit avoir lieu, ne peut, il me semble, avoir lieu qu'en Amérique, et, avant que nous soyons arrivés, le hasard, qui a créé cette situation, pourra peut-être la dénouer. »

Le capitaine Corsican secoua la tête en homme qui n'admet pas l'efficacité du hasard dans les choses humaines. En ce moment, Fabian monta l'escalier du capot qui aboutissait au pont. Je ne le vis qu'un instant. La pâleur de son front me frappa. La plaie saignante s'était ravivée en lui. Il faisait mal à voir. Nous le suivîmes. Il errait sans but, évoquant cette pauvre âme à demi échappée de sa mortelle enveloppe, et cherchant à nous éviter.

L'amitié peut quelquefois être importune. Aussi Corsican et moi, nous pensâmes que mieux valait respecter cette douleur en n'intervenant pas. Mais soudain Fabian se rapprocha, puis, venant à nous :

« C'était elle ! la folle ? dit-il. C'était Ellen, n'est-ce pas ? Pauvre Ellen ! »

Il doutait encore, et il s'en alla sans attendre une réponse que nous n'aurions pas eu le courage de lui faire.

XXVIII

A midi, je n'avais pas encore appris que Drake eût envoyé ses témoins à Fabian. Cependant, ces préliminaires auraient déjà dû être remplis, si Drake eût été décidé à demander sur-le-champ une réparation par les armes. Ce retard pouvait-il nous donner un espoir ? Je savais bien que les races saxonnes entendent autrement que nous la question du point d'honneur, et que le duel a presque entièrement disparu des mœurs anglaises. Ainsi que je l'ai dit, non seulement la loi est sévère pour les duellistes et on ne peut la tourner comme en France, mais l'opinion publique surtout se déclare contre eux. Toutefois, en cette circonstance, le cas était particulier. L'affaire avait été évidemment cherchée, voulue. L'offensé avait pour ainsi dire provoqué l'offenseur, et mes raisonnements aboutissaient toujours à cette conclusion, qu'une rencontre était inévitable entre Fabian et Harry Drake.

En ce moment, le pont fut envahi par la foule des promeneurs. C'étaient les fidèles endimanchés qui revenaient du temple. Officiers, matelots et passagers regagnaient leurs postes, leurs cabines.

A midi et demi, le point affiché donna pour observation les résultats suivants :

Lat. 40° 33' N.
Long. 66° 21' W.
Course : 214 milles.

Le *Great-Eastern* ne se trouvait plus qu'à 348 milles de la pointe de Sandy-Hook, langue sablonneuse qui forme l'entrée des passes de New York. Il ne pouvait tarder à flotter sur les eaux américaines.

Pendant le lunch, je ne vis pas Fabian à sa place accoutumée, mais Drake occupait la sienne. Quoique bruyant, ce misérable me parut inquiet. Demandait-il à l'excitation du vin l'oubli de ses remords ? Je ne sais, mais il se livrait à de fréquentes libations en compagnie de ses compagnons habituels. Plusieurs fois il me regarda « en dessous », n'osant et ne voulant me fixer, malgré son effronterie. Cherchait-il Fabian dans la foule des convives ? Je ne pourrais le dire. Un fait à noter, c'est qu'il abandonna brusquement la table avant la fin du repas. Je me levai aussitôt pour l'observer, mais il se dirigea vers sa cabine et s'y enferma.

Je montai sur le pont. La mer était admirable, le ciel pur. Pas un nuage à l'un, pas une écume à l'autre. Ces deux miroirs se renvoyaient mutuellement leurs nuances azurées. Le docteur Pitferge, que je rencontrai, me donna de mauvaises nouvelles du matelot blessé. L'état du malade empirait, et, malgré l'assurance du médecin, il était difficile qu'il en revînt.

A quatre heures, quelques minutes avant le dîner, un navire fut signalé par bâbord. Le second me dit que ce devait être le *City of Paris,* de 2 750 tonneaux, l'un des plus beaux steamers de la compagnie Inman ; mais il se trompait ; ce paquebot s'étant rapproché envoya son nom : *Saxonia*, de *Steam-National Company*. Pendant quelques instants, les deux bâtiments coururent à contre-bord à moins de trois encablures l'un de l'autre. Le pont du *Saxonia* était couvert de passagers qui nous saluèrent d'un triple hurrah.

A cinq heures, nouveau navire à l'horizon, mais trop éloigné pour que sa nationalité pût être reconnue. C'était sans doute le *City of Paris*. Grande attraction que ces rencontres de bâtiments, ces hôtes de l'Atlantique, qui se saluent au passage ! On comprend, en effet, qu'il n'y ait pas d'indifférence possible de navire à navire. Le commun danger de l'élément affronté est un lien, même entre inconnus.

A six heures, troisième navire, *Philadelphia,* de la ligne Inman, affecté au transport des émigrants de Liverpool à New York. Décidément, nous parcourions des mers fréquentées, et la terre ne pouvait être loin. J'aurais déjà voulu y toucher.

On attendait aussi *L'Europe,* paquebot à roues de 3 200 tonneaux de jauge et de 1 300 chevaux de force. Ce steamer appartient à la Compagnie transatlantique et fait le service des passagers entre Le Havre et New York, mais il ne fut pas signalé. Il avait sans doute passé plus au nord.

La nuit se fit vers sept heures et demie. Le croissant de la lune se dégagea des rayons du soleil couchant et resta quelque temps suspendu au-dessus de l'horizon. Une lecture religieuse, faite par le capitaine Anderson dans le grand salon et entrecoupée de cantiques, se prolongea jusqu'à neuf heures du soir.

La journée se termina sans que ni le capitaine Corsican ni moi, nous eussions encore reçu la visite des témoins d'Harry Drake.

XXIX

Le lendemain, lundi 8 avril, ce fut une admirable journée. Le soleil était radieux dès son lever. Sur le pont je rencontrai le docteur qui se baignait dans les effluves lumineuses. Il vint à moi.

« Eh bien, me dit-il, il est mort, notre pauvre blessé, mort dans la nuit. Les médecins en répondaient !... Oh ! les médecins ! Ils ne doutent de rien ! Voilà le quatrième compagnon qui nous quitte depuis Liverpool, le quatrième à porter au passif du *Great-Eastern,* et le voyage n'est pas achevé !

— Pauvre diable ! dis-je, au moment d'arriver au port, presque en vue des côtes américaines. Que deviendront sa femme et ses petits enfants ?

— Que voulez-vous, mon cher monsieur, me répondit le docteur, c'est la loi, la grande loi ! Il faut bien mourir ! Il faut bien se retirer devant ceux qui viennent ! On ne meurt, c'est mon opinion du moins, que parce qu'on occupe une place à laquelle un autre a droit ! Et savez-vous combien de gens seront morts pendant la durée de mon existence, si je vis soixante ans ?

— Je ne m'en doute pas, docteur.

— Le calcul est bien simple, reprit Dean Pitferge. Si je vis jusqu'à soixante ans, j'aurai vécu vingt et un mille neuf cents jours, soit cinq cent vingt-cinq mille six cents heures, soit trente et un million cinq cent trente-six mille minutes, enfin soit un milliard huit cent quatre-vingt-deux millions cent soixante mille secondes. En chiffres ronds, deux milliards de secondes. Or, pendant ce temps, il sera précisément mort deux milliards d'individus qui gênaient leurs successeurs, et je partirai, à mon tour, quand je serai devenu gênant. Toute la question est de ne gêner que le plus tard possible. »

Le docteur continua pendant quelque temps cette thèse, tendant à me prouver, chose facile, que nous sommes tous mortels. Je ne crus pas devoir discuter et le laissai dire. En nous promenant, lui parlant, moi écoutant, je vis les charpentiers du bord qui s'occupaient à réparer les pavois défoncés à l'avance par le double coup de mer. Si le capitaine Anderson ne voulait pas entrer à New York avec des avaries, les charpentiers devaient se hâter, car le *Great-Eastern* marchait rapidement sur ces eaux calmes, et jamais, je crois, sa vitesse n'avait été si considérable. Je le compris à l'enjouement des deux fiancés, qui, penchés sur la balustrade, ne comptaient plus les tours de roue. Les longs pistons se développaient avec entrain, et les énormes cylindres, oscillant sur leurs tourillons, ressemblaient à une sonnerie de grosses cloches lancées à toute volée. Les roues fournissaient alors onze tours par minute, et le steam-ship marchait à raison de treize milles à l'heure.

A midi, les officiers se dispensèrent de faire le point. Ils connaissaient leur situation par l'estime, et la terre devait être signalée avant peu.

Tandis que je me promenais après le lunch, le capitaine Corsican vint à moi. Il avait quelque nouvelle à me communiquer. Je le compris en voyant sa physionomie soucieuse.

« Fabian, me dit-il, a reçu les témoins de Drake. Il me prie d'être son témoin, et vous demande de vouloir bien l'assister dans cette affaire. Il peut compter sur vous ?

– Oui, capitaine. Ainsi tout espoir d'éloigner ou d'empêcher cette rencontre s'évanouit ?

– Tout espoir.

– Mais dites-moi, comme cette querelle a-t-elle pris naissance ?

– Une discussion de jeu, un prétexte, pas autre chose. En fait, si Fabian ne connaissait pas ce Drake, ce Drake le connaissait. Le nom de Fabian est un remords pour lui, et il veut tuer ce nom avec l'homme qui le porte.

– Quels sont les témoins d'Harry Drake ? demandai-je.

– L'un, me répondit Corsican, est ce farceur…

– Le docteur T… ?

– Précisément. L'autre est un Yankee que je ne connais pas.

– Quand doivent-ils venir vous trouver ?

– Je les attends ici. »

En effet, j'aperçus bientôt les deux témoins d'Harry Drake qui se dirigeaient vers nous. Le docteur T… se rengorgeait. Il se croyait grandi de vingt coudées, sans doute parce qu'il représentait un coquin. Son compagnon, un autre commensal de Drake, était l'un de ces marchands éclectiques qui ont toujours à vendre quoi que ce soit que vous leur proposiez d'acheter.

Le docteur T… prit la parole, après avoir salué emphatiquement, salut auquel le capitaine Corsican répondit à peine.

« Messieurs, dit le docteur T… d'un ton solennel, notre ami Drake, un gentleman dont tout le monde a pu apprécier le mérite et les manières, nous a envoyés vers vous pour traiter d'une affaire délicate. C'est-à-dire que le capitaine Fabian Mac Elwin, auquel nous nous étions d'abord adressés, vous a désignés tous les deux comme ses représentants dans cette affaire. Je pense donc que nous nous entendrons, comme il convient à des gens bien élevés, touchant les points délicats de notre mission. »

Nous ne répondions pas et nous laissions le personnage patauger dans sa « délicatesse ».

« Messieurs, reprit-il, il n'est pas discutable que les torts ne soient du côté du capitaine Mac Elwin. Ce monsieur a, sans raison et même sans prétexte, suspecté l'honorabilité d'Harry Drake dans une question de jeu ; puis, avant toute provocation, il lui a fait la plus grave insulte qu'un gentleman puisse recevoir... »

Toute cette phraséologie mielleuse impatienta le capitaine Corsican, qui se mordait la moustache. Il ne put y tenir longtemps.

« Au fait, monsieur, dit-il rudement au docteur T..., dont il coupa la parole. Pas tant de mots. L'affaire est très simple. Le capitaine Mac Elwin a levé la main sur M. Drake. Votre ami tient le soufflet pour reçu. Il est l'offensé. Il exige une réparation. Il a le choix des armes. Après ?

— Le capitaine Mac Elwin accepte ?... demanda le docteur, démonté par le ton de Corsican.

— Tout.

— Notre ami Harry Drake choisit l'épée.

— Bien. Où la rencontre aura-t-elle lieu ? A New York ?

— Non, ici, à bord.

— A bord, soit, si vous y tenez. Quand ? Demain matin ?

— Ce soir, à six heures, à l'arrière du grand rouffle qui, à ce moment, sera désert.

— C'est bien. »

Cela dit, le capitaine Corsican, me prenant le bras, tourna le dos au docteur T...

XXX

Éloigner le dénouement de cette affaire n'était plus possible. Quelques heures seulement nous séparaient du moment où les deux adversaires se rencontreraient. D'où venait cette précipitation ? Pourquoi Harry Drake n'attendait-il pas pour se battre que son adversaire et lui fussent débarqués ? Ce navire, affrété par une compagnie française, lui semblait-il un terrain plus propice à cette rencontre qui devait être un duel à mort ? Ou plutôt Drake avait-il donc un intérêt caché à se débarrasser de Fabian, avant que celui-ci mît le pied sur le continent américain et soupçonnât la présence d'Ellen à bord, que lui, Drake, devait croire ignorée de tous ? Oui ! ce devait être cela.

« Peu importe, après tout, dit le capitaine Corsican, il vaut mieux en finir.

– Prierai-je le docteur Pitferge d'assister au duel en qualité de médecin ?

– Oui, vous ferez bien. »

Corsican me quitta pour rejoindre Fabian. La cloche de la passerelle tintait en ce moment. Je demandai au timonier ce que signifiait ce tintement inaccoutumé. Cet homme m'apprit qu'on sonnait l'enterrement du matelot mort dans la nuit. En effet, cette triste cérémonie allait s'accomplir. Le temps, si beau jusqu'alors, tendait à se modifier. De gros nuages montaient lourdement dans le sud.

A l'appel de la cloche, les passagers se portèrent en foule sur tribord. Les passerelles, les tambours, les bastingages, les haubans, les embarcations suspendues à leurs portemanteaux, se garnirent de spectateurs. Officiers, matelots, chauffeurs, qui n'étaient pas de service, vinrent se ranger sur le pont.

A deux heures, un groupe de marins apparut à l'extrémité du grand rouffle. Ce groupe quittait le poste des malades, et il passa devant la machine du gouvernail. Le corps du matelot, cousu dans un morceau de toile et fixé sur une planche avec un boulet aux pieds, était porté par quatre hommes. Le pavillon britannique enveloppait ce cadavre. Les porteurs, suivis de tous les camarades du mort, s'avan-

La prière des morts.

cèrent lentement au milieu des assistants qui se découvraient sur leur passage.

Arrivés à l'arrière de la roue de tribord, le cortège s'arrêta, et le corps fut déposé sur le palier qui terminait l'escalier à la hauteur du pont, devant la coupée du navire.

En avant de la haie de spectateurs étagés sur le tambour, se tenaient en grand costume le capitaine Anderson et ses principaux officiers. Le capitaine avait à la main un livre de prières. Il ôta son chapeau, et pendant quelques minutes, au milieu de ce profond silence que n'interrompait pas même la brise, il lut d'une voix grave la prière des morts. Dans cette atmosphère alourdie, orageuse, sans un bruit, sans un souffle, ses moindres paroles se faisaient entendre distinctement. Quelques passagers répondaient à voix basse.

Sur un signe du capitaine, le corps, enlevé par les porteurs, glissa jusqu'à la mer. Un instant, il surnagea, se redressa, puis il disparut au milieu d'un cercle d'écume.

En ce moment, la voix du matelot de vigie cria :

« Terre ! »

XXXI

Cette terre, annoncée à l'instant où la mer se refermait sur le corps du pauvre matelot, était jaune et basse. Cette ligne de dunes peu élevées, c'était Long-Island, l'île longue, grand banc de sable revivifié par la végétation, qui couvre la côte américaine depuis la pointe Montauk jusqu'à Brooklyn, l'annexe de New York. De nombreuses goélettes de cabotage rangeaient cette île couverte de villas et de maisons de plaisance. C'est la campagne préférée des New-Yorkais.

Chaque passager salua de la main cette terre si désirée, après une traversée trop longue qui n'avait pas été exempte d'incidents pénibles. Toutes les lorgnettes étaient braquées sur ce premier échantillon du continent américain, et chacun de le voir avec des yeux différents, à travers ses regrets ou ses désirs. Les Yankees saluaient en lui la mère-patrie. Les Sudistes regardaient avec un certain dédain ces terres du Nord, le dédain du vaincu pour le vainqueur. Les Canadiens l'observaient en hommes qui n'ont qu'un pas à faire pour se dire citoyens de l'Union. Les Californiens, dépassant toutes ces plaines du Far-West et franchissant les montagnes Rocheuses, mettaient déjà le pied sur leurs inépuisables placers. Les Mormons, le front hautain, la lèvre méprisante, examinaient à peine ces rivages, et regardaient plus loin, dans son désert inaccessible, le lac Salé et leur Cité des Saints. Quant aux jeunes fiancés, ce continent, c'était pour eux la Terre promise.

Le ciel, cependant, se noircissait de plus en plus. Tout l'horizon du sud était plein. La grosse bande de nuages s'approchait du zénith. La pesanteur de l'air s'accroissait. Une chaleur suffocante pénétrait l'atmosphère comme si le soleil de juillet l'eût frappée d'aplomb. Est-ce que nous n'en avions pas fini avec les incidents de cette interminable traversée ?

« Voulez-vous que je vous étonne ? me dit le docteur Pitferge, qui m'avait rejoint sur les passavants.

— Étonnez-moi, docteur.

— Eh bien, nous aurons de l'orage, peut-être une tempête avant la fin de la journée.

— De l'orage au mois d'avril ! m'écriai-je.

— Le *Great-Eastern* se moque bien des saisons, reprit Dean Pitferge, haussant les épaules. C'est un orage fait pour lui. Voyez ces nuages de mauvaise mine qui envahissent le ciel. Ils ressemblent aux animaux des temps géologiques, et avant peu ils s'entre-dévoreront.

— J'avoue, dis-je, que l'horizon est menaçant. Son aspect est orageux, et, trois mois plus tard, je serais de votre avis, mon cher docteur, mais aujourd'hui, non.

— Je vous répète, répondit Dean Pitferge en s'animant, que l'orage aura éclaté avant quelques heures. Je sens cela, comme un « storm-glass ». Voyez ces vapeurs qui se massent dans les hauteurs du ciel. Observez ces cyrrhus, ces « queues de chat » qui se fondent en une seule nuée, et ces anneaux épais qui serrent l'horizon. Bientôt il y aura condensation rapide des vapeurs, et par conséquent production d'électricité. D'ailleurs, le baromètre est tombé subitement à sept cent vingt et un millimètres, et les vents régnants sont les vents du sud-ouest, les seuls qui provoquent des orages pendant l'hiver.

— Vos observations peuvent être justes, docteur, répondis-je, en homme qui ne veut pas se rendre. Mais pourtant, qui a jamais eu à subir des orages à cette époque et sous cette latitude ?

— On en cite, monsieur, on en cite dans les annuaires. Les hivers doux sont souvent marqués par des orages. Vous n'aviez qu'à vivre en 1172 ou seulement en 1824, et vous auriez entendu le tonnerre retentir en février dans le premier cas, et en décembre dans le second. En 1837, au mois de janvier, la foudre tomba près de Drammen, en Norvège, et fit des dégâts considérables, et, l'année dernière, sur la Manche, au mois de février, des bateaux de pêche du Tréport ont été frappés de la foudre. Si j'avais le temps de consulter les statistiques, je vous confondrais.

— Enfin, docteur, puisque vous le voulez... Nous verrons bien. Vous n'avez pas peur du tonnerre, au moins ?

— Moi ! répondit le docteur. Le tonnerre, c'est mon ami. Mieux même, c'est mon médecin.

— Votre médecin ?

— Sans doute. Tel que vous me voyez, j'ai été foudroyé dans mon lit, le 13 juillet 1867, à Kiew, près de Londres, et la foudre m'a guéri d'une paralysie du bras droit, qui résistait à tous les efforts de la médecine !

— Vous voulez rire ?

— Point. C'est un traitement économique, un traitement par l'électricité. Mon cher monsieur, il y a d'autres faits très authentiques qui prouvent que le tonnerre en remontre aux docteurs les plus habiles, et son intervention est vraiment merveilleuse dans les cas désespérés.

— N'importe, dis-je, j'aurais peu de confiance en votre médecin, et je ne l'appellerais pas volontiers en consultation !

— Parce que vous ne l'avez pas vu à l'œuvre. Tenez, un exemple me revient à la mémoire. En 1817, dans le

Regardant monter l'orage.

Connecticut, un paysan qui souffrait d'un asthme réputé incurable fut foudroyé dans son champ et radicalement guéri. Un coup de foudre pectorale, celui-là ! »

En vérité, le docteur eût été capable de mettre le tonnerre en pilules.

« Riez, ignorant, me dit-il, riez ! Vous ne connaissez décidément rien, soit au temps, soit à la médecine ! »

XXXII

Dean Pitferge me quitta. Je restai sur le pont, regardant monter l'orage. Fabian était encore renfermé dans sa cabine, Corsican avec lui. Fabian, sans doute, prenait quelques dispositions en cas de malheur. L'idée me revint alors qu'il avait une sœur à New York, et je frémis à la pensée que nous aurions peut-être à lui rapporter mort le frère qu'elle attendait. J'aurais voulu voir Fabian, mais je pensai qu'il valait mieux ne troubler ni lui ni le capitaine Corsican.

A quatre heures, nous eûmes connaissance d'une terre allongée devant la côte de Long-Island. C'était l'îlot de Fire-Island. Au milieu s'élevait un phare qui éclairait cette terre. En ce moment, les passagers avaient envahi les rouffles et les passerelles. Tous les regards se dirigeaient vers la côte qui nous restait environ à six milles dans le nord. On attendait le moment où l'arrivée du pilote réglerait la grande affaire de la poule. On comprend que les possesseurs de quarts d'heure de nuit – j'étais du nombre – avaient abandonné toute prétention, et que les quarts d'heure de jour, sauf ceux qui étaient compris entre quatre et six heures, n'avaient plus aucune chance. Avant la nuit, le pilote serait à bord et l'opération terminée. Tout l'intérêt se concentrait donc sur les sept ou huit personnes auxquelles le sort avait attribué les prochains quarts d'heure, et elles en profitaient pour vendre, acheter, revendre leurs chances avec une véritable furie. On se serait cru au Royal-Exchange de Londres.

A quatre heures seize minutes, on signala par tribord une petite goélette qui portait vers le steam-ship. Pas de doute possible : c'était le pilote. Il devait être à bord dans quatorze ou quinze minutes au plus. La lutte s'établissait donc sur le second et le troisième quarts comptés entre quatre et cinq heures du soir. Aussitôt les demandes et les offres se firent avec une vivacité nouvelle. Puis, des paris insensés de s'engager sur la personne même du pilote, et dont je rapporte fidèlement la teneur :

« Dix dollars, que le pilote est marié.

— Vingt dollars, qu'il est veuf.

— Trente dollars, qu'il porte des moustaches.

— Cinquante dollars, que ses favoris sont roux.

— Soixante dollars, qu'il a une verrue au nez !

— Cent dollars, qu'il mettra d'abord le pied droit sur le pont.

— Il fumera.

— Il aura une pipe à la bouche.

— Non ! un cigare !

— Non ! Oui ! Non ! »

Et vingt autres gageures aussi absurdes qui trouvaient des parieurs plus absurdes pour les tenir.

Pendant ce temps, la petite goélette, ses voiles au plus près, tribord amures, s'approchait sensiblement du steamship. On distinguait ses formes gracieuses, assez relevées de l'avant, et sa voûte allongée qui lui donnait l'aspect d'un yacht de plaisance. Charmantes et solides embarcations que ces bateaux-pilotes de cinquante à soixante tonneaux bien construits pour tenir la mer, ayant du pied dans l'eau et s'élevant à la lame comme une mauve. On ferait le tour du monde sur ces yachts-là, et les caravelles de Magellan ne les valaient pas. Cette goélette, gracieusement inclinée, portait tout dessus, malgré la brise qui commençait à fraîchir. Ses flèches et ses voiles d'étai se découpaient en blanc sur le fond noir du ciel. La mer écumait sous son étrave. Arrivée à deux encablures du *Great-Eastern,* elle masqua subitement et lança son canot à la mer. Le capitaine Anderson fit stopper, et, pour la première fois depuis quatorze jours, les roues et l'hélice s'arrêtèrent. Un homme descendit dans le canot de la goélette. Quatre matelots nagèrent vers le steam-ship. Une échelle de corde fut jetée sur les flancs du colosse près duquel accosta la coquille de noix du pilote. Celui-ci saisit l'échelle, grimpa agilement et sauta sur le pont.

Les cris de joie des gagnants, les exclamations des perdants l'accueillirent, et la poule fut réglée sur les données suivantes :

Le pilote était marié.

Il n'avait pas de verrue.

Il portait des moustaches blondes.

Il avait sauté à pieds joints.

Enfin, il était quatre heures trente-six minutes au moment où il mettait le pied sur le pont du *Great-Eastern*.

Le possesseur du vingt-troisième quart d'heure gagnait donc quatre-vingt-seize dollars. C'était le capitaine Corsican, qui ne songeait guère à ce gain inattendu. Bientôt il parut sur le pont, et quand on lui présenta l'enjeu de la poule, il pria le capitaine Anderson de le garder pour la veuve du jeune matelot si malheureusement tué par le coup de mer. Le commandant lui donna une poignée de main sans mot dire. Un instant après, un marin vint trouver Corsican, et le saluant avec une certaine brusquerie :

« Monsieur, lui dit-il, les camarades m'envoient vous dire que vous êtes un brave homme. Ils vous remercient tous au nom du pauvre Wilson, qui ne peut vous remercier lui-même. »

Le capitaine Corsican, ému, serra la main du matelot.

Quant au pilote, un homme de petite taille, l'air peu marin, il portait une casquette de toile cirée, un pantalon noir, une redingote brune à doublure rouge et un parapluie. C'était maintenant le maître à bord.

En sautant sur le pont, avant de monter sur la passerelle, il avait jeté une liasse de journaux sur lesquels les passagers se précipitèrent avidement. C'étaient les nouvelles de l'Europe et de l'Amérique. C'était le lien politique et civil qui se renouait entre le *Great-Eastern* et les deux continents.

XXXIII

L'orage était formé. La lutte des éléments allait commencer. Une épaisse voûte de nuages de teinte uniforme s'arrondissait au-dessus de nous. L'atmosphère assombrie offrait un aspect cotonneux. La nature voulait évidemment justifier les pressentiments du docteur Pitferge. Le steam-ship ralentissait peu à peu sa marche. Les roues ne donnaient plus que trois ou quatre tours à la minute. Par les soupapes entrouvertes s'échappaient des tourbillons de vapeur blanche. Les chaînes des ancres étaient parées. A la corne d'artimon flottait le pavillon britannique. Le capitaine Anderson avait pris toutes ses dispositions pour le mouillage. Du haut du tambour de tribord, le pilote, d'un signe de la main, faisait évoluer le steam-ship dans les étroites passes. Mais le reflux renvoyait déjà, et la barre qui coupe l'embouchure de l'Hudson ne pouvait plus être franchie par le *Great-Eastern*. Force était d'attendre la pleine mer du lendemain. Un jour encore !

A cinq heures moins un quart, sur un ordre du pilote, les ancres furent envoyées par le fond. Les chaînes coururent à travers les écubiers avec un fracas comparable à celui du tonnerre. Je crus même, un instant, que l'orage commençait. Lorsque les pattes eurent mordu le sable, le steam-ship évita sous la poussée du jusant et demeura immobile. Pas une seule ondulation ne dénivelait la mer. Le *Great-Eastern* n'était plus qu'un îlot.

En ce moment, la trompette du steward retentit pour la dernière fois. Elle appelait les passagers au dîner d'adieu. La *Société des Affréteurs* allait prodiguer le champagne à ses hôtes. Pas un n'eût voulu manquer à l'appel. Un quart d'heure après, les salons regorgeaient de convives, et le pont était désert.

Sept personnes, toutefois, devaient laisser leur place inoccupée, les deux adversaires dont la vie allait se jouer dans un duel, et les quatre témoins et le docteur qui les assistaient. L'heure de cette rencontre était bien choisie. Le lieu du combat également. Personne sur le pont. Les passagers étaient descendus aux « dining-rooms », les matelots dans leur poste, les officiers à leur cantine particulière. Plus un seul timonier à l'arrière, le steam-ship étant immobile sur ses ancres.

À cinq heures dix minutes, le docteur et moi, nous fûmes rejoints par Fabian et le capitaine Corsican. Je n'avais pas vu Fabian depuis la scène du jeu. Il me parut triste, mais extrêmement calme. Cette rencontre ne le préoccupait pas. Ses pensées étaient ailleurs, et ses regards inquiets cherchaient toujours Ellen. Il se contenta de me tendre la main sans prononcer une parole.

« Harry Drake n'est pas encore arrivé ? me demanda le capitaine Corsican.

– Pas encore, répondis-je.

– Allons à l'arrière. C'est là le lieu du rendez-vous. »

Fabian, le capitaine Corsican et moi, nous suivîmes le grand rouffle. Le ciel s'obscurcissait. De sourds grondements roulaient à l'horizon. C'était comme une basse continue sur laquelle se détachaient vivement les hurrahs et les « hips » qui s'échappaient des salons. Quelques éclairs éloignés scarifiaient l'épaisse voûte de nuages. L'électricité, violemment tendue, saturait l'atmosphère.

À cinq heures vingt minutes, Harry Drake et ses deux témoins arrivèrent. Ces messieurs nous saluèrent, et leur salut leur fut strictement rendu. Drake ne prononça pas un seul mot. Sa figure marquait cependant une animation mal contenue. Il jeta sur Fabian un regard de haine. Fabian, appuyé contre le caillebotis, ne le vit même pas. Il était perdu dans une contemplation profonde, et il semblait ne pas songer encore au rôle qu'il avait à jouer dans ce drame.

Cependant, le capitaine Corsican s'adressant au Yankee, l'un des témoins de Drake, lui demanda les épées. Celui-ci les présenta. C'étaient des épées de combat, dont la coquille pleine protège entièrement la main qui les tient. Corsican les prit, les fit plier, les mesura et en laissa choisir une au Yankee. Harry Drake, pendant ces préparatifs, avait jeté son chapeau, ôté son habit, dégrafé sa chemise, retourné ses manchettes. Puis il saisit l'épée. Je vis alors qu'il était gaucher. Avantage incontestable pour lui, habitué à tirer avec des droitiers.

Fabian n'avait pas encore quitté sa place. On eût cru que ces préparatifs ne le regardaient pas. Le capitaine Corsican s'avança, le toucha de la main, et lui présenta l'épée. Fabian regarda ce fer qui étincelait, et il sembla que toute sa mémoire lui revenait en ce moment.

Il prit l'épée d'une main ferme :

« C'est juste, murmura-t-il. Je me souviens ! »

Puis il se plaça devant Harry Drake, qui tomba aussitôt en garde. Dans cet espace restreint, rompre était presque impossible. Celui des deux adversaires qui se fût acculé aux pavois eût été fort mal pris. Il fallait pour ainsi dire se battre sur place.

« Allez, messieurs », dit le capitaine Corsican.

Les épées s'engagèrent aussitôt. Dès les premiers froissements du fer, quelques rapides *une-deux,* portés de part et d'autre, certains dégagements et des ripostes du *tac-au-tac* me prouvèrent que Fabian et Drake devaient être à peu près d'égale force. J'augurai bien de Fabian ; il était froid, maître de lui, sans colère, presque indifférent au combat, moins ému certainement que ses propres témoins. Harry Drake, au contraire, le regardait d'un œil injecté ; ses dents apparaissaient sous sa lèvre à demi relevée ; sa tête était ramassée dans ses épaules, et sa physionomie offrait les symptômes d'une haine violente, qui ne lui laissait pas tout son sang-froid. Il était venu là pour tuer, et il voulait tuer.

Après un premier engagement qui dura quelques minutes, les épées s'abaissèrent. Aucun des adversaires n'avait été touché. Une simple éraflure se dessinait sur la manche de Fabian. Drake et lui se reposaient, et Drake essuyait la sueur qui inondait son visage.

L'orage se déchaînait alors dans toute sa fureur. Les roulements du tonnerre ne discontinuaient pas, et de violents fracas s'en détachaient par instants. L'électricité se développait avec une intensité telle, que les épées s'empanachaient d'une aigrette lumineuse, comme des paratonnerres au milieu de nuages orageux.

Après quelques moments de repos, le capitaine Corsican

donna de nouveau le signal de reprise. Fabian et Harry Drake retombèrent en garde.

Cette reprise fut beaucoup plus animée que la première. Fabian se défendant avec un calme étonnant, Drake attaquant avec rage. Plusieurs fois, après un coup furieux, j'attendis une riposte de Fabian qui ne fut même pas essayée.

Tout d'un coup, sur un dégagement en tierce, Drake se fendit. Je crus que Fabian était touché en pleine poitrine. Mais il avait rompu, et sur ce coup porté trop bas, parant quinte, il avait frappé l'épée d'Harry d'un coup sec. Celui-ci se releva en se couvrant par un rapide demi-cercle, tandis que les éclairs déchiraient la nue au-dessus de nos têtes.

Fabian l'avait belle pour riposter. Mais non. Il attendit, laissant à son adversaire le temps de se remettre. Je l'avoue, cette magnanimité ne fut pas de mon goût. Harry Drake n'était pas de ceux qu'il est bon de ménager.

Tout d'un coup, et sans que rien ne pût m'expliquer cet étrange abandon de lui-même, Fabian laissa tomber son épée. Avait-il donc été touché mortellement sans que nous l'eussions soupçonné ? Tout mon sang me reflua au cœur.

Cependant, le regard de Fabian avait pris une animation singulière.

« Défendez-vous donc », s'écria Drake rugissant, ramassé sur ses jarrets comme un tigre, et prêt à se précipiter sur son adversaire.

Je crus que c'en était fait de Fabian désarmé. Corsican allait se jeter entre lui et son ennemi pour empêcher celui-ci de frapper un homme sans défense... Mais Harry Drake, stupéfié, restait à son tour immobile.

Je me retournai. Pâle comme une morte, les mains étendues, Ellen s'avançait vers les combattants. Fabian, les bras ouverts, fasciné par cette apparition, ne bougeait pas.

« Vous ! vous ! s'écria Harry Drake s'adressant à Ellen. Vous ici ! »

Son épée haute frémissait, avec sa pointe en feu. On eût dit le glaive de l'archange Michel dans les mains du démon.

Tout à coup, un éblouissant éclair, une illumination violente enveloppa l'arrière du steam-ship tout entier. Je fus presque renversé et comme suffoqué. L'éclair et le tonnerre n'avaient fait qu'un coup. Une odeur de soufre se dégageait. Par un effort suprême, je repris néanmoins mes sens. J'étais tombé sur un genou. Je me relevai. Je regardai. Ellen s'appuyait sur Fabian. Harry Drake, pétrifié, était resté dans la même position, mais son visage était noir !

Le malheureux, provoquant l'éclair de sa pointe, avait-il donc été foudroyé ?

Ellen quitta Fabian, s'approcha d'Harry Drake, le regard plein d'une céleste compassion. Elle lui posa la main sur l'épaule... Ce léger contact suffit pour rompre l'équilibre. Le corps de Drake tomba comme une masse inerte.

Ellen se courba sur ce cadavre, pendant que nous reculions épouvantés. Le misérable Harry était mort.

« Foudroyé ! dit le docteur, me saisissant le bras, foudroyé ! ah ! vous ne vouliez pas croire à l'intervention de la foudre ? »

Harry Drake avait-il été en effet foudroyé, comme l'affirmait Dean Pitferge, ou plutôt, ainsi que le soutint plus tard le médecin du bord, un vaisseau s'était-il rompu dans la poitrine du malheureux ? Je n'en sais rien. Toujours est-il que nous n'avions plus sous les yeux qu'un cadavre.

XXXIV

Le lendemain, mardi 9 avril, à onze heures du matin, le *Great-Eastern* levait l'encre et appareillait pour entrer dans l'Hudson. Le pilote manœuvrait avec une incomparable sûreté de coup d'œil. L'orage s'était dissipé pendant la nuit. Les derniers nuages disparaissaient au-dessous de l'horizon. La mer s'animait sous l'évolution d'une flottille de goélettes qui ralliaient la côte.

Vers onze heures et demie, la Santé arriva. C'était un petit bateau à vapeur portant la commission sanitaire de New

York. Muni d'un balancier qui s'élevait et s'abaissait au-dessus du pont, il marchait avec une extrême rapidité, et me donnait un aperçu de ces petits tenders américains, tous construits sur le même modèle, dont une vingtaine nous fit bientôt cortège.

Bientôt nous eûmes dépassé le Light-Boat, feu flottant qui marque les passes de l'Hudson. La pointe de Sandy-Hook, langue sablonneuse terminée par un phare, fut rangée de près, et là, quelques groupes de spectateurs nous lancèrent une bordée de hurrahs.

Lorsque le *Great-Eastern* eut contourné la baie intérieure formée par la pointe de Sandy-Hook, au milieu d'une flottille de pêcheurs, j'aperçus les verdoyantes hauteurs du New-Jersey, les énormes forts de la baie, puis la ligne basse de la grande ville allongée entre l'Hudson et la rivière de l'Est, comme Lyon entre le Rhône et la Saône.

A une heure, après avoir longé les quais de New York, le *Great-Eastern* mouillait dans l'Hudson, et les ancres se crochaient dans les câbles télégraphiques du fleuve, qu'il fallut briser au départ.

Alors commença le débarquement de tous ces compagnons de voyage, ces compatriotes d'une traversée, que je ne devais plus revoir, les Californiens, les Sudistes, les Mormons, le jeune couple... J'attendais Fabian, j'attendais Corsican.

J'avais dû raconter au capitaine Anderson les incidents du duel qui s'était passé à son bord. Les médecins firent leur rapport. La justice n'ayant rien à voir dans la mort d'Harry Drake, des ordres avaient été donnés pour que les derniers devoirs lui fussent rendus à terre.

En ce moment, le statisticien Cokburn, qui ne m'avait pas parlé de tout le voyage, s'approcha de moi et me dit : « Savez-vous, monsieur, combien les roues ont fait de tours pendant la traversée ?

– Non, monsieur.

– Cent mille sept cent vingt-trois, monsieur.

– Ah ! vraiment, monsieur ! Et l'hélice, s'il vous plaît ?

– Six cent huit mille cent trente tours, monsieur.

– Bien obligé, monsieur. »

Et le statisticien Cokburn me quitta sans me saluer d'un adieu quelconque.

Fabian et Corsican me rejoignirent en ce moment. Fabian me pressa la main avec effusion.

« Ellen, me dit-il, Ellen guérira ! Sa raison lui est revenue un instant ! Ah ! Dieu est juste, il la lui rendra tout entière ! »

Fabian, parlant ainsi, souriait à l'avenir. Quant au capitaine Corsican, il m'embrassa sans cérémonie, mais d'une rude façon.

« Au revoir, au revoir », me cria-t-il lorsqu'il eut pris place sur le tender où se trouvaient déjà Fabian et Ellen sous la garde Mrs. R..., la sœur du capitaine Mac Elwin, venue au-devant de son frère.

Puis le tender déborda, emmenant ce premier convoi de passagers au « pier » de la Douane.

Je le regardai s'éloigner. En voyant Ellen entre Fabian et sa sœur, je ne doutai pas que les soins, le dévouement, l'amour, ne parvinssent à ramener cette pauvre âme égarée par la douleur.

En ce moment, je me sentis saisi par le bras. Je reconnus l'étreinte du docteur Dean Pitferge.

« Eh bien, me dit-il, que devenez-vous ?

– Ma foi, docteur, puisque le *Great-Eastern* reste cent quatre-vingt-douze heures à New York et que je dois reprendre passage à son bord, j'ai cent quatre-vingt-douze heures à dépenser en Amérique. Cela ne fait que huit jours, mais huit jours bien employés, c'est assez peut-être pour voir New York, l'Hudson, la vallée de la Mohawk, le lac Erié, le Niagara et tout ce pays chanté par Cooper.

– Ah ! vous allez au Niagara ? s'écria Pitferge. Ma foi, je ne serais pas fâché de le revoir, et si ma proposition ne vous paraît pas indiscrète ?... »

Le digne docteur m'amusait par ses lubies. Il m'intéressait. C'était un guide tout trouvé et un guide fort instruit.

« Topez là », lui dis-je.

Un quart d'heure après, nous nous embarquions sur le tender, et à trois heures, après avoir remonté le Broadway, nous étions installés dans deux chambres de *Fifth-Avenue-Hotel*.

XXXV

Huit jours à passer en Amérique ! Le *Great-Eastern* devait partir le 16 avril, et c'était le 9, à trois heures du soir, que j'avais mis le pied sur la terre de l'Union. Huit jours ! Il y a des touristes enragés, des « voyageurs express » auxquels ce temps eût probablement suffi à visiter l'Amérique tout entière ! Je n'avais pas cette prétention. Pas même celle de visiter New York sérieusement et de faire, après cet examen extra-rapide, un livre sur les mœurs et le caractère des Américains. Mais dans sa constitution, dans son aspect physique, New York est vite vu. Ce n'est guère plus varié qu'un échiquier. Des rues qui se coupent à angle droit, nommées « avenues » quand elles sont longitudinales, et « streets » quand elles sont transversales ; des numéros d'ordre sur ces diverses voies de communication, disposition très pratique, mais très monotone ; des omnibus américains desservant toutes les avenues. Qui a vu un quartier de New York connaît toute la grande cité, sauf peut-être cet imbroglio de rues et de ruelles enchevêtrées dans sa pointe sud, où s'est massée la population commerçante. New York est une langue de terre, et toute son activité se retrouve sur le bout de cette « langue ». De chaque coté se développent l'Hudson et la Rivière de l'Est, deux véritables bras de mer sillonnés de navires, et dont les ferry-boats relient la ville à droite avec Brooklyn, à gauche avec les rives du New-Jersey. Une seule artère coupe de biais la symétrique agglomération des quartiers de New York et y porte la vie. C'est le vieux Broadway, le Strand de Londres, le boulevard Montmartre de Paris ; à peu près impraticable dans sa partie basse, où la foule afflue, et presque désert dans sa partie haute ; une rue où les bicoques et les palais de marbre se coudoient ; un véritable fleuve de fiacres, d'omnibus, de cabs, de haquets, de fardiers, avec des trottoirs pour rivages et au-dessus duquel il a fallu jeter des ponts pour livrer passage aux piétons. Broadway, c'est New York, et c'est là que le docteur Pitferge et moi, nous nous promenâmes jusqu'au soir.

Après avoir dîné à *Fifth-Avenue-Hotel,* où l'on nous servit solennellement des ragoûts lilliputiens sur des plats de poupées, j'allai finir la journée au théâtre de Barnum. On y jouait un drame qui attirait la foule : *New-York's Streets.* Au quatrième acte, il y avait un incendie et une vraie pompe à vapeur manœuvrée par de vrais pompiers. De là « great attraction ».

Le lendemain matin, je laissai le docteur courir à ses affaires. Nous devions nous retrouver à l'hôtel, à deux heures. J'allai, Liberty street, 51, à la poste, prendre les lettres qui m'attendaient, puis à Rowling-Green, 2, au bas de Broadway, chez le consul de France, M. le baron Gauldrée Boilleau, qui m'accueillit fort bien, puis à la maison Hoffmann, où j'avais à toucher une traite, et enfin au numéro 25 de la trente-sixième rue, chez Mrs. R..., la sœur de Fabian, dont j'avais l'adresse. Il me tardait de savoir des nouvelles d'Ellen et de mes deux amis. Là, j'appris que, sur le conseil des médecins, Mrs. R..., Fabian et Corsican avaient quitté New York, emmenant la jeune femme, que l'air et la tranquillité de la campagne devaient influencer favorablement. Un mot de Corsican me prévenait de ce départ subit. Le brave capitaine était venu à *Fifth-Avenue-Hotel,* sans m'y rencontrer. Où ses amis et lui allaient-ils en quittant New York ? Un peu devant eux. Au premier beau site qui frapperait Ellen, ils comptaient s'arrêter tant que le charme durerait. Lui, Corsican, me tiendrait au courant, et il espérait que je ne partirais pas sans les avoir embrassés tous une dernière fois. Oui, certes, et ne fût-ce que pour quelques heures, j'aurais été heureux de retrouver Ellen, Fabian et le capitaine Corsican ! Mais c'est là le revers des voyages, pressé comme je l'étais, eux partis, moi partant, chacun de son coté, il ne fallait pas compter se revoir.

A deux heures, j'étais de retour à l'hôtel. Je trouvai le docteur dans le « bar-room », encombré comme une bourse ou comme une halle, véritable salle publique où se mêlent les passants et les voyageurs, et dans laquelle tout venant trouve, gratis, de l'eau glacée, du biscuit et du chester.

« Eh bien, docteur, dis-je, quand partons-nous ?

– Ce soir à six heures.
– Nous prenons le rail-road de l'Hudson ?
– Non, le *Saint-John,* un steamer merveilleux, un autre monde, un *Great-Eastern* de rivière, un de ces admirables engins de locomotion qui sautent volontiers. J'aurais préféré vous montrer l'Hudson pendant le jour, mais le *Saint-John* ne marche que la nuit. Demain, à cinq heures du matin, nous serons à Albany. A six heures, nous prendrons le New York central rail-road, et le soir nous souperons à Niagara-Falls. »

Je n'avais pas à discuter le programme du docteur. Je l'acceptai les yeux fermés. L'ascenseur de l'hôtel, mû sur sa vis verticale, nous hissa jusqu'à nos chambres et nous redescendit, quelques minutes après, avec notre sac de touriste. Un fiacre à vingt francs la course nous conduisit en un quart d'heure au « pier » de l'Hudson, devant lequel le *Saint-John* se panachait déjà de gros tourbillons de fumée.

XXXVI

Le *Saint-John* et son pareil, le *Dean-Richmond,* étaient les plus beaux stream-boats du fleuve. Ce sont plutôt des édifices que des bateaux. Ils ont deux ou trois étages de terrasses, de galeries, de vérandas, de promenoirs. On dirait l'habitation flottante d'un planteur. Le tout est dominé par une vingtaine de poteaux pavoisés, reliés entre eux avec des armatures de fer, qui consolident l'ensemble de la construction. Les deux énormes tambours sont peints à fresque comme les tympans de l'église Saint-Marc à Venise. En arrière de chaque roue s'élève la cheminée des deux chaudières qui se trouvent placées extérieurement et non dans les flancs du steam-boat. Bonne précaution en cas d'explosion. An centre, entre les tambours, se meut le mécanisme, d'une extrême simplicité : un cylindre unique, un piston manœuvrant un long balancier qui s'élève et s'abaisse comme le marteau monstrueux d'une forge, et une seule bielle communiquant le mouvement à l'arbre de ces roues massives.

Une foule de passagers encombraient déjà le pont du *Saint-John*. Dean Pitferge et moi, nous allâmes retenir une cabine qui s'ouvrait sur un immense salon, sorte de galerie de Diane, dont la voûte arrondie reposait sur une succession de colonnes corinthiennes. Partout le confort et le luxe, des tapis, des divans, des canapés, des objets d'art, des peintures, des glaces, et le gaz fabriqué dans un petit gazomètre du bord.

En ce moment, la colossale machine tressaillit et se mit en marche. Je montai sur les terrasses supérieures. A l'avant s'élevait une maison brillamment peinte. C'était la chambre des timoniers. Quatre hommes vigoureux se tenaient aux rayons de la double roue du gouvernail. Après une promenade de quelques minutes, je redescendis sur le pont, entre les chaudières déjà rouges, d'où s'échappaient de petites flammes bleues, sous la poussée de l'air que les ventilateurs y engouffraient. De l'Hudson je ne pouvais rien voir. La nuit venait, et, avec la nuit, un brouillard « à couper au couteau ». Le *Saint-John* hennissait dans l'ombre, comme un formidable mastodonte. A peine entrevoyait-on les quelques lumières des villes étalées sur les rives, et les fanaux des bateaux à vapeur qui remontaient les eaux sombres à grands coups de sifflet.

A huit heures, je rentrai au salon. Le docteur m'emmena souper dans un magnifique restaurant installé sur l'entrepont et servi par une armée de domestiques noirs. Dean Pitferge m'apprit que le nombre de voyageurs à bord dépassait quatre mille, parmi lesquels on comptait quinze cents émigrants parqués sous la partie basse du stream-boat. Le souper terminé, nous allâmes nous coucher dans notre confortable cabine.

A onze heures, je fus réveillé par une sorte de choc. Le *Saint-John* s'était arrêté. Le capitaine, ne pouvant plus manœuvrer au milieu de ces épaisses ténèbres, avait fait stopper. L'énorme bateau, mouillé dans le chenal, s'endormit tranquillement sur ses ancres.

A quatre heures du matin, le *Saint-John* reprit sa marche. Je me levai et j'allai m'abriter sous la véranda de l'avant. La pluie avait cessé ; la brume se levait ; les eaux du fleuve apparurent, puis ses rives : la rive droite, mouvementée, revêtue d'arbres verts et d'arbrisseaux qui lui donnaient l'apparence d'un long cimetière ; à l'arrière-plan, de hautes collines fermant l'horizon par une ligne gracieuse ; au contraire, sur la rive gauche, des terrains plats et marécageux ; dans le lit du fleuve, entre les îles, des goélettes appareillant sous la première brise, et des steam-boats remontant le courant rapide de l'Hudson.

Le docteur Pitferge était venu me rejoindre sous la véranda.

« Bonjour, mon compagnon, me dit-il, après avoir humé un grand coup d'air. Savez-vous que, grâce à ce maudit brouillard, nous n'arriverons pas à Albany assez tôt pour prendre le premier train ! Cela va modifier mon programme.

– Tant pis, docteur, car il faut être économe de notre temps.

– Bon ! nous en serons quittes pour atteindre Niagara-Falls dans la nuit, au lieu d'y arriver le soir. »

Cela ne faisait pas mon affaire, mais il fallut se résigner.

En effet, le *Saint-John* ne fut pas amarré au quai d'Albany avant huit heures. Le train du matin était parti. Donc, nécessité d'attendre le train d'une heure quarante. De là toute facilité pour visiter cette curieuse cité, qui forme le centre législatif de l'État de New York, la basse ville, commerciale et populeuse, établie sur la rive droite de l'Hudson, la haute ville avec ses maisons de brique, ses établissements publics, son très remarquable musée de fossiles. On eût dit un des grands quartiers de New York transporté au flanc de cette colline sur laquelle il se développe en amphithéâtre.

A une heure, après avoir déjeuné, nous étions à la gare, une gare libre, sans barrièrre, sans gardiens. Le train stationnait tout simplement au milieu de la rue comme un omnibus de place. On monte quand on veut dans ces longs wagons, supportés à l'avant et à l'arrière par un système

Les eaux du fleuve apparurent.

pivotant à quatre roues. Ces wagons communiquent entre eux par des passerelles qui permettent au voyageur de se promener d'une extrémité du convoi à l'autre. A l'heure dite, sans que nous eussions vu ni un chef ni un employé, sans un coup de cloche, sans un avertissement, la fringante locomotive, parée comme une châsse – un bijou d'orfèvrerie à poser sur une étagère –, se mit en mouvement, et nous voilà entraînés avec une vitesse de douze lieues à l'heure. Mais au lieu d'être emboîtés, comme on l'est dans les wagons des chemins français, nous étions libres d'aller, de venir, d'acheter des journaux et des livres « non estampillés ». L'estampille ne me paraît pas, je dois l'avouer, avoir pénétré dans les mœurs américaines ; aucune censure n'a imaginé, dans ce singulier pays, qu'il fallût surveiller avec plus de soin la lecture des gens assis dans un wagon que celle des gens qui lisent au coin de leur feu, assis dans leur fauteuil. Nous pouvions faire tout cela, sans attendre les stations et les gares. Les buvettes ambulantes, les bibliothèques, tout marche avec les voyageurs. Pendant ce temps, le train traversait des champs sans barrières, des forêts nouvellement défrichées, au risque de heurter des troncs abattus, des villes nouvelles aux larges rues sillonnées de rails, mais auxquelles les maisons manquaient encore, des cités parées des plus poétiques noms de l'histoire ancienne : Rome, Syracuse, Palmyre. Et ce fut ainsi que défila devant nos yeux toute cette vallée de la Mohawk, ce pays de Fenimore qui appartient au romancier américain, comme le pays de Rob-Roy à Walter Scott. A l'horizon étincela un instant le lac Ontario, où Cooper a placé les scènes de son chef-d'œuvre. Tout ce théâtre de la grande épopée de Bas-de-Cuir, contrée sauvage autrefois, est maintenant une campagne civilisée. Le docteur ne se sentait pas de joie. Il persistait à m'appeler Œil-de-Faucon, et ne voulait plus répondre qu'au nom de Chingakook !

A onze heures du soir, nous changions de train à Rochester, et nous passions les rapides de la Tennessee, qui fuyaient en cascades sous nos wagons. A deux heures du matin, après avoir côtoyé le Niagara, sans le voir, pendant quelques lieues, nous arrivions au village de Niagara-Falls, et le docteur m'entraînait à un magnifique hôtel, superbement nommé *Cataract-House*.

XXXVII

Le Niagara n'est pas un fleuve, pas même une rivière ; c'est un simple déversoir, une saignée naturelle, un canal long de trente-six milles, qui verse les eaux du lac Supérieur, du Michigan, de l'Huron et de l'Érié dans l'Ontario. La différence de niveau entre ces deux derniers lacs est de trois cent quarante pieds anglais ; cette différence, uniformément répartie sur tout le parcours, eût à peine créé un « rapide » ; mais les chutes seules en absorbent la moitié. De là leur formidable puissance.

Cette rigole niagarienne sépare les États-Unis du Canada. Sa rive droite est américaine, sa rive gauche est anglaise. D'un côté, des policemen ; de l'autre, pas même leur ombre.

Le matin du 12 avril, dès l'aube, le docteur et moi nous descendions les larges rues de Niagara-Falls. C'est le nom de ce village, créé sur le bord des chutes, à trois cents milles d'Albany, sorte de petite « ville d'eau », bâtie en bon air, dans un site charmant, pourvue d'hôtels somptueux et de villas confortables, que les Yankees et les Canadiens fréquentent pendant la belle saison. Le temps était magnifique ; le soleil brillait sur un ciel froid. De sourds et lointains mugissements se faisaient entendre. J'apercevais à l'horizon quelques vapeurs qui ne devaient pas être des nuages.

« Est-ce la chute ? demandai-je au docteur.
– Patience ! » me répondit Pitferge.

En quelques minutes, nous étions arrivés sur les rives du Niagara. Les eaux de la rivière coulaient paisiblement ; elles étaient claires et sans profondeur ; de nombreuses pointes de roches grisâtres émergeaient çà et là. Les ronflements de la cataracte s'accentuaient ; mais on ne l'apercevait pas encore. Un pont de bois, supporté sur des arches de fer, réunissait cette rive gauche à une île jetée au milieu du courant. Le docteur m'entraîna sur ce pont. En amont, la rivière s'étendait à perte de vue ; en aval, c'est-à-dire sur notre droite, on sentait les premières dénivellations d'un rapide ; puis, à un demi-mille du pont, le terrain manquait subitement ; des nuages de poussière d'eau se tenaient suspendus dans l'air. C'était là la « chute américaine » que nous ne pouvions voir. Au-delà se dessinait un paysage tranquille, quelques collines, des villas, des maisons, des arbres dépouillés, c'est-à-dire la rive canadienne.

« Ne regardez pas ! ne regardez pas ! me criait le docteur Pitferge. Réservez-vous ! Fermez les yeux ! Ne les ouvrez que lorsque je vous le dirai ! »

Je n'écoutais guère mon original. Je regardais. Le pont franchi, nous prenions pied sur l'île. C'était Goat-Island, l'île de la chèvre, un morceau de terre de soixante-dix acres, couvert d'arbres, coupé d'allées superbes où peuvent circuler les voitures, jeté comme un bouquet entre les chutes américaine et canadienne, que sépare une distance de trois cents yards. Nous courions sous ces grands arbres ; nous gravissions les pentes ; nous dévalions les rampes. Le tonnerre des eaux redoublait ; des nuages de vapeur humide roulaient dans l'air.

« Regardez ! » s'écria le docteur.

Au sortir d'un massif, le Niagara venait d'apparaître dans toute sa splendeur. En cet endroit, il faisait un coude brusque, et, s'arrondissant pour former la chute canadienne, le « horse-shoe-fall », le fer à cheval, il tombait d'une hauteur de cent cinquante-huit pieds sur une largeur de deux milles.

La nature, en cet endroit, l'un des plus beaux du monde, a tout combiné pour émerveiller les yeux. Ce retour du Niagara sur lui-même favorise singulièrement les effets de lumière et d'ombre. Le soleil, en frappant ces eaux sous tous les angles, diversifie capricieusement leurs couleurs, et qui

La nature, en cet endroit...

n'a pas vu cet effet ne l'admettra pas sans conteste. En effet, près de Goat-Island, l'écume est blanche ; c'est une neige immaculée, une coulée d'argent fondu qui se précipite dans le vide. Au centre de la cataracte, les eaux sont d'un vert de mer admirable, qui indique combien la couche d'eau est épaisse ; aussi un navire, le *Détroit,* tirant vingt pieds d'eau et lancé dans le courant, a-t-il pu descendre la chute « sans toucher ». Vers la rive canadienne, au contraire, les tourbillons, comme métallisés sous les crayons lumineux, resplendissent et c'est de l'or en fusion qui tombe dans l'abîme. Au-dessous, la rivière est invisible. Les vapeurs y tourbillonnent. J'entrevois, cependant, d'énormes glaces accumulées par les froids de l'hiver ; elles affectent des formes de monstres qui, la gueule ouverte, absorbent par heure les cent millions de tonnes que leur verse cet inépuisable Niagara. A un demi-mille en aval de la cataracte, la rivière est redevenue paisible, et présente une surface solide que les premières brises d'avril n'ont pu fondre encore.

« Et maintenant, au milieu du torrent ! » me dit le docteur.

Qu'entendait-il par ces paroles ? Je ne savais que penser, quand il me montra une tour construite sur un bout de roc, à quelque cent pieds de la rive, au bord même du précipice. Ce monument « audacieux », élevé en 1833 par un certain Judge Porter, est nommé « Terrapin-Tower ».

Nous descendîmes les rampes latérales de Goat-Island. Arrivé à la hauteur du cours supérieur du Niagara, je vis un pont, ou plutôt quelques planches jetées sur des têtes de rocs, qui unissaient la tour au rivage. Ce pont longeait l'abîme à quelques pas seulement. Le torrent mugissait au-dessous. Nous nous étions hasardés sur ces planches et en quelques intants nous avions atteint le bloc principal qui supporte Terrapin-Tower. Cette tour ronde, haute de quarante-cinq pieds, est construite en pierre. Au sommet se développe un balcon circulaire, autour d'un faîtage recouvert d'un stuc rougeâtre. L'escalier tournant est en bois. Des milliers de noms sont gravés sur ses marches. Une fois arrivé au haut de cette tour, on s'accroche au balcon et on regarde.

La tour est en pleine cataracte. De son sommet le regard plonge sur l'abîme. Il s'enfonce jusque dans la gueule de ces monstres de glace qui avalent le torrent. On sent frémir le roc qui supporte la tour. Autour se creusent des dénivellations effrayantes, comme si le lit du fleuve cédait. On ne s'entend plus parler. De ces gonflements d'eau sortent des tonnerres. Les lignes liquides fument et sifflent comme des flèches. L'écume saute jusqu'au sommet du monument. L'eau pulvérisée se déroule dans l'air en formant un splendide arc-en-ciel.

Par un simple effet d'optique, la tour semble se déplacer avec une vitesse effrayante – mais à reculons de la chute, fort heureusement –, car, avec l'illusion contraire, le vertige serait insoutenable, et nul ne pourrait considérer ce gouffre.

Haletants, brisés, nous étions rentrés un instant sur le palier supérieur de la tour. C'est alors que le docteur crut devoir me dire :

« Cette Terrapin-Tower, mon cher monsieur, tombera quelque jour dans l'abîme, et peut-être plus tôt qu'on ne suppose.

– Ah ! vraiment !

– Ce n'est pas douteux. La grande chute canadienne recule insensiblement, mais elle recule. La tour, quand elle fut construite, en 1833, était beaucoup plus éloignée de la cataracte. Les géologues prétendent que la chute, il y a trente-cinq mille ans, se trouvait située à Queenstown, à sept milles en aval de la position qu'elle occupe maintenant. D'après M. Bakewell, elle reculerait d'un mètre par année, et, suivant Sir Charles Lyell, d'un pied seulement. Il arrivera donc un moment où le roc qui supporte la tour, rongé par les eaux, glissera sur les pentes de la cataracte. Eh bien, cher monsieur, rappelez-vous ceci : le jour où tombera la Terrapin-Tower, il y aura dedans quelques excentriques qui descendront le Niagara avec elle. »

Je regardai le docteur comme pour lui demander s'il serait au nombre de ces originaux. Mais il me fit signe de le suivre, et nous vînmes de nouveau contempler le « horse-shoe-fall » et le paysage environnant. On distinguait alors, un peu en raccourci, la chute américaine, séparée par la pointe de l'île, où s'est formée aussi une petite cataracte centrale, large de cent pieds. Cette chute américaine, également admirable, est droite, non sinueuse et sa hauteur a cent soixante-quatre pieds d'aplomb. Mais pour la contempler dans tout son développement, il faut se placer en face sur la rive canadienne.

Pendant toute la journée, nous errâmes sur les rives du Niagara, irrésistiblement ramenés à cette tour où les mugissements des eaux, l'embrun des vapeurs, le jeu des rayons solaires, l'enivrement et les senteurs de la cataracte, vous maintiennent dans une perpétuelle extase. Puis nous revenions à Goat-Island pour saisir la grande chute sous tous les points de vue, sans nous jamais fatiguer de la voir. Le docteur aurait voulu me conduire à la « Grotte des Vents », creusée derrière la chute centrale, à laquelle on arrive par un escalier établi à la pointe de l'île ; mais l'accès en était alors interdit à cause des fréquents éboulements qui se produisaient depuis quelque temps dans ces roches friables.

A cinq heures, nous étions rentrés à Cataract-House, et après un dîner rapide, servi à l'américaine, nous revînmes à Goat-Island. Le docteur voulut en faire le tour et revoir les « Trois-Sœurs », charmants îlots épars à la tête de l'île. Puis, le soir venu, il me ramena au roc branlant de Terrapin-Tower.

Le soleil s'était couché derrière les collines assombries. Les dernières lueurs du jour avaient disparu. La lune, demi-pleine, brillait d'un pur éclat. L'ombre de la tour s'allongeait sur l'abîme. En amont, les eaux tranquilles glissaient sous la brume légère. La rive canadienne, déjà plongée dans les ténèbres, contrastait avec les masses plus éclairées de Goat-Island et du village de Niagara-Falls. Sous nos yeux, le gouffre, agrandi par la pénombre, semblait un abîme infini dans lequel mugissait la formidable cataracte. Quelle impression ! Quel artiste, par la plume ou le pinceau, pourra jamais la rendre ! Pendant quelques instants, une lumière mouvante parut à l'horizon. C'était le fanal d'un train qui passait sur ce pont du Niagara, suspendu à deux milles de nous. Jusqu'à minuit, nous restâmes ainsi, muets, immobiles, au sommet de cette tour, irrésistiblement penchés sur ce torrent qui nous fascinait. Enfin, à un moment où les rayons de la lune frappèrent sous un certain angle la poussière liquide, j'entrevis une bande laiteuse, un ruban diaphane qui tremblotait dans l'ombre. C'était un arc-en-ciel lunaire, une pâle irradiation de l'astre des nuits, dont la douce lueur se décomposait en traversant les embruns de la cataracte.

XXXVIII

Le lendemain, 13 avril, le programme du docteur indiquait une visite à la rive canadienne. Une simple promenade. Il suffisait de suivre les hauteurs qui forment la droite du Niagara pendant l'espace de deux milles pour atteindre le pont suspendu. Nous étions partis à sept heures du matin. Du sentier sinueux longeant la rive droite, on apercevait les eaux tranquilles de la rivière, qui ne se ressentait déjà plus des troubles de sa chute.

A sept heures et demie, nous arrivions à Suspension-Bridge. C'est l'unique pont auquel aboutissent le Great-Western et le New York central rail-raod, le seul qui donne entrée au Canada sur les confins de l'État de New York. Ce pont suspendu est formé de deux tabliers ; sur le tablier supérieur passent les trains ; sur le tablier inférieur, situé à vingt-trois pieds au-dessous, passent les voitures et les piétons. L'imagination se refuse à suivre dans son travail l'audacieux ingénieur, John A. Rœbling, de Trendon (New Jersey), qui a osé construire ce viaduc dans de telles conditions : un pont « suspendu » qui livre passage à des trains, à deux cent cinquante pieds au-dessus du Niagara, transformé de nouveau en rapide ! Suspension-Bridge est long de huit cents pieds, large de vingt-quatre. Des étais de fer, frappés sur les rives, le maintiennent contre le balancement. Les câbles qui le supportent, formés de quatre mille fils, ont dix pouces de diamètre et peuvent résister à un poids de douze mille quatre cents tonnes. Or, le pont ne pèse que huit cents tonnes. Inauguré en 1855, il a coûté cinq cent mille dollars. Au moment où nous atteignions le milieu de Suspension-Bridge, un train passa au-dessus de notre tête, et nous sentîmes le tablier fléchir d'un mètre sous nos pieds !

C'est un peu au-dessous de ce pont que Blondin a franchi le Niagara sur une corde tendue d'une rive à l'autre, et non au-dessus des chutes. L'entreprise n'en était pas moins périlleuse. Mais si Blondin nous étonne par son audace, que penser de l'ami qui, monté sur son dos, l'accompagnait pendant cette promenade aérienne ?

« C'était peut-être un gourmand, dit le docteur, Blondin faisait les omelettes à merveille sur sa corde roide. »

Nous étions sur la terre canadienne, et nous remontions la rive gauche du Niagara, afin de voir les chutes sous un nouvel aspect. Une demi-heure après, nous entrions dans un hôtel anglais, où le docteur fit servir un déjeuner convenable. Pendant ce temps, je parcourus le livre des voyageurs où figurent quelques milliers de noms. Parmi les plus célèbres, je remarquai les suivants : Robert Peel, lady Franklin, comte de Paris, duc de Chartres, prince de Joinville, Louis-Napoléon (1846), prince et princesse Napoléon, Barnum (avec son adresse), Maurice Sand (1865), Agassis (1854), Almonte, prince Hohenlohe, Rothschild, Bertin (Paris), lady Elgin, Burckhardt (1832), etc.

« Et maintenant, sous les chutes », me dit le docteur, lorsque le déjeuner fut terminé.

Je suivis Dean Pitferge. Un Nègre nous conduisit à un vestiaire, où l'on nous donna un pantalon imperméable, un waterproof et un chapeau ciré. Ainsi vêtus, notre guide nous conduisit par un sentier glissant, sillonné d'écoulements ferrugineux, encombré de pierres noires aux vives arêtes, jusqu'au niveau inférieur du Niagara. Puis, au milieu des

La cataracte tombait.

vapeurs d'eau pulvérisées, nous passâmes derrière la grande chute. La cataracte tombait devant nous comme le rideau d'un théâtre devant les acteurs. Mais quel théâtre, et comme les couches d'air violemment déplacées s'y projetaient en courants impétueux ! Trempés, aveuglés, assourdis, nous ne pouvions ni nous voir ni nous entendre dans cette caverne aussi hermétiquement close par les nappes liquides de la cataracte, que si la nature l'eût fermée d'un mur de granit !

A neuf heures, nous étions rentrés à l'hôtel, où l'on nous dépouilla de nos habits ruisselants. Revenu sur la rive, je poussai un cri de surprise et de joie :

« Le capitaine Corsican ! »

Le capitaine m'avait entendu. Il vint à moi.

« Vous ici ! s'écria-t-il. Quelle joie de vous revoir !

— Et Fabian ? et Ellen ? demandai-je en serrant les mains de Corsican.

— Ils sont là. Ils vont aussi bien que possible. Fabian plein d'espoir, presque souriant. Notre pauvre Ellen reprenant peu à peu sa raison.

— Mais pourquoi vous rencontré-je ici, au Niagara ?

— Le Niagara, me répondit Corsican, mais c'est le rendez-vous d'été des Anglais et des Américains. On vient respirer ici, on vient se guérir devant ce sublime spectacle des chutes. Notre Ellen a paru frappée à la vue de ce beau site, et nous sommes restés sur les bords du Niagara. Voyez cette villa, Clifton-House, au milieu des arbres, à mi-colline. C'est là que nous demeurons en famille avec Mrs. R..., la sœur de Fabian, qui s'est dévouée à notre pauvre amie.

— Ellen, demandai-je, Ellen a-t-elle reconnu Fabian ?

— Non, pas encore, me répondit le capitaine. Vous savez, cependant, qu'au moment où Harry Drake tombait frappé de mort, Ellen eut comme un instant de lucidité. Sa raison s'était fait jour à travers les ténèbres qui l'enveloppent. Mais cette lucidité a bientôt disparu. Toutefois, depuis que nous l'avons transportée au milieu de cet air pur, dans ce milieu paisible, le docteur a constaté une amélioration sensible dans l'état d'Ellen. Elle est calme, son sommeil est tranquille, et on voit dans ses yeux comme un effort pour ressaisir quelque chose, soit du passé, soit du présent.

— Ah ! cher ami ! m'écriai-je, vous la guérirez. Mais où est Fabian, où est sa fiancée ?

— Regardez », me dit Corsican, et il étendit le bras vers la rive du Niagara.

Dans la direction indiquée par le capitaine, je vis Fabian, qui ne nous avait pas encore aperçus. Il était debout sur un roc, et devant lui, à quelques pas, se trouvait Ellen, assise, immobile. Fabian ne la perdait pas des yeux. Cet endroit de la rive gauche est connu sous le nom de « Table-Rock ». C'est une sorte de promontoire rocheux, jeté sur la rivière qui mugit à deux cents pieds au-dessous. Autrefois il présentait un surplomb plus considérable ; mais les chutes successives d'énormes morceaux de rocs l'ont réduit maintenant à une surface de quelques mètres.

Ellen regardait et semblait plongée dans une muette extase. De cet endroit, l'aspect des chutes est « most sublime », disent les guides, et ils ont raison. C'est une vue d'ensemble des deux cataractes : à droite, la chute canadienne, dont la crête couronnée de vapeurs ferme l'horizon de ce côté, comme un horizon de mer ; en face, la chute américaine, et au-dessus, l'élégant massif de Niagara-Falls à demi perdu dans les arbres ; à gauche, toute la perspective de la rivière qui fuit entre ses hautes rives ; au-dessous, le torrent luttant contre les glaçons culbutés.

Je ne voulais pas distraire Fabian. Corsican, le docteur et moi, nous nous étions approchés de Table-Rock. Ellen conservait l'immobilité d'une statue. Quelle impression cette scène laissait-elle à son esprit ? Sa raison renaissait-elle peu à peu sous l'influence de ce spectacle grandiose ? Soudain, je vis Fabian faire un pas vers elle. Ellen s'était levée brusquement ; elle s'avançait près de l'abîme ; ses bras se tendaient vers le gouffre ; mais s'arrêtant tout à coup, elle passa rapidement la main sur son front, comme si elle eût voulu en chasser une image. Fabian, pâle comme un mort, mais ferme, s'était d'un bond placé entre Ellen et le vide. Ellen avait secoué sa blonde chevelure. Son corps charmant tressaillit. Voyait-elle Fabian ? Non. On eût dit une morte revenant à la vie, et cherchant à ressaisir l'existence autour d'elle !

Le capitaine Corsican et moi, nous n'osions faire un pas, et pourtant si près de ce gouffre, nous redoutions quelque malheur. Mais le docteur Pitferge nous retint :

« Laissez, dit-il, laissez faire Fabian. »

J'entendais les sanglots qui gonflaient la poitrine de la jeune femme. Des paroles inarticulées sortaient de ses lèvres. Elle semblait vouloir parler et ne pas le pouvoir. Enfin, ces mots s'échappèrent :

« Dieu ! mon Dieu ! Dieu tout-puissant ! Où suis-je ? où suis-je ? »

Elle eut alors conscience que quelqu'un était près d'elle, et, se retournant à demi, elle nous apparut transfigurée. Un regard nouveau vivait dans ses yeux. Fabian, tremblant, était debout devant elle, muet, les bras ouverts.

« Fabian ! Fabian ! » s'écria-t-elle enfin.

Fabian la reçut dans ses bras où elle tomba inanimée. Il poussa un cri déchirant. Il croyait Ellen morte. Mais le docteur intervint :

« Rassurez-vous, dit-il à Fabian, cette crise, au contraire, la sauvera ! »

Ellen fut transportée à Clifton-House, et placée sur son lit, où, son évanouissement dissipé, elle s'endormit d'un paisible sommeil.

Fabian, encouragé par le docteur et plein d'espoir – Ellen l'avait reconnu ! – revint vers nous :

« Nous la sauverons, me dit-il, nous la sauverons ! Chaque jour j'assiste à la résurrection de cette âme. Aujourd'hui, demain peut-être, mon Ellen me sera rendue ! Ah ! Ciel clément, sois béni ! Nous resterons en ce lieu tant qu'il le faudra pour elle ! N'est-ce pas, Archibald ? »

Le capitaine serra avec effusion Fabian sur sa poitrine. Fabian s'était retourné vers moi, vers le docteur. Il nous prodiguait ses tendresses. Il nous enveloppait de son espoir. Et jamais espoir ne fut plus fondé. La guérison d'Ellen était prochaine...

« Fabian ! » s'écria-t-elle.

Mais il nous fallait partir. Une heure à peine nous restait pour regagner Niagara-Falls. Au moment où nous allions nous séparer de ces chers amis, Ellen dormait encore. Fabian nous embrassa ; le capitaine Corsican, très ému, après avoir promis qu'un télégramme me donnerait des nouvelles d'Ellen, nous fit ses derniers adieux, et à midi nous avions quitté Clifton-House.

XXXIX

Quelques instants après, nous descendions une rampe très allongée de la côte canadienne. Cette rampe nous conduisit au bord de la rivière, presque entièrement obstruée de glaces. Là un canot nous attendait pour nous passer « en Amérique ». Un voyageur y avait déjà pris place. C'était un ingénieur du Kentucky, qui déclina ses noms et qualités au docteur. Nous embarquâmes sans perdre de temps, et soit en repoussant les glaçons, soit en les divisant, le canot gagna le milieu de la rivière, où le courant tenait la passe plus libre. De là, un dernier regard fut donné à cette admirable cataracte du Niagara. Notre compagnon l'observait d'un œil attentif.

« Est-ce beau ! monsieur, lui dis-je, est-ce admirable !

– Oui, me répondit-il, mais quelle force mécanique inutilisée, et quel moulin on ferait tourner avec une pareille chute ! »

Jamais je n'éprouvai envie plus féroce de jeter un ingénieur à l'eau !

Sur l'autre rive, un petit chemin de fer presque vertical, mû par un filet détourné de la chute américaine, nous hissa en quelques secondes sur la hauteur. A une heure et demie, nous prenions l'express, qui nous déposait à Buffalo à deux heures un quart. Après avoir visité cette jeune grande ville, après avoir goûté l'eau du lac Erié, nous reprenions le New

York central railway, à six heures du soir. Le lendemain, en quittant les confortables couchettes d'un « sleeping-car », nous arrivions à Albany, et le rail-road de l'Hudson, qui court à fleur d'eau le long de la rive gauche du fleuve, nous jetait à New York quelques heures plus tard.

Le lendemain, 15 avril, en compagnie de mon infatigable docteur, je parcourus la ville, la rivière de l'Est, Brooklyn. Le soir venu, je fis mes adieux à ce brave Dean Pitferge, et, en le quittant, je sentis que je laissais un ami.

Le mardi, 16 avril, c'était le jour fixé pour le départ du *Great-Eastern,* je me rendis à onze heures au trente-septième « pier », où le tender devait attendre les voyageurs. Il était déjà encombré de passagers et de colis. J'embarquai. Au moment où le tender allait se détacher du quai, je fus saisi par le bras. Je me retournai. C'était encore le docteur Pitferge.

« Vous ! m'écriai-je. Vous revenez en Europe ?
– Oui, mon cher monsieur.
– Par le *Great-Eastern* ?
– Sans doute, me répondit en souriant l'aimable original ; j'ai réfléchi et je pars. Songez donc, ce sera peut-être le dernier voyage du *Great-Eastern, celui dont il ne reviendra pas !* »

La cloche allait sonner pour le départ, quand un des stewards de *Fifth-Avenue-Hotel,* accourant en toute hâte, me remit un télégramme daté de Niagara-Falls. « Ellen est réveillée ; sa raison tout entière lui est revenue, me disait le capitaine Corsican, et le docteur répond d'elle ! »

Je communiquai cette bonne nouvelle à Dean Pitferge.

« Répond d'elle ! répond d'elle ! répliqua en grommelant mon compagnon de voyage, moi aussi j'en réponds ! Mais qu'est-ce que cela prouve ? Qui répondrait de moi, de vous, de nous tous, mon cher ami, aurait peut-être bien tort !... »

Douze jours après, nous arrivions à Brest, et le lendemain à Paris. La traversée du retour s'était faite sans accident, au grand déplaisir de Dean Pitferge, qui attendait toujours « son naufrage » !

Et quand je fus assis devant ma table, si je n'avais pas eu ces notes de chaque jour, oui, ce *Great-Eastern,* cette ville flottante que j'avais habitée pendant un mois, cette rencontre d'Ellen et de Fabian, cet incomparable Niagara, j'aurais cru que j'avais tout rêvé ! Ah ! que c'est beau, les voyages, « même quand on en revient », quoi qu'en dise le docteur !

Pendant huit mois, je n'entendis plus parler de mon original. Mais, un jour, la poste me remit une lettre couverte de timbres multicolores et qui commençait par ces mots :

« A bord du *Coringuy,* récifs d'Auckland. Enfin, nous avons fait naufrage... »

Et qui finissait par ceux-ci :

« Jamais je ne me suis mieux porté !

« Très cordialement vôtre
« DEAN PITFERGE. »

TABLE

CINQ SEMAINES EN BALLON

I. – La fin d'un discours très applaudi. – Présentation du docteur Samuel Fergusson. – *Excelsior*. – Portrait en pied du docteur. – Un fataliste convaincu. – Dîner au Traveller's Club. – Nombreux toasts de circonstance 7

II. – Un article du *Daily Telegraph*. – Guerre de journaux savants. – M. Petermann soutient son ami le docteur Fergusson. – Réponse du savant Koner. – Paris engagés. – Diverses propositions faites au docteur 14

III. – L'ami du docteur. – D'où datait leur amitié. – Dick Kennedy à Londres. – Proposition inattendue, mais point rassurante. – Proverbe peu consolant. – Quelques noms du martyrologe africain. – Avantages d'un aérostat. – Le secret du docteur Fergusson 18

IV. – Explorations africaines. – Barth, Richardson, Overweg, Werne, Brun-Rollet, Peney, Andrea Debono, Miani, Guillaume Lejean, Bruce, Krapf et Rebmann, Maizan, Roscher, Burton et Speke . 25

V. – Rêves de Kennedy. – Articles et pronoms au pluriel. – Insinuations de Dick. – Promenade sur la carte d'Afrique. – Ce qui reste entre les deux pointes du compas. – Expéditions actuelles. – Speke et Grant. – Krapf, de Decken, de Heuglin . 29

VI. – Un domestique impossible. – Il aperçoit les satellites de Jupiter. – Dick et Joe aux prises. – Le doute et la croyance. – Le pesage. – Joe-Wellington. – Il reçoit une demi-couronne . . 35

VII. – Détails géométriques. – Calcul de la capacité du ballon. – L'aérostat double. – L'enveloppe. – La nacelle. – L'appareil mystérieux. – Les vivres. – L'addition finale 41

VIII. — Importance de Joe. — Le commandement du *Resolute*. — L'arsenal de Kennedy. — Aménagements. — Le dîner d'adieu. — Le départ du 21 février. — Séances scientifiques du docteur. — Duveyrier, Livingstone. — Détails du voyage aérien. — Kennedy réduit au silence 47

IX. — On double le cap. — Le gaillard d'avant. — Cours de cosmographie par le professeur Joe. — De la direction des ballons. — De la recherche des courants atmosphériques — Εὕρηκα. 53

X. — Essais antérieurs. — Les cinq caisses du docteur. — Le chalumeau à gaz. — Le calorifère. — Manière de manœuvrer. — Succès certain 58

XI. — Arrivée à Zanzibar. — Le consul anglais. — Mauvaises dispositions des habitants. — l'île Koumbeni. — Les faiseurs de pluie. — Gonflement du ballon. — Départ du 18 avril. — Dernier adieu. — Le *Victoria* 63

XII. — Traversée du détroit. — Le Mrima. — Propos de Dick et proposition de Joe. — Recette pour le café. — L'Uzaramo. — L'infortuné Maizan. — Le mont Duthumi. — Les cartes du docteur. — Nuit sur un nopal 69

XIII. — Changement de temps. — Fièvre de Kennedy. — La médecine du docteur. — Voyage par terre. — Le bassin d'Imengé. — Le mont Rubeho. — A six mille pieds. — Une halte de jour ... 79

XIV. — La forêt de gommiers. — L'antilope bleue. — Le signal de ralliement. — Un assaut inattendu. — Le Kanyemé. — Une nuit en plein air. — Le Mabunguru. — Jihoue-la-Mkoa. — Provision d'eau. — Arrivée à Kazeh 86

XV. — Kazeh. — Le marché bruyant. — Apparition du *Victoria*. — Les Wanganga. — Les fils de la Lune. — Promenade du docteur. — Population. — Le Tembé royal. — Les femmes du sultan. — Une ivresse royale. — Joe adoré. — Comment on danse dans la lune. — Revirement. — Deux lunes au firmament. — Instabilité des grandeurs divines 96

XVI. — Symptômes d'orage. — Le pays de la Lune. — L'avenir du continent africain. — La machine de la dernière heure. — Vue du pays au soleil couchant. — Flore et faune. — L'orage. — La zone de feu. — Le ciel étoilé 107

XVII. — Les montagnes de la Lune. — Un océan de verdure. — On jette l'ancre. — L'éléphant remorqueur. — Feu nourri. — Mort du pachyderme. — Le four de campagne. — Repas sur l'herbe. — Une nuit à terre 116

XVIII.	– Le Karagwah. – Le lac Ukéréoué. – Une nuit dans une île. – L'équateur. – Traversée du lac. – Les cascades. – Vue du pays. – Les sources du Nil. – L'île Benga. – La signature d'Andrea Debono. – Le pavillon aux armes d'Angleterre	127
XIX.	– Le Nil. – La montagne tremblante. – Souvenir du pays. – Les récits des Arabes. – Les Nyam-Nyam. – Réflexions sensées de Joe. – Le *Victoria* court des bordées. – Les ascensions aérostatiques. – Madame Blanchard	137
XX.	– La bouteille céleste. – Les figuiers-palmiers. – Les « Mammoth Trees ». – L'arbre de guerre. – L'attelage ailé. – Combats de deux peuplades. – Massacre. – Intervention divine	142
XXI.	– Rumeurs étranges. – Une attaque nocturne. – Kennedy et Joe dans l'arbre. – Deux coups de feu. – « A moi ! à moi ! ». – Réponse en français. – Le matin. – Le missionnaire. – Le plan de sauvetage	148
XXII.	– La gerbe de lumière. – Le missionnaire. – Enlèvement dans un rayon de lumière. – Le prêtre lazariste. – Peu d'espoir. – Soins du docteur. – Une vie d'abnégation. – Passage d'un volcan	156
XXIII.	– Colère de Joe. – La mort d'un juste. – La veillée du corps. – Aridité. – L'ensevelissement. – Les blocs de quartz. – Hallucination de Joe. – Un lest précieux. – Relèvement des montagnes aurifères. – Commencement des désespoirs de Joe .	166
XXIV.	– Le vent tombe. – Les approches du désert. – Le décompte de la provision d'eau. – Les nuits de l'Équateur. – Inquiétudes de Samuel Fergusson. – La situation telle qu'elle est. – Énergiques réponses de Kennedy et de Joe. – Encore une nuit	173
XXV.	– Un peu de philosophie. – Un nuage à l'horizon. – Au milieu d'un brouillard. – Le ballon inattendu. – Les signaux. – Vue exacte du *Victoria*. – Les palmiers. – Traces d'une caravane. – Le puits au milieu du désert	182
XXVI.	– Cent treize degrés. – Réflexions du docteur. – Recherche désespérée. – Le chalumeau s'éteint. – Cent vingt-deux degrés. – La contemplation du désert. – Une promenade dans la nuit. – Solitude. – Défaillance. – Projets de Joe. – Il se donne un jour encore	189
XXVII.	– Chaleur effrayante. – Hallucinations. – Les dernières gouttes d'eau. – Nuit de désespoir. – Tentative de suicide. – Le simoun. – L'oasis. – Lion et lionne	195

XXVIII.	–	Soirée délicieuse. – La cuisine de Joe. – Dissertation sur la viande crue. – Histoire de James Bruce. – Le bivac. – Les rêves de Joe. – Le baromètre baisse. – Le baromètre remonte. – Préparatifs de départ. – L'ouragan 202
XXIX.	–	Symptômes de végétation. – Idée fantaisiste d'un auteur français. – Pays magnifique. – Le royaume d'Adamova. – Les explorations de Speke et Burton reliées à celles de Barth. – Les monts Atlantika. – Le fleuve Benoué. – La ville d'Yola. – Le Bagélé. – Le mont Mendif 208
XXX.	–	Mosfeia. – Le cheik. – Denham, Clapperton, Oudney. – Vogel. – La capitale du Loggoum. – Toole. – Calme au-dessus de Kernak. – Le gouverneur et sa cour. – L'attaque. – Les pigeons incendiaires 215
XXXI.	–	Départ dans la nuit. – Tous les trois. – Les instincts de Kennedy. – Précautions. – Le cours du Shari. – Le lac Tchad. – L'eau du lac. – L'hippopotame. – Une balle perdue 225
XXXII.	–	La capitale du Bornou. – Les îles des Biddiomahs. – Les gypaètes. – Les inquiétudes du docteur. – Ses précautions. – Une attaque au milieu des airs. – L'enveloppe déchirée. – La chute. – Dévouement sublime. – La côte septentrionale du lac 229
XXXIII.	–	Conjectures. – Rétablissement de l'équilibre du *Victoria*. – Nouveaux calculs du docteur Fergusson. – Chasse de Kennedy. – Exploration complète du lac Tchad. – Tangalia. – Retour. – Lari 237
XXXIV.	–	L'ouragan. – Départ forcé. – Perte d'une ancre. – Tristes réflexions. – Résolution prise. – La trombe. – La caravane engloutie. – Vent contraire et favorable. Retour au Sud. – Kennedy à son poste 245
XXXV.	–	L'histoire de Joe. – L'île des Biddiomahs. – L'adoration. – L'île engloutie. – Les rives du lac. – L'arbre aux serpents. – Voyage à pied. – Souffrances. – Moustiques et fourmis. – La faim. – Passage du *Victoria*. – Disparition du *Victoria*. – Désespoir. – Le marais. – Un dernier cri 249
XXXVI.	–	Un rassemblement à l'horizon. – Une troupe d'Arabes. – La poursuite. – C'est lui ! – Chute de cheval. – L'Arabe étranglé. – Une balle de Kennedy. – Manœuvre. – Enlèvement au vol. – Joe sauvé 259
XXXVII.	–	La route de l'Ouest. – Le réveil de Joe. – Son entêtement. – Fin de l'histoire de Joe. – Tagelel. – Inquiétudes de Kennedy. – Route au Nord. – Une nuit près d'Aghadès 266

XXXVIII.	–	Traversée rapide. – Résolutions prudentes. – Caravanes. – Averses continuelles. – Gao. – Le Niger. – Golberry, Geoffroy, Gray. – Mungo-Park. – Laing. – René Caillié. – Clapperton. – John et Richard Lander	272
XXXIX.	–	Le pays dans le coude du Niger. – Vue fantastique des Monts Hombori. – Kabra. – Tembouctou. – Plan du docteur Barth. – Décadence. – Où le ciel voudra	280
XL.	–	Inquiétudes du docteur Fergusson. – Direction persistante vers le Sud. – Un nuage de sauterelles. – Vue de Jenné. – Vue de Ségo. – Changement de vent. – Regrets de Joe	285
XLI.	–	Les approches du Sénégal. – Le *Victoria* baisse de plus en plus. – On jette, on jette toujours. – Le marabout Al-Hadji. – MM. Pascal, Vincent, Lambert. – Un rival de Mahomet. – Les montagnes difficiles. – Les armes de Kennedy. – Une manœuvre de Joe. – Halte au-dessus d'une forêt	290
XLII.	–	Combat de générosité. – Dernier sacrifice. – L'appareil de dilatation. – Adresse de Joe. – Minuit. – Le quart du docteur. – Le quart de Kennedy. – Il s'endort. – L'incendie. – Les hurlements. – Hors de portée	298
XLIII.	–	Les Talibas. – La poursuite. – Un pays dévasté. – Vent modéré. – Le *Victoria* baisse. – Les dernières provisions. – Les bonds du *Victoria*. – Défense à coups de fusil. – Le vent fraîchit. – Le fleuve du Sénégal. – Les cataractes de Guoina. – L'air chaud. – Traversée du fleuve	303
XLIV.	–	Conclusion. – Le procès-verbal. – Les établissements français. – Le poste de Médine. – *Le Basilic*. – Saint-Louis. – La frégate anglaise. – Retour à Londres	313

UNE VILLE FLOTTANTE 319

DANS LA MÊME COLLECTION

Les Intégrales Jules Verne :

VINGT MILLE LIEUES SOUS LES MERS
LE TOUR DU MONDE EN 80 JOURS
suivi de : LE RAYON-VERT
VOYAGE AU CENTRE DE LA TERRE
suivi de : LES INDES NOIRES
LES ENFANTS DU CAPITAINE GRANT
L'ÎLE MYSTÉRIEUSE
LA JANGADA
DEUX ANS DE VACANCES
CINQ SEMAINES EN BALLON
suivi de : UNE VILLE FLOTTANTE
LE CHÂTEAU DES CARPATHES
suivi de :
LE SECRET DE WILHELM STORITZ
NORD CONTRE SUD
KÉRABAN-LE-TÊTU
MICHEL STROGOFF
LE PHARE DU BOUT DU MONDE
suivi de : LE CHANCELLOR
VOYAGES ET AVENTURES
DU CAPITAINE HATTERAS
DE LA TERRE À LA LUNE
suivi de :
AUTOUR DE LA LUNE
HECTOR SERVADAC
UN CAPITAINE DE QUINZE ANS
ROBUR-LE-CONQUÉRANT
suivi de : MAÎTRE DU MONDE
LA MAISON À VAPEUR
MATHIAS SANDORF
LES NAUFRAGÉS DU JONATHAN

LES TRIBULATIONS
D'UN CHINOIS EN CHINE
suivi de : FAMILLE-SANS-NOM
LE PAYS DES FOURRURES
LE TESTAMENT D'UN EXCENTRIQUE
L'ÉTOILE DU SUD
suivi de : L'ARCHIPEL EN FEU
MISTRESS BRANICAN
suivi de : CLOVIS DARDENTOR
LE VOLCAN D'OR
L'ÎLE À HÉLICE
LE SPHINX DES GLACES
LES CINQ CENTS MILLIONS
DE LA BÉGUM
suivi de : L'ÉCOLE DES ROBINSONS
AVENTURES DE TROIS RUSSES
ET TROIS ANGLAIS
suivi de : LES HISTOIRES
DE JEAN-MARIE CABIDOULIN
L'AGENCE THOMPSON AND Co
LA CHASSE AU MÉTÉORE
suivi de : HIER ET DEMAIN
L'INVASION DE LA MER
suivi de : CLAUDIUS BOMBARNAC
LE SUPERBE ORÉNOQUE
suivi de : SANS DESSUS DESSOUS
LE PILOTE DU DANUBE
suivi de :
UN DRAME EN LIVONIE
LE VILLAGE AÉRIEN
suivi de : LES FRÈRES KIP
P'TIT BONHOMME

Louisa May Alcott

LES QUATRE FILLES DU DOCTEUR MARCH

Honoré de Balzac

EUGÉNIE GRANDET
suivi de : URSULE MIROUËT
HISTOIRE DES TREIZE
Ferragus — La duchesse de Langeais
La Fille aux yeux d'or
LE PÈRE GORIOT
suivi de : LA PEAU DE CHAGRIN
LE LYS DANS LA VALLÉE
suivi de : LA FEMME DE TRENTE ANS

Sir John Barrow
LES RÉVOLTÉS DU BOUNTY

Harriet Beecher-Stowe
LA CASE DE L'ONCLE TOM

Lewis Carroll
ALICE AU PAYS DES MERVEILLES

Cervantes
L'INGÉNIEUX HIDALGO DON QUICHOTTE DE LA MANCHE
(2 volumes)

Carlo Collodi
PINOCCHIO

Fenimore Cooper
LE DERNIER DES MOHICANS

Alphonse Daudet
LETTRES DE MON MOULIN
suivi de : LE PETIT CHOSE

Daniel de Foë
ROBINSON CRUSOÉ
(2 volumes)

Charles Dickens
DAVID COPPERFIELD
(2 volumes)

Alexandre Dumas
LE COMTE DE MONTE-CRISTO
(3 volumes)
LES TROIS MOUSQUETAIRES
(2 volumes)
VINGT ANS APRÈS
(2 volumes)

Erckmann-Chatrian
HISTOIRE D'UN CONSCRIT DE 1813
suivi de : WATERLOO
L'AMI FRITZ, suivi de :
MAÎTRE DANIEL ROCK et de :
CONFIDENCES D'UN JOUEUR DE CLARINETTE
MADAME THÉRÈSE
suivi de : HISTOIRE D'UN HOMME DU PEUPLE

Gustave Flaubert

MADAME BOVARY

Théophile Gautier

LE CAPITAINE FRACASSE

Victor Hugo

LES MISÉRABLES
(3 volumes)
QUATRE-VINGT-TREIZE
suivi de : BUG-JARGAL
LES TRAVAILLEURS DE LA MER
suivi de : L'ARCHIPEL DE LA MANCHE
NOTRE-DAME DE PARIS
POÈMES

Jean de La Fontaine

FABLES

Hector Malot

SANS FAMILLE

Charles Perrault

CONTES

Edgar Poe

HISTOIRES EXTRAORDINAIRES

George Sand

LA MARE AU DIABLE
suivi de : MAUPRAT
LA PETITE FADETTE
suivi de : FRANÇOIS LE CHAMPI

Walter Scott

IVANHOE

Comtesse de Ségur

LES MALHEURS DE SOPHIE
suivi de : QUEL AMOUR D'ENFANT !
LES PETITES FILLES MODÈLES
suivi de : LES VACANCES
MÉMOIRES D'UN ÂNE
suivi de : UN BON PETIT DIABLE
L'AUBERGE DE L'ANGE-GARDIEN

suivi de : LE GÉNÉRAL DOURAKINE
JEAN QUI GROGNE ET JEAN QUI RIT
suivi de : DILOY LE CHEMINEAU
PAUVRE BLAISE, suivi de :
LA FORTUNE DE GASPARD
LA SŒUR DE GRIBOUILLE
suivi de : LES DEUX NIGAUDS
FRANÇOIS LE BOSSU, suivi de :
APRÈS LA PLUIE LE BEAU TEMPS
LE MAUVAIS GÉNIE, suivi de :
LES BONS ENFANTS

William Shakespeare

THÉÂTRE-TRAGÉDIES I
Roméo et Juliette
Hamlet
Othello
Jules César

Stendhal

LE ROUGE ET LE NOIR
LA CHARTREUSE DE PARME

Stevenson

L'ÎLE AU TRÉSOR suivi de :
LES AVENTURES DE DAVID BALFOUR

Eugène Sue

LE JUIF ERRANT
(3 volumes)

Jonathan Swift

VOYAGES DE GULLIVER

J. R. R. Tolkien

BILBO LE HOBBIT

Mark Twain

LES AVENTURES DE TOM SAWYER

Émile Zola

GERMINAL
L'ASSOMMOIR
LA FORTUNE DES ROUGON
LA BÊTE HUMAINE
AU BONHEUR DES DAMES

Imprimé en France par l'imprimerie Aubin, 86240 Ligugé
Dépôt légal, septembre 1986 — Éditeur, 1948 — Imprimeur, L 21785
20.13.5586.09

ISBN 2-01-004508-4